U0520134

KEY·可以文化

诺贝尔文学奖得主
奥尔加·托卡尔丘克 作品

Olga Tokarczuk

GRA NA WIELU BĘBENKACH

GRA NA WIELU BĘBENKACH

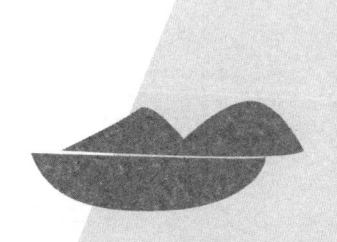

世界上最丑的女人

[波兰]
奥尔加·托卡尔丘克

茅银辉　方晨
译　著

浙江文艺出版社

目录 contents

睁开眼吧，你已经死了 | 001

苏格兰月 | 044

主体 | 061

岛 | 072

巴尔多的耶稣诞生场景 | 108

世界上最丑的女人 | 127

作家之夜 | 142

征服耶路撒冷·拉滕 1675 | 161

切·格瓦拉 | 177

马 | 202

安德鲁斯教授的华沙之旅 | 224

纳克索斯岛上的阿里阿德涅 | 237

紫藤 | 254

女舞者 | 262

豆子占卜 | 275

酸黑麦汤 | 285

萨比娜的愿望 | 298

彩排 | 311

众鼓奏鸣 | 337

附录

诺贝尔文学奖授奖辞 | 363

温柔的讲述者 | 367
在瑞典学院的
诺贝尔文学奖受奖演讲

睁开眼吧,你已经死了

C之所以买下这本书,完全是受了封面图片的诱惑:在类似于干涸血迹颜色的黯深背景下,一道楼梯通往一扇模模糊糊的门。门虚掩着,门缝里透出一束明亮的光线,纤薄而锋锐,如一柄利刃。此外,她也注意到了书名那十分熟悉的、棱角分明的黄色字体,显然,这本书是她喜欢的侦探故事系列中的一本。

几年前,她从阿加莎·克里斯蒂①的作品开始读侦探小说,但后来对模式化的套路感到厌烦起来,无非就是先谋杀,再调查,最后揪出凶手,千篇一律。好像侦探故事是一个没有出口的结构,哪怕它再干净整洁,也让人无法接受。她被薄纸编织的人物戏弄着,这些角色像木偶一样被放置到舞台上,在作者自己的至高意志摆布下熙来攘往。奇怪的是,作者是唯一那个从开篇就知道罪与罚秩序的人,却想耐心讲故事,煞有介事地娓娓

---

① 阿加莎·克里斯蒂(1890—1976),英国侦探小说家、剧作家,三大推理文学宗师之一。代表作有《东方快车谋杀案》《尼罗河上的惨案》等。

道来。她觉得实在无趣。

她不知道自己想要的是什么样的书,也不知道自己在当地图书馆和书店的书架上到底在寻找什么书。如果要她说清楚,她可能会翻翻眼睛,嘬嘬嘴,手画个圈圈表达一下无助。其实,她一直在找寻有血有肉的人物形象和更加丰满的犯罪情节,以及侦探永远不会考虑的更复杂的动机和证据。不,她说的不是血与肉,不是屠杀,也不是噩梦,这些东西她早就在电视上看够了。她想要的侦探故事是非同寻常的,无法一眼看穿、彻底弄清的,只要能偶尔浮出水面,管窥真相足矣。同时,她还想要侦探故事能触及自身,能拉扯住她的手臂,让她不至于昏昏欲睡。这些怎么能向图书馆员或书店售货员解释明白呢?

"我不知道啊。"

她喃喃自语着,犹犹豫豫地翻了翻这本书,最终还是买走了。

不得不说,阅读侦探故事是一件非常愉悦的事,就像收拾杂物,将它们摆放在抽屉里一样。一步一步,混乱变成了秩序,但有时过分的秩序也让人受不了。

于是,她从当地图书馆借走了一大摞书,在厨房和地铁里如饥似渴地读,每周读完两三本。她还借了不少名声不显的冷门作家的侦探故事,其中有的还不错,有的则完全没法看。她也尝试了一些颇具文学色彩的侦探故事,这些书有着第二条线索,并非总是那么清晰。她阅读过一些奇奇怪怪的、堪比嫁接植物的侦探故事,诸如"拼图-侦探故事"和"诗歌-侦探故事"之类。褪去俄罗斯套娃式侦探小说的层层外衣,她从书中随后的每一章都读出了另外的含义和与情节无关的节外生枝的故事。她也涉猎了学术类侦探小说,那些书中充溢着博学的炫技和她本应理解却不明所以的参考注释。那些假装自己不是侦探故事而是讨论知识或道德的书让她非常头疼。其中有一些刑事侦探故事,在读者看来,把侦探故事的体裁规则切割得支离破碎,就像一块用碎肉拼接成的煎牛排一样令人作呕,最糟糕的是,它们的作者往往直接揭露出凶手的身份,却省略了整个神圣的调查过程。还有这样的:在字里行间不断撩拨你,而将对犯罪事实的披露一拖再拖,他们沉醉于自己的所谓"美学",就如在镜子前顾影自怜的女人。举个例子吧,看看这句:"一想到这儿,愤怒和懊恼使他的下巴紧绷起来。"在犯罪细节描述上不惜倾注笔墨,却把探究真凶的主旨抛在脑后。变态!这类蹩脚的垃圾货色越来越多地出现在书店里,那些技术侦探故事、科幻侦探故事、浪漫侦探故事,比比皆是。这些书,她都耐着性子读了,至少她还保持着忠诚。她从来没有看个开头就扔到一边。她把读每本书的第一句话都当作签订合同或是缔结婚约,总要有始有终,没什么可申诉抱怨的,不到真凶浮出水面,绝不释卷。

她乘坐地铁回家时阅读了新书的前几页,颇感满意,故事的开头写得相当不错。她喜欢的元素这里都有:具体而真实的空间呈现、对事物细节描绘的偏爱、入木三分的人物形象刻画等等。书中提到某人的秃头或皱巴巴的灯芯绒裤子,都让她对作者由衷感谢。因此,在短短几段之后,她就进入状态了,似乎能够在车窗忽明忽暗的地铁上看到栩栩如生的书中世界。

故事开场了,在位于佛兰德①的一座规模不大但周边风景优美的宫殿中,举行了一场侦探作家的聚会。物业的所有者,就是这场不凡聚会的发起者——这个行当的"女王"乌尔瑞卡,老太太已经八十多岁了。

在几句非常详尽的文字描述的支撑下,C的眼前浮现出一个手指修长的枯槁老妇,就像芭芭拉·卡特兰②的样子,或许是她同样因笔耕一生,写了数十本书而成名,才让C产生了这种联想。紧接着,乌尔瑞卡的蓝色丝绸连衣裙和精美繁复的黄金配饰侵入了她的思绪。C想到,说不出为什么,但这个人肯定散发着干草的气味,这是世界上最为清淡的香味儿。

乌尔瑞卡是佛兰芒人③,这座宫殿属于她的家族已经有几个世纪之久。然而自从伊普尔战役④的大屠杀发生以来,宫殿已经风光不再,大概是大地也嗅到了尸体的腐臭味道吧。

C瞟了一眼邻座的乘客,他膝上的篮子里趴着一只小猫咪。

---

① 比利时的一个地区,比利时大部分工业和劳动力都集中于此。
② 芭芭拉·卡特兰(1901—2000),英国作家、剧作家、历史学家、社会活动家,被称为"圣母芭芭拉"。擅长通俗小说,出版了六百余部作品。
③ 也称"佛兰德人""佛来米人"。比利时的民族之一,另有部分分布在荷兰、法国、美国等国。
④ 第一次世界大战期间,协约国军队同德军在比利时西部的伊普尔地区进行了三场战役。在1915年的第二次伊普尔战役中,德军曾连续施放十八万公斤(六千罐)氯气,这是战争史上首次大规模使用化学毒剂。

她暗想，必须好好查一查，大屠杀究竟是怎么回事，是关于第一次世界大战和芥子气的吗？嗯，肯定是这样。

聚会中，著名的乌尔瑞卡立下了遗嘱，在她死后，这座栗树庄园里的宫殿将成为侦探作家们的创作中心和避难所。宫殿楼下入口边的一间厅堂将用于纪念她的生平，陈列她的照片和多语言版本的著作合集，展示柜里会展出她的作品手稿。她为客人们贡献出自己的图书馆、庄园、漂亮的雷诺车和她最棒的佛兰芒厨娘（但愿她长命百岁！）。楼上那些阴暗狭小、像细胞一样一间挨着一间排列在狭长走廊侧旁的小房间，则留给为这一流派的荣耀而奋斗的后继作家们。

当她读到从临近的巴耶纳火车站接第一位客人到城堡时，不得不停下阅读。她很喜欢宫殿里派车接客人这个情节，车就是那辆深蓝色的雷诺车，接的第一位客人就是那个穿皱巴巴灯芯绒裤子的秃头男人。

C 拎着袋子上了三楼，回到自己的住处，打开窗户，春天若有若无的淡淡气息扑面而来。顺便说一句，她注意到树叶上有一些细小的蚜虫，看来它们并没有受到冬天的重创，存活了下来。然后，她给猫喂食，给自己煮面条。一边等着水烧开，一边坐在厨房的凳子上接着读。

这个男人名叫朗费罗，是一位著名的英国侦探小说作家。长途跋涉让他甚感疲累，只想在晚餐前小睡一会。然而他对法国北部阴郁幽邃、雾气朦胧的风景颇感兴趣，在他看来，这非常有助于写出伤感的恐怖作品。

"据说附近有一座大型的英国军事公墓,是真的吗?"他问那位在车站曾帮他搬运两个大皮箱的矮胖司机。司机一个大回身,转向乘客,兴奋地做出了确认。

此举让汽车几乎失控,危险地驶上了右侧马路牙子,朗费罗惊叫起来。

司机忙不迭道歉,一路上都不再说话。到了目的地,他依旧沉默着把手提箱提上楼,带客人看了房间。

朗费罗到达他的房间时,煮面条的水烧开了,C 开始做晚餐。从现在起,就没法再阅读了。孩子们从学校回来,点亮灯,又打开电视。不一会,C 的丈夫也回家了,他像往常一样郁郁寡欢。C 洗完碗,又摆出熨衣板,做着世界上最无聊的工作,整个晚上都这样忙忙碌碌地度过。直到深夜,她才能重拾书册,此时丈夫已经睡熟,鼾声阵阵,就像一个肩上压着整个世界重担的小男孩。

朗费罗要了杯茶端进房间,然后拆开行李,仔细检查起来。房间的陈设看起来带有北方的严肃风格——一张宽大的双人床、一张工作台和一个漂亮的古旧衣柜。时值黄昏,可俯瞰整个公园的窗子被暮色渲染上一抹淡紫,窗外已经泛黄的栗树叶子闪耀着橙色的光芒。让他不甚满意的是,自己的房间里没有独立盥洗室,而公用盥洗室坐落在长长的走廊尽头,颇为不便。佐茶的黄油饼干整齐地码放在瓷盘上。

C 犹豫了一下,站起身,在黑暗中走进厨房。当然,她在餐具柜里可找不到黄油饼干,但是几根风干的面包棒对她来说已经足够了。朗费罗当时也很想喝一杯威士忌,但他决定晚餐前不下楼。

那天晚上,来到宫殿的第二位访客是安妮·玛丽·杜拉克。尽管手被冻得发僵,她还是敏捷地将自己的敞篷汽车开进了宫殿的匝道。C尚未对她有太多了解。杜拉克书中的主角总是女侦探,她们的感知力十分敏锐,远超男同行。安妮·玛丽抽着烟斗,头上永远戴着漂亮的帽子,有时是简单的毡帽,有时则是由拉菲草和鸟羽编织的草帽。银色直发从帽檐边流淌而下。显然她是全国最聪慧的女人之一。她书中人物的对话总是妙语连珠,让人拍案叫绝。作为受邀客人中唯一的女性,她受到了优待,被安排在一间带独立盥洗室的房间住下。

C想象着这间带有奶油色墙纸的明亮闺房,不知不觉进入了梦乡,她来得及记住的最后一个场景是:法国女人修长的手指拧开了鱼嘴形的黄铜水龙头。

到了早上,一页书也读不了。她要挤着地铁去上班,下车时几近虚脱,紧接着又被人流裹挟到地铁出口,踏入明亮的春雨里。一路小跑着穿过雨光莹润的城市主路口,来到办公室,脑子里一直想着今天必须要做的事。刚才在湿滑的路面奔跑时,她的鞋跟松动了,现在不得不小心翼翼地迈步,以免狠狠跌一跤。然后,沙沙作响的纸张、调节阀失灵的暖气,让她的脑袋一阵阵作痛,就像在粗糙的空气中被风干的玉米棒。在做完新贷款计划的展示之后,脱掉被汗水浸润而贴在身上的白色化纤上衣时,她不禁想起乌尔瑞卡凉爽的蓝色丝绸连衣裙,一颗心飘到了佛兰德。唉,今天肯定不能安静地读书了,因为她要和丈夫一起去朋友的新房子赴宴。直到午休时间,同事们要么去了快餐店,要么找个安静的角落默默地吃着三明治,C从包里掏出那本书,将自己锁在了女卫生间里,又开始读了起来。

晚餐定在八点钟。宾主到齐,身着蓝裙的乌尔瑞卡叼着一根令人难以置信的长烟嘴,银发飘飘,金饰煌煌。她是个自信孤傲、盛气凌人、言语刻薄而又锋芒毕露的人。透过寥寥几行专门描写她的文字,甚至让人隐隐感到某种残暴的气质。当然,这也可能仅仅是C的感受。朗费罗依旧有些困倦,神情萎靡,他说不上老,也算不得年轻,很有英国范儿地穿了一件灯芯绒外套,衣肘处缝着皮革补丁。而安妮·玛丽看起来机敏灵动(哦,C喜欢"机敏灵动"这个形容词,虽然她并不能确定这个词到底是什么意思),她身材苗条,动作灵活,穿着白色毛衣和白色百褶长裙,深情地向女主人打招呼,就像女儿对母亲那样,不,更像孙女面对祖母。她灿烂地笑着,把"笑不露齿"的矜持扔到了九霄云外而毫不羞涩,仿佛在说:"看,我没什么好隐藏的!"还有那位瘦小的弗路西特先生,身体似乎不太对称,动作也不大协调,让看到他的人总想从他身上找出到底是哪儿有残疾,但实际上他们都会失望,因为他根本就没毛病。最终,一个肤色偏深、身形修长、相貌英俊的美国青年登场了。有人说,老眼昏花的朗费罗差点把他当成了管家。这个名叫"某某娄"的帅哥(对于C来说,英语名字总是难认难记,因为她外语水平很差)是乌尔瑞卡的新朋友。她声称,这是美国最棒的侦探小说作家,前途无量。

她借机介绍了一下他最新作品《上帝之树》的故事梗概：一个坐轮椅的老太太，家族的老祖宗，将铃兰汁偷偷加到下午茶里，不着痕迹地毒杀了几位让她觉得不舒服的继承人。年轻人在同行的称赞声中频频微笑，志得意满。开胃菜是烤蔬菜，佐以红葡萄酒，上了桌，C对这款红酒的品牌当然是一无所知。年迈的乌尔瑞卡女士为接下来的会谈定了个基调，看起来，她把他们的一切都操控于股掌之间，如同攥在手中的餐巾。

和他们一起坐在桌旁的还有一位沉默寡言的夏茨基小姐，她是乌尔瑞卡的女伴、秘书、女仆，当然了，还是出气筒。她四十多岁，体态丰腴，如同被撒了一身灰尘，活脱脱一个灰头土脸的修女。宽大的蕾丝领口让人忽略了她那副母性十足而又忧心忡忡的面容。要是有人和她搭句话，她的脸立刻就会羞得通红，就像一块抹着粉红色树莓果酱的蛋糕，但是过一会就恢复了本色。乌尔瑞卡对她实在是苛刻至极。

乘地铁回家时，C一边留意着自己的鞋跟，一边开始了解"杀人游戏"。让她感到惊讶的是，他们没有就此行的目的展开礼貌的寒暄，也没就全世界侦探小说的未来畅所欲言，甚至没有抱怨发行人不厚道、代理商反应迟钝，就这样突兀地坐在了客厅沙发上玩起游戏来。作者这么写的目的十分明确，是为了让读者能够近距离审视这些角色。情节肯定要展开了，马上就会抛出第一个微妙而具有多重含义的暗示。从这里开始，C打起了十二分精神，全神贯注地读着。如果她的双手都闲着，那么她一定会兴奋地把书页折个印——就是这里，好戏就要开场了。可惜的是,她左手捧着书,右手还拎着购物袋,无暇他顾。她余光一瞥,注意到邻座的乘客是个身穿皮衣的男人,手里攥着的短皮绳拴着一条杜宾狗。狗看向她,目露凶光。

游戏规则是这样的:每个人都必须闭上眼睛,庄家绕着大家走动时,以手指触碰的方式选一个人当"凶手",然后"凶手"用目光锁定的方式谋杀"被害人",别人都闭着眼,只有庄家才能看到。接下来,庄家大声说出"被害人"的名字。现在大家睁眼,正戏上演——破案吧。他们要在彼此之间找出"凶手",如果找错了,"凶手"将继续行凶,如果找对了,庄家则新定一个"凶手"。

起初,C对游戏规则和所有游戏内容都不甚了了,实际上,她有些摸不着头脑。但很快她就理解了叙事者的初衷,重点是让读者充分获取角色和角色之间关系的信息。她消化了一会,领会了规则。让他们开始玩吧!

第一位被害人是弗路西特,当然,庄家是乌尔瑞卡。

"睁开眼吧,弗路西特!"乌尔瑞卡说,"你已经死了。"

弗路西特有点意外,为自己拔了"受害者"头筹而不太痛快,他嘟着嘴,灌了一大口白兰地。

"好了,我们开始吧!"女主人敦促道,"你们当中,谁可能有理由谋杀弗路西特先生?"

"我们能不能不用'谋杀'这个词?"娄突然建议道,"我们用'消除'或者'移除'怎么样?'谋杀'这个词听起来怪瘆人的,恐怕没有哪个杀人犯认为自己是在'谋杀',这点你们都很清楚。此外,我也不想自己被'谋杀'。"

"只不过是个词儿罢了,"朗费罗低声嘟囔了一句,"您能不能有点幽默感啊,伙计!"

其他人对娄的建议不置可否,作者在括号里添了一句:"安妮·玛丽暗道,这家伙有点神经兮兮。"

"弗路西特先生是被约翰·朗费罗谋杀的,因为他的房间好,更靠近盥洗室!"安妮·玛丽大声说道。

身为犯罪嫌疑人的朗费罗先生神色不改,依旧是一副标准的扑克脸,而乌尔瑞卡笑道:

"好吧,毕竟大家都是新手,但是我希望你们能说出一些更令人信服的犯罪动机。"

"出于嫉妒。"夏茨基小姐怯生生地说了一句,脸唰的一下就红透了。

"我能为自己辩护吗?"朗费罗问道。

乌尔瑞卡点了点头,表示同意。

"辩护吧,当然得辩护了。这才对嘛,请你自辩,哪怕你是真凶,也请你误导我们,遮掩罪证,否则这游戏还有什么意思?"

"我认为把嫉妒当成动机是不成立的,"英国人开始辩解了,"除了盥洗室,弗路西特先生还有什么值得我嫉妒的吗?在法国,侦探故事难登大雅之堂,永远也不会像在我们国家一样受到重视和尊崇。这可以直接转化为对作者的敬意。我写了二十四本书,在文坛占有一席之地,我的书被翻译成多国文字,人们赞誉我为'侦探经典'……"

弗路西特不客气地打断了他：

"我不写侦探故事，我写的是真正的小说，我用游戏充实作品，玩弄语言文字，只有博学的读者才能看懂，并甘之如饴。我把侦探小说当作一种可能性，与读者进行一场文学游戏。我的作品，可不是那种俗不可耐的侦探故事，就像……"说到这里，他吞回了一个词，垂目看向玻璃杯的底部。

乌尔瑞卡叫停了他：

"被害人必须保持沉默，这是游戏规则。"

在这个关键时刻，C不得不遗憾地停下阅读，车到站了。在步行回家的路上，她甚至想边走边读，但意识到松动的鞋跟恐怕会给自己带来危险时，打消了这个念头。她喜欢这个游戏，寻思着，如果认真玩，可能会达到类似于某种团体心理治疗的效果吧。或许找个时间在自己家里也玩一次。她的丈夫少言寡语，每天跟家人的沟通不超过五句话，儿子几乎整天不着家，女儿有点宅，终日把自己锁在房间里，听些沉闷阴郁的音乐。就连猫咪都从早到晚蹲坐在阳台上，带着某种动物特有的忧郁，茫然注视着邻近的摩天大楼。他们谁会谋杀这只猫呢？

胡乱吃了一份开盒即食的千层面充当午餐，熨平了外出穿的连衣裙，然后四处寻找丈夫最喜欢的那件衬衫，找了好一会才发现，原来是掉在了浴室暖气片后面，看起来脏兮兮的。

"我在读一本很有意思的书。"在出租车上，她对丈夫说。然而丈夫此时正在围绕车子烧液化气好还是烧汽油好的问题和出租车司机聊得不亦乐乎。

朋友的新房子竟然这么漂亮,让她不禁有些失落。女主人带着他们参观了依然飘散着木材和涂料香味的房间以及两个盥洗室。主盥洗室内有个很大的双人浴缸,让 C 突然产生了想在这样的浴缸中泡个澡的冲动,要是能洒入泡沫丰富的浴液,整晚都躺在里面泡着读书,那该多好啊!当然,浴缸平滑的边沿上还要摆杯香槟酒,这也是不可或缺的。新房子的男主人自豪地为一个全新的壁炉生火,一开始烟熏火燎有点呛,但打开了通往花园的窗子,春天轻灵的气息夹带着一丝雨后傍晚泥土的芬芳直冲胸膛。C 帮助女主人端沙拉,又把面包码在篮子里,男人们站在露台上抽着烟,就屋顶有几种类型的问题聊得火热。

几瓶红酒很快就见了底,宾主围坐壁炉旁,面红耳赤,醉态可掬,聊起了今天缺席的那些朋友的八卦往事。C 的脑中闪过了一个念头,此情此景,正适合玩杀人游戏。她兴致盎然地提出了建议,并详细讲述了游戏规则,大家不好驳她的面子,勉强同意了。游戏开始,C 坐庄,她在新屋男主人的后背戳了一指,以此指定他扮演凶手。随即,男主人毫不犹豫地谋杀了自己的妻子,游戏玩不下去了,因为每个人都立即猜对了凶手。

"真是个愚蠢的游戏,"她的丈夫说,"我们玩大使游戏吧!"

"我们为什么非得玩游戏啊?"女主人抗议道,"我们难得一聚,把时间浪费在玩游戏上多可惜啊!"

于是,他们又开了一瓶红酒,透过手中的玻璃酒杯,醉眼蒙眬地望向新栽种的杜鹃与连翘花丛。

宾主尽欢,C 夫妇过了午夜才回到家中。她把书带到床上继续翻阅起来，然而只记得，作家们的游戏还在继续。这次的受害人是夏茨基小姐，娄怀疑凶手是朗费罗，谋杀的动机是报复。这也太容易了吧，C想着，酒劲开始上头，她便把书放在了床头的地板上，不知不觉间已悠然入梦。

她不情不愿地醒了过来——可别睡过头耽误了上班——随即意识到今天是星期六，便如释重负地松了一口气。明媚的阳光透窗而入，映照在卧室的灰色地毯上，让其上的斑斑污渍无所遁形。哎，必须得清洗一次了，她睡眼惺忪地暗想。走去给自己煮一杯咖啡时，她看到猫咪正一动不动地蹲坐在阳台上，阳台的门关着。她连忙开门把猫咪放进房间，猫咪懒洋洋地迈着步，丝毫没因整个寒夜都被拒之门外而流露出不满的情绪。孩子们怎么把猫咪忘了？自己这两个孩子真是一点也指望不上啊。她煮了两杯咖啡，端到了床头，在丈夫身侧也摆了一杯，他醒来时大概已经凉了吧，凉了也无所谓。她靠在枕头上，呷了一口热腾腾的咖啡，开始阅读。赖在床上读侦探小说——要是能这样度过余生，夫复何求？她不禁产生了这样的奢望。

书中，侦探作家们的游戏还在继续。这次轮到弗路西特坐庄，被害人是娄。C试图去探寻背后隐藏的动机。她很确定，作者一定在这里埋下了线索，但她没能看出来。应该认真对待这个游戏吗？既然作者倾注笔墨去不厌其烦地描述游戏，肯定对整个故事情节有十分重要的意义。这本书真够怪的，她略感不耐烦地想。

答案揭晓，是乌尔瑞卡谋杀了娄（这是作者披露的）。所有人都没有猜对,所以乌尔瑞卡不受惩罚,可以逍遥法外。他们刚刚都把朗费罗误认为凶手(也就是说,他们都跟我想得一样!C为自己和侦探作家们拥有同样的推理能力而倍感欣喜)。谁都没敢去想,乌尔瑞卡居然会杀害自己青眼有加的这位年轻的美国宠儿,但事实就是如此。

C略感讶异,书中接下来的一天里,什么也没发生,平淡无奇地过去了。如果是在阿加莎·克里斯蒂笔下,写到此时恐怕早就有尸体出现了,而这本书中,老太太还在慢条斯理地邀请大家到庄园里散步,他们一起观赏奶油色的秋玫瑰,沿路采摘饱满而闪亮的栗子,好不悠闲。午饭后的一段慵懒时光,弗路西特拿着本书读了起来,安妮·玛丽驾车去巴耶纳城买香烟,英国人独自步行去瞻仰军事公墓,乌尔瑞卡回房间午睡,而夏茨基小姐忙着回信。娄呢?娄在做什么?他骑上自行车不知道去哪儿了。下午茶时间,大家重聚到了一起,又开始玩杀人游戏。

依照C以往对侦探小说的经验,书写到这儿,也就是三分之一左右的篇幅,在介绍完所有的角色之后,肯定要有罪案发生了。也许就在晚饭后,她想。她现在读得越来越仔细,她知道一个事实:每个细节都可能至关重要,哪怕是一句话、一句建议都得好好琢磨。但是,晚饭后,大家依然在平安无事地玩着这个游戏。娄又一次被谋杀了,不管他心中作何感想,面容依旧沉着冷静,不形于色。夏茨基小姐的植物性神经反应(脸红)暴露了她的凶手身份,大家都猜对了。看起来,她好像挺无所谓,根本没有刻意去掩饰自己的"罪行"。接下来轮到安妮·玛丽遇害,她半开玩笑地说,这是一起针对女性的阴谋。C注意到,在庄家-凶手-受害人的各种排列组合中,只有乌尔瑞卡从未以受害人的身份出现过。她总是被有意避开,似乎大家都认为,即使这样很有趣,但去"谋杀"这位女主人、这位著名作家也过于失礼。

然后,他们坐在客厅里,聊起文学,聊起各种匪夷所思的杀人手法。朗费罗讲述的"剧毒邮票杀人案"最具惊艳之感。在约克郡一个小镇的邮局里有个办公室女文员,就是用这种手法干掉了全部觊觎她家房产的拍卖竞标者。夜色渐深,宾主离席回房就寝。C确信,今晚必有命案发生,该来的总会来。她很想知道,到底会是谁杀谁,又因何而起。就在这个关键时刻,或许是感到有些冷,C的丈夫醒过来拽了一下被子,害得她把半杯咖啡泼洒在床上。她懊恼地冲进盥洗室,往浴缸中放水,准备清洗一下。肯定是动静太大吵醒了孩子,他们在敲盥洗室的门。

C赶忙关掉水龙头,走到厨房的小桌旁坐下。她有一种跳过全部内容,直接看最后一页的冲动。(她从来没这么做过,从来没有!)书中的这伙人已经开始慢慢激怒她了。次日早上,一切按部就班,跟前一天没什么两样。访客们出门郊游,乌尔瑞卡和夏茨基没有随行。在伊普尔,他们畅饮甜美的佛兰德啤酒,品尝了当地特色煎饼(C意识到自己已经很久没有做煎饼吃了)。从这次旅程中的点点滴滴不难看出,安妮·玛丽和朗费罗十分熟悉,至少书中暗示,两人相识颇久、交情匪浅。弗路西特甚至怀疑他们的关系还不止于此,和娄八卦了一通。娄说,这有什么好大惊小怪的。然后,弗路西特离开了队伍,一个人不知所终。

大家不得不停下来等他，半晌过后，他才气喘吁吁地回来了，请求大家原谅，却绝口不提自己去做什么了。他们返回后喝了杯茶，就各自回房休息，而娄霸占了盥洗室，两个多小时才出来。

在等待使用盥洗室的空当，C又给自己煮了一杯咖啡。一家老小都起床了，折叠沙发床吱嘎作响，盥洗室的花洒水声淙淙，丈夫吃力地拉着健身拉力器，发出令人牙酸的吱吱声，好一首晨起奏鸣曲。她对这些嘈杂充耳不闻，决定继续读下去，她坚信，即便是星期六，自己也该有点自由空间。

那天晚上，他们依旧继续着杀人游戏。似乎感觉到了乌尔瑞卡的不满，这次终于有人出手杀了她。至于凶手是谁，只有庄家娄一人知道，所有人都没有猜对，也没人出来解释。乌尔瑞卡显然颇为高兴。然后朗费罗和夏茨基小姐依次遇害，凶手是乌尔瑞卡和安妮·玛丽。弗路西特似乎偶感微恙，早早便回房睡下。

又是一个早晨，一夜之间谁也没死，每个人身康体健，精神饱满地醒来。在依次确认了都有谁来吃早餐后，C再次失望。

这书到底是怎么回事？已经读了半本，惨案仍未上演，岁月依旧静好。简直毫无道理，C暗自吐槽，并仔细地重新审视了封面和封底。封底上的评论文字间，几个用了加粗字体、带下划线的单词映入眼帘——"令人难忘的体验""从头到尾的悬念扣人心弦"。根本就是不知所云，什么烂书啊！实际上，她真的忍不住要翻看最后一页了。然而，经验丰富的侦探小说读者都知道，什么才是犯罪——譬如把孩子和洗澡水一起倒掉、在夕阳面前赞美白天、在面前的地上挖个坑然后自己跳进去……然而一步一步地剥夺了别人认知的乐趣、破坏作者工作的意义、取笑并无视他人的努力,这也是犯罪!C 是一位可敬的读者,她忠于侦探小说这一流派,受到的诱惑越大,就越能抗拒。但当她注意到乌尔瑞卡及全体客人在晚餐时仍然健在时,感到怒不可遏。她把翻开的书倒扣在厨房餐桌上,承担起为了一家人欢度周末做准备的工作。先把儿子叫过来,为她摊煎饼打个下手,甚至还成功地跟儿子聊了几句;又打发女儿去西饼店订个蛋糕,而自己张罗起了一家四口的下午茶。全家人还坐在一起看了个美国电视剧,其乐融融。但说实话,C 有点心不在焉,满脑子都是佛兰德宫殿里的那些人。她想到了夏茨基小姐,这个毕生精力都奉献给了乌尔瑞卡的老姑娘,安妮·玛丽和朗费罗真的可以成为一对吗?弗路西特到底去了哪儿?神神秘秘的。C 不喜欢这个弗路西特,如果弗路西特遇害,她一点也不会惊讶。如果他是凶手呢,那就更妙了,总觉得这家伙在远处鬼鬼祟祟地做了某些不可告人的勾当。

她知道,肯定有人要杀人,这个认知总让她的心悬着。是的,罪案必须发生,因为她买的是一本侦探小说。肯定会有凶杀的一页,这是铁定的,不可能没有!C 默默地走进厨房,重新在小桌旁坐下来,桌上摆满了烤熟的煎饼(只需要在上面涂一层甜奶酪就完工了)。她又读了几页,书中的人物似乎除了聊天和散步,再也玩不出什么新花样。她接着一目十行地翻过几页,一句话让她读出了声:"今晚,我想坐庄。"朗费罗一边说着,一边观察周围人们的反应。

C迅速合上了书,她有一种说不清道不明的罪恶感,懊恼又失望。

整个下午,她无聊地翻阅上周的旧报纸,随后开始洗衣服。孩子们早就跑得无影无踪了,丈夫正沉迷于某个电视节目中,荧光屏的彩色光线映照在他脸上,变幻不定。不知不觉间悄然降临的夜,漫长而空洞,好像随着时间的流逝而蔓延开来,在不安的期待中侵蚀了整座城市。C隐约感觉到,自己好像忘了什么事,是那种非常重要、非做不可的事。她回到卧室,在床上舒舒服服地躺下,闭目冥思。也不知过了多久,一切似乎变得柳暗花明、豁然开朗。她披上外衣,穿上鞋子,步履轻盈地来到了底层的客厅。她对房中的布置了然于胸,桌上凌乱地摆着喝空了的白兰地酒杯和装满烟蒂的烟灰缸。踏着楼梯上铺设的柔软地毯,她悄然无声地上了楼。她没有在二楼停留,只是瞥了一眼那几扇在黑暗中几乎看不见的紧闭房门。她不能确定哪一间是乌尔瑞卡的卧房。这是一场冒险。她推开了一扇门,合页发出吱吱的声响。她的眼睛很快适应了暗棕色的微光视野(在户外,栗树庄园里的路灯依旧亮着),眼前一条狭窄的走廊逐渐清晰起来。其后是一间书房,书房正中摆放着一张宽大的写字台,点燃的壁炉映照出深红色的火光。两扇对开的大门一定是通往卧室的,门没有关严,她侧身闪过,甚至没有碰到门板。接下来,她看到了一幅令人悲伤的景象:老太太大张着嘴睡得很沉,她的牙掉光了,头发也所剩无几,几近全秃,老迈的身体让C不由得联想到发黑的烂香蕉皮。床头柜上摆着一个玻璃杯，杯中泡着乌尔瑞卡的假牙，在庄园灯光的映照下闪烁着健康的光芒。整间卧室里，也就这副假牙看起来像是活着的。假牙上方，挂着一顶庄严而高贵的假发套，每个发卷都经由夏茨基小姐精心打理过。C在卧室中环顾了一圈，没有发现什么感兴趣的事物，于是返回书房来到写字台旁。她一眼看到了一件修长尖利的事物，那是一把小巧精致、带有装饰手柄的裁书刀。握在手中，刀柄的圆柱状浮雕和其上镶嵌的宝石带来了舒适而细腻的触感。这是绿松石吧，她想。

她再度折返回卧室，轻轻坐在床沿上，举起了手中的裁书刀。蓦地，或许是出于自我保护的本能反射，乌尔瑞卡鬼使神差地醒了过来，也不一定彻底清醒了，但至少睁开了眼睛。

"什么呀？"乌尔瑞卡迷迷糊糊地问了一句。C扭过脸，挥刀直刺下去。

她不敢置信，居然如此轻易就得手了。刀锋被某种坚韧的东西稍稍阻滞了一瞬，就如刺入黄油一样顺畅地直没至柄。乌尔瑞卡吐出了最后一口气，她再也不用等待刚才那个问题的答案了。

C不想与此事再有任何瓜葛了，她对这具尸体、这座宫殿乃至于自己，都感到了深深的厌憎和恶心。她模仿着犯罪影片中惯用的手法，用床单擦拭了刀柄，随即脱离了作案现场。听到某间盥洗室哗哗的排水声时，她随手关上了身后的大玻璃门。

第二天早上，一觉醒来，她就给自己煮了一杯香浓的咖啡，站着吃了一块煎饼,又心情愉快地把枕头在床头摆好。丈夫还没醒,总算是到了星期天,她又开始阅读。

"不可能!"安妮·玛丽说,"一定只是一场噩梦。"

夏茨基小姐无声地抽泣着,整个人都躲在被泪水浸湿的手帕后面。

"你知道我是怎么想的吗?"朗费罗开始发言了,他不再彬彬有礼地称呼"您",而是直接用了"你"字,"你知道这意味着什么吗?凶手就在我们中间!"

"先生,您疯了吧?"弗路西特嚷起来,他的声音已经近乎歇斯底里,"那时候,我们所有人都在睡觉!"

"这恰恰就是我要说的,弗路西特先生,我们所有人都没有不在场证明。我们都睡在自己的房间里,没看到彼此,这一夜的事谁也说不清。"

"所以,可能有外人潜入作案,是的,当然了!"弗路西特突然兴奋起来,"还有两个仆人,就是那对古怪的、阴森的佛兰芒夫妇。"

"他们出门了。"夏茨基小姐哽咽道。

"没准是去而复返。她,我是说乌尔瑞卡,给他们的待遇好吗?也许拖欠了工资,也许她一直在虐待仆人,他们多年来敢怒不敢言,直到昨夜。昨夜,他们终于忍无可忍,再也不愿承受这样的屈辱了,再也不愿……"

"行啦,行啦,弗路西特先生,你的这些想法听起来很卑鄙,"安妮·玛丽咬着牙说,"让我们收集事实证据吧,别再胡乱臆测了。哎,先生,先生!怎么就您一言不发?"她转身问娄。

娄站起身,点燃一支香烟,耸了耸肩。

"这是一场闹剧。"他叼着烟的嘴里含糊不清地说了一句,语气却是十分冷静,"这是她自导自演的,这是她的恶作剧,你们难道不明白吗?没准她正在楼上偷听,都快要笑死了。"

夏茨基小姐失声痛哭。

"她死了,死了,就像动物一样被宰杀了。"

朗费罗把这两件事做了个比较,微微皱起了眉。

C起床去厨房,没有放下书,边走边读,又拿了一块凉煎饼吃。

路过儿子的房间时瞟了一眼,发现他和衣而睡,还未醒来。

"您已经报警了吗,夏茨基小姐?"安妮·玛丽问着,递了一杯白兰地给她。

夏茨基因哭泣而颤抖的牙齿磕碰在玻璃杯口,发出了一串让人不舒服的声音。

"没有报警,朗费罗先生他……"

"我寻思着,首先要知道我们自己能做什么,对,我们自己,"朗费罗接过了话头,在客厅里来回踱着步,"毕竟我们都是文明人。我想,我们必须说说昨晚的情形,首先,谁是最后一个见到乌尔瑞卡的人?"

"是我。"夏茨基小姐像小学生一样举手发言,"我服侍她上床,然后还梳理了一会,梳理了一会……假发。"

"什么假发?"弗路西特问道。

"她是戴假发的,您没注意到吗?"安妮·玛丽没好气地反问了一句。

"我就应该注意到吗?"

"您是一位作家,先生,您应该有这方面的洞察力。"

"我是作家难道就要写假发吗?您真是口无遮拦,女士。"

C的丈夫睡得不安生,扭了扭身子,又开始拽被子。C手疾眼快,在最后时刻抢救了这杯咖啡。昨天那杯在床品上留下了一大摊让人沮丧的褐色污渍。C了解到,昨天的杀人游戏散场后,几乎所有人都同时上楼回到了各自的房间,只有弗路西特例外,他在楼下给自己煮了一杯马鞭草水喝,但是随即也直接回房,什么可疑迹象也没发现。

"我记得,桌子上有不少烟蒂,但我想这不是我该打扫的。"

"我们中的任何一个人都有可能在深夜起床,然后上三楼去行凶,任何一个人,"安妮·玛丽说,"这太恐怖了!"

"我可以去看看她吗?"娄突然问道,"我不相信她已经死了。她那么睿智,怎么可能就这样躺在床上被谋杀?这简直是侮辱她的智商。"

他不等别人回答,就向楼梯走去,其他人也都起身相随。

"也许在犯罪现场还残留着一些证据,"弗路西特说道,"我们必须加倍小心,不要触碰任何东西。"

"这又不是你写的所谓'侦探故事'。"安妮·玛丽小声揶揄。

C将空咖啡杯放到地板上,边吃煎饼,边继续读。

娄俯下身,把耳朵贴在死者平坦的胸前。

"她头上现在戴着假发,"朗费罗说,"之前可没戴。"

"我为她戴上的,"夏茨基小姐解释道,"她从来不会光着头出现在公众场合。"朗费罗看向她的目光充满了责备。

"女士,您什么也不该碰。"

"除了假发,我什么也没碰,没碰。"

老太太的女伴把双手拢在了胸前。

娄垫着手帕,拾起了扔在床上的裁书刀,仔细检查。

"好漂亮的一把刀。"

"所以呢?你现在相信了吗?"安妮·玛丽略带讥讽地问。

娄没有搭理她,聚精会神地观察这柄凶器。刀柄上盘绕着蛇形浮雕,其上镶嵌了大量绿松石。

"这是她在埃及买的,她对这些古董很感兴趣。"

"请注意看她的手,右手松弛,左手抚在肚子上。夏茨基小姐,她是左撇子吗?"

"您有什么想法吗,娄先生?"朗费罗平静的音调无法掩饰他的好奇。

"没什么,我只是想,也有可能是自杀。"

C满意地搓了搓手,从丈夫的上衣口袋里摸出一包香烟,走到厨房点燃了一支。过了一会,两眼鲽鲽的儿子出现在厨房。

"嗨,妈妈!"他一边打着招呼,一边从冰箱里取果汁。

"你几点才回来?"她没好气地问道,随即释然,管不了那么多了,他已经成年。

"妈妈,我是个大人了。"

她现在想说,如果要一起生活,你就必须懂点做人的基本规矩,但话未出口她就放弃了,只是深深吸了一口气。儿子取了一盒果汁和一个杯子返回自己的房间,家里重归平静。

朗费罗对自杀的假设深表怀疑,他声称乌尔瑞卡太虚弱了。当然,是从身体意义上来说。

"自杀也需要力气,这把刀,看起来是一刺到底的。"

"这是否意味着,应该排除女性的嫌疑?"夏茨基小姐问道,话一出口,脸就红透了。

所有人都怀疑地望向她。

"您是最后一个见到她的人,"弗路西特把矛头指向了夏茨基,"按照顺序,你的可疑度最高。"他随即又得意地补了一句。

"尊敬的博伊洛特先生,做出这样的论断恐怕为时过早。"朗费罗冷冷地看着他说道,然后走过去查看卧室和书房的窗户,两间房的窗户都已从内部反锁。

因此很明显,凶手肯定是穿过二楼的门进来行凶,要么是他们中的一员,要么是外来者。也就是说,可能是个大家都不认识的陌生人。这个推论成立吗?

"那对夫妇住在哪儿?"当他们下楼返回客厅时,娄提出了自己的问题。

"怎么他们还没来?现在是该吃早餐的时候了。"

"他们星期日放一天假。没准去住在巴耶纳的女儿家里做客了。"夏茨基小姐答道。

"那谁给我们做早餐?假设乌尔瑞卡还活着,假设这一切都没有发生。"

夏茨基小姐眉头紧皱。

"这个,我真不知道。乌尔瑞卡昨天和他们俩谈过话,他们肯定留下了冷肉,我们自己可以对付一顿早餐。"

"你们难道不觉得这很奇怪吗?"弗路西特走进了厨房,"事实上,他们已经准备好两道菜和面包,甚至还把煮好的茶水灌在了大壶里。"他在厨房大声喊道。

"是的,就好像她事先什么都知道,就好像她已经做好了准备。女士们,先生们,这种种迹象代表着自杀。"娄说。

"我认为没有必要再胡乱猜测了,必须马上报警。"安妮·玛丽说。

朗费罗一把握住了她的手。

"再等等,什么时候报警都不嫌晚。"

"但是证据有可能会消散。"夏茨基小姐羞涩地说道,"我的意思是说,凶手的味道或者其他痕迹。"

朗费罗对此不予置评,他建议大家先吃个早餐,喝杯咖啡,没准会冒出什么灵感。

"我都快要饿死了。"C 的丈夫在厨房门口伸了个懒腰。他穿着一件很旧的条纹睡衣,看起来就像养老院里的退休人员,她讨厌这些褪了色的条纹。

"昨天,你在做晚饭前就睡了,我到现在还饿着肚子呢。"

她目光冰冷地看着他。

"如果你的眼神能杀人,我早就死翘翘了。"他开了句玩笑,把 C 搂过来亲吻着,"早餐吃什么啊?今天可是星期天。"

她没怎么纠结就做出了决定,不能停下读书,实在是放不下。

"假设凶手就隐藏在我们之中,"朗费罗开始发言,嘴里的肉还没咽下去,"抱歉,等我吃完这口——那就是说,我们之中有一个人是凶手。还记得我们玩的游戏吗?是谁最爱谋杀乌尔瑞卡,又是出于什么动机,大家记得吗?"

"恐怕我们每个人都至少谋杀过她一次。"安妮·玛丽接话。

夏茨基小姐闻言从椅子上跳了起来。

"我没有,我一次都没杀过她。"

"这又是为什么呢?"弗路西特追问道。夏茨基小姐的脸瞬间红得像一朵牡丹花。

"我不敢,她给我这份工作,好几年了。"

C 开始变得不耐烦了。他们兜什么圈子啊,命案当头还吃得下去饭?真是一群白痴。她放下书,打发丈夫帮她切点培根。转眼间,星期天早餐煎蛋的香味就唤醒了孩子们。喂猫、买菜、做饭、吃饭,我一半的生活都浪费在和吃相关的琐事上。她幻想着,如果一个人生活,我甚至连个鸡蛋都懒得煎。早餐时,一场关于回家时间的小争执无可避免地爆发了,最后以儿子丢下了煎蛋,把自己锁在房间里而告终。不一会,单调的机械音乐声飘出门外。

"这小混蛋!"丈夫骂骂咧咧地离开了厨房。

女儿好像没事人一样,央求着妈妈帮她把头发染成红色。C答道,好啊,行啊,没问题啊,但是早餐后的锅碗瓢盆谁收拾啊?C把自己反锁在盥洗室里,继续读书。

"你们难道不觉得,现在的情况很诡异吗?我们都是侦探小说作家,但是当我们书中的故事发生在自己身上时,我们都不知所措,完全束手无策。"娄说。

"这是个有趣的反思。"弗路西特总结道。

"我们的线索很少,情况很特殊,我们谁都没有不在场证据,也很难确定动机。"朗费罗又开始了。

安妮·玛丽给自己的餐盘里加了一片猪肉。

"我觉得,我们中间有个人是凶手……这是多么荒诞的一件事。"

"一个好的侦探将采用某种心理分析的方式来引导我们,你们不这样认为吗?"朗费罗接着说,"谁还要加一杯茶?"

夏茨基小姐将餐具整齐地码放在一个空盘子上。

"我觉得,必须得报警了。"

朗费罗闻言拍案而起,似乎是受了这句话的刺激,要采取什么行动。

"大家听好了!"他说道,"让我们再给自己一次机会吧,我们寻找蛛丝马迹,串联出线索,我建议大家到户外去侦查一下。"

"您想干什么?"弗路西特满腹狐疑地问道。

"如果凶手是从外面进来的呢？他总会在外面留下蛛丝马迹吧，对不对？比如鞋印、烟头等等。如果再一无所获，我们就报警。"

他的热情一定是带着某种感染力，因为大家纷纷从桌子前站了起来，准备外出，只有娄无动于衷。

"如果我们这一群人都出去，就算外面有什么痕迹留下，也会被我们踩得荡然无存。"娄淡淡地说着，低头瞄着自己的手指甲。

"我们走路会非常小心的。"朗费罗回了一句，人已走到门口。

不！又没法读了！C简直要抓狂。她的女儿在盥洗室外轻轻叩门，说染发剂已经调好了。

"我马上就来。"C说道。

她走进乌尔瑞卡的卧室，试图不去看躺在床上的尸体，但又实在忍不住要去看一眼。即使戴了一顶假发，乌尔瑞卡在白天的样子看起来还是比昨夜更丑陋。无力地搭在被子上的瘦骨嶙峋的手指让人联想到粗糙而扭曲的病态树枝。她半张着的嘴仿佛地面上一个黑漆漆的洞窟，通向某个阴森潮湿的地窖。C产生了这样一种印象：这具尸体和死亡没什么关联，更像是一件现实主义风格的雕塑作品，或者蜡像，看起来很凄惨，却没什么可怕的。她轻轻地拾起依旧横在床上的匕首，擦去其上干涸的血迹，蹑手蹑脚地下楼，穿过半开着的通往露台的大门，潜入了庄园，随即后退并隐匿了身形，因为她远远瞥到朗费罗和安妮·玛丽正在杜鹃花丛下仔细探查。片刻后，他们的身影消失了。她还看到了夏茨基小姐正神情专注地穿过栗树林间的道路。而在更远处，娄坐在被阳光和雨水侵蚀得色彩暗淡的秋千上轻轻荡着，嘴里叼着香烟，喷云吐雾，还在对朗费罗和安妮·玛丽大声喊话。C转身，穿过前门走了出去。耳中突然响起一阵沙沙声，那是弗路西特在乌尔瑞卡卧室窗下的墙根处，用棍子划拉干树叶发出的声音。C距离他仅有几步之遥。她紧紧攥住刀柄，像一只猫那样朝着他的方向潜行。她甚至很庆幸下一个要轮到的是弗路西特，因为她讨厌这家伙。

"睁开眼睛吧，你已经死了。"C森然说道，弗路西特悚然一惊，向她转身。

不等他完全反应过来，C下手了，雷霆一击。弗路西特的瞳孔瞬间放大，然后目光渐渐失去了神采，无神地望向天空。他的身体颓然倒地，陷入濒死的抽搐，甚至没有顾得上看C一眼。她未做停留，立即回返房内，用桌布擦拭了凶器，并将其堂而皇之地摆放在客厅的桌上。

朗费罗惊出了一身冷汗，汗水似瀑布般顺着脸颊流下，下巴不停地抽搐。

夏茨基小姐的脸色愈发苍白，颤抖着拨打警察局的电话号码。

"请大家稍等一下，"安妮·玛丽用毫不客气的语气说道，"娄，凶手就是你！只有你离房子最近。"

"别胡扯了！我跟你们距离房子一样远，你也不看看，秋千在哪儿!"

"你可以在二十秒钟之内跑过这段距离,作案,然后返回。你和弗路西特有过节。"

"你疯了吧!你就好像在讨论是谁偷吃了储藏间里的蛋糕,如同儿戏,我们这里可是出了命案!"

"求求你们了,我们报警吧。我害怕,我很害怕。"夏茨基小姐低声乞求道。

"凶手正在古堡里游荡呢,她根本就没死,只是为了谋杀我们。你们就没想到这个可能性吗?她是个吸血鬼。"娄突然说道,他将头倚靠在墙上,"我们离开这里吧。"

安妮·玛丽给每个人都倒了半杯威士忌。

"娄,我们都是文明人,我们不会听你这种愚昧迷信的废话。"朗费罗出言讥讽,等不及为酒添上冰块,就仰头一饮而尽。

娄望向他的眼神十分怪异,仿佛隐藏了无尽的厌恶。

C起身离开盥洗室,为防万一,还放水冲了马桶,以便解释为什么要在盥洗室蹲这么久。女儿背对门坐着,头发披散。C用一把旧牙刷蘸上染发剂,涂抹在女儿的绺绺长发上,一头金发逐渐被染红。

"你确定这和你的脸色相配吗?"她问道,"露达,这让你看起来有点显老。"

"这样挺好的呀,我看起来就像二十岁的大姑娘了。"

C叹了口气,没有再多说。染发剂让女儿的头发变成了暗红色,甚至可以说是血色。这个染色的游戏给她带来了莫大的乐趣。她想,是不是我也该改变一下发色了,将偏灰的金发染成红色怎么样?但是,这种红色总带有某些恶俗和粗鄙的意味,看起来就像个女看守。她突然产生了外出放放风的念头,逃离这个烦闷的星期天。她高兴地提议家人外出下馆子吃午餐,对,我们去那家购物中心旁边的印度餐厅吧,便宜又大碗。

"抱歉,我有个约会。"儿子在自己房间喊道。

"没事儿,我们仨去。"

"回来时得你开车。"丈夫接了一句,看来他故态复萌,又想喝啤酒了。她把丈夫的脾性摸得清清楚楚,每次他想喝啤酒,都会条件反射地说出这句话。她旋即同意了,随后学着朗费罗的样子,暗自对自己嘀咕了一句:"我们都是文明人。"在等待女儿洗净吹干自己那头新染的红发时,她又见缝插针读了两章。

午餐时分,警察来了。方丹警长身着长风衣,头戴礼帽,一身便装;他的三个警官助手倒是都穿着制服。还有两名专家,一人扛着相机,另一人拎着手提箱。一个小时后,一辆长款黑色汽车抵达,运走了乌尔瑞卡的遗体。又过了一个小时,再次运走了弗路西特。侦探作家们和夏茨基小姐如同一群受了惊吓的绵羊,蜷缩在厨房里。只有娄宣称自己要离开,当然,方丹警长肯定不会放他走的。

"你强迫我们在这个鬼地方待到明天,简直太不人道了!"娄说,"无论如何我也不会在这里过夜睡觉,请给我在巴耶纳订个酒店吧。"

方丹警长把书房快速布置成了一间审讯室,一个接一个地传唤。事后,几个人沟通了一下,发现大家被问到的都是同样的问题,甚至先后次序都没有变过:你和乌尔瑞卡是什么关系?你和她相识多久了?你们多久见一次面?案发当晚你在做什么,当晚每个时间段你能事无巨细地说明白吗?在此停留期间,你认为他们之间有什么可能导致命案的口角发生吗?其他客人之间都是什么关系,谁跟谁更熟,谁跟谁有仇?诸如此类。下午,又来了一大批警察,他们对宫殿和周边区域展开了系统性的搜查。警长也传讯了仆人夫妇,他们在晚上终于赶回来了,急得心脏病都差点发作。

"您觉得有什么可疑之人、可疑之处吗,警长?"对所有人的问询结束后,朗费罗问道。提问时,他采用了一种仿佛在沟通机密的语气,似乎要强调,自己是在和警长进行一场平等的对话。

"就算我有所收获,也不会告诉您的。您应该知道,你们都不是普通的犯罪嫌疑人,而是侦探小说作家。有你们在场,罪行肯定要比通常的犯罪复杂得多。"

随后,警长请朗费罗在笔记本上写几个字。

"请您写'致方丹警长'这几个字。"他补充道。

下午茶时分,来接娄的出租车到了。娄道别时,没有直视别人的眼睛。

过了一会,朗费罗对安妮·玛丽说:

"就是他,我敢用我的人头担保,凶手就是他。乌尔瑞卡是从哪儿把他找来的?你对他写的书有什么了解吗?"

"我当然知道他了。"她满怀怒意地答道,"他是美国侦探小说界最大的希望。有时候,你的无知和自恋真是让我感到恐惧。约翰,你是不是压根就没读过一本别人写的书?"

"总觉得他怪怪的……"

"那是因为他害怕,但又没像你那样隐藏自己的恐惧。"

朗费罗从口袋里掏出一块手帕,擦了擦额头。

"我没有隐藏恐惧,我只是受不了这种歇斯底里。我试着去理解吧。你就这么确定,嗯……他,就是他本人?你以前见过他吗?会不会是别人假冒的?"一边说着,朗费罗将手帕折叠得方方正正,"没有别的可能,要么是他,要么是夏茨基小姐。"

这时,警长的一个助手走进厨房,让他们每个人回自己的房间。

"这里能抽烟吗?"朗费罗没好气地问着,慢慢地调整心态,回复平静。

餐馆爆满,一家三口足足等了半天才有空桌腾出来。入座点菜,首先要了一大份香辣羊肉,为了照顾女儿这个素食主义者,还点了菠菜烩蘑菇和奶酪焗西兰花,主食配几个分量十足的蒜香面包圈。一顿饭下来,他们打量周围食客所花的时间比彼此交谈还多。酒足饭饱,C结了账,走去盥洗室洗手时顺便照了镜子。她很惊讶,镜中的倒影竟是如此平庸。在此前她从未注意到,镜中人居然不是她自己,而是一个完全陌生的面孔,一张永远不会引人注意的大众脸。这是个普普通通的、试图将越来越多的白发隐藏在偏灰色金发下的中年妇女,从服饰上看,就像个女公务员。事实上她就是个公务员。身上穿的衬衫与外套、戴的中规中矩的耳环，以及链式手表，都证实了这个身份。唯独口红的颜色与这些完全不搭，与其说是口红，不如说只是有颜色的阴影，口红的阴影。一双眼睛明显失去了神采，空洞无物。体态偏胖，算不上肥胖，也超过了丰满的限度，小腹微凸，考虑到她的年龄，这样的小肚腩也还可以勉强接受。一副金丝边眼镜，当然只有在读书时才戴。一言以蔽之：行走的龙套，女版路人甲。

她心情愉悦地出了盥洗室，径直来到酒店大堂。不经意地掠过前台时，娄正在那里办理入住登记。余光扫到了娄的木制钥匙牌，房号4××，嗯，在四楼。四楼怎么这么高？顺着楼梯爬上去时，她累得气喘吁吁，还有这该死的鞋跟，几乎完全松脱了。沿途，她一直寻找自己所需的趁手家伙，还好，在楼梯夹层处发现了一个沉重的陶制花瓶。她不假思索地将瓶中的水倾倒在地毯上，把花随手扔进走廊的黑暗中，并成功地将花瓶塞入皮包。

当娄和服务生带着行李箱到达房间时，她赶忙假装在开另一扇房门。他们没有理会她。好极了！等服务生都离开后，她也大胆地行动起来，从提包里掏出那个沉重的花瓶拎在手上。事实证明，这手准备纯属多余。娄就像所有住酒店的客人一样，进客房就直接走到阳台旁打开窗户。她急速向娄冲去，娄猛然惊觉，甚至来不及回头看一眼。

她从包里取出花瓶，小心地摆放在桌子上，然后在镜子前拢了拢头发，飘然回返。

"你要在马桶上蹲到地老天荒吗?"丈夫以调侃的口吻责问道。

他们回家时,天光已然暗淡。由于吃得太撑,她艰难地在扶手椅上坐下,又开始阅读。朗费罗在接电话,三个人坐在首层的客厅喝红酒,佛兰芒厨娘为他们准备了一顿简单的晚餐,但几乎没人吃。

"娄死了。"朗费罗整个人都陷在沙发里,"翻窗坠楼,方丹警长打来电话说的。"

所有人都陷入了长长的沉默,客厅里一片死寂。

"你最初的判断是对的,情况十分明了。娄就是凶手,一开始他杀了乌尔瑞卡,而弗路西特显然对此有所察觉,于是又被娄干掉了。最后,他受到了良心的谴责,选择了畏罪自杀这条路。"安妮·玛丽说罢,饮尽了杯中酒。

"您的睿智给我留下了深刻印象,女士。"夏茨基小姐说道,她情绪激动,脸色涨红得如同一朵仙客来,"噩梦终于熬到了尽头……哎,他这么可爱,一点也看不出是个冷血的凶手。"

"凶手看起来永远不像凶手,这是写侦探小说的金科玉律。最可疑的人,往往是看起来最无辜的那个。那个儿童杀手是哪本书里写的?"法国女人略一沉吟,很快想到了答案,旋即自问自答道,"当然是阿加莎·克里斯蒂写的。"

"我们再玩一次杀人游戏,如何?"朗费罗以充满恶趣味的腔调提议。

可以看出,他喝得有点多了。

"我们人不够多。"夏茨基小姐说。

真遗憾,她实在是缺乏幽默感。此时电话铃声再度响起,安妮·玛丽连忙接听。

"方丹警长要过来一趟,他有些紧急问题要问。"

朗费罗给大家斟满了杯,又去厨房取来一瓶红酒。佛兰芒厨娘给他们做好晚餐后就立即哭着跑回家了,朗费罗只好自己在抽屉里寻找启瓶器。等候警长的这段时间,他们谈论起乌尔瑞卡的遗嘱。夏茨基小姐解释说,几乎所有的财产都移交给基金会了,实际上从昨天开始,这座宫殿就已成为侦探作家的创作工作中心。

"这听起来就像个上帝开的玩笑,一出神圣的闹剧,超级荒诞。"朗费罗把玩着玻璃酒杯,"嗯,很好,这个地方很适合写作,太理想了。"

C邀请丈夫再开一瓶红酒,柜橱里好像还有一瓶匈牙利"公牛血"①,其实不管什么牌子,对她来说都一样。两人碰了杯,C又读起她的书,丈夫接着看他的电视。

方丹发现三人情绪好得出奇,惊讶之余也略感不快,但没说什么,任由他们给自己倒了一杯酒才发话,有理由怀疑,娄的死因不是自杀。三人如遭雷击,瞬间清醒过来。警长接着告诉他们发现了一个神秘的花瓶(似乎凶手最初想用这个钝器袭杀被害人),然后从皮包中取出了一个细长闪亮的物件,展示在三

---

① 一种由三种或以上葡萄酿成的红葡萄酒,原产于匈牙利。

人眼前。

"鞋跟,高跟鞋的!"安妮·玛丽失声惊叫。

"不,不。你们二位女士没有嫌疑。你们不可能在没有引起任何人注意的情况下就从这里溜走,并赶在娄之前抵达巴耶纳,作案后又神不知鬼不觉地返回。你们的一举一动都在大家眼皮底下呢,对不对?"他问道,不着痕迹地瞄了一眼两位女士脚上的鞋。

听到这里,夏茨基小姐的脸一下变得煞白,就像墙壁那么白,她对警长转述了娄生前的猜测:乌尔瑞卡是凶手,她或许没有死,即便是死了,也会爬出坟墓行凶杀人。

"您闭嘴吧,夏茨基小姐,我实在听不下去了。"朗费罗咆哮起来,转向方丹,"您有没有想过,出于某种原因,某种精神上的原因,娄自己把花瓶带到房间,而鞋跟是……这么说吧,鞋跟是女服务员的,也没准是之前住客丢下的。警长您知道,我这样说似乎对您很失礼,但是我们刚刚把一切都完美解释清楚了。出于某种我们现在还不知道的原因,我们只能推断,是娄杀死了乌尔瑞卡,这可能跟某些记录或者某项承诺有关。"

"也许是他害怕自己会让她失望。"安妮·玛丽若有所思地补充道。

"我们还不能完全确定,但无论如何,弗路西特目击了或者了解到了什么证据,抑或猜中了某些隐情,而这恰恰就是娄要杀他灭口的动机。娄假装去荡秋千,实则伺机而动,以便一击得手。当我们四处寻找证据时,他跑到弗路西特背后,用杀害乌尔瑞卡的同一把裁纸刀行凶。"

"但是,他受到了良心的谴责,倍感煎熬。"安妮·玛丽接过话头,"他的所作所为让他最终崩溃了。所以他逃离了我们,实际上,他是在寻找自杀的机会。"

方丹叹了口气,也认为这个理由听起来确实非常让人信服,能够自圆其说。然而他并没有被所谓的胜利冲昏头脑,开始询问一些让他们意想不到、零七八碎的问题,例如:你们知不知道各自拥有多少读者?

"什么?多少读者?"安妮·玛丽颇感意外,"您是指作品的销量吗?"

他们分别报出估算的读者数量,警长一一记录在餐巾纸上。

"如果一本书被收藏在公共的图书馆里,会有很多人借阅,这种情况也必须统计在内。"朗费罗力求精确。

"有几十万读者都不稀奇。"警长赞叹不已,"你们知道读者都是些什么人吗?"

"大多数情况下是女性,女性更爱读书。"安妮·玛丽自豪地答道。

朗费罗饶有兴趣地补充道:

"从某种意义上讲,读者和我们作者有一定的相似性,也必须具备这种相似性,否则无法理解彼此,就变成了对牛弹琴。关于这个问题,我有自己的理论——阅读侦探小说纯粹是一种治疗性补偿。请您从这方面多考虑一些。"他瞟了一眼警长在纸片上记录的数字——数十万,"如果他们不去读侦探小说,肯定都得成为杀人犯。"说罢,他呵呵笑了起来。

方丹警长盯着统计结果看了半晌,最终叹了口气。

C不安地动了动身子,不经意间瞥了一眼丈夫,他坐在电视前睡得正香。唉,他越来越老了,她想。

安妮·玛丽脚步虚浮地向楼上走去,还打了个手势,意思是"我马上回来"。夏茨基小口抿着红酒,眼睛里闪烁着光芒。两个男人讨论起写作的本质,警长向作家提出了一个永恒的问题——您的创作灵感来自何处?

"我真的不知道我的灵感都是怎么闪现出来的,我只是一个无比细心的观察者,观察着现实世界,而想象力是次要的,排在第二位的。"朗费罗说这句话的时候,就好像面对着整个礼堂的听众做演讲,"成功,有百分之九十九是靠勤奋。当我看到别人在一些愚蠢的废话上浪费时间,我就觉得他们很可怜。其实,任何人都应该能写小说。我来自一个非常重视合理利用时间、努力进行创新的家庭。而最重要的是逻辑思维能力,现实世界比我们想象的更具逻辑性,所以……"

"我必须出去走走。"C突然说道,"刚才吃的香辣羊肉在我胃里翻江倒海。"

丈夫被惊得打了个寒战,迷迷糊糊的目光聚焦在她身上,然后又打起精神把注意力集中到电视屏幕上,顺便点了点头。

"好受点没有?"他问。

"好多了。"她答。

"……所有事情都会有个理性的解释,区别只是迟早而已。"朗费罗总结道。

方丹对他的观点深表赞同：

"否则我也不会在警察局工作啊。"话锋一转又说道，"但是您也必须承认，还有很多无头悬案没法解释，在我们的档案库里，有整整一架子全是这种奇案。"

"啊哈，真有趣！我希望有一天能阅读这些案卷，没准又能让我写出一本新书。"

警长已经准备离开，闻言在门口忽然止住脚步，略带迟疑地回头说道："先生，您知道吗，我并不是你们书里写的那种侦探，如果那种侦探真存在的话。"

"您这话是什么意思？"

"在现实世界中，所有事物看起来都和书里截然不同。在你们笔下，罪行都是一些可恨的、悲惨的行为，是被弱化了的某种普通的行为，而剥离了现实世界中的恐怖。在你们的书中，故事总是围绕着找到罪魁祸首和他的犯罪动机来展开，好像这么做就一切都迎刃而解了。一连串的非理性事件和一个完全理性的解决方案，您就相信这个吗？您就没感到失望过吗？"

"感到失望？要知道我们只讲事实真相！"

"呵！什么是事实真相？"方丹以手抚额，做了个孩童般无助的手势。

"怎么了？"朗费罗大声强调。

"如果不去做各种合理化的解释，而是任由案情就这样盘根错节，如何？不去试图简化，而是让其进一步复杂化，您觉得这种方法如何呢?"

"我实在听不懂您说的到底是什么意思。"

"这么说吧,例如,对理性的事件,用非理性的方式去解释。"

"您吓到我了,警长,"夏茨基小姐突然插话道,"您是说乌尔瑞卡的幽灵吗?"

"哦,不,不,您误解我的意思了,请代我向杜拉克女士告别,明天肯定还得再见面。"

方丹向出口走去,朗费罗伸手拦住了他。

"我去叫她下楼。"说着便起身朝楼上走去。

"现在我该怎么办啊?"夏茨基小姐问道,脸上的神情就像一个无依无靠的小女孩。

沉思中的方丹警长未及回答,就被从楼上传来的声音吓了一跳,是朗费罗的叫喊声,充溢着恐惧、愤怒与难以置信。

夏茨基一头扑到警长怀里,歇斯底里地哭了起来:

"她死了,她死了,对吗?他们又杀了她。我们所有人都要被杀!"

警长抚摸着她的头顶,试图让她冷静下来。

"女士,您现在没有危险,您现在真的没有危险,我向您保证。您不写书,对吧?"

然后,他冷静地走到电话机旁,拨打了一个警察局的号码。他每时每刻都感觉到自己被一种犀利的奇怪目光注视着,如芒在背。

C放下书,留下最后一页没有再读。她伸了个懒腰,走进厨房,在水杯里溶了一枚缓解胃痛的药片。她不想再读下去了,于是坐到丈夫身侧,与他一起看了几部充斥着枪战和追车情节、打打杀杀的美国电影,直到深夜。

　　清晨,当她把猫赶到阳台上时,看到一辆警车正朝她居住的这座大楼驶来。车在楼下停稳,紧接着,三个人下车,直奔楼梯。其中一人穿着长风衣,头戴一顶可笑的、早已过时的礼帽。她觉得,这个人似乎在哪里见过。

苏格兰月

开场看起来本应是这样：我提着手提箱，走在一条碎石铺就的车道上。按响了门铃后，一个身穿黑衣的女仆为我打开了大门。就像电影和小说开篇时司空见惯的场景，我在飞机上，脑海中浮现的就是这一幕。我正是靠电影和书籍来认识这个世界的，但是我能说，我就真正了解这个世界吗？

出于某些原因，事物从来不会像你之前凭空想象的那样发展。究其原因，我想，是因为世界上有太多的变数，远远超出我们的想象。那么想象还有什么用？或许可给人以启迪，或许能描绘出愿景，仅此而已。但是，可能还有另外一种解释：想象是上帝和我们玩的一场游戏，祂①赐予人幻想和灵感，但绝不允许人去预测哪怕最平常的事件。祂给人的，好比锈蚀的刀子、纸糊的锤子、玻璃的钉子，徒有其表，却难堪其用。还有可能，想象以我们未知的某种方式耗尽了其降临于现实的力量，我们想象到

---

① 对上帝的敬称。

的，注定无法实现。反之亦然，现实中发生的，都是我们所无法想象的事。这可能意味着想象与现实都出自同一个源头，一个被称为"实现等候区"的地方，就像底部连通的两根试管。

抑或，只有我自己的想象力如此低能。或许存在一些人，他们可以立即预测未来，洞若观火，退一步说，至少也能勾勒出未发生事情的大致轮廓。譬如先知或是纸牌算命大师的灵光一现。

某位女士，我们姑且称呼她为"苏格兰女士"吧，通过在伦敦的朋友们发了一份启事，希望招揽一位作家，以改善本地作家圈子过于沉闷的局面（作家们本就很沉闷），她将为应邀者提供保障写作工作的各类便利条件。她希望来的是位女性，是个波兰女作家。

以上就是我去那儿的前因后果。但是一切都和我想象的不一样。

"我一生中从未见过这么反复无常的天气。"壁炉上摆放的一台小型收音机里，英国广播公司三台的天气预报播音员以不确定的语气小声嘀咕着，声音怯怯的，似乎自己都不相信播报的内容有什么说服力。在每次出门散步之前，我的手都会条件反射地向那把熟悉的伞柄伸过去。整整一个月，我都没有见过晴朗的蓝天，哪怕是一次。刚才还在树梢后密布的乌云须臾之间占领了整个天幕，滂沱大雨不期而至。

"园丁断了腿，所以咱们用电炉取暖。"这是我听到她说的第一句话。当时我不明白这两者之间存在着什么神秘的关联，但仅仅几分钟，炉子就给我的房间带来融融暖意。我当前所在的这个国家，到了六月还要给房屋供暖。

房间的布置由来已久，没有任何空间可供即兴发挥，所有物件从一开始就各就其位，从来没有挪动过地方。如果是在我的国家，这么多年来，室内的布局早不知道翻来覆去更换了多少遍，而在这里，这些东西似乎曾耐心地寻找过属于自己的地盘，一旦找到就筑下巢穴，雷打不动。那件中国玉龙雕塑，需要多少年才找到了自己该待的位置，一百年，还是两百年？钢琴上的小装饰摆件，仿佛已经在乐器表面的黑色烤漆上扎了根。墙上的画挂得似乎与墙壁合为一体，让人几乎注意不到那里还有一幅画。地毯完美地与木质地板融合，回归到脚下纯粹柔软的本质。维多利亚时代的黄铜灯具，隐在自身散发的光芒之中。

我很快意识到，我们两人在这儿都以某种方式陷入了对往昔的回溯。我是因为突发了想写点什么的冲动："我六岁，于明媚的阳光下漫步在广阔的奥得河平原，第一次从收音机中听到甲壳虫乐队的那首著名的《女孩》，惊艳于这美妙绝伦的天籁。"她，恐怕是感慨自己的年龄，当人活了这么大岁数的时候，已经不太来得及响应此时此地的日常呼唤。

毕竟，我们俩的年龄相差半个世纪。这间古朴庄严的客厅似乎尝试着在我们之间建立起一座相互理解的平台。她的过往是我所难以想象的。她微微颤抖起来，就像海市蜃楼一样飘忽。

虽然可能不太婉转，但我还是开门见山地把话挑明了，不要太指望我能成为参与深度沟通的合作伙伴。如您所见,我的英语水平很差,我没有语言天赋。令我感到意外的是,她似乎并不失望,还笑了起来。

早上,我去餐厅吃早饭,收到了前一天写在小纸条上预订的餐食——最寻常的煮鸡蛋、吐司、果汁和咖啡。她应该已经吃完了,也没准根本就不吃早餐,她就这样在旁边坐着,饶有兴趣地看着我吃。也许只是我自作多情,但我确实从她观察我晨起食欲的目光中感受到些许温柔。早上的我总是最健谈,话题从最新的报纸上信手拈来,科索沃战争的结果、伦敦的骚乱、爱德华王子的婚礼,海阔天空地聊。我只是尽量不在嘴里塞满食物的时候去阐述自己的世界观。

她个子不高,身材娇小,我认为她的头发也染过,这种明快的天然亚麻色对于她这个年龄的人来说可一点也不常见。她爱穿长裙和羊绒毛衣,颜色非黑即灰。傍晚时,还在肩上披了一条苏格兰方格羊毛围巾。

我几乎从早到晚都在写作,时间在我面前飞逝,除了自己的饥饿感之外,没有任何外力可以打断我的工作。只有我的手腕因长期敲击键盘而酸痛不已时,我才会躺到地板上小憩片刻,回想写过的每个细节,构思起新的内容,探索如何尽一切可能利用时间。我有生以来第一次写关于自己的作品,但是我十分惊讶地发现,写自己却会创造出别人。你不可能在同一时刻,既是观察者,又是被观察的对象;既是探寻者,又是探寻的结果。恐怕正是这个原因,才让每一部自传、每一本回忆录里都或多或少地存在虚假成分。

文学就是一种拥有豁免权的谎言，这种谎言可以不受道德谴责，还能被社会所认可，甚至收获崇敬。我想这就是为什么我总被写作所吸引，一直笔耕不辍。还存在什么不一样的吗，比如给人以不同的机会去思考，以不同的方式撒谎来改善现实，还能为文学想出其他可能性？作家是什么？广义的无政府主义者、天生的相对论者、真理的试验者、替代品的发明者。以上，就是她温柔地问我正在做什么时，我试图告诉她的。

我觉得，她的过去是黑白的，就像那些老电影，片中人们的动作看起来紧张兮兮，比实际速度快得多，一切都很粗糙，缺乏深度。

她本人看起来十分不真实，总像个无声无息出现，又消失在地下迷宫里的幽灵一样。

早餐后，我在自己房间里点燃了一支烟，然后打开窗户，因为她不喜欢烟味。我担心烟会飘到她那间很难找到的卧室里呛到她。我想象着她身穿睡衣，顶着一头烫发卷的样子，这让我心里得到了安慰，似乎和她贴近了不少。房间里很安静，几乎听不到公园里割草机发出的声音。中午时分，一只装着午餐的篮子出现在我的门前：一个保温杯灌满了茶水，另一个装着汤，还有一份三明治，以及用餐巾包裹的餐具。我一边阅读，一边吃了午餐。

最初的日子过得很别扭，我在机场发现自己的托运行李丢了，所以来到这里时，带着的只有随身的小包，没有旅行箱。好在笔记本电脑平安无恙,不幸中的万幸。玛格丽特,她是女仆吧,我也不知道该怎么叫,毕竟我是在社会主义国家长大的,她给我带来了浴袍、牙膏和牙刷,以及女主人支援的黑色羊绒毛衣和一件雨衣。这些天里,我自己的唯一财产就是这台电脑了,它就像一个便携神龛一样在小桌上热切地闪着光。

我一直在写。从早上开始,思涌如泉,键敲如飞,吃午饭时几乎也不休息。我写作也不总是伏案,时不时会在房间里来回踱步,时不时看看窗外,观察苏格兰变幻莫测的天空,时不时还抽支烟。我还开发了属于自己的门户空间,并把时间调回到某些自己的起点,将其命名为"难以记忆的画"。修道院,我想,这就和在修道院差不多,现实的意味变得浓厚了。事实证明,现实的唯一来源就是我自身,除了我自身之外,再无其他世界;描述世界的本质就是描述我自己,除了那句老生常谈的"去认识你自己吧"之外,别无他法,去写你自己吧,就写你看起来的那个样子。

下午两三点钟,我带了把雨伞出去散一会步。住的时间长了,我也渐渐习惯了下雨。一路来到郁郁葱葱的公园,行走在雨后湿滑的小径上,一侧是奔流的河水,一侧是险峻的山崖,小径居于其间形成了某种微妙的平衡。沿途随处可见浓密的杜鹃灌木丛和阴郁的金钟柏,老树干上缠绕着茂盛的常春藤。时而有野兔跳到我脚下,有时停在我脚前一米远的地方,用一只眼偷瞄我,似乎十分确信我看不到它。偶尔有飞往爱丁堡的飞机从头顶掠过,飞得很低,我甚至能通过五颜六色的机尾涂装将它们分清。

回来后,喝下午茶。玛格丽特用托盘端着茶,放在我门前的玄关上,还总不忘配一块小蛋糕。

直到晚餐时间,我们才再见面。餐桌是为两个人准备的,我坐一边,她坐一边。

"女士,您为什么要这么做,为什么要邀请一个陌生人回家?"我问。

她直接回答了问题中隐藏的后一句。

"我一点也不孤独。"她说,"我这里平静恬淡,而你们需要平静,所以我就把它当作礼物送给你们,仅此而已。"

所以说,我从礼物中得到了漫长的傍晚,无尽的傍晚。因为那里地处北方,六月天的白昼明显比波兰长得多,不论我起床还是就寝时,天都是亮着的。有时候我清晨醒来,天色已是大亮,让我误以为睡过了头,焦急地看过手表上的时间之后才知尚早,惊讶之余倒头再睡。

唯有浴室让我很崩溃,独立分开的冷热水龙头实在是个令人费解的发明,我感到十分无助。所以每次洗头我都不敢用淋浴,只能盆浴。躺身泡在浴缸中,抬眼看着墙纸上单调的图案,让我很容易进入一种近乎于冥想的状态。

在这里,时间不再带有任何属性,被一日三餐均匀而完美地分割成了几个部分,缠绕着自我。没什么其他可做的,没有突发的新鲜事,没有电话铃声的呼唤,也没收到任何信件,没有什么能打破我这种奇妙沉思的平衡。一切都周而复始,循环往复,带着不可阻挡的必然性。糖罐里从来不会缺糖，但绝不会冒出盐，也绝对洒不出葡萄酒。这座房子本身就是一个完美的机制，就像不知何时上了发条的古旧八音盒，它日复一日，按部就班地固执演奏着，总是卡在同一个地方——冷热水龙头，直到这个微小的瑕疵被我当作整个秩序的一部分，开始慢慢被接受。每个小时都有相同的长度，每分钟亦如是。我是否应该觉得奇怪？似乎每条消息抵达这里时都受到了遥远距离的遮盖而改变了颜色，显得虚幻不实。它们听起来就像来自另外一个遥远世界的声音，某种并不真实存在的子虚乌有。房子自然地一天天变得老旧，阁楼上的物件越积越多，在防尘罩的覆盖下沉睡。端庄古朴的维多利亚时代的家具、中世纪的箱子默默静置，丝毫没有做出什么特别的提示来彰显自己的存在。苏格兰真可称得上是上帝工厂的完美杰作。

我们心无旁骛地吃晚餐，古董餐具发出叮咚的声响。她审视着自己，谨慎地发问，柔缓地打开坦诚的空间，从不直奔主题，从不强人所难。这让我对她由衷钦佩。这就是他们从小受到的家庭教育吗，从本质上说这就是著名的英国式冷静吗？给对方一个存在的空间、自我的空间，让人循序渐进地意识到，自己是在处理一件多么微妙的事情。于是，我有些惊喜地发现，我也能做到，能够同等地呼应她。当我想向她发问时，首先会在自己心里将问题翻译成英语，经过这个小手术，问题会变得离波兰语原版远了一英里。因此可以说，英文翻译就像一架反转了的望远镜，使用它，就能让问题看起来推远，而不是拉近。这便是彼此之间的交谈给我带来莫大乐趣的原因。譬如,每一句回答都以"那么……"两个字来开头,这个词能够把你后续想说的话都置于一个神奇的问号下,让每一个你意图表达的想法都变得相对化。一句"那么……",能让每一场激烈的革命都消弭于无形,每一个宣言的理念都烟消云散。

有时候我意识到自己不太能控制住身体,总是情不自禁地做出夸张的表情和激烈的手势。

"已经明明白白写在你的脸上了。"她不动声色地说道,平静地把杯子举到嘴边浅饮一口。

我没觉得她是在恭维,但第一次感觉到自己似乎对她有那么一点同情——她的脸上什么也没写。

她问我关于波兰的情况。有一次,我们在客厅里彬彬有礼地喝过咖啡后,我在地图上把我的故乡指给她看。她礼节性地做出了感兴趣的样子,扬起了眉毛。当我介绍这个地区的历史情况时,她只是平静地重复"是的,是的"。我突然意识到,这对她来讲无关紧要。她说自己觉得特别累,想早点睡了。

在我的托运行李——我用惯了的那些好东西——失而复得之前,她带我参观了书房。书房独立于整座房子的其他部分,需要穿过一个小庭院才能进入。其内收藏有1956年版的《大不列颠百科全书》,包裹着华美的深绿色皮革封套的精装版《世界散文集》,以及不少艺术类画册、拍卖目录、字典辞典,还有一些随机选择的哲学类书籍、几本世界历史和神话故事。因此,在我自己写的书问世之前,我就坐在书房的梯子上,一本一本地浏览翻阅。让我喜出望外的是,居然有整整一个书架都摆满了有关波兰的书籍,我在其中发现了不少能让我提起兴致的。例如这本《波兰是个时不时从欧洲地图上弹出,但从未在同一地点出现过两次的国家》。还有这本:格雷夫斯①于 1958 年撰写的大部头作品《神话》——作者在书中信心满满地用英语写道,西里西亚②是德国的。当我在其中一本美国杂志上读到"波兰集中营"③这个说法时,几乎不敢相信自己的眼睛。那天晚上,我跑到镇上的一个电话亭给家里打了个国际长途电话,以此来提醒自己:我这个人还是真实存在的。

大约在抵达苏格兰一个星期之后,我第一次踏上了外出旅游的征程。搭乘双层巴士仅需二十分钟,便可到达罗斯林。我的自助游指南里推荐这个小镇,是因为有座非同一般的教堂④坐落于此。教堂的墙上悬挂的美洲植物图画,比哥伦布整整早了一百年,这标志着,苏格兰人更早发现了新大陆。我对此无动于衷,因为历史对我而言似乎无关紧要。我想去参观的原因是前段时间听到这座教堂里可能隐藏着圣杯的传闻——可能至

---

① 罗伯特·格雷夫斯(1895—1985),英国诗人、小说家、评论家。代表作有战争回忆录《向一切告别》、小说《克劳狄乌斯自传》《克劳狄乌斯封神记》等。
② 中欧奥得河中上游地区的总称。当前,该地域的绝大部分地区属于波兰,小部分属于捷克和德国。
③ 波兰人厌恶"波兰集中营"这一说法,认为应该称之为"纳粹在波兰土地上设立的集中营"。2018 年,波兰议会众议院通过了一项法案,禁止使用"波兰死亡集中营"等词语来描述二战期间纳粹设立在波兰的集中营,防止人们认为波兰参与了二战期间的大屠杀。
④ 指罗斯林教堂。该教堂迄今已有五百多年的历史。

今尚在,也许是曾经收藏,如果圣杯真存在过。我在自己孤寂的房间中激动莫名,脑海中突然冒出一句"就像爆炸",这是借用了前一天晚上女主人对我说过的话。在罗斯林还有一家成功克隆了多莉羊的研究所①。绵羊,羔羊,基督,基督的宝血、神躯、基因、染色体,永生不朽。所以,我发现自己竟不经意间处在了世界的中心,秘密的中心,一个小小的、苏格兰风格的、多雨的耶路撒冷。它是另一个维度的世界中心,外围的中央;是隐藏在人们熟视无睹之处的宝藏,是绣着蕾丝、镶着宝石的宇宙终点。我坐在双层巴士的上层,一路行驶在绿油油的地表,潮湿、平坦、对称而又单调。教堂的门票花了两个半英镑。

然后,我在一间小旅馆的酒吧坐下,点了一大杯健力士啤酒。教堂美轮美奂,我加入一群游客中,身穿传统苏格兰裙的导游声情并茂地解说,将游客们热切的目光引导到金库的方向。但是圣杯肯定不在那里,如果在,我必能感觉到。绵羊多莉是另一项科学实验,它神圣的身体没有带来任何结果,永生的奢望依旧渺茫。苦涩的啤酒有点上头,我冒雨返回了。

一直到午饭时,我都因那本写波兰的书而愤愤不平。

"波兰是一个国家……"我读给女主人听。

她听着,放下了手中的餐具。

"是的,也就这一句是事实。"我接着说道,"我们像夜间的植物一样生长,一年只开一次花,在某一个仲夏夜。我们的种子

---

① 指罗斯林研究所。

沿着河流泛滥到全世界。我们只在战争、起义和历史灾难之际偶尔出现。我们频繁改变自己的语言,像每天早上换衣服一样。我们是杂种,我们的房子带轮子,我们的护照难以辨认。哦,我们写西里尔文字没有困难。甚至连我们的教皇都是便携旅行款的,一个穿着白衣服四处乱窜、不安生的家伙。我们从来也长不大,我们会在主菜上来之前就急不可耐地吃饭后甜点。我们确实是一个神秘的国家,有时出现,有时消失。这可能要归罪于气候,或者我们生活在广阔平原上。我们弱小的农业文明只留下了一点微不足道的幼稚痕迹,让未来任何考古学家都忧心不已:就剩下点烂鼓皮、破铅兵,还有几个实在不好发音的单词。"

然后我们静静地吃了哈吉斯,她让玛格丽特再开了一瓶红葡萄酒。我们碰了下杯。当我们喝咖啡时,她消失了片刻,旋即带着一个相框返回。照片中的人物是一个身穿英国皇家空军制服的年轻男子,准确地说是个大男孩。他一头金发,留有短髭,笑容灿烂,目光坚毅地直视着镜头。身后的背景是一些起伏不大、难以辨认的景观。

"他的名字叫塔德乌什·波尼亚托夫斯基。"她说。

她说出这个不太好读的波兰名字,"波尼亚托夫斯基",语速略缓,发音完美,无懈可击。

我注意到,这个姓氏在波兰相当有名。[1] 她把照片摆放在

---

[1] 波尼亚托夫斯基是波兰末代国王斯坦尼斯瓦夫二世的姓氏。该家族是波兰的名门望族之一。

桌上,我们各自端了杯咖啡,走到电壁炉旁坐下(园丁断了腿)。我在脑海中酝酿接下来该如何巧妙地提问,这个问题要恰如其分地适合于此情此景,就像整张拼图中缺失的最后一块,可以浑然天成地嵌入,我要轻柔而自然地问出来,就像抹了黄油一样。这个问题会钻出一个洞,但是千万不能操之过急,否则还不如不问。但是没等我问,她便主动开口了。她说,他最终被击落了,甚至没人知道他在哪儿牺牲的。

"我爱他。"她说到这里,咖啡杯轻轻地、优雅地碰了一下碟子。

我惊讶地望向她,不可避免地,我脸上丰富的表情再次出卖了我。她对我报以温暖的一笑。

是一个平凡的故事,如果爱情故事可以平凡的话。他们二人都穿上了卡其色的制服。食品配给卡、夜间从黑暗的地面上消失的大都市。

"我以为,离开他,我活不了,"她叹道,"他说话的口音和你一模一样。"

我来这里的原因至此浮出水面。因为我与塔德乌什·波尼亚托夫斯基——这位阵亡在德国汉堡附近上空的飞行员——有某些共同点。

早上,我又开始新一天的写作,写得很勉强,很不情愿。电脑屏幕在耐心地等候我敲下每一个句子,将其俘获,又揪住下一个单词。它连眼都不眨就接受了我手误造成的拼写错误,以及每一个错别字。它用闪烁的光标轻轻催促我快点写。我潜移默化地被引入了往事。我在写一本关于自己的书,写我当年还没有自我意识,没有身份证,没有义务,没有计划,没有习惯,也没有反思,我写自己陷入了晦涩难懂的画面。一个小女孩儿,连感觉器官都还没发育好,所感知到的都是扭曲变形的。我懵懂无知,眼中所见的只是自己想看到的。世界就是一滴水,发生的事情既没有情节,也没有原因,它们只是偶然随机地,或是随着一阵神秘的闪光出现在自己身边。我写的这些文字,电脑未加怀疑,不予置评,照单全收。它的驯服深深鼓励了我,但我自己对此深表怀疑,我自己在乎过谁?我为什么会觉得自己那些模糊褪色的、无足轻重的过往有写成书的价值?世界上难道就没有发生什么更重要的事情值得我倾注笔墨吗?别人才更重要,难道不是吗?世界上存在着一个人们普遍接受的、按重要性排列的等级顺序,难道早餐时看的报纸没有说清楚吗?三十年前的那个夜晚,未被载入史册,未被记录在案,未被任何人书写,除了我之外,再没有第二个人记得,那么,它又有什么意义呢?

盛放午餐的篮子里多了一个奶油色的信封,拆开一看,里面是一张女主人写给我的卡片,她想下午再给我看些东西。三点钟,她在饭厅等我。真是英国风格啊,我暗道。

她带我上楼,来到一间从未使用过的房间。一间转角卧室,室内摆放着一张大床,床上盖着带蕾丝花边的床罩。房间中陈设着轻巧的殖民地风格竹制家具,浓浓的异国情调让我很意外。

这是一间儿童房。竹椅上坐着两个洋娃娃,娃娃精美的面部居然是陶瓷制成。床上有两只泰迪熊,真是可怜的动物,它们身上的皮毛都因过多的爱抚而破损了。但她想给我看的不是这些，而是一个大号的娃娃城堡。屋顶和烟筒十分逼真，十多个窗户和两扇门惟妙惟肖。她小心地打开了两扇门，就像一座小剧场，紧接着又移除了一道外墙，其中两层楼的内部呈现在眼前。

最终，四层楼的内部结构一览无余。楼下底层是厨房和储藏间，布置风格颇为传统，带有一个用于清洗蔬菜和肉类的双槽大水池。餐边柜上摆满了彩陶餐具，井然有序，具体而微，其上盛放甜点的盘子只有手指甲大小。墙上挂着大大小小的平底锅和汤锅。木制桌子似乎因为经常使用而略有破损，扫帚盖住了簸箕里一堆看不见的垃圾，两只小老鼠坐在旁边探头探脑，一只黑猫冷眼旁观。

"小物件都是用蜡做的。"她说。

储藏间的钩子上挂着腊肉、猪火腿和好几只兔子。酒架上塞着软木塞的瓶子让人浮想联翩，里面到底有没有灌上葡萄酒？还有小小一铁皮盒饼干、大蒜编成的辫子、一篮蔬菜、几颗白菜头，瓶瓶罐罐里装的不知道是蜂蜜还是果酱。

往上一层是客厅。墙壁覆盖着带有精美图案的丝质壁纸。几个抽屉柜好像组成了一个小画廊，上面摆放的都是全家福和生活照。厅里有两张桌子，大的那张雕刻着精美繁复的花纹。椅子摆放得有点凌乱。那架大型乐器不知道是钢琴还是羽管键琴，键盘盖子敞开着，就好像音乐晚会刚刚结束，所有人都在晚餐之前去花园里透透气。墙上的画挂了好几排，彰显出大厅广阔的空间。在靠近壁炉的那张较小的桌子上还摊开了一份报纸，如果睁大眼睛，甚至能读出报纸的标题——《每日邮报》。桌上还有一本打开的相册，它是如此逼真，让人禁不住想用两根手指轻轻拈起，在放大镜下解密被困在照片中的一张张面孔。相册旁边散落着几张明信片，还有一把剪刀。一道楼梯通向了上层的两间卧室，一间狭小逼仄，室内只有一张窄床、衣柜和小梳妆台；而另一间里，这座迷你房产的女主人正静静地伫立在一张富丽堂皇的四柱床旁边，她是一个身穿蕾丝连衣裙的小蜡人，披散的一头金发上扎了个蝴蝶结，裙子和蝴蝶结历经岁月，早已褪去本来的颜色。她圆润而极度白皙的脸庞和清晰的浓眉似乎在表达着一些想法。我略作沉吟，却发现自己很难描述这种十分熟悉的表情。她的脚下戳着一把蓝色小洋伞，帽子躺在豪华沙发上，梳妆台上锡纸制作的镜子前，摆满了瓶瓶罐罐的化妆品。

卧室之上的一层，在胶合板制作的斜屋顶下，是阁楼和儿童房。阁楼里塞满装帽子的纸盒、损坏的旧家具和行李箱。儿童房里，在一架木制摇马旁边，一个微型的娃娃城堡赫然入目。这种娃娃城堡里嵌套的娃娃城堡，尺寸已经微乎其微了，无法再勾勒任何细节，甚至连外观形状都模糊起来。

女主人小心翼翼地把蜡像娃娃放在床上，这是她决定采取的唯一行动。

"她先后嫁过三任丈夫，"她说起了这个小蜡像，"第一任在某个地方迷路了，消失了，所以她嫁给了第二任丈夫。但是他后来失去了一条腿,所以她让他当了自己的园丁。第三任丈夫更是不得善终,他酗酒,最终也走了。"

这个故事在我看来恐怕仅仅是因为,她相信她。

"只要你想来,你随时可以来我这儿。"她补充了一句。

我可不敢。过了一会,我躺在床上,一个细节一个细节地回忆这个胶合板制作的微缩世界,在想象中玩得不亦乐乎。厨房中的两只老鼠终于从餐具柜旁那只猫咪的利爪下逃出生天。吃罢晚餐,我宽衣入浴时,在镜中看到了自己赤裸的身体。有那么一瞬,我吃惊地发现自己有乳房。再过片刻,我看到了小女孩瘦小、扁平的身体,紧接着,我在电脑屏幕乳白色的光线中看到了自己的双手。

六月的最后几天里,总算迎来了阳光和煦、风轻云淡的好天气。我已经不打算再写了,坐在露台上晒晒太阳岂不美哉。我透过双筒望远镜兴致勃勃地观察鸟类和生性胆小的野兔。有好几次我看到了她孤身一人,在公园的小径上支着短杆,滚一只大金属圆环,她头戴一顶蓝色的帽子,柔软的帽带系在颌下。

夜晚变得越来越短暂,可以说稍纵即逝。黄昏之后没过一会便是黎明。西方天际粉红色的光芒从未消失过。我丧失了方向感,天穹之上,无问西东。

主 体

　　清晨,他品着咖啡,读一篇专门评论其著作的论文。文章中有一处小错误,他所写的《万物睁开了双眼》这部小说最早发表于1982年,而不是文章所说的1984年。显然,文章的作者由于某种特殊原因,没有把未经审查就在国外发行的这部小说的首个版本考虑在内。他用铅笔把错误涂改掉,然后从烟盒里掐出今天的第一根香烟,这意味着,他在今晚睡觉前,还能享用剩下的四根——他确实要控制下自己的烟瘾。已是这把年纪,早该老实地遵循医嘱,彻底戒烟。但是,他是位作家,一位作家没了烟,就好似笔头没了墨,又何谈创作呢?他认为,写作与香烟之间,存在着某种天然的联系。他深深吸了一口烟,烟在他肺里穿梭的同时,也激活了他脑海中的记忆。也许是因为,烟和记忆都有着相同的本性——烟,缓缓升腾,飘忽不定,化作一个个烟圈儿,烟圈儿又缠绕成一团团毛线,像是给空气抹上了层层高光;这种层次感维持了一段时间之后,便会消失得无影无踪。这时,需要做到全神贯注,才能把这稍纵即逝的烟雾封锁在字里行间,而只有作家才能创造这样的奇迹。

　　他用指尖再往后翻了几页,有一句话突然吸引了他的注意力:"这部小说激动人心,书中的主人公,也是作者的第二自我,不仅和作者同名,还有和作者一样的住址:华沙市某大道的尾端。"他把这句话反反复复读了好几遍,嘴里吐着烟气,不禁回忆起了二十年前写《万物睁开了双眼》这部小说时的情景。那些日子,实在是不堪回首,仿佛世界末日即将降临,出乎意料的是,小说的最终效果还算不错。但现在再回想起来,不禁会问,何谓效果好,又何谓效果差?他用贪婪的眼光盯着烟盒里仅剩的四根香烟,这已经是今天的余量了。以前,作家还算是一份不错的职业。虽然其中甘苦只有作家自知。而且,外界对作家的创作毫不在乎,这往往会导致创作本身陷入荒诞的境地。但正是这一切,培养了作家随心而行的创作风格,赋予笔下的文字以生命与活力,披露只有在传说故事中才能听闻的神秘篇章,为读者们精心准备出文学的饕餮盛宴。如今,过去的一切都已经实现了纸质化,虽然从外人的角度看起来显得更加井井有条,但如果有谁想好好对过去进行一番梳理与归纳,那他就必须得在一座座垃圾山、一捆捆被大火烧焦了的废纸,以及被尘封已久的岁月中,甄别出他想描述的对象。每一种事物,当它符合正常化的审美标准后,都会变得枯燥乏味;同时,其自身也仍会存在数不清的却又无伤大雅的瑕疵,这些瑕疵就像一颗颗沙粒一样,每天都大量充斥在各大报刊上,而用不了多久就会被历史尘埃所覆盖。

萨姆波尔斯基站起身来，用不舍的眼光看了下桌面上的那四根香烟，决定出门散散心。今天的天气舒适宜人，他只需披件薄外套就可出门。沿着每天的必经之路，穿过庭院和楼房之间的人行道，走进城市中央大街，然后再拐入教堂广场，一会工夫就来到了他每天都光顾的咖啡馆。去咖啡馆的路上，有一些路人向他打招呼，其中包括两个背着书包的年轻人，他们一看到作家，便停下急匆匆的脚步，向作家致以最为诚挚的问候，直到作家礼貌地还以微笑，他们才继续向远方走去。这种街头偶遇，既让人欣慰，又让人厌倦，因为来自路人的嘘寒问暖，不断在提醒着作家，他是也只能是自己，这辈子他再也不能是别人了，比方说，他这辈子再也不能变成像那两个背包少年一样的人。这些年轻人具备他所没有的无限可能性，他们有扮演各种各样角色的潜力，这就像是在一篮鸡蛋中挑鸡蛋，每次被挑出的，都和上一个略有不同，都充满着未知的惊喜。他们能成为任何他们想成为的人，而自己呢，不能，早已经定型了。他甚至在想，自己的人生是不是已经结束了？突然，某种令人厌恶的东西从他身旁掠过，感觉像是从地窖里冒出来的湿冷空气。他时不时觉得，自己的额头上钉着一块铜质铭牌，上面写着：斯坦尼斯瓦夫·萨姆波尔斯基，作家。此时此刻的场景无疑验证了他的猜想，前脚一踏入咖啡馆，所有客人的目光都悄悄地聚焦在他身上，但由于他是店里的熟客，人们已经习惯于他的存在，并没有因为他的光临停止交谈。他微笑着，向吧台一侧的几位女侍应打了声招呼，然后走向那张熟悉的小桌,慢悠悠地坐下,点了份"黑早餐",也就是一杯黑咖啡加一包香烟——这样一来,书桌上的那四根香烟就足够他撑到夜晚时享用了。其中一位女侍应跟作家还挺熟,私下多端了两份他最爱吃的煎蛋三明治,并劝说道:"大早上的,您最好还是吃点真正能填饱肚子的东西吧。"作家并没有吱声,而是掏出了一份晨报,安静地读了起来,他心知肚明,此时此刻的自己是这个小世界的焦点。

而那个人,第一次出现在作家住所门前的楼道里。他俯低身子,钻研着作家房门的锁孔,手里把弄着工具,看似想要溜门撬锁。萨姆波尔斯基见状僵立当场,纳闷了整整一分钟,这一分钟就像一整只又肥又大的苍蝇一样。而那个人呢,第一眼看起来似曾相识——和作家简直就是一个模子刻出来的,但他的外表甚是恶心猥琐。他头顶长着灰白、稀疏的头发,像刺猬的刚毛一样又短又硬。他脸色黯淡,像涂了一层灰。他身材瘦小,披着一件格子外套,不过皮鞋看起来还算体面,就是有点磨损的痕迹。作家萨姆波尔斯基正想开口时,门锁十分不争气地咔嚓一声打开了,把作家吓了一跳,房门随之敞开。那个人一声也不吭地闯进了作家的家里,像回到自己家一样自来熟,萨姆波尔斯基也被迫跟上前去。那个人一点都没有想搭理作家的意思,直接一屁股坐到书桌旁的椅子上,捧起早上那篇专题论文读了起来。一边读着,还一边娴熟地在页面空白处用铅笔批注,画出文中亟须修改的句子。看到桌面上的烟灰缸时,他露出厌恶之色,一把推开,接着把那四根香烟也扔到垃圾桶里去了。这时,电话铃声响起，萨姆波尔斯基还没反应过来迈步，就被那个人抢先一步。他熟练地拿起话筒，然后拉长嗓子说道："喂——？"他全神贯注地倾听电话另一端的人说话时，额头上的皱纹一直紧锁着，脸色相当凝重，甚至可以说是悲痛。沉默片刻后，他朝话筒说道："文学是一种挑战。只有文学，才能划定人存在的边界。此外，文学还能给予这种存在以先验的意义。人如果只拥有生命，是远远不够的。请把文章发给我校对一下。"随即挂了电话。他用手托着额头，坐在那儿一动不动，再度陷入沉默，片刻之后，他又站起身，双手交叉在背后，来来回回在房间里踱步。这时，萨姆波尔斯基已经对他恨之入骨了。

那个人绝对是个怪人，因为他竟然从不吃东西，只喝咖啡。后来又发现，他还会往胃里灌伏特加。有一天清晨，萨姆波尔斯基在自己最喜欢的那家咖啡馆里发现了那个人，不仅如此，那个人还霸占了他每天坐的桌子，咖啡馆里的年轻人都在围观那个人，像是欣赏一幅美妙的油画。萨姆波尔斯基返回街上，透过咖啡馆的玻璃窗，一脸茫然地看着里面所发生的一切。那个人开始高谈阔论，两条手臂在空中不断地比画着一些奇形怪状的物体。他不时眉头紧锁、沉默不语，用萨姆波尔斯基所熟悉的方式抚摸着络腮胡。片刻后，就像是幼儿园班主任想吸引孩子们的注意一样，手指指向头顶上方，继续着刚才的演讲。刚开始时，萨姆波尔斯基的确很想冲进咖啡馆，然后把那个人臭骂一顿，毕竟那是他的桌子，那是他认识的大学生，更离谱的是，那也是他捋胡子的方式。萨姆波尔斯基再度踏进咖啡馆的大门，准备释放自己的怒气,但那个人竟然毫不犹豫地拿起酒杯,以戏剧里才能看到的气概,仰头干掉了一大杯足有一百毫升的伏特加。大学生们都感到十分震惊,眼珠子差点没掉出来。而在喝完伏特加后,那个人也不需要吃一口酸黄瓜,就继续起没完没了的演讲。萨姆波尔斯基应该从来没喝过伏特加,但并不是他不想喝——相反,他特别喜欢伏特加——只是他不允许自己喝。在这个国家,从五岁小孩到八十岁老人,没一个不酗酒的,但他却是一个天生的禁欲主义者。如果他一口气喝下一百毫升伏特加的话,肯定会呕吐不止。"酒鬼一个。"他自言自语,虽然十分不情愿,但还是不得不佩服那个人的酒量。作家稍微振作了一下,离开自己喜欢的咖啡馆,沿着街道继续往前走。在不远处,有个小酒吧,早年间,那里还是"牛奶吧"①呢,现在已经被改造成了酒吧。他找了个靠近角落的地方坐下,点了一小杯啤酒,摸出根烟吸起来。他旁边有一群青少年,留着短发,衣服上缠着金属链子,凑成一堆低声交谈着。不远处还站着位酒吧女侍应,她的皮肤呈黄铜色,应该是经常光顾日光浴店晒出来的吧,她正无所事事地翻阅着一本彩色杂志。广播里传来音乐声,节奏简单而重复,但内容还挺有意思的,不断唱着同一句歌词:"嫂子啊,嫂子啊,别让我,把你抓。"这时,萨姆波尔斯基总算舒坦了一点儿,他整个身体蜷缩在角落舒适的大沙发上,叼着香

---

① 指"牛奶吧"小餐厅,是波兰社会主义时期的一种特色餐厅,可以在里面吃到物美价廉的饭菜。

烟,吐着烟圈,嘴里念出真实且完整的语句,然后不紧不慢地把这些灵感记录在餐巾纸上。

那个人傍晚回到家时,已经喝得有点醉醺醺,他外套的美人眼插着一朵康乃馨,这在萨姆波尔斯基眼里,真是虚伪至极的表象,这个令人作呕的、不要脸的家伙!萨姆波尔斯基甚至都不想正眼看他,只要看他一眼,就会恶心欲吐,因为那个人的肉体就像是腐败已久的凝胶,硬邦邦、嚼不动的果冻,或者像假人形状的湿冷的蘑菇茎部——在他身上只有卑劣与下流、禽兽般的自我满足感。如果要触摸他的皮肤,那就更加让人不寒而栗了。好在那个人也不屑于看萨姆波尔斯基一眼,他直接拿起话筒开始打电话,他在电话里向某个人抗议,说什么大学得到的经费严重不足。紧接着是第二通电话,他在通话中表示了支持。萨姆波尔斯基正在浴室里洗袜子,所以没能听清楚支持的是何人何事。听不清就听不清吧,萨姆波尔斯基实在不想再插手那个人的事了。洗完袜子后,萨姆波尔斯基回到卧室,发现那个人正在读一篇刚从打字机里取出来的文章,他表情焦虑,用笔画出文中的一句话,并在句子旁做了补充:"'纳闷了整整一分钟,这一分钟就像一整只又肥又大的苍蝇一样。'——这句话想表达些什么?"他感到十分困惑,几乎把脸贴到稿纸上。萨姆波尔斯基把那页稿纸从他手里抢过来,顺带也把书桌上其他稿纸一并拿走,并稍带迟疑地对那个人说道:"你别想着抢走我的稿子,其他东西随便你拿,唯独这个不行。"那个人面带讥讽地笑着说:"萨姆波尔克①,你可真没风度啊。也许你写的东西不错,但你还是缺乏风度呀。"

此外,那个人完全不需要睡眠。他可以一整夜保持着一种焦虑、专注的神态坐在书桌旁。台灯也一直亮着,如果有人透过窗户看进来,自然而然就会想,这肯定是一位大作家在写作,一位大作家在思考严肃的问题,一位大作家在运用作家才有的天才大脑构思着下一部探讨世界意义的小说。这位大作家的心智使他有预判世界未来的能力,他的思想再也不会被愚昧无知、鼠目寸光、冷漠无情、故步自封所禁锢。他脑袋里思索的是人类认知的边界、历史的荒谬、人类的无助、世间的善恶、希望与相对主义的陷阱……当然了,还有美,怎么能少了美呢? 美,是一切的前提。

然而,就因为书房里的那盏该死的台灯,萨姆波尔斯基辗转反侧,难以入眠。微弱的光线透过门缝,投射在房间的地面上,幻化出各种好看的纹路。看到这些纹路,萨姆波尔斯基又开始为父母的坟墓感到担忧了。去年的冬天,也许是天气严寒的缘故吧,坟墓破裂成了两半。到底要不要找石匠算账? 这些图案看起来还像他的小学老师,老师身上还穿着以前经常穿的裙子。这是波兰东部的一间学校,现在这些花纹显得愈发清晰了,裙子的底色是黑色,上面能看到许多白色的花朵,每朵花内部

---

① "萨姆波尔斯基"是姓氏,而"萨姆波尔克"是其简称,此处称谓是"那个人"对萨姆波尔斯基不尊重的一种体现。

的形状都不尽相同,但花色类似于倒挂金钟,白中带紫,又或是白中带红。仿佛他在黑暗中伸出手,就能触摸到裙子那凉丝丝的布料,也许是印花棉布?丝制乔其纱?伴随着各种奇特的幻想,他不知不觉进入了梦乡。早上醒来时却是另一番场景,萨姆波尔斯基一睁开双眼,就看到那个人也在盯着他。那个人双臂交叉置于胸前,脸部看起来很清爽,发型应该打理过,胡子也刮得干干净净。"你能不能写一篇关于当代作家应该扮演什么角色的文章?"他问道,"萨姆波尔克,文学的任务是什么?我们能否期待文学去描述现实,期待文学去描述我们所经历的时代巨变?""你他妈的给我滚!"萨姆波尔斯基咒骂道,他说话的语气让他自己也感到惊讶,他从小就没骂过一句脏话。"我就是不滚,你能把我怎样?"那个人把萨姆波尔斯基整个拽了起来,大声呵斥道,"给我起来干活!大懒虫!死酒鬼!"

幸好,那个人在呵斥完后,便出门扬长而去。萨姆波尔斯基把收音机打开,刮起了胡子。广播里竟然传来了那个人的声音,他在谈论文学的意义,作家听得入了神,竟然忘了手里的剃须刀。同一天的晚上,萨姆波尔斯基还在电视上看到了那个人,他面对着观众,边做沉思状,边抚摸着络腮胡,然后针对色情作品和安乐死这两个话题发表自己的见解。萨姆波尔斯基再也按捺不住了,二话不说,冲到门后,把所有的锁都锁上,再拖来一个足够沉重的组合柜顶到门后,柜子的顶板刚好能卡住门把手。那天很晚的时候,那个人从外头回来,但是用尽了浑身解数也不得而入,萨姆波尔斯基因此窃喜不已。

就这样,萨姆波尔斯基把自己锁在房子里,足不出户,拒接电话,不看电视。几天后,冰箱里的食物都已经被他吃光了,洗手用的肥皂也告罄。最折磨他的还是烟瘾,一开始,他觉得自己可以扛过去,但到第三晚或第四晚时,他的身体就再也熬不住了。他披上外套,用帽子盖住双耳,偷偷溜了出去,疾步走到街角的报亭。那个人消失不见了。萨姆波尔斯基总算买到日思夜念的烟,忍不住就在街上抽出一根吸了起来。很遗憾,他回到家时,那个人早就在家里等着了,就坐在书桌旁,饶有兴致地读着萨姆波尔斯基过去这几天所写的笔记。如果这时候萨姆波尔斯基口袋里有枪的话,他肯定二话不说就把那个讨人厌的人崩了。如果他手上能有一把刀,他也会毫不迟疑地冲过去,深深地捅进那个人的后背。但他既没枪,又没刀,只能手里拿着香烟盒,站在那儿生闷气。"你究竟想从我这儿得到些什么?离我远点!"他呵斥道。那个人转过头来,看了一眼萨姆波尔斯基,既没有显得高高在上,也没有表现得风轻云淡,他只是平静地回了一句:"别打扰我工作。"萨姆波尔斯基越想越气,原来是这样啊,你在工作,你还占着我的书桌工作,用我的稿纸来写作,真是个不要脸的混蛋!萨姆波尔斯基再也吞不下这口怒气,他向那个人扑了过去,试图一只手把他手中的稿纸给抢过来,另一只手扯住他的衣领,但那个人动作显然更敏捷,反过来抓住了萨姆波尔斯基的手腕。伴随着难以忍受的疼痛,萨姆波尔斯基被推挤到墙边,一阵剧烈的撞击后,墙上挂的一幅漂亮的版画砰然落地,玻璃画框摔得稀烂。此时,被按压在墙边的萨姆波尔斯基就像是一个柔弱的女生，而那个人，变得更加强壮了，仿佛是汲取了更多的营养，拥有了更强的生命力。他呼出的气体里弥漫着发酵咖啡的恶臭，他用果冻般冰冷的眼神打量着因突然反转的情势而感到惊恐万分的萨姆波尔斯基，抵着他的脸庞训斥道："是我创造了你，你难道还不明白吗？你这该死的自大鬼！我既然可以创造你，我也就可以随时把你删除！你只是一个再普通不过的叙事者、抒情诗的主体、失败的建构，或者是别的什么东西。所以你给我听话点，给我安安静静地坐好！"他一脸嫌弃地松开了萨姆波尔斯基的手腕，然后回到书桌旁阅读文章。作家揉了揉肿痛的手腕，再也不敢发出一点声响，生怕打扰了那个人工作。慢慢拾起地板上的碎玻璃，他心中的怒火瞬间消失得无影无踪。看到摔坏了的版画，他竟然感到松了一口气。果然，事情其实很简单，但人们总是习惯把一切都复杂化。他眼前浮现出位于街角的那间小酒吧，还有酒吧女侍应那像焦炭一样黑的皮肤。

现在已经无须多虑了。作家萨姆波尔斯基戴上外套的帽子，把额头遮住，往市中心走去。

岛

尊敬的女士：

　　非常感谢您寄来的录音机。我去取了挂号包裹，得益于您的仔细包装，它完好无损。非常感谢您对我的信任。对于一个有满肚子话想向您诉说，但又不愿透露自己地址的男人来说，还能怎么做呢？给您打过几次电话，但每当开始讲述自己的故事时，总是因为未知的原因，讲了一半就断了。是的，录音机是最好的解决方案。我已经无法使用钢笔，我告诉过您，不是因为我不会写字，而是我关节炎犯了，我的手指已经不听使唤了。

　　您一定知道（我觉得，我会在下一次与您通电话时提及此事），我曾写过一本战时游记。这本书在几年前出版，但很快就被别人写的类似的回忆录所淹没。我写这本书不是为了自己，而是为了满足别人。从某种意义上看，我对此比任何时候都更加确定——要满足别人的期待。而别人总是最不确定的受众。我的印象是，我要将自己的经历放到某个公共空间里，因此，所有最私人的一切必须被剥茧抽丝，再被包装起来。我渴望被理解，这就是为什么我愿意为此花费这么多时间，我在那儿并没怎么谈及自己，也没提那些最重要的事。我只是抛出了一些字句，一些可以唤起别人共鸣的只言片语，为构建那些逝去的、我们共同的往昔图景出一份力。让我概括一下吧，这就是记忆，对不对？

但有时我们会碰到一些事，事涉更深的层次，超越了我们普遍接受的展开模式，那些事会在这幅共同的图景上留下一个个空洞。一些事实让人有些束手无策，不知该如何处理。因为这些事与任何一段历史都不搭界，最终只能将其标注在某个危险的括号里；既不适合将它们写成通常的逸闻，也没法描述成无辜的回忆录。人们根本不希望看到这样的奇谈怪论。

然而我认为，这些"咄咄怪事"是人们需要知道的，即便是那些抵制最强烈的人也需要了解。这些怪事揭示了现实的极限，是介于"存在"与"可能存在"两者之间的边界事件。从这个意义上来讲，它引起我们的注意，它是鼓，用其单调的声音让我们保持警惕。您知道让我感到最可怕的是什么吗？就是世界真的可以成为我们觉得的那个样子。

我希望您能将我的故事写成小说，把它编入某本短篇小说集中，有可能还会是最精彩的那篇呢。当然，您知道该怎么做。

在经历多年的战乱流离之后，我于1944年成功地与朋友一起来到了希腊。在那里我给自己搞到了文件，与几十名难民一起坐着一艘小船偷渡去巴勒斯坦。旅途的第二天夜里，我们的船被鱼雷击中，据我所知，除了我之外，同船的难友中没有人幸存下来。

我坐在海滩上，海滩遍布小鹅卵石，它们在大海日复一日的辛勤打磨下呈现出完美的圆形。这是我能记起来的第一个画面。温暖的雨冲去了我身上的盐水，我扭伤的腿传来一阵剧痛。

然而在我印象中，自己似乎还在船上，我还没有意识到，也没有接受到底发生了什么。我似乎还站在船头的栏杆边，犹豫着跳水时是否应该摘下眼镜——如果摘了，还能知道该往哪里游吗？我听见我周围吵吵嚷嚷的嘈杂声，那是充满绝望和恐惧的尖叫声，接着是水花飞溅声。眼见一个个渺小而无力的人影从巨大的船体上纵身跳下，没入水中。（我联想到，仿佛是一棵大型植物在播撒种子。）这跳船溅起的水花声听起来似乎是欢快的，好像是在做游戏，而不是仓皇逃生。

我对自己的那一跳至今记忆犹新，当时脑子里剩下的唯一念头无比强烈：拼命地往前游，拼命游。我还记得，当我没入水中后，我上方有一扇巨大的闸门受到猛烈撞击而砰然关闭。突然之间一切都变得静默、染上了绿色，飞逝的时间也似乎来了个急刹车。然后我勉强向前游动，身边的世界切换到一种完全不同的节奏，缓慢而阴郁。也许是出于恐惧，怕错过见证自己死亡的时刻，我不敢闭上眼睛，因此看到层层叠叠的气泡缓慢而欢快地跳着舞，它们从人的身体上逃逸，一股脑冲向水面。一个个落水的身形突然出现在一片绿色中，他们缓慢地挥动着四肢，然后，有的被某种神秘力量推向闪耀的光芒之中，就像水银般消散于那片水域的上空,有的在半路上就一动不动地死去,然后沉入遥远而神秘的海底。在他们头顶上盘旋着不祥的阴影,反射着船身的炫光,在水银般的天空上如同黑暗的星云,然后这个形状变得越来越庞大,轮廓越来越清晰,实体感愈发强烈。船沉了。

这就是我拼命游往远处的原因。然后天黑了,力竭后即将丧失意识的我紧紧抓住了一块木板。

以上,是我在海滩上醒来之前所能记得的一切。我呆坐着,按摩了一会疼痛的脚踝,直到云收雨歇,烈日高悬,天光大亮。我在口袋里摸到了眼镜,谢天谢地,它没有遗失。

我本以为,在海滩上肯定还会见到很多人——带着几个孩子的妇人、那对小情侣、坐在轮椅上病恹恹的老太太和她的儿子(或者护工),以及那几个沉默寡言的年轻人。当然还应该有我的朋友雅库布,他穿着跟我一样的雨衣(我们从做旧货生意的希腊女人那里免费得到的),就在震耳欲聋的巨大爆炸声袭来的一刻,我们俩还在聊着天。我在海滩上蹒跚行走,寻找着礁石间可能出现的动静时,那些声音再次在我脑海中炸响。我走到海边,又转身向岸,往复寻觅,终无所得。

海滩上空空如也。我又回到醒来的地方坐下,异常淡定地想,我就等着吧,等他们自己找过来。

我就在那里坐着,直等到夜幕降临。后来我躺在被暖风吹干的鹅卵石上睡着了。我睡得很不安生,时不时惊醒,醒了就无助地望向海平线那边的滚滚浪涛,而无视我背脊下坚实的大地。黎明时分的涨潮,让海水冲刷到了我肿胀的脚,我便退到了岩石上。

我异常清晰地记着这最初几个小时,永远也无法忘记任何一个细节。

我还记得小螃蟹的造访,它们惊讶地站在我面前,满怀戒心地转动着棒状小眼睛,随即逃窜到石头缝里躲了起来。还有不少体态纤小、蹦蹦跳跳的昆虫也来探访了我,它们最终也转身离去。太阳晒干了我的衣服,衣服变成令人不舒服的盐碱硬壳,摩擦得皮肤生疼。我好渴。我想到了雨水,因为下雨留下的淡水一定会积存在岩石凹陷的坑洼里。我蹒跚举步,走向密草丛生的岩石斜坡,那时我才意识到,自己恐怕身处一座孤岛之上。也许是因为四面八方扑面而来的海洋气息,让我感受不到各个方向的差异;也许是因为从不止歇也毫不放缓的风,它根本不把我脚下这片土地放在眼里,似乎只是在它前行道路上的一个微不足道的障碍。我开始往高处攀爬,因为我想,站在高处就可以清楚自己所处的位置,将我面前这个意外世界的全部地理环境一览无余。当然,最重要的是——可以看到其他人。

最初的几个小时,以及最初的几天,我都在等待着其他人的到来。我变成了自己的感官,变成了视觉和听觉。我坐在通往山顶的路中间,坐在被太阳烤热的礁石下,眺望着大海。我满怀希望地将视线在海面上一遍一遍扫过,期望能在变幻的海平面上找到一些痕迹——救生艇的边角、甲板的碎片,哪怕是一些垃圾、木板、盒子也好,任何东西都行。我奢望在海平面上能出现某种给我带来安全感的、属于人类的东西,譬如救生快艇和货船,若有飞机飞过就更好了。长时间的注视使我的眼睛刺痛,直至流泪。雨衣在石头上晾干,光滑的绸面上凝积了一层盐晶。

直到傍晚我才感觉到饥渴难耐,然后我又走向大海,希望能抓条鱼充饥。在一片潮湿的礁石坑洼里,我成功地找到了淡水,一整夜我都老实地守在其中一块岩石旁不敢擅离。我凝视大海,繁星点点的天空与一望无际、暗流涌动的漆黑海面形成了强烈对比。我还从未见过这样完美的黑色。我一生都生活在城市中,在那一刻突然感觉到自己是多么渺小,多么微不足道,且毫无价值。就是这样一个我,竟能奇迹般地幸免于难?我觉得,发生的一切不论是对于那些罹难者还是我这个幸存者来说都是残酷的,因为生与死完全脱出了掌控,由不得自己选择,没有任何预设,只有机械的概率,盲目、生硬,如同一台大型宇宙机器发出的轰鸣声。黑沉沉的大海揭示了一个可怕的事实——"存在"毫无意义。"无"和"有"本是平等的。其实在那恐怖灾难发生的一刻,我想,我就已经死去,是的,我被淹死了。我置身于我以前经常在咖啡厅里讨论时信口闲聊的"死后世界"。我死了。

接下来的一天一夜,我一动不动地呆坐,没有进食,完全被这巨大的恐惧吓瘫了。偶尔爬到岩石下面喝几口淡水,然后继续呆坐。我的思想慢慢消逝了。一片空白,就像一条浸了药的绷带,在我脑海中逐渐弥漫开来。心里似乎有一段对话,但它定格在一个句子上，反反复复刺耳地徘徊："我对你的爱，永远都不会终结。"我完全不知道我这是在和谁对话。我甚至没有试图在心里寻找我说这句话的对象，可奇怪的是，尽管如此，这句话填补了我空白的内心世界，让我又重新找回了自己。或者我说"请吧，请吧"之时，未必是我想请求什么，而可能是我想展示什么。请吧，这是我们说的那个"请吧"，我们这里有个岛屿，那边有海水。请吧，我独自在此。请吧，一切都结束了。现在我已经知道自己害怕的是什么了——是怕我会疯掉，因为孤独、饥饿、恐惧而失去理智，最终舍身投海。

确实，所有的细节都让我回忆起最后的日子。那是一座多雨的港口，我们与帮忙搞到文件的胡子拉碴的男人碰面，他用脏兮兮的双手接过我们递出的一沓钞票，在桌子下面数了好几遍。那是面包蘸橄榄油的味道，在一段饥饿的旅程之后显得格外诱人。雅库布突然变得兴奋不已，意气风发，坐在满是臭虫的小旅馆乌漆墨黑的客房里滔滔不绝起来，好像我们要去的是一个阳光明媚、平安喜乐的应许之地。一早我们进城，用剩下来的一点钱买点食物留待船上吃。一位希腊老妇人给了我们两件几乎一模一样的外套——沙色府绸质地，带有棱角分明的大翻领和大大的硬质橡胶纽扣。然后我们在旅馆等待了几日。为了消磨时光，我们还用纸做成棋子，用铅笔在报纸上画上黑白格。然后，我的思绪跳转到更早的过往，那时我还在自己热爱的那座城市里。咖啡馆、光滑的桌面、斟满伏特加的酒杯、油浸鲱鱼，还有覆盖着糖粉的甜甜圈，一口咬下去微微爆裂开，深黄色的果酱随之溢出，还有那富有弹性的面团。还有，妈妈。我最后一次看到她时，她正在厨房的桌子旁弯着腰切白色的洋葱。

我当时不得不从院子里折返进屋，因为我忘了拿手套，这时她表现出强烈的不安与惊惶，她命令我在椅子上乖乖坐一会，为我祈求好运。然后景象就是一间家徒四壁、破损严重的公寓，簌簌作响的纱帘随风从破碎的窗侧飘开，轻轻地摩擦着墙壁。"我对你的爱，永远都不会终结。"我脑中再次响起了这句话，就好像是对母亲说的，但人影一晃，我随即看到了莉拉，门口留下了她的背影，那是她最后一晚离开家时的情景。也许当时我对她说了这句话，尽管我明知道，她已经死了。我在沙地里啜泣。谷粒沾在我的唇上。

太阳下山了，澄澈如洗的天空带着强烈的金属质感，如剃刀般锋锐。真是令人绝望的空寂。我抬起手臂垫着头，然后靠到岩石上，目光呆滞地直望向天空。我试图想象……不，不是去想象某个特定存在，不是某人，不是上帝，而是比我所能看到的更多的内容，比如一个空间，比如无穷无尽。我试图祈祷："上帝啊，我们的父。"我说着，但那些从我嘴里蹦出的话语就像撞到了玻璃墙一样，又被反弹回来，听起来那么不自然。"上帝。"我又说了一遍，但我感觉就像在说外语一样。尴尬的是，我的谈话对象，据我所知，他根本就不存在。"请吧，请吧，我对你的爱，永远都不会终结。"——在这一系列尝试之后，我的思想又回到了之前设定的轨道上。

我现在跟您讲述的这些，听起来不会太戏剧性，对吧？然而在此前乃至此后我都从来没有想过。我该怎么讲述？我被圈禁了，我不是指自己被困孤岛，也不是说困扰于所处的奇怪环境，毕竟它让我活下来了，让我在死亡面前溜走，依然艰难地活着，就像一滴树脂中被困住的昆虫。我感觉自己身体里好像还囚禁着另一个"我"，我至今都将其视为终极的、完全真实的存在，它曾在真实之光下出现了片刻。而那时的我，则是内部装了另外一个人的容器。我是个蛋壳，是层外皮，而内部早已渴望某个年轻的存在出现，他不成熟，几乎未成形，也没有做好现身世间的准备，那个存在如果真能成功降临，也一定刚刚产生。是否您有时也会认为，我们的生命，就是用来检验这个我们自己创造的"真实自我"出现的可能性？"成功"或者"失败"，我们往往这样去评价自己的人生，其实从根本上来说，成败取决于我们能让这个新生命在我们体内存在多久。这就是当时我所感受到的。好像我就要迸裂、剥落了。我就是那陈年伤口的疮痂。

中午，一阵强烈的饥饿感袭来，我醒了。在一个小水洼里，我赤手抓了两条小鱼。它们扑腾挣扎，我不知道该怎样杀死它们，便将它们扔向了岩石，反复几次，直到它们不再动弹。我又观察了一会，确定它们是真死了，就生吃了下去。

我能确切记住的只有最初的几天，其实是最初的几个小时。从我开始吃鱼的时候起，时间终于开始运转，之后的日子一天天地过去，就像用空气丝线串起来的珠子一样，总算连成了一体。人们往往通过开始吃当地的食物来证实自己对当前处境的认可，我好像也同意了以生吞两条鱼的形式开启自己的新生活。

日复一日，白昼渐长，气温回暖。起初，我只是沿海滩走走，没有考虑过脚下的土地到底会延伸多远。很快，我学会了如何用石头堆砌一条不高的小水坝，这样一来，积水就会回馈给我一些不错的礼物为食：小鱼和螃蟹。我还发现水中有长满了蛤蜊的巨石，当我第一次吃蛤蜊时，忍不住当场呕吐出来，慢慢地我学会了抑制住这种愚蠢的条件反射，那果冻状的肉顺滑地流入我的胃，最终成为我的美味佳肴。我来回徘徊着，感觉到阵阵恐慌袭来，我清楚地记得，因为这正是最糟糕的事——威胁并非来自外界，而是内部。我担心自己会崩溃，因为我失去了自己所熟悉的环境，还有身边朝夕相处的人。此时我的头脑再次开始飞速运转起来，各种不好的念头纷至沓来。为了让心绪能够平复，我不得不重复一些毫无意义的事。我时不时地尝试祈祷，非但无效，感觉反而更糟了。一点也不好吃——可以这样来形容。我一直是个无神论者，尽管现在这个词似乎已经褪色而又令人难过。"上帝，我的主……"我满怀羞耻地开始小声地念叨了几遍，我的舌头非常僵硬，我还是无法接受这个词所代表的准确含义，最终放弃了。我觉得这样更好，如果上帝真的存在，他又该如何解释目前所发生的一切呢？

我学会了用侥幸存留下来的眼镜点火，在火上烧烤小鱼，然后贪婪地连鱼骨都吃掉。那时，我短暂地获得了一小段有如孩子般欢乐的时光——原来什么都难不倒我啊！我开始冲动地自言自语，我对自己说，我就像是鲁滨孙，我干脆称呼自己为鲁滨孙,那接下来就出现问题了,那个称呼鲁滨孙的人又是谁呢?于是就有了两个我——一个是灾难前的,一个是灾难后的。一个来自过去,一个来自不久的将来,而后者的每一分钟都在变成现在。那个"我",身披大衣,头戴礼帽,沿着利沃夫城的茹乌凯夫斯基大街行走;而此处的这个我,半裸着身子,瘸着腿。我们相互交谈,用这种方式维持着某种虚幻的现实。

我在海滩上睡的最初几夜,总是被一个噩梦惊醒。在梦里,退潮后的海滩上铺满了人类的尸体,一具挨一具躺着,让人联想起晾晒咸鱼干的场景。所有尸体都赤裸着,瘦弱而又灰白。从那之后,每次我走向大海,都害怕噩梦成真,大海最终抛弃了我的同船难友。海滩上出现的任何陌生形体都会吓得我一惊一乍,每段烂树干、每团缠绕在一起的海草,无不让我心惊肉跳。

我心怀恐惧,担心大海就是亡者的乐土,是潮湿的冥府——这概念应该在任何一个神话故事中都不曾存在,却让我远避海水。我畏惧在阴暗的沙质海底与水银色海面之间沉浮漂泊的尸体,于是我被困在了岸上。他们低沉又模糊的窃窃私语让人很难听懂,但他们依然需要对话,尽管已经死去。我半闭着眼睛,投出的视线已经不再努力为每个形体赋予意义。固体和悬浊物之间的边界依然存在,这是关于缓慢溶解的秘密。

鱼,我唯一的食物,也来自海洋这个亡者的世界,因此当我从自己设置的陷网中捞出那些扑腾着身子、滑溜溜的鱼时,我的饥饿感和厌恶感相伴而生,又无法分割。这是一种有悖天理的食人行为——这就是我的感受。我以死亡为食。我从死亡那里抓住它细小的面包屑,捞出它冰冷的鱼肉渣,用以喂饱自己。我的身体就像复杂的化学实验室,将死亡转化成生命,将潮湿黏滑的冰冷转化为生机蓬勃的热量。

在这里,每一个未来都可以被描绘为一幅缩略图——经过漫长的一夜,大海将死者抛弃。大海永远不会带来任何生命,这似乎就是大海的天性。它永远只会把死去的残躯扔到岸上:泡烂的藻类、瘫软的无色水母、腐臭变白的鱼尸、黏糊糊的木棍。

因此,我最终离开了海滩。我是花了多久才离开,两周,还是三周?我不知道确切的时间。我撕扯掉上衣的袖子绑住自己胀痛的腿,往大地深处进发。

我爬得越来越高,随着我的漫游,眼中的海也越来越大。当我抵达一座山峰的顶端时,我发现海是无垠的,在极远处与天空模糊地连成一片,望不到尽头。那时我才意识到,自己身处一座孤岛之上。

您是否听说过这样一个物理学定律:如果一个粒子处在一个有限的封闭空间内,它会对包裹了自身的环境做出反应——进行圆周运动。当时我对这个定律还没有什么概念,甚至当我了解到它时,也没有想过可以将原子世界的定律如此轻易地套用到人类世界中。好几次,我想登顶岛上的两座岩峰,但每次都失败了。要么被丛生的荆棘所阻隔,要么被凸出的岩石挡住去路,让我不得不另辟蹊径,偏离了计划的路线。最终,往往是经过漫长的跋涉之后又回到了熟悉的起点。也许正因如此,我开始怀疑这座岛,怀疑它对我隐瞒了什么东西,不让我探究它的核心，没准岛上隐藏着宝藏。

啊，我多么想念城市，想念烟筒林立的屋顶上方的低空，想念煤烟的气味，想念路灯洒落在鹅卵石铺就的人行道上的清冷辉光，想念四轮马车驶过时的踢踏声，想念汽车的呼啸，想念与路人擦肩而过的感觉，想念从寒冷的街道步入温暖、嘈杂、烟雾缭绕的咖啡馆的一刻，或者伸手拦住空载的出租车，让它带我回到某间私密的公寓，我对那里的一切都那么熟悉，就像熟悉自己的身体一样。

还有一样——那就是城市给人的饱腹感，城市不会让人饿死。放眼看去总能看到某家餐厅，好吧，哪怕是小吃店和廉价的蛋糕房，你也可以在那儿买到带着糖霜的甜甜圈，还有犹太老妇人兜售的百吉饼。

在这里，取而代之的是单调的饥饿感，我已经与它和谐相处了。饥饿可以用来形容这座岛屿，就像用广阔来形容海洋，以辽阔来形容天空一样，这是一座饥饿的岛屿。鱼永远无法让我吃饱，包括那些牡蛎和散落在四处的发酵过的半烂无花果，都不能填饱我的胃。我渴望面包、面粉和燕麦。一想到甜甜圈，我就能垂涎三尺。我看着草地和去年留下的草种子，心里想着从种子到撒着糖霜的甜甜圈需要多么漫长的道路啊，简直无法想象。

我做过的各色梦里，唯一的好梦就是关于食物的梦。我在梦中大快朵颐，也许这才是我没有被饿死的原因。

在岛上，做梦的时间比以往任何时候都要长。我清晨醒来后,如果不说几句话(不管对谁说,哪怕是对电话说——为了在形式上与世界保持着联系),就会继续做着夜里的梦。从这个意义上讲,梦并不是现实的反义词,而只是言语的反义词。因此,如若我醒来后没有说一句话,梦就会不知不觉地持续到中午前,有时梦会不断增强,甚至会持续到晚上。通常在夕阳西下、暮霭沉沉之时,梦会变得最为强大。而当我躺下睡觉,反而无法成眠了,因为我其实一直在睡梦中——只要闭上眼睛休息便等同于睡觉。在这种状态下所看到的东西,通常会引起不安,让人失去平衡。贝壳——拥有完美的形状,外观对称,散发着金属光泽,仿佛几个世纪前用最精密的机床加工出的物件,以简单的几何形状被摆在沙滩上——三角形、正方形或是星形。岸边的波浪线——当然是完美的正弦波,重复着固有的频率,将岛屿环绕在一圈平静的花环中,拍打海岸的节奏可以轻松地用数学公式记录下来。那天空中的绚丽晚霞映射出的光谱——从黄色到紫色,与光学教科书中所见的一样。还有那些被海浪雕琢过的石头上的神秘符文,是字母吗?我将这些石头收集起来放到远离海水、浪潮再也冲刷不到的地方,但有一段时间我忘记了它们的存在,我想去找回时,它们已经渺然无踪。

  我的想法也是一样,就像雪球一样出现在我的脑海中,我滚动它的时间越长,雪球就变得越大,势不可当又令人欲罢不能,然后它会突然间完全融化、崩解。举个例子,我想建一个避难所,我曾经有一段时间心无旁骛地琢磨此事,绞尽脑汁做计划,又不断修订完善。愿景的力量强大无比,我开始着手付诸实施。然而房顶和两堵墙的倒塌也同时摧毁了我的意志。建造避难小屋的想法随之土崩瓦解，我被自己折腾累了，之后再也没有搭造什么建筑的动力。

岛屿总体呈长方形，基于拔海而起的两座岩石山峰，如一对不对称的巨大乳房。一山平缓多石，山间绿荫如盖；另一山岩石嶙峋，峰上寸草不生。

两峰之间有茂林幽谷，绵延不绝。当我决定下去一探究竟时，并没有期待遇到什么奇景。未想到居然有一条小溪从陡峭的山峰上飞流直下，化作一道绝美的瀑布，在飞溅而起的层层水雾间，穿过巨石的罅隙，奔流至地势平缓之处，在一个水光潋滟的浅湖中安静了片刻，便慵懒地继续流淌，直抵更低的所在，注入一片足球场大小的水潭。潭水蔚蓝澄澈，让我惊艳不已，不由得睁大眼睛，以应对这突如其来的色彩冲击。几条支流于此处分道扬镳，潺潺缓流，一路向东汇入大海。幽谷深涧中充溢着甜美的水汽，菟丝丛生，苔藓苍翠，池沼星罗棋布，浓密的灌木丛在千年的朽木间恣意生长，葳葳蕤蕤。竟是如此胜境。

谁也不会想到，在这座满是岩石的岛屿上，会在最中心的位置有一个神赐般的美妙所在，一个湿润而亲昵的角落，一个感性、精致、绿意盎然的神秘桃源。静谧的小水潭，纯白的潭底，小鱼欢快地嬉戏。当我步入水中时，鱼儿不逃不避，只是惊讶于这个陌生的形体，围着我转来转去，我甚至可以抚摸它们的脊背，让它们吃惊地呆愣住片刻，似乎是惊讶于还有类似抚摸这样的感觉存在。水尝起来很不寻常，带有一种钙质或者矿物质的味道。我恍然大悟，溪水流经的岩石恐怕蕴含某种可溶性的矿物质，难怪那些垂落在水中的树枝经过一段时间浸泡后，都会被一层奇妙的白色盐渍所覆盖。

我用汗衫做成网兜，用它捕了一些温顺的鱼。吃饱后，我躺在一块平坦的巨石上，检阅着在我口下暂时幸免的鱼儿组成的游行队伍。然后我睡了一会。醒来后，浅湖与小潭都暗了下来，蔚蓝变成了靛青。已经太晚了，赶不及回到下面了，因此我退回白天被太阳晒热的那片巨石，在几乎与其垂直的方向，我发现了一个岩洞，就像一个为展示雕像做准备用的石窟。我坐在那里，天已经完全黑了下来，黑夜以百万种声音惊扰着我——就像黑暗在耳边被刨子削成碎末。

早晨，我被舒适度欠佳的石头床硌醒了，浑身僵硬。在湖里洗了个澡，站在朝阳下晒干自己时，我发现矿泉水在头发上留下了白色的结晶，就像我一夜之间白了头，整个人看起来灰扑扑的。我一边用手抓起鱼，一边喃喃地向它道歉，当我需要把鱼串在棍子上时，鱼为这不友好的行为投来困惑、愤怒的眼神，我双手合十。点燃一堆火，我小心维护着，以便烧到晚上而不熄灭。我走在水边的灌木丛中，在那儿发现了一种白色的植物茎，其味道甜美，鲜嫩堪比芦笋。我还找到了鸟窝，里面通常会有几个带有斑点的鸟蛋，我伸手掏了两个，希望鸟儿不会注意到这个损失。我以前在一本书上曾经读到过，动物最多只能数到四。我长久地打量自己的身体——胳膊被太阳晒脱了皮，整个人变得形销骨立。我喜欢现在的自己，因为从前我的体态偏胖，总爱下意识地收腹。我重复着扣上西装纽扣的动作,就像在咖啡馆的桌前站起身,要做自我介绍时一样。"我叫 E。"我说道。"我叫鲁滨孙。"那个"我"回答。我们沉默地坐着,这家伙的存在着实给我带来了些许欢乐。然而鲁滨孙的幻影很快就消失了。

我身上发生了一件怪事。一天夜里,我被一阵尖叫、哀号声吵醒。在树木中间我看到了一片迟疑、惨淡的白色光芒。我开始哆哆嗦嗦地走向亮光处,手里紧攥着石头,牙齿直打战。就像战前我看的那些恐怖电影里一样,而我此刻就像电影的主角,不由自主地进入埋伏着凶手的地下室。我被一片黑暗中危险而可怕的亮光吸引着。这部电影将随着我的死而告终,我心想。我在一条树根上跟跄绊倒,觉得自己遭受了袭击。我闭眼在那儿躺了好一会,就像有个冰冷的魔鬼踩住了我的脖子。当我终于鼓足勇气抬起头来,看到的是树上一团锯齿状的蘑菇。早晨再看,那丛蘑菇只呈现出一片白色。

会发光的蘑菇,似乎已经死了,只是有某些发光的生命存在的迹象。我曾经在某本书上读到过"磷",磷的自燃会发光。但这些知识从未以任何方式与眼前的景象有所关联,只是给我带来过某种非人类存在的预感,是冷酷、易碎、自行其是、与人的身体完全无关的存在。

早晨,我举着棍子朝那里走去,准备消灭掉那些真菌。它们让我联想到魔鬼下巴上长的"山羊胡子"——看起来很纯真,也毫无罪恶感。我不敢下手。

您看看森林,森林里生长着成百上千棵树,每棵树上又有数以万计的叶子,每片叶子上又纠缠着数之不尽的脉络纤维。要知道,在纤维中又有无以计数的植物细胞,而细胞里还有些什么?组成它们的分子,之后还有原子,如最新发现的那样,还存在着组成原子的更细微的粒子——在这个岛上的每个行动看起来也是如此。行动始于一个笼统的想法,随后形成清晰明确的计划——建造一个避难小屋,我开始为此收集木棍、树枝,选择地点。但当我真正启动了工作,每项活动都会呈现出没完没了的细节。我由此展开了一次进入前所未知领域的旅程,它不断地把我引向其他行动——那些更为琐碎,也更易夭折,甚至几乎让人察觉不到的行动。它使我产生了其他想法,有时是奇怪的想法,有时是极其简单的想法,简单到我觉得都不值得去思考。每一项活动都由无穷无尽的更细微的活动组成,这些细微活动同样无限可分,永无止境。此外,它们共同创建了一张网,就像精准的行程时刻表一样运转,安排转车衔接、更换线路和改变方向。我在海滩上搜寻原木的途中意外发现了溪流的入海口,从而引发了我对两种不同性质的水体相互交融的思考。将两根棍子绑在一起的需求,又让我发现了坚韧而细密的草叶,还激发了我关于播种和谷物的梦想。让我产生饥饿感的画面促使我去钓鱼,但我钓起来的不是鱼,而是一块平坦的石头,它就变成了我的餐桌。既然有了餐桌,是不是还应该有餐椅……日子就在这些混乱的活动中浑浑噩噩地流淌着。我生长在了岛上,就像蘑菇生长在树皮上一样。也许我跟它一样,也在黑夜中散发着天空映照的白光。

有时,尤其当我看着大海,还是会想到自己。我的头脑里一直都充满了自己,仍然是第一人称,但在这个第一人称的思维里,已经有两个"我"存在,一个是担忧的,另一个是被担忧的。同时,面对这种意外的分裂,第三个"我"也呼之欲出了,这个"我"将分辨出谁是那个担忧的,谁又是那个被担忧的。我惶恐地注意到我自己内部产生的可怕而庞大的空间,一个由投机、思维、画面、激情等元素组成的空间。这空间像个带孔的漏斗,所有一切都通过它从一个地方漏到了另一个地方,短暂地出现和停留,然后就消失了。就像一条宽阔的、浑浊的、湍急的河流,没有起点,也没有终点,愤怒地咆哮着,流淌而过。

您会问,我为什么要啰唆这些?为什么不直截了当讲出事情的结尾,某一天出现了一条看似无人的空船?我为什么要絮絮叨叨地描绘棍子、日落、我的发呆、我思想的消失?为什么我认为您会关心这些事?因为我敢肯定,每件鸡毛蒜皮的琐事在整个体验链条中都具有无与伦比的重要位置。直到在岛上,在这个与世隔绝的流放之地,我才意识到了一个事实——每分每秒对于这个世界都举足轻重。

我不停地在岛上游荡,没有一刻休息,像个陀螺一样转了一圈又一圈。行至蔚蓝色溪流的入海口,此时我开始想念山上的两个湖泊,但大海将我留在它的身边。假如再也看不到它们会怎么样呢?假如我被关在这座岛上,被藏起来,被活埋了该怎么办?大海给了我希望。我必须像梦游一样绕着岛转圈。每天起床后就开始巡逻,好像这就是我的职业。

蔚蓝溪流后面的路径将岛的另一面展示在我的面前,那是一方更为平坦的天地,山坡上长满了橄榄树和无花果树。这让我十分高兴,因为我意识到,收成已经指日可待了,还是取之不尽用之不竭的那种。我转而想到,果熟蒂落之时,我恐怕已经走到了其他地方,于是又感到一阵难过。我用舌尖尝了尝无花果柔软的绿色果肉,发现它还未成熟,十分青涩。我又想到了用阳光把它们晒干的技术,就好像我知道自己会困于此处多久,要将这段苦难时间延伸到一个无法描述的未来一样。我用手指摸了摸硬邦邦的、覆盖着银色外皮的橄榄,紧接着尝到了无比苦涩的滋味。

在觅食探险之际我突然注意到,这个小果园被一道石头垒砌的墙包围着,墙垒得中规中矩,无疑是出自人类之手。果园与围墙形成了一个崎岖不平的农场,我猜想,这里也许曾经放养过绵羊或者山羊。我的心脏猛烈地跳动起来——我也不知道为什么,是因为高兴还是失望。我回到小屋,但已经再也无法找回原来的平静,我一直笃信,这座岛归我独享。难道这里还住着个离群索居的孤独牧羊人?也许还有一间茅草屋,里面生着炉火,有炊烟袅袅飘向天空。这道人造的石墙堪比粗俗的铭文,就像在公园的树上刻着的"到此一游"一样。

斜坡一定是当年葡萄园的遗迹,当年的主人一定均匀地、成行地种下葡萄藤,然而现在已经看不出任何秩序的痕迹,眼前只有杂乱无章的荒草丛。葡萄藤大多早已枯死,只能从一条条扭曲的黑色棍子上看出一点端倪。朝向大海的陡峭梯田已经失去原本的清晰层次，就像一片自然形成的缓坡，石墙的墙头上长满杂草和野黑莓，看起来仿佛缠绕着的一团团铁丝网。我沿这些自然的植被行走，努力不发出任何声音，但很难做到，因为脚下总有干枝枯藤毕剥作响。我联想到了火，火可以在短短几分钟之内就将整个斜坡燎尽。

在这片灌木丛中出现了一条小径，或者说是一条小径的遗迹，也许只是一条曾经的小溪留下的河床冲痕，所以只能说，这里有一条穿过斜坡的相对平整的泥土带。现在我非常安静地沿着它的中心行走，而身后黄褐色的泥垢上还是留下了我的足迹。这也令人相当不安，就像我在跟踪自己。

小径的结束如同开始一样毫无征兆。我站在一块只有几平方米，覆盖着一簇簇尖锐野草的小高地上，面前是一块平坦的石头，四周还有几块相对较小的石头。这让我联想到小桌子，周围的石头像让人并不怎么舒适的凳子。在石头下面有个坑，没准是口干涸的泉眼，周围有半圆形的残垣断壁。我用手掌抚摸着石头粗糙而发烫的表面，正当我要坐下时，突然看到了上面刻着标记。我凝视了一会，没有看懂。又过了一会我才意识到，我看到了人的笔迹，忙把手缩了回去。

首先，这些文字毫无疑问是人类书写的，我感到莫名恐惧。我用手指指着试图读懂，但完全不知所云。我的恐惧愈发强烈，我觉得自己的发现远远超出之前的想象，这里应该是非洲沿岸的某个地方——这文字充满了异域特征，竟然是象形文字。

我用手拂去发白的枯树叶,发现下面还有内容,只不过已经不再是文字,而是一幅画。甚至不能称其为画,应该说是精致而写实的浅浮雕,尽管受到了咸湿海风的侵蚀,依旧清晰可辨。这一幕场景一直浮现在我眼前,我知道,我永远不会忘记。石头上雕刻的是一个人物形象,他身材苗条,但有些不合比例。不,也不能说是人的形象,因为他有翅膀。也不是天使,因为这个形象动感十足,是个裸奔的孩子,勉强可以算是个很年轻的小伙儿,他带有明显的性别标志。他一条腿弯曲上抬,像要起跳,另一条腿仍在地面支撑。他的双手以优美的姿态伸展开,一只手里拿着某个长条状的物品。他作势欲跳,仿佛立刻就要腾空而起。他的小脸瘦长,眼睛很大。他在用我的眼睛打量着我,而我在用他的眼睛观察着他,这种感觉如此强烈,以至于我被他的目光打动,仿佛有片刻失去了意识。我的脑壳一阵疼痛,伴随着嗡嗡耳鸣。我想,我可能是在这片曝晒于烈日下的干燥高原上中了暑。

至今我也不知道当时看到的究竟是什么,这个石雕刻画的形象是谁,为了纪念谁而雕刻,又想表达什么?那些用读不懂的语言镌刻的铭文又是什么意思?浅浮雕的内容,不论是出于无聊,还是玩笑,抑或源自某种当地的宗教崇拜也好,我只知道,我们的视线曾相互交织,这个裸体的、跳跃的、与某种不可名状的神秘力量紧密相关的形象,让我困惑至今。我百思不得其解。我们必须理解我们所看到的一切吗?我们必须弄清所有标志的含义吗?

恐惧笼罩着我。我觉得马上就会有厄运从天而降,将我碾成齑粉。我会被发现,再也无处躲藏。我向小屋的方向仓皇逃窜,要带走我的全部家当,逃到山上。也许应该把小屋拆掉,这样我就不会留下任何痕迹了。最奇怪的是,我的身体竟然有了性兴奋的反应,这个情况同样吓坏了我。我产生了一种印象,我的身体不再服从我,让我似乎感觉到了别人的存在,即使回到过去,回到了古老的、著名的驱魔招魂仪式上,准备将身体与灵魂再次统一起来,恐怕也无济于事。我沿着沙滩发力狂奔,留在身后的脚印旋即被大海吞噬。当我抵达小屋时,我开始迅速收拾为数不多的物品,我意识到,自己被不久前岛上有人存在的事实吓坏了——要么害怕他,要么去拥抱他,此外别无他法——但这个长翅膀的是人吗?着实吓破了我的胆。我联想起了那晚发光的蘑菇,某种内敛的、静止的生命所显现出来的昏暗亮光。我现在觉得,那块带着翅膀的石头哪怕在光天化日之下都会熠熠闪光。有人把一切毁灭性的矛盾都封印在石头上的图案里:本已死去的,却刻画出印记;本该待在原地的,却准备跳出来;本是子虚乌有的,却活生生地显灵;本无生命的,却在述说,并通过这种交流方式使自己活了起来。在我的岛上出现了新的未知存在,现在它正在我身后爬行,想吸引我的注意。它正舔食着我的足迹。我觉得,我的岛将在片刻之间就被它的入侵所征服,被渗透、吸收,然后它会满怀嘲讽地用指头戳着我说:"嘿,你在那里,我看得到你。"也有一种可能,这块石头是那个假设中的在这里生活过的牧羊人,那个为橄榄田砌围墙的人留下的一个普通门牌，上面刻着此处的地址，就像为邮局寄信用的。但我总觉得，这块石头所蕴含的内容远不只如此，是某种非人的生命体永恒存在于岛上的标志，这个非人的生命体不可摧毁、不可驯服，若想描述它，还要使用很多以"不"字开头的形容词。不管它是什么，它都在统治着这座岛屿，沉默、隐形、无所不在。

我的岛，刹那间就易主了。我挣扎求生所做的一切努力都化作徒劳，我耐心探索了每一米海滩，我费尽心机寻找水源和蓄积淡水的地方，我辛辛苦苦垒砌鱼塘，我绞尽脑汁用木棍建造起结构复杂的小屋，我不辞劳苦前往岛的另一面探险，我在石头上晒干贝，我……我的万般心血突然间就成了为别人做的嫁衣，甚至山潭里的白色游鱼也重新认了主人。它的沉默无形地提升了它的威慑力。我突然察觉到它投向我的目光，我为自己在石头边那莫名其妙的勃起感到无比羞愧。一把抓起那件用来充当枕头的毛衣，围绑在屁股上，我头也不回地向山上跑去。

我努力想忘记在下面看到的东西。我现在开始建造一个新的避难所。海岸已经不再吸引我，那里能够带给我的，一定也只有可怕的东西。夜晚，我躺在刚刚垒好的垫满干草的巢穴，却无法摆脱脑海中那些恐怖的画面。第一幅是从海上漂来的浮尸，第二幅是石头上裸体的有翅人形生物，两幅图景悄然拼接在一起，那个生物在死尸堆中跳来跳去，还用手里的长条状物体碰触尸体，尸体随即变为僵尸，动了起来，在海滩上四处游荡，等着来一艘船将他们的遗骸从岛上运走。再这样下去我怕自己会疯掉，于是开始努力地回忆有关城市的点点滴滴。砖石和水泥铺设的街道上没有一簇杂草，城市的布局十分对称，分得清东西，辨得明南北。饭店里灯火通明，电车铃声此起彼伏。我脑海里随即浮现出有轨电车的车票，票面标注的信息简明扼要又一目了然，票价、时间表，仅此而已。还有日历，上面的每个星期天都用红色标示出来。我想起整齐地摆在书架上的书籍，每一本的书名都历历在目。在街头，坚固的柱子上贴满花花绿绿的广告，珐琅制的路牌上标着街道的名称。这是一个由明确的方向构建的世界。在那里，每个词语都有明确的所指。词典则耐心地将一种语言按照顺序排列，印刷在书页上，然后逐个翻译成另一种语言。百科全书也安然无恙。想要读懂石头上的文字，可能要借助书籍、图书馆员、大学和语言学家的帮助。世界上的每个存在最终都会被理解，只是时间早晚的问题。我觉得，最糟糕的事莫过于理解不了石头上铭文的含义，假如我能读懂，就不会这样害怕了，我可以适应它、驯服它、看穿它，我会测量它的广度，潜下去触碰到它的底部，然后返回，把它摸得清清楚楚。可是，它迄今无法辨识，我胡乱猜测所带来的无形恐惧就会不断加剧，最终蔓延到整座岛屿。如果这些文字的意思是"死亡"或者"魔鬼"，那它们岂不是现在就开始慢慢释放出黑暗的诅咒？还有比这更糟糕的感觉吗？

在一个炎热的夜晚，西北方向的天际连绵不绝地闪耀着亮光。我以为自己听到了远方沉闷的雷鸣。我满怀希冀地想，也许只是一场遥远的暴风雨吧,但我心知肚明,这无疑是战争的声音。所以,战争还在继续,也许永远也不会结束了,也许会成为自然常态吧?

第二天,我莫名其妙地做了个决定:到下面去看看。我往下走着,努力把无花果林里的石头抛到九霄云外。见到海滩时,我如梦初醒,原来自己是被一个隐藏极深的想法吸引过来的,这份渴望无比强烈,当我开始动手实施时,双手都不由自主地战栗起来。我开始堆积木材,把手边能捡到的,甚至是计划用来扎一具木筏的,以及从山上、从果树林里能获取的一切木棍都堆在一起。我决定烧起一堆巨大的篝火,当晚就点燃。我想用这种方式唤起别人的注意,不论什么人都行,就算引来的是死亡也在所不惜。整个白天我都在搬运木头,擦伤了胳膊,碰破了腿也毫不在意。我走了很远的路,但有意避开了石头的方向,将橄榄树的干枝枯叶一股脑拖到海滩上。我奢望着希腊渔民能够在自己的渔船上注意到我点的火,如果是商船就更好了。只是不知道这些船在战争期间还会不会出海航行?啊,哪怕被士兵们看到,甚至是德国兵也无所谓。只要他们肯把我带走,就算立即被枪毙,我也无怨无悔。我有一种感觉,仿佛整座海岛都在满怀嘲讽地看着我。其实,我就是在故意气它。

中午时分,水面上漂浮的一个轮廓闯入了我的视线。它出现在太阳反射的炫目强光中,试图欺骗我的眼睛。我目不转睛地凝视,心里想,真是好大一棵树啊。后来我才回味过来,我看到的是一艘小船,而且是一艘空船。它看起来太不真实了,像个幽灵。后来,我的眼睛渐渐适应了这个形状,我又开始害怕,怕是自己产生的幻觉。

我纵身入海,径直向小船游去。我确定,船上空无一人。此情此景,就像我在山上发现了两个蔚蓝色湖泊和流淌着淡水的小溪一样——当我非常强烈地想象、极度渴望、反复思念什么东西的时候,我就会得到,屡试不爽。如今,我又获得了这样的礼物,一条小船。难道是石头上雕刻的神秘铭文应验了,难道这鬼画符般文字的意思就是"小船"?

我还记得看到船身侧面的油漆痕迹时心里的悸动。这是人类文明的产物,是经过严谨设计、缜密思考、充分计划而得以问世的造物。小船代表了我身后的整个世界——轮船和港口、街道上的鹅卵石和咖啡馆、葡萄酒和甜甜圈、火车时刻表和报纸、钞票和邮局、洗衣房和剧院。我游到这艘突然解救了鲁滨孙的小船旁——现在对我来说,恍如做了一场大梦,其实很有趣,一点儿也不可怕。然后,思想,我的思想再次出现,带着原有的多样性和流动性回归了我的大脑,就像一群小鱼儿在水中游来游去,瞻之在前,忽焉在后。"我"也再度复出。

我使出浑身解数,设法将搁浅在礁石之间的笨重船体解救出来。我把船推到身前,在海浪中挣扎搏斗,几乎被海水呛得窒息。我推着船一路向左,因为我知道那边的水比较浅,当我的脚已经可以触碰到海底时,情况大为改观,剩下的事就容易多了。这是我一生中最大的猎物,一条木头鲸鱼,一条拯救我脱离苦海的方舟。海水在不知不觉间涨潮了,我意识到,如果再晚一个小时的话,这艘船就会借着潮汐逃脱,心里一阵后怕。

　　脚能踩到海底时,我也就可以探头看看小船里的情况了。然而我眼中所见,正是我初抵孤岛的那些夜里反复做的噩梦,这是一幅最令我恐惧的景象。好吧,我坦白说,也是我所期望的——小船里,一具尸体赫然入目。尸体脸朝下,俯卧在溅进船舱的积水里,身材瘦小,被一件满是盐渍的棕色大衣裹得严严实实,看不到面目,因为脸浸在被鲜血染红的积水里,被黑色的长发遮住了。我撒手放开船,在惊慌中向海岸逃窜。我可能发出了尖叫,踏着炙热的沙子往岩石方向奔去,途中猛然跌倒,沾了满身沙子,爬起来拔腿再跑。我连滚带爬进了小屋,从那里偷眼看去,小船已经自己停泊靠岸,现在正有节奏地、近乎调戏地摩擦着沙滩。诱惑,赤裸裸的诱惑。它是个有虫的苹果,金玉在外,蛆虫其中。

　　我要安葬这具女尸,并永远避开埋骨之所。这个岛上应该拥有一片自己的墓地,就像一个真正的定居点那样。我必须这样做,别无出路。

　　我起身后,慢慢挪回海岸边。小船一下一下摩擦着沙子。瘦骨嶙峋、长须垂胸的我就这样站在这条不期而至、诡异万分的灵柩船前。

　　我不得不使出吃奶的劲儿——此时我才发现,自己已经变得多么孱弱。我把船拖拽到沙滩上,闭上眼睛用胳膊揽住尸体。浸水的衣服让她变得格外沉重。当我成功地将她一半身体拉到船帮之外时,有一捆东西,一个小小的包袱,从她身边掉落下来。我突然间听到一种可怕的声音——哇哇的哭声。"不可能,绝对不可能!"我想。解开脏兮兮的毯子,里面果然包裹着一个小孩儿,准确地说,是个婴儿。我不知道他有多大,是几天,还是几个月,我从来没有这么近距离地观察过婴儿。我有些激动地将他抱在怀里,心怦怦直跳。

这个轻飘飘的小不点儿笨拙地扭动着身子。我感觉到他的动作,也感觉到他小小的身体散发的温暖。我有点手足无措,害怕抱松了把他摔在地上,又怕抱得太紧让他窒息。我解开湿漉漉、臭烘烘的尿布,原来是个小男孩。他有一头柔软的黑发,闭着的眼睑上,蓝色的静脉清晰可见。我看着他,就像看着意外捕获的一条不能吃的怪鱼,一只小海怪。就是这么个小东西,我将他放到旁边岩石的阴影里。一个活生生的人类小孩。

一个沙坑,我挖了很久,沙子总是不断往回流,但岩石阴影下的那个孩子又给我增添了力量。没有埋葬好他的母亲之前,我还不能抱他。我还知道,我不能看她的脸,因为我不能允许死人的眼睛看到我的脸。当她入土为安时,太阳已经快要没入海平线。我将她面朝下安放到这个浅浅的墓穴中,没有为她诵读任何祈祷词,也没有为她感到难过,我只是单纯地害怕她。从某种意义上说,我很厌恶沉重的尸体和被黑色长发遮盖的脸,畏惧混杂着血和死亡的腥臭味。假如我让她脸朝上躺在沙子里,没准她会在夜里醒过来,起身杀死我。别忘了岛上的恶魔。

我犹豫着,是不是应该再挖一个小坑?我走向岩石时,看到孩子在扭动身子呜咽,这说明他还活着,我感到一阵欣慰。我温柔地将他捧在手上,他的小脑袋不停地摇动,所以我必须把他搂在怀中,抱到山岩上的一个洞窟里。附近就有淡水,我笨拙地给他洗了洗身子,他又开始哭,但声音很微弱。孩子的哭声让我联想起小鸟儿的鸣叫,我心中戚戚然,因为我心知肚明,无论如何也养活不了这么小的孩子。我生自己的气,我本可以简单地把他留在那里,那样现在就无须直面他的死亡了。假如时光可以倒流一会,我会把他埋到母亲身旁陪葬。这样,我就会忘了这回事。那个胡乱在石头上刻刻画画的上帝或是恶魔,没准会像征税一样征收牺牲品,没准会收走婴儿的生命及未来的一切可能性,来壮大祂或它自身,就像病人喝鸡汤来滋补身体一样。这是欲壑难填的众神和人类心甘情愿的牺牲,譬如这孩子;当然也有不情不愿的牺牲,譬如船上的难友。

天气炎热,所以我让孩子赤身晾干。我看他时,并没有感觉到自己是在看一个人,觉得更像在看一个橡胶小玩具,一个自然界的奇异物产,一个触感温润可人但完全不真实的物件。有时,他会稍微动一下,但动作越来越轻微,次数也越来越少。他会睁开眼睛,盯着破屋顶上透射的阳光。我意识到,必须动手杀死他,这是唯一的人道主义出路,总好过让他慢慢饿死吧?我考虑该怎么下手,是用尿布把他闷死呢,还是另外一种可能最简单的办法——带到岸边,按到水下保持几分钟,然后挖个沙坑埋了。如此一来,我将在沙滩上拥有一具自己亲手贡献的尸体。我的梦想将要成真。我会在那个地方放置一块鹅卵石。

婴儿猛地哭起来,哭得上气不接下气,几乎要窒息。我气恼地起身,第一个反应就是冲向海边,我不想再听到孩子的哭声。在岸边,我找到了之前设置的捕鱼陷网,几条鱼已经身困其中,我十分满意。从水中把鱼捞出来,扔到石头上摔晕,接着生起一堆篝火,把鱼穿在木棍上,就像串珊瑚项链一样,然后放到火上烧烤。我看向婴儿的方向,开始不自觉地用手指分离出白色的鲜嫩鱼肉,在指间压烂碾碎,又仔细剔除每一根细小的鱼刺,我要把这些柔软的鱼肉带给他。他还不会吃东西,但他的嘴唇因触碰到食物而变得贪婪多动。他睁开眼睛,扭动着小小的头颅,试图寻找不存在的乳头。这是一种多么可怕而又不公的无助感啊,我悲从中来,放声大哭。婴儿被鱼肉噎住,咳嗽起来,咳到小脸涨红,然后"哇"的一声大哭起来。他的哭声反而让我平静下来,我把他抱在怀里。小脑袋上覆盖着深色的绒毛,皮肤上的蓝色静脉像鸟儿一样细腻、清晰、脆弱。孩子充满生气的小嘴在我晒褪色的粗糙衬衫上不断寻找着。我感觉到整个腹部都出现了轻微的收缩,从胸到下腹,就像身体经历了最后一波高潮一样。我记得很清楚。后来,我又感受到了好几次。仿佛我身体的内部正在重组,就像一股电流在从未使用过的新设备上流动。情绪由身体表达,在身体中酝酿。真是一种奇怪的愉悦感,陌生而又令人惊讶。这种感觉对我而言太过强烈了。

　　抱着婴儿走到有淡水的岩石旁,我脱掉衬衣,将它浸入水中,拎着湿润的衣角放到婴儿嘴里。他开始发出咂咂声,贪婪地吮吸着。他迷茫的眼睛在我脸上停留了一会。我很希望能够判断出眼神中所蕴含的意思,他是什么感受,想表达什么?但什么也没有——婴儿只是注意到我,盯着我看而已。我开始为了他而存在。突然间我欣喜地发现,我至少还能解除他的口渴,于是我将衣带浸湿让婴儿吮吸,机械地重复了几次,直到婴儿累得睡着。我僵硬地坐着,一动也不敢动,直到双腿麻木。从那一刻起,我已经做好了不惜牺牲一切的准备,我和他的身体似乎融合在了一起,一定是那收缩的感觉让我们彼此相连。我觉得自己好像变成了一个面向孩子的平坦表面,如同一面巨大的风帆迎风扬起,如同花朵朝向太阳睁开了眼睛。我整个人都围着那小小的身体运转。太阳慢慢地摩擦我的腿,又不断攀升,然后囫囵吞噬了我,似乎要将我烧成灰烬。汗水顺着我裸露的胸部流下,我痒得挠了挠。熟睡的婴儿张着小嘴,脸颊紧贴着我裸露的皮肤。

您一定已经知道,现在会发生什么,对吧?但当时的我还不知道。在这漫长的、艳阳高照的时刻里,婴儿变得比我自己更重要。他征服了整座岛屿,岛屿的一切都将为他而存在。假如他死了,岛屿和岛上的一切都将沉入海底,化为乌有。也必将如此,我们将成为亚特兰蒂斯。钓鱼以及围着岛疯狂巡游的种种行为也都会失去意义。

下午,婴儿又开始哭时,我把干无花果浸泡在水里,心中还进行了一些关于单糖、果糖以及果肉中蕴含的其他营养成分的理性思考,希望这能让他强壮起来。不能自欺欺人,我知道仅靠这些营养肯定远远不够。也许我应该再给他弄点鱼肉糊和一些无花果汁,这样一来就有蛋白质和糖分了。我牵强附会地想,哺乳只是一种人们习惯采用的自然仪式而已，也许根本不需要母乳也能让婴儿活下去。但是这次，婴儿不想喝了，他嘴唇乱动所表达的拒绝，让我的努力变得徒劳无功。甜水顺着他的脸颊淌下来，在耳郭处糊了一大片。我只得小心地给他擦拭干净。每过一个小时，孩子都变得更虚弱，他手脚发凉。于是我把他抱到太阳下，只用树叶遮住他的脸。当他死去时，至少我会陪在身边为他送终，我哽咽起来。至少……至少……然后，我平躺在孩子旁边，同样赤裸着，紧贴着他，我感觉到身体的肿胀，一定是因为海水浸泡的缘故。我陷入半梦半醒的状态，如果他死了，我也不活了。

　　皮肤上传来一阵阵痒意，似乎有人在抚摸我，我醒了过来。睁开眼睛，欣慰地确定婴儿还在呼吸。太阳渐渐西下，现在我们躺在即将熄灭的橙色光亮里。我翻了个身，俯卧过去，突然感受到了某种似曾相识的疼痛。朦胧的记忆在我脑海中一闪而过，那是一段封存很久的记忆，仲夏的果园中，散发着黑加仑和醋栗的香味。我感受到来自胸部的疼痛，就像十几年前一样，男孩肿胀的乳头隐隐作痛，这是男孩发育变声的青春期的自然现象，是大自然的嘲讽。男人为什么要长出乳头呢，为什么会出现相反性别才该拥有的标志呢？您是否考虑过这个问题？

　　我双膝着地跪了下来，低头看看自己沾满沙子的裸露躯干。我的乳头肿胀发红。当我触碰其中一个时，竟然溢出一滴乳汁，另一边也一样。我轻轻地把上面的沙子抚掉，随即发现了这是自己身体上迄今为止最为敏感的一个部位——一旦触碰它，可以让我以全新的强烈方式产生刺入身体深处的感觉，近似于某种痛苦，它会让皮肤变得更纤薄、更敏感、更细腻。我似乎曾经听说过，或者是我印象中认为，某些男人会在阳光的照射下开始分泌乳汁。不是那种正常的泌乳，而是代偿性泌乳、试验性泌乳、假性泌乳，就像身体在神秘的行动中提醒自己还有其他的潜能、更多的可能性，甚至一具化身。我现在看向自己的双乳，那就像是一对陌生的怪物，我努力屏住呼吸，以免惊吓到它们。

初次接触陌生人嘴唇的体验并不令人愉快，尽管对方只是一个婴儿。我笨拙地撑着孩子的头，努力使他的嘴唇贴着我的乳头。但孩子太虚弱了，昏睡着无法吮吸。几滴乳汁沾在他嘴唇上，但嘴唇没有任何反应。也许已经太晚了，如果是这样，我所做的一切还有什么意义呢？我用手指沾了乳汁，放到孩子嘴里。他在昏睡中动了动舌头，于是我又尝试了一次。我触碰到他的口腔内壁，摸到舌头和上腭；我用粗糙的指头搅动他的小嘴，孩子就像一部坏了的小机器，现在又被激活了，他睁开了眼睛，贪婪地扭动着舌头。

这时，我再次拨动他的小脑袋，让他贴近我的身体，努力让我的乳头和他的嘴唇接触到一起。但是肿胀的乳头毕竟不是乳房，他的嘴唇没能衔住，滑脱了。我不得不将胸部的皮肤捏挤起来形成一个乳房的样子，奶水开始大滴大滴流到婴儿半张的嘴里。这是一种痛苦的、令人难以忍受的触碰，乳头仿佛变成了一个被长期遗忘的感觉器官，成为唯一不用经过大脑，而由身体内部直接输出信息的器官。现在您知道我为什么羞于谈论这件事了吧？您一定心领神会了，对吧？我咬紧牙关，转头向岛上的远山方向望去，似乎是要说服自己相信，美景可以让我忘却这种被人啃噬的痛苦体验。假如我遵从自己身体的本能反应，就会因反感而退却。但是，您看，孩子已经开始吃奶了，他自信而安静地一口一口吮吸着。他好像在恍惚出神，然后在不知不觉间睡着了。

以上，就是我想告诉您的一切。此时此刻，我弯着腰一动不动地坐着，感到沮丧和惶恐，就像刚刚遭到了强奸，或是挪用公款之后的心惊肉跳，好像我犯了罪。直到现在，我依然有这种感觉。请您告诉我，您是否也曾有过与之类似的经历呢？这真的可能吗？

仲夏已至，无花果成熟了，随后是橄榄。现在我有无数活要干，疲于应付各种收获季的营生。整日里，我使用在船上找到的刀子收割酷似燕麦的某种植物穗，把它们铺在阳光下晒干，又在石头上研磨数个小时，最终成功地得到了一种被我称为"面粉"的细末，然后我尝试着将其做成我所谓的"面包"——在火上烤制的硬邦邦的面坨。夏去秋来，很多大鸟飞来岛上栖息，那是一种有点像鹅的鸟类。我学会了用藤蔓编织成网，用来捕鸟。从早到晚我都在寻找、准备、储存食物的工作中奔波往来，分身乏术，尽管我知道，无论如何也无法熬过冬天。每到晚上，我都会在海滩上燃起火，依旧没有任何结果。我用雨衣做成一件婴儿背带，很快便适应了这个小小的负重。

十一月初，在我流落荒岛八个月后，我将全部家当和食物储备运到船上，决然离岸起航。邀天之幸，秋天的暴风雨还没有来临。我奋力划了三天桨之后，侥幸漂流到临近岛屿的一个小型定居点。我俩都还活着。没人向我们提出任何问题，只是默默照顾我们。我们在这些好心人家里度过了冬天。第二年，我们来到了雅典。紧接着战争结束了，我们也得以重返祖国。提到母亲，我解释说，她很早以前就死了。他却十分笃定地声称自己还记得她。我儿子现在生活在国外，而且我已经抱上孙子了。

现在您肯定明白了，我为什么要录这盘磁带，还要隐姓埋名，以不露真容的方式将它浓缩在语音中。我至今弄不明白到底发生了什么。可能我只是个小人物。最后，我恳求您能把这一切以尽可能详尽的方式叙述出来——这是我最为渴望的，因为我相信，我并不是某件怪事的牺牲品，而是经历了一个奇迹的幸运儿。

【译者注】

男性和女性一样，乳房组织中有能够产生乳汁的细胞，亦会产生催乳激素。因此，男性已经具备了产乳的能力，只是体内的催乳激素通常无法达到可以产乳的水平。一旦高水平的催乳激素出现后，男性的乳头就会流出奶水。世界各地都有一些稀少的男性产乳记录，基本都是男性内分泌失衡、体内激素出现某种异常后产生的现象。一般都是因为男性压力过大，或者某些脏器受损而引起的。

巴尔多的耶稣诞生场景

巴尔多①位于苏台德山区②的某条峡谷里,此处沟壑纵横,宛如大地的面孔之上布满的细碎皱纹——更准确地形容,只是眼角的鱼尾纹而已。此地历史悠久,古时出产过价值不菲的矿石、紫水晶和软玉。传说中,此地还有金矿脉。据说,山脉深处的普通岩石在巨大压力和某种神秘力量的联合作用下,其中的一般物质被清除掉,完成了自我萃取提炼,并在黑暗中凝结出纯金,深埋于此,直至永恒。也许正是因为地下黄金的缘故,下西里西亚最古老的那尊神奇的圣母玛利亚雕像选择出现在这个地方。

从西里西亚到捷克的古商道经过此地,得益于此,这里逐渐形成了一座小城。人们在谷地定居下来,并没有尝试开拓陡峭的山坡。历史上曾发生过几次因暴雨或轻微地震造成的山

---

① 波兰下西里西亚省一座历史悠久的小城,坐落在苏台德山脉的峡谷中,被称为"克沃兹科盆地的黄金门户"。
② 苏台德山脉位于欧洲中部,地处波兰、捷克边境,余脉伸入德国境内。山脉为西北—东南走向。

体滑坡，摧毁了许多房舍，不少居民罹难。如今，矗立在小城之侧的山峰都光秃秃地裸露着岩石，连树木都没有勇气冒险在此生存。从很远处就可以看到那片混杂着岩石的红色土地，仿若苍翠森林里的一道狰狞伤口。这座夹在狭窄山谷里的城市看起来如同被塞进了整形外科的紧身束胸衣里，似乎它的两侧离了险峻斜坡的支撑，就会立刻崩解。

一条小河在谷底蜿蜒流淌，鳞次栉比的房屋沿河而建，两岸建筑相映成趣，一座座桥梁像扣襻一样将河流两岸纽结在一起。城中有两座教堂、一所修道院、一间餐厅和几家供应当地特色菜杏仁鳟鱼的小酒吧，此外还有两所小学、一所职业学校和一家小型工厂。一间温泉疗养院也是必不可少，昔日宾客络绎，专程来此享受矿物温泉的荡涤，而今尚存的唯有一条木结构长廊，几棵早已枯朽的梧桐树，以及被石凳环围的温泉口。曾经热闹一时的公园也成了遗址，只有一部分存留下来，园中开满了杜鹃花。当然还能看到耶稣诞生场景。

您知道吗，直到354年的12月25日，得益于教皇利比贝乌斯的谕令，人们才第一次庆祝圣诞节。那么在之前的三个半世纪里，上帝诞生之日并没有得到人们的多少关注。一年一度的主显日，是否就像一片枯叶的坠落，寂然无声？

选择这一天绝非偶然，一定是考虑到了人的悲伤。当白天变得最短，凛凛寒风从北方袭来，感觉到太阳将再也不会勇敢地攀升到天顶时，人就会产生这样的印象：绿色只是梦想中的颜色，在现实中并不存在，至于花朵绽放，更是发生在遥不可及之处的神迹。

不知是谁萌发出重现耶稣诞生场景的创意,他参考了福音书中的几句话,综合了在支离破碎的经文残卷中发现的几处异象,又想起了伪经中记载的数段野史。

耶稣诞生场景的构建和一座城市的创建存在相通之处,进程缓慢而又充满耐心,从一个象征着神圣的标志性地点开始。最初,在每座教堂中设置的仅有马槽,这是神降生的那个平凡而又奇异的所在。然后,有人开始壮起胆子在马槽中添加了一个婴儿的雕像。再后来,婴儿的母亲也出现了,圣母以卧姿怀抱着圣婴,圣婴周身放射出明亮的光芒,对比之下,圣母的脸色开始变得黯淡。但是修正的过程一旦开始,就会持续不断地完善,日臻完美。既然有了一对母子,那么接下来肯定需要一个男人,还得有人来见证这一神圣事件,于是人物和动物相继登场。大自然也要对神的诞生表达赞叹,洞窟、天穹、星辰的元素次第加入,天使们躲在空中的云幕后惊喜地观察着。

自此,又多出了黄牛和驴子,它们沉默地打量着赤裸的婴儿,眼神中充满了疑问:"人类的神也是为了动物而降生的吗?""是的,是的。"圣母轻轻地回答,一手指向羔羊。接着,在一颗明星的指引下,三博士造访马棚。① 天使们与好奇的牧羊人为伍,也未感到丝毫不快。加入的角色越来越多,就像一年一度的

---

① 东方三博士是《圣经》中的人物。据《圣经·马太福音》记载,三位博士在东方看见一颗大星,于是跟着它来到了耶稣基督的出生地伯利恒,后文的"三王来朝"就是这一典故。

大集市一样，摩肩接踵，人声鼎沸。

圣弗兰西斯①可谓史上第一个导演，他将耶稣放置在芬芳的干草上，以这个细微的动作开启了耶稣诞生的场景，同时唤起了人类的情感。在此处，人类身体的脆弱与宇宙宏大的叙事交织在一起，时间被赋予了新的含义。时间提出了自己的要求，要知道，它一旦脱离故事情节，就丧失了生命力，还不如不存在，所以就要以同样的节奏周而复始地循环演绎这段故事——天使报喜，骑驴逃脱，寻找庇护所，发现洞窟，至暗时刻中圣母秘密地诞下圣婴，自此光明频频降临。天空中必须有一颗指路明星，必须有三王来朝，还必须有大量令人眼花缭乱的细节，这些人物的形象得益于机械驱动，可以不停地重复鞠躬的动作，如此谦卑的举动让人十分赏心悦目。还有空间，也想对此有所增益。里斯本、萨拉戈萨、布拉格、慕尼黑、维也纳、奥洛穆茨、布尔诺、克拉科夫、利沃夫乃至遥远的布宜诺斯艾利斯，地球上每个地方都希望见证耶稣的诞生，并赋予之本土化的特色。当地的植物元素被纷纷添加进来，不仅是苹果或者石榴等具体植物，还有成片的马铃薯田和柑橘林……就像空间的加入一样，各类物料也不甘寂寞，争相参与到见证耶稣诞生的场景中，制作耶稣像的材料开始变得五花八门，有石蜡、玻璃、陶土、木材、石料，甚至还有象牙。耶稣像的尺寸不再固定，小如掌上玩偶，大到真人

---

① 圣弗兰西斯·波吉亚（1510—1572），第三任耶稣会总会长。他为基督教传播做出了卓越的贡献，于1670年被册封为"圣徒"。

等身，有的更为巨大，因为祂是神，无须用人类的身材来衡量。

　　对巴尔多城耶稣诞生场景的最早记述可见诸1591年耶稣会一篇题为《重返克沃兹科①》的拉丁语文件。至于当时耶稣降生场景的外观和具体创建时间，目前尚无据可考。耶稣会的反改革者可能决定对其进行扩建，让它承载更多的辉煌。他们热衷于宣扬神圣的荣耀，梦想着建造栩栩如生的动态化场景。为了让天使讲道更令人信服，祂必须时隐时现；为了让小耶稣在圣殿中的教导更生动，祂的手臂要挥动起来，星星也要像蓝色的蜗牛一样，能缓慢地从木制天穹上划过。为此，他们从蒂罗尔②请来了一位建造耶稣降生场景的专家——科萨韦利·尼撒。他历经数载，为扩建和完善耶稣诞生场景呕心沥血，但不久就去世了。好在他留下了一个才华横溢的学生：米哈乌·克拉赫尔，出身本地，徒承师志，继续为此奋斗不休。但是，如果说尼撒在每个人物和动物的细节刻画上都力求逼真与精致，以图极致的形似，那么克拉赫尔则顺应了不断变化的时代潮流，更重风格化和简化，以图神似。随着时间的流逝，似乎耶稣诞生场景中包容了两个种族、两类动物。克拉赫尔也日渐衰老，他死后，米哈乌·依格纳西子承父业。他的手艺又是另一种风格，而且随着前任雇主的相继离世，他对创作意图知之甚少。如此这般，耶稣诞生场景见证着一任又一任

---

① 波兰西南部瓦乌布日赫省下辖城市，位于尼斯-克沃兹卡河上游的山间盆地中，历史上是波兰与波希米亚间的交通枢纽，现为波兰与捷克之间的交通要道。
② 蒂罗尔地区大部分位于阿尔卑斯山地带。1919年，蒂罗尔南部平原划归意大利，北部山区由奥地利管辖，成立蒂罗尔州。

创作者的生死更迭，悄然有序地自我发展起来。然后，又来了一个叫耶司克的人，他是祭坛的建造者。这座祭坛使耶稣诞生场景的景深大幅延长，他由此建造了更远的布景和天空。在他之后，一位来自当时欧洲规模化制作耶稣诞生场景的重镇克拉利基的捷克人投身到这项工作中。他遵循蒂罗尔的时尚，给场景带来了翻天覆地的变化，呈现出类似于木偶剧院的效果。自此，那些古旧的小人儿被安装在运动带上，安装到观众看不到的隐藏支架上，用一个简单的曲柄驱动机构就能让它们活起来。这个捷克人或者他的继任者又为场景添加了更多的细分布景，神圣家庭所置身的洞窟就被推到了第二层布景，因此必须将各类五颜六色的人物、动物、房屋、树木和物件抽离出来，人物将走出来围绕着场景转圈，然后各自回归初始位置。因此，当十九世纪最著名的耶稣降生场景专家、隐士海尔比格到来时，他能够为巴尔多的耶稣诞生场景做出的改善唯有空间应用一途了。他采用了一种非常原始的方式，将整个空间封装在一个大型玻璃立方体中，围绕着轴心旋转，起始与终结被连接在一起，也就是说，他所做的事永远地颠覆了时间的线性。

　　上述详细信息是巴尔多的一位女居民在论文中阐述的，我们姑且称她为"玛利亚·科瓦尔斯卡"，以此掩盖她的真名，因为从后续要讲述的事实来看，我认为很有必要给她化名。据说她是一位来自格罗德诺①的女教师，同时还是一位画家，她像其

---

① 位于涅曼河畔，属波兰故地，现属于白俄罗斯。

他居民一样在二战结束后的 1946 年冬天迁居至此。还有人说,在从东方迁移过来的途中,她的孩子夭折了,或许就在那个寒冷的除夕夜;而她的丈夫早在几年前就遭俄国人逮捕,被带到了东方。我也无法确认这些信息的准确性。她拥有艺术专业的高等学历,保护古迹的任务就顺理成章地落在了她的头上。多亏这份工作,她甚至得到了一套住房。那是一座阴森的、依山而建的平层建筑,她的住所和耶稣诞生场景同处在这一片屋檐之下。

今天已经很难确定战争刚结束的时候耶稣诞生场景的境况如何,我们只能从这位科瓦尔斯卡女士的论文里获取一些信息。她孜孜不倦地查阅了所有能够获得的资料来源,其中大多数是德语文献。她用搜寻到的照片为自己的论述做佐证,但遗憾的是,照片的拍摄质量往往欠佳,细节大多模糊不清。

可以确定的是,耶稣诞生场景几乎占据了整个房间。房间是用玻璃建成的立方体,看起来仿若一块巨大的冰块。房间中央矗立着彩绘的木柱,柱中隐藏着机械装置。四个细分场景分布在房间中,每个都有几乎两米宽,然而场景所呈现的空间世界看起来要更为广阔,因为之前的艺术家们通过戏剧化的视角,运用空间堆砌、扩容倍增、拆分布置等手法,将这个空间打造成一个大全景,并以同样的小把戏设置了一个带台阶的唱诗台,使"远处"融入无尽的"天空"。玻璃内墙上超凡的彩绘壁画进一步强调了空间的纵深感,墙内隐藏的机械装置驱动着各类雕像的移动,玻璃上描绘的所有事物都以半透明的状态存在——动物、人类、魔鬼、恶魔、天使、昆虫、杂种、怪兽的形象似乎飘浮在彩绘的空气中。这些轮廓相互交叠，它们斑斓绚丽的色彩在旋转时似乎连成片，看起来数量翻了几倍，就像陷入了一场变幻莫测、生生不息的永恒运动中。其中运用的一些透视绘画技法至今仍然清晰可辨，其效果引人遐思，让平坦的空间看起来仿佛有了某种深度，让众生延展到另外一个无尽的维度。天空被这类稍纵即逝而又难以捉摸的形状填满，它们从一个个最微观的空间中诞生，仿佛吹出成千上万个幻灭不定的肥皂泡，笼罩了整个景观。它们点缀着天空，又似乎在彼此观察着，谁的动作也逃不过余者的眼睛。而反复折射之后倍增的目光又成千上万次看向观众，似专心致志，又别有深意。

这一切成为天空、风光、场景和雕塑的背景，甚至成为缺乏线性秩序的时间的背景，就像龙卷风一样在这个玻璃盒子中无序地旋转着。

亚当与夏娃在苹果树下的故事场景构成了懵懂而欢乐的主题，两人体态优雅，赤身相对而立，看向对方的目光中充满爱意，显然这一幕发生在他们尚未偷吃禁果之前。随着相邻墙面上野草莓大小的苹果和隐藏在乌云之后的金色利剑登场，关于堕落的主题羞耻地上演了，随后出现的是该隐和亚伯兄弟阋墙，接下来便毫无过渡地生硬衔接到老人诺亚赶着异国动物上船的画面。在摩西举手用木杖击打磐石之后，又有其他先知或是重要人物现身，这些形象具体都是谁还不太好说，需要在十二门徒、七大天使和某个十人组合中进行对比鉴定。

在顶部天台上,接近天穹远端的那些雕像变得很小,就像是木制的钉子,只能大致看出人形轮廓。若想看清这里描绘的具体细节,恐怕需要作个弊,把玻璃取下来,伸头进去拿个放大镜仔细观瞧。

这一切,已经足够让那些无聊得前来参观耶稣诞生场景的旅行者瞠目结舌了。玛利亚·科瓦尔斯卡成了这里唯一的导游,她催促着游客们向前行进,在绕场一周之后,再将他们引导到参观开始的入口处——这也是结束参观的出口,孩子们赞不绝口,大人们也惊叹着纷纷议论。

在这片广阔的天空背景下,后面的几幕已经逐渐摆脱了宗教主题,令人颇感欣慰。随后出现的是用木板和纸板搭建的丘陵、村庄、城镇、矿井和工厂的立体模型。在这一层,人物雕像更显得活灵活现,尽管它们依旧不能活动。在精雕细琢的矿工身上,可以看到制服的最后一粒扣子都扣得一丝不苟。穿裙子的女人们戴着的小帽令人联想到圣诞曲奇饼,男人们身着西装。更近处还有一些人,看服饰都是少数民族,好一幅熙熙攘攘的图景。在这片静止的宇宙间一下子上演了几十个故事——三博士在明星的指引下来到马厩朝拜圣婴;旁边是已经长大的耶稣在探身亲吻犹大;庞蒂乌斯·彼拉多在酷似维多利亚时代餐具的水盆中洗手,而他身后有一头驴子,它长着一副可笑的老鼠脸,正驮着神圣家庭从山坡上劳作的矿工间走过,躲避希律王的屠杀。山上那个通向山腹的矿坑就像"芝麻开门"故事里的宝藏,因为里面的煤熠熠闪光——它由棕红色的彩虹云母制成。在村庄的房屋周围，牛群悠闲地吃着牧草，其后赫然出现的是红砖外墙围起来的工厂和一条公路，路上开的满是款式古旧的小汽车，朝觐圣婴的僧侣队伍距离这条路太近了，看起来十分危险。

这些故事的画面没头没尾，一个紧挨着一个，场景间彼此交融渗透，某些个元素会突然纠缠在一起，故事也会随即出现另一种版本，就像同一首歌里出现了两种声音。

机械装置必须省着用，每天只能启动两到三次不等，这取决于季节。此时，耶稣诞生的场景就会变得鲜活起来，这种鲜活很难用语言描述，因为运动为其增加了一个新的维度，形成了很多小幅的时间循环。当一侧的天鹅从池塘里飞起来时，另一侧的兔子钻到了洞里。铁匠铺里铁锤的挥动与耶稣诞生马槽的单调摇摆十分合拍，汽车在路上的移动以某种方式将矿工们赶出了矿井，穿着民族服装的小伙子们跳着舞引导十二使徒的游行。牛抬起了头，巨石从圣墓前移开，收割者挥舞着大镰刀，太阳滑落到地平线，山腰上的风车桨叶转个不停。机械的开启同样驱动了雕像，一下子迟滞了观众的脚步，让他们惊讶地驻足注视，努力想看清这一切运动的规则和秩序，弄明白机关如何运转。然而他们渐渐意识到，面对如此众多的雕像和场景，仓促之间根本没法全部搞清楚，于是他们绕着圈儿边走边看，此举顶多能揭示个别联结机栝的秘密，从来没有人能窥破整个谜团。

玛利亚·科瓦尔斯卡找到的第一篇提及耶稣诞生场景的

材料,刊载在战前的一张西里西亚旧报纸上,那是一篇介绍小镇旅游景点的短文。文中写道:"耶稣诞生的场景给信众们留下了深刻的印象,让他们感动得泣不成声。"可以想象得到,科瓦尔斯卡对这句话一定是感同身受。"大概,"她的助理和看门人 M 先生说过,"看到耶稣诞生场景运转起来时,她哭了。"

战后的那个夏天,当 M 先生修理被士兵弄坏的盖子时,配了一把特殊钥匙来为机栝上发条。

M 先生跟我说过他们第一次一起看到机械装置时的情形,可惜他现在已经去世了。当时,他们掀开了金属盖子,就像探查井底一样,借助手电筒的亮光看到了交织在一起的弹簧、齿轮和传动装置,以及布满灰尘的大钟内部。不难设想,这幅画面一定会给人留下相当深刻的印象。也许从那之后,科瓦尔斯卡就经常会梦到这些装置,但每次都会有所不同——有时会庞大如城市,有时则恰恰相反,极其精微,如坤表内部熠熠闪光的零部件组合。

他们第二次看到场景的内部构造,是机械装置再次停摆时。科瓦尔斯卡踏雪前来向 M 先生求助,他是当时唯一能帮忙修理这部机械的人。M 先生驱散睡意,二话不说,在睡衣外披了件羊皮袄,就匆匆拎着工具包随她出了门。没人知道他究竟是如何修好机械装置的。据他自己说,先用梨形的除尘皮吹(一定是某个早夭的婴儿留下的)轻轻地给装置吸尘,然后用蘸了酒精的棉纱擦拭。当 M 先生用螺丝刀撬起一块铁片时,一切就令人惊喜地恢复如初了。然而科瓦尔斯卡清楚地知道,这种故障有一天还会再次发生。也许就在下次,著名的巴尔多耶稣诞生场景将不可救药地永久停摆。M 先生提议,将来把这些装置都改成电气驱动,以替代原始的曲柄机构,而这样的改变需要大费周章地重修。到时候只要按一下电钮就行了。但从弗罗茨瓦夫来的专家介入了此事,他们禁止对装置进行任何改动。

为了维持机械的正常运转,科瓦尔斯卡使出了浑身解数,尽量让场景所在的房屋保持恒温。这其实非常难做到,寒冷的冬季,配给的煤根本不敷使用;而炎炎夏日,隔热不良的屋顶又让室内变得酷热难当。

从恢复和平的第二年开始,学校组织的学生参观团纷至沓来,先是周围地区的学校,后来扩展到整个波兰的学校,每天下午这里都挤满了参观的人群,人们等着凑齐三十个人的特定数目才能进入。科瓦尔斯卡监督着,当人数太少时绝不启动机械装置,有时她甚至想禁止人们大口呼气,以防他们排放出太多水蒸气和二氧化碳,加大空气的湿度,但她又不得不克制住这个想法。之后有段时间,她在入口处搞了个卖纪念品的小卖部,售卖定制的耶稣诞生场景明信片和贴上场景系列照片的口琴。她还想卖苏台德山区旅游手册,可惜波兰语版的尚未面世,翻译工作才刚刚启动。众所周知,这不仅涉及翻译,还需要耶稣诞生场景的斯拉夫化和波兰传统化。

以上就是巴尔多耶稣诞生场景参观点小卖部能提供给参观者的全部纪念品。每当傍晚时分,她用古拙的大钥匙锁上场景的大门之后,就开始害怕得瑟瑟发抖。小偷、火灾、山体滑坡、洪水、闪电雷击、龙卷风和压塌房顶的暴风雪，种种风险无不让她忧心忡忡。

M 先生说，她整天都在场景周围转悠。经常可以见到她面对着某一面墙蹲坐，不时晃着头，左顾右盼。他猜想，她是在繁多的场景中不停地变换观察视角，因为每一次细微的位移都足以带来视野的巨大改变，让场景产生新的含义。

以三博士场景为例，当你从正前方看时，人们在向圣婴鞠躬，甚至他们的马和骆驼也在跪拜圣婴，这显然讲的是耶稣诞生。但如果换个角度，从岩石嶙峋的荒漠方向望去，在这个令人不太愉快的空旷背景下打量三博士，你就会产生另一种印象，似乎是一个马戏团的车队停在那里做旅途休整，所有人都因口渴难耐而低头俯身喝水。要是再换一个更高的位置观察，就能看到天空上的合唱团，那里有几百个扇动着翅膀的天使有序地排列着，还有满身金辉的大天使和气势煊赫的宝座，而这时三位衣着华丽、带着随从的博士看起来就像这幅神圣画卷的捐助者，按照惯例，他们被画在了圣人脚边的位置。科瓦尔斯卡可以借此消磨日复一日的时光，她也正是这样做的，乐此不疲。

M 先生讲到她时，话语中充满了同情。他觉得没有什么能比一个孤独的女人更容易激发男人的同情了。他固执地联想到她失去的孩子——丧子之痛，让一个母亲怎堪承受？正因如此，他对她充满了敬重，对她的颐指气使毫无怨言。她经常在晚上，有时甚至是深夜里拉响警报，让他过来加班检查，看看这里是否一切正常，那里是否少了什么东西，是否有物件出现在错误的位置。M先生是个简单的人,他热爱生活。在他眼中,耶稣诞生场景是个美丽而复杂的所在,多亏了它的存在,自己才获得了这份稳定的工作。他负责打扫场景空间的卫生,打理整栋建筑和入口前的小花园,零零碎碎的维修活儿也归他。耶稣诞生场景已经印入了他的脑海,但不是全部。他记得住某些雕塑,例如一个背着草捆、带着狗的人,或者一群玩跳棋的矿工,但要让他巨细无遗地全部记住,就未免强人所难了。所以当他听到科瓦尔斯卡神经质地抱怨场景中缺少了什么时,总是感觉难以确定:那里原来有这东西吗?根本就没有可能丢啊,有谁能打开锁着的玻璃房,潜入建筑中拿走一件雕像呢?所以他将这些抱怨视为她病态的谵妄,当作某种并不危险的轻微精神病症。"池塘里的鸭子怎么没有了?"她神经兮兮地问他,"在水上不是游着一群五颜六色的小鸭子来着吗?"他对鸭子没什么印象,但见她言之凿凿,不禁犯起了嘀咕,难道那里之前的确有过小鸭子,只是自己没有注意到?因为那个水塘也就只有一块钱那么大,没注意、没记住也情有可原。也许是自己在最后一次清理小盒子时,袖口扫到了水塘周围,把那些如麦粒大小的鸭子沾到了毛衣的粗羊毛上带走了?

那些小鸭子有一天居然真的出现在场景中了,是一些用纤细画笔勾了色彩的小木头屑,有淡绿色的脖子和红色的小嘴。他感到非常开心,多了东西总比少了什么要好。

这位科瓦尔斯卡有段时间经常去弗罗茨瓦夫,她在那里报名参加辅导班学习德语。为了让她养的花花草草不至于冻死,

M 先生在她离开时会为她的房间生火取暖。他说,她在房间里弄了个小工作室,颜料、画布,艺术家搞创作的全套家当一应俱全。她还在巴尔多的学校里组织了一个艺术社团。他有时会给她送些自己都紧缺的东西:一袋子从果园里捡的坚果、一篮子草莓(某一年他的果园里草莓大丰收)、一罐他妻子做的梨子果酱,诸如此类。但他与她之间一直没有过真正的交流与理解。所谓"真正的",是指能在某天晚上开瓶伏特加坐下来边喝边聊,敞开心扉,言无不尽的那种。如果她是个男人的话,情况肯定就不一样了,可惜她对于所有周围的人来说都是个失去了孩子和丈夫的孤寡女人。这种不幸让他们永远要与之保持距离。他说,上帝的手伸向那些标记了不幸的人,将他们置于比其他人更高的或者稍微偏离的位置,让人们想将手掌在嘴前拢成喇叭向他们大声喊话,把他们呼唤回来。

过了一段时间之后,M 先生在进行几次小维修时渐渐注意到,场景中的元素一直在凭空增加,总有东西在发生变化。例如多出来一列火车,它开得很高,一直可以驶抵天空合唱团下,那里还有仓促补画的冬季风光做背景。这辆火车以木头精雕细刻而成,涂着彩漆,小小的火车头加挂着几节车厢,是货运专列而非客车。他十分笃定,在此之前根本没有这列火车。当他按捺不住激动,打算去找她汇报这件事时,突然意识到了一个明显的事实:是她做了这列火车,之前的鸭子也同样出自她的手笔。此时,他呆立许久,抽了根烟,然后慢慢做回了自己手头的工作,去修补一条破损的排水沟,又清扫院子,焚烧落叶。后来他也没有告诉她自己已经了解了这一切。他欣然接受了那列火车，就当它一直存在。有时他担心，她会不会认为自己是个傻瓜？但随即释然了，自己已经一把年纪，还有什么可在意的呢？她对我作何感想，又与我何干？她毕竟是位失去孩子的寡妇，理应得到特殊的谅解。因此第二年里，他在她警惕的目光注视下清理水塘的盒子，拂去火车上的灰垢，就像给耶稣、圣母和三博士的雕像除尘那样。矿工红色的头巾、带有花园的小房子、房子平台上围坐在桌子旁的一家人、一队士兵以及紧随其后的坦克、在圣殿布道的青年耶稣、风车、婚礼上跳舞的情侣、废墟旁的脚手架和工作中的泥瓦匠……一件件蒙尘的事物重新焕发了光彩。此时的他甚至已经不会去想这里曾经有什么，又添加过什么。他感觉，不管场景中多出什么，都恰如其分地出现在理所当然的地方，完美地融入充满天使的全景画中。是的，这里同样适合放置那些身穿血迹斑驳白衬衫的细小人偶、带有微型刀片的断头台、铁丝网围起来的广场上的灰色身影、伸出细小如针却森然可畏的卡宾枪管的警卫塔。他想，就任由这些存在吧。就让那焚为焦土的村庄、化作瓦砾的城市、林立着细如火柴的十字架的微型墓地都找到自己的位置吧。就由着她做去吧，他想，反正她是做好事，又不是搞破坏，她所做的已经超出了本职的修理和维护范畴，可以说是锦上添花。

就这样，又过去了几年。其间也曾出现过几次机械故障，有一次比较严重，还特地从波兰中部请了专家来解决，结果也无济于事。专家命令彻底关闭耶稣诞生场景，不再转动曲柄。还是科瓦尔斯卡主动承担了责任,让 M 先生修理了损坏的轴承,更换了两个齿轮和一个小杠杆,才解决了问题。远在华沙的报纸对巴尔多的耶稣诞生场景进行了报道,自此吸引了那些沿山路远行的旅行者专程下山到巴尔多参观。甚至那些开车过境的、去捷克或者从捷克返回的、徒步旅行的、探亲访友的人,还有出公差路过的公务员和卡车司机,所有途经此处的人都被耶稣诞生场景所吸引,争相造访,欲一睹为快。

科瓦尔斯卡颇有远见,她准备了一本让参观者写观后感的纪念留言簿。她想确保每个参观者都深受感动,让他们必须在场景下为这本普通的留言簿签字。方式看起来有点怪异,她将参观人群拉到小桌子前,请他们握起留言簿上用细绳绑着的铅笔写下感想,诸如:"我来自克拉科夫,看过很多的耶稣诞生场景,但这是我所见过的最令人感到出乎意料的一座。"或者:"来自格但斯克的玛蕾霞:我今年八岁,我最喜欢新娘和婚礼了,还有婚礼的舞蹈。"还有:"我叫托马斯·舒尔茨,这太棒啦!"[1]

这本留言簿是巴尔多的耶稣诞生场景留下的唯一纪念品。1957 年的春季暴雨之后,就像过去历史中多次上演的一样,再次发生了山体滑坡。耶稣诞生场景所在的建筑遭到了严重破坏,其中一面墙倒塌,使整个机构毁于一旦。从弗罗茨瓦夫大学来的几位专家也回天乏术。科学家们拆解了剩下的部分,连同泥土中挖出的一些残余物件运往博物馆,封存在一个个盒子

---

[1] 原文为德语。

里。支离破碎的耶稣诞生场景自此长眠于仓库里，在那里等待着更美好的时光。注定无法将它恢复原貌了，尤其在科瓦尔斯卡去世之后，再没有人知道它曾经的真正模样。她死后留下了一本小册子，里面有若干模糊不清的照片，还有几张剪报、几篇战前的回忆以及 M 先生不太可靠的记忆，当时他还在世。

但是，如果将来有人想重建它，还是有个模式、有种理念可循的：耶稣诞生场景必须包罗万象。既然神的诞生无处不在、无时不在，神光普照万事万物，巨细无遗，那么结论就显而易见了：无须把神诞生的时刻向世界展现，而恰恰相反，整个世界应该把自己展现给神的诞生，把全世界都带到神诞生的场景之前，将所有的一切依次带入场景内，把每个物体、每个最细微的东西、每个人都带到圣婴面前，对他说：这就是他，是约翰，是玛丽，是彼得，是托马斯，你们彼此认识一下吧。

同样，每种动物，小到昆虫，巨如大象、长颈鹿，都需要像带进挪亚方舟那样带到耶稣诞生场景里。最后还应该把世界上其他的全部存在都带来，不管它是好还是坏，只要它是客观的存在。所以无论是战争、开采的煤矿、足球比赛、洪水、银行、火车站、民主选举、通货膨胀、家庭暴力、五一劳动节游行、高档时装、马背上的假期、老爷车的收藏、心理分析、核物理学、文学还是现代艺术，世间万事万物都应该呈现给耶稣诞生场景。而且必须相信，冥冥中那种令人窒息的秩序将会把这一切完美地拼接在一幅图景中，连接成一套机制，将所有人与物绑定在一起，重复着永恒的运动。

最后我想补充的是，科瓦尔斯卡在灾害发生两年后去世了。M 先生说，她患了癌症。M 先生也失去了在耶稣诞生场景的那份好差事，为了攒够退休后的生活费，从此他转行做了一份奇怪的工作：在某个巡回游乐园的"恐怖鬼屋"专门做吓唬小孩儿的事，这个游乐园因为某种原因来到巴尔多过冬并驻扎下来。他披着黑风衣，用颜料把脸画得惨白，从厚重的窗帘后猛地扑出来，还把锁链扯得嘎嘎作响。导游手册的版本更新十分缓慢，书里仍未删去推荐旅行者来巴尔多参观耶稣诞生场景的内容，因此盲从导游手册慕名而来的游客们倍感失望，他们最终只得去了游乐园，也算不虚此行。很难说红色灯光闪耀下的石像鬼或是从拐角处跳出的怪物是否能带给他们真正的恐惧，重要的是，当他们回归光天化日之下时，立刻就忘记了一切，忘记了整条幽深的山谷、整座陌生的小城，还有那本没有实现诺言的导游手册。他们朝着自己坚不可摧的目标，继续前进。

世界上最丑的女人

他迎娶了世界上最丑的女人,甚至为了她,专程跑去了维也纳。但此举绝非有意为之,此前,他的脑子里从未动过娶她为妻的念头。可初次见到她时,在忍受住开局的震惊之后,便再也无法将视线从她身上移开片刻。她硕大的头颅上长满了肿块和赘物,疙疙瘩瘩。皱瘪的额头之下,是一对湿腻的小眯缝眼。如果从远处看,就像两道微不可察的裂缝。她的鼻梁看起来支离破碎,似乎有多处骨折,鼻头色泽幽蓝,还长着稀疏的汗毛。一张血盆大口,双唇肿胀,总也合不严,口水四溢,龇出了满嘴尖牙利齿。而且,老天似乎觉得还得加点料,于是在她脸上丛生出长长的、如丝绸般顺滑的罕见体毛。

初相见的"惊鸿一瞥",就发生在她从马戏团的纸板布景后走上舞台,在观众面前亮相之时。一阵阵吃惊和厌恶的尖叫声从观众头顶滚滚袭来,最终炸开在她的脚下。她好像是笑了,但笑容看起来仿佛是个悲伤的鬼脸。她伫立不动,一定意识到了,数十双眼睛正在注视着自己,他们贪婪地吮吸着每一个细节,以便过后能把这张脸当作向朋友、邻居或自家孩子炫耀的谈资,以便在日后照镜子时能够记起,并和自己的尊容进行比较,然后长长地松一口气。她耐心地站着,可能还会有些居高临下的感觉,攒动的人头尽收眼底,远处的屋顶一览无余。

过了不知多久,终于有人打破沉默,大喊道:"你说话呀!"

她向人群中发出声音的方向望去,想循声找出喊话之人。此时,一个五大三粗、负责插科打诨的马戏团女串场从布景后面跑出来,替**世界上最丑的女人**做出了回应:

"她不会说话!"

"那就由你来讲讲她的故事吧!"那个声音又喊出了自己的诉求。所以女串场清了清嗓子,开始娓娓道来。

演出散场后,当他以知名的马戏团经理人身份与她一同坐在马戏团彩车内的锡炉旁饮茶时,心里冒出了一个想法:她一点也不傻。当然了,她不是哑巴,不但会说话,还说得言之有物。他以审视的目光看着她,内心在与这个天生怪胎所拥有的异样魅力做着激烈搏斗。她望了回来,说道:

"先生,您原本期望,我说的话和我的脸一样怪异、恶心,对吗?"

他竟无言以对。

她喝茶的方式跟俄国人一样,把茶水从金属茶壶倒进无耳茶杯,每饮一口,就吃一块糖。

他很快又注意到,她居然会说好几门语言,但是听起来学得都不精。她在交谈中时不时切换语种,南腔北调。这倒是不足为奇,她从小在马戏团长大,这是个充斥着各种怪物的国际化团队,从来不会两次造访同一个地方。

"我知道您在想什么呢。"她再次说道,一双肿胀的鼠目直视着他。

在良久的沉默之后,她补充道:

"一个没有母亲的人,哪儿会有母语呢?我能对付着说好几国语言,但没有一门是我自己的。"

她不敢再说了,又突然开始生他的气。他也不知道气从何来。她十分聪慧,思路缜密而具体,这让他始料未及。

所以,他道了别。而她,完全超出了他的想象,以非常女性化的姿态向他伸出一只手。这是个贵族名媛的礼节。多么漂亮的一只小手啊!他俯下身去作势轻吻,但没有真正让嘴唇触碰到手背。

躺在酒店的床上,他情不自禁地想起了她。两眼直直地望向酒店里那团潮湿而憋闷的黑暗,这种黏稠的空间让他浮想联翩。他静静地仰卧,心里一直想弄明白,如果设身处地,成为她那样的人,又会是怎样一番体验,有什么内在感受?通过猪一样的眼睛观察到的世界,还是这个世界吗?用扭曲变形的鼻子呼吸空气,会嗅到相同的味道吗?每天在洗浴、挠痒痒,以及各种日常琐事中触摸到自己身体时,心里又会是什么滋味呢?

他倒从未替她感到难过。若是抱怜悯之心,他哪会产生娶她为妻的想法?

后来,有好事者把这件事描绘成一个不幸的爱情故事,说什么一见钟情、心心相印,说什么只重内在美的他,对恶魔般的面容视而不见,义无反顾地拜倒在她天使般的温柔之下。根本就不是那么一回事!他们初遇后的第一夜,他满脑子里想的都是,如果脱下她这种人的衣服,亲吻她,和她做爱,会是一种什么感觉呢?

他围着这个马戏团转悠了好几个星期,一来二去,赢得了马戏团经理的信任。他随着马戏团到达了布尔诺,在那里帮助他们签下一份合约。自此,马戏团上下都把他当成了自己人,信赖有加。他们先是让他卖票,又让他顶替了那位胖胖的女串场的位置。必须承认,他干得着实不赖。在彩绘幕布像窗帘一样被徐徐拉开之前,他就能把观众的热情调动得十分高涨。

"闭上你们的眼睛吧!"他高呼,"尤其是女士们、孩子们,因为接下来要看到的这个丑陋的存在,会强烈刺激你们那双脆弱的眼睛!谁要是看了这个天生的怪物一眼,你就永远也别想踏踏实实睡觉了,就算睡着也会吓醒。还没准会让你对造物主丧失信心……"

说到这里,他停了下来,话似乎还没有说完,但他确实没词了。他不知道该怎么继续说了。在他看来,"造物主"这个词本该把世间万物都照耀在正确的光芒之下。他真的认为,这位会让别人丧失信心的"造物主",却赐予了自己脱颖而出的绝佳机会,这个机会就是:**世界上最丑的女人**。傻瓜才会为了绝世佳人去决斗,拔枪砰砰一阵互射,然后双双倒地惨死;白痴才会为异想天开的女人散尽万贯家财,只图博取红颜一笑。反其道行之,让这个绝世丑女像一头可怜的、驯服的动物一样对他自投罗网,倒贴上来。她是如此与众不同,还带来大把赚钱的机会。若娶她为妻,标新立异,实乃幸事。他将拥有别人所无法企及的优势。

他给她买了花,不是什么特别的花束,只是便宜的地摊货,用锡箔纸包起来,普通皱纹纸打个蝴蝶结,又买了一条印花棉布围巾、一条闪亮的丝带,还有一盒果仁巧克力。然后,他就像被施了催眠术一样,看着她把丝带绑在了额头上打了个色彩明快的蝴蝶结,不但没带来装饰的美感,反倒让人不寒而栗;看着她用肿胀不堪的硕大舌头碾碎了巧克力,棕色的口水在稀疏的烂牙之间流淌而出,直接糊住了猪鬃般的胡子。

他喜欢在她毫无察觉的时候看她。他经常一早就消失不见,躲在帐篷后、车厢旁偷看,他会外出潜伏,透过栅栏板之间的缝隙,连续观察她好几个小时,乐此不疲。她喜欢沐浴在阳光下,好像变了性,长时间慢悠悠地梳理自己稀疏的头发,一会编成细辫子,一会又拆散。她有时候还会织毛衣,在马戏团不绝于耳的嘈杂声中,毛衣针映着阳光闪闪发亮。或者,在她穿着宽松的衬衫,露出肩膀,清洗自己的衣物时,还可以看到她肩颈间覆盖着浅色体毛的皮肤,很漂亮,就像动物的皮毛一样柔软。

他需要这种变态的偷窥,因为得益于此,他的厌恶感日渐减少,就像在炎炎夏日里,阳光曝晒下的水洼,一天天蒸发,最终消失在眼前。他的双眼慢慢习惯了折磨人的畸变,习惯了严重失调的比例,习惯了一切"不足"与"有余"。很多时候,她看起来顺眼多了。

当他感觉越来越躁动不安时,就会对所有的人说,自己要出去谈笔重要的生意,和这个碰面,和那个有约——他提到了一些外国名字,也有不少同胞的,无一不是社会名流——已经找好了联系人,安排妥了会谈云云。他把皮鞋擦得锃亮,洗净名牌衬衫,便动身启程。其实他从来就没走远过,而是在附近的一个小镇子住下,顺手牵羊偷个钱包,找个地方一醉方休。即使是这样,他依旧不能摆脱她,因为他已经开始念叨她,好像离了她就活不了,哪怕明知道自己是在逃离。

奇怪的是,她居然成了他最重要的资产。他可以用她的丑陋轻松结掉酒账。更有甚者,他还能靠着对她那副尊容的描述,泡到年轻貌美的女人。她们即便在他身下婉转承欢之前,都不忘逼他再讲一遍。

当他回来时,手头又已经有了关于绝世丑女的新故事,他牢记的信条是:如果没有关于自己的故事,就没有什么事物能自始至终存在。起初,他让她学习这些故事并牢牢记住,但很快发现,她确实不擅长讲故事,话语单调乏味且不说,讲到最后还会哭起来。所以他就替她讲。他站在旁边,举起手指向她大声说道:

"这个不幸的生物的母亲,哦,就是你们眼前看到的这个,外观长得让您纯真的眼睛难以忍受的生物,它的母亲,从前住在黑森林旁边的一个小村子里,那年仲夏,有一天她去森林里采摘浆果的时候,被一头最生猛的公野猪追上了,这畜生兽欲大发,把她拱倒在地,糟蹋了……"

在那一刻,他真真切切地听到了一阵充满恐惧的低声尖叫。一些女性观众实在听不下去了,起身欲走,手里紧揪着自己男人的衣袖,男人们连连抗拒。

还有另外几个版本。

"这个女人来自一个上帝遗弃的地方,是那些坏心眼儿的恶人的后代,他们连生病的乞丐都不加怜悯,为此,我们的主惩罚了整个村庄,让他们的后人世世代代都遗传这种惨不忍睹的丑陋。"

再或者:

"这就是那些道德败坏,不知自重的女人给自己孩子留下的命运。你们看到的,是梅毒的恶果。梅毒是一种可怕的疾病,专门惩罚不洁之人,遗祸五代!"

他毫无负罪感,每个版本都可能不幸言中,道破了事实。

"我不知道自己的父母是谁,"绝世丑女一遍一遍重复着,"我一直在这儿,当我在马戏团里被发现的时候,还是个婴儿。谁也不记得当初是怎么回事了。"

当他和马戏团结伴而行的首个演出季结束,车队懒散地绕返维也纳过冬时,他向她求婚了。她满脸涨红,浑身发抖,几不可闻地吐出了"好"字,然后将头轻轻倚靠在他肩膀上。他能闻到她身上的气味——肥皂味,软软的。他强忍着撑了一小会,然后缩回了身子。他开始激动地当着她的面描绘对日后共同生活的计划,先去这儿旅行,再去那儿游览……当他在房间里走来走去、比比画画时,她目不转睛地凝望他,沉默又伤感。最后,她一把握住他的手,说她想的完全相反,只想找个人迹罕至的地方隐居下来,这样就可以哪儿也无须去,谁也见不到。她会做饭烧菜,和他生儿育女,打理花园。

"我可受不了这些!"他愤愤不平地说,"你在马戏团里长大,你不但希望,而且需要别人观赏你。离开人们的目光,你会死的!"

她不发一言。

他们定在圣诞节那天完婚,婚礼在一座小教堂里举行。给他们证婚的牧师差点晕厥过去,整个仪式都伴随着他颤抖的声音。参加婚礼的宾客全都是马戏团的人,因为他告诉她,自己也举目无亲,和她一样孤独。

当所有宾客都在椅子上摇摇欲倒,每个酒瓶都见了底,一对新人也该入洞房了(她甚至醉态可掬地扯他的衣袖),但他让客人们别急着走,又添了不少红酒。他不会把自己灌醉,尽管很想这么做。他的脑子里一直绷着一根弦,时刻提醒着自己。他甚至不敢让身体稍做放松,不敢舒服地跷个二郎腿,就那样直挺挺、硬邦邦地正襟危坐,脸颊绯红,目光灼灼。

"我们该走啦,亲爱的。"她在他耳边低声央求。

然而他就像被桌子角挂住了,被无形的大头针钉住了,纹丝不动。细心的宾客可能会想到,他惧怕与她袒裼裸裎、敦伦尽分。真的是这样吗?

"摸摸我的脸吧。"她在黑暗中乞求道。他没有照办,而是在她身体上方用双臂高高撑起身子,眼中只能看到她身体的大致轮廓,比洞房里黑暗的背景略白一丝,就像一大摊没有清晰边界的、浸润的污渍。然后,他果断闭上了眼睛,这样就什么也看不见了。他还是做了,就像跟任何其他女人一样,放空想法,一切如常。

他们开启了自己的演出季。他拍了一些她的照片,寄往世界各地。电报订单雪片般飞来,他们获得了不少表演邀约。他们乘坐头等舱结伴而行,她从来没有摘下过蒙有灰色厚面纱的帽子,从罗马、威尼斯,到香榭丽舍大街,都留下了她的背影。他给她买了好几件衣服,亲手为她勒紧束身塑形胸衣,这样一来,当他们走在欧洲大都会车水马龙的街道上时,看起来就像一对寻常夫妻。即使是此时——这段对他们而言最美好的时光——他还是会无法自控地出逃。他已经成了永远的逃亡者。他会突然感到一阵莫名恐慌,抑制不住汗透重衣,几乎窒息,于是揣上一沓钞票,抓起礼帽,从楼梯上跑下来,冲着港口低级酒吧的方向一路逃去。一旦坐下来,他就放飞了自我,脸不再紧绷,头发也蓬松起来,涂了发蜡的发绺遮盖起来的谢顶暴露出来也毫不在意。他兴高采烈地畅饮,任由自己天真无邪地喃喃自语,絮絮叨叨,不一会他那只不老实的手就挨了怒不可遏的风尘女子的一巴掌。

当绝世丑女第一次责备他时,他对着她的肚子饱以老拳,即使是揍她,也害怕碰到她的脸。

他已经不再讲诸如梅毒和黑森林里的公野猪之类的陈词

滥调,开始用科学术语来介绍自己的妻子,因为他收到了维也纳一位医学教授的信。

"女士们,先生们!你们看到的是个天生的怪胎,是个突变体,是进化中产生的错误、缺失的基因链。这种样本产生的概率非常低,比一颗流星此时此刻掉到我们脚下的概率还低。女士们,先生们!现在你们有机会好好看看这个突变体,活的。"

当然,他们会到大学里拜访教授,也同意了教授给他们拍张合影的要求——她坐在椅子上,他站在她身后,一只手搭在她肩膀上。

有一次,趁着研究人员给她做测量的工夫,教授把他拉到一边嘀咕了几句。

"我有点好奇,"教授说,"这种突变能不能遗传?你们俩没想要孩子吗?你们试过没有?你们俩……是夫妻吧?你们……有没有……那个啥……你懂的……"

不久之后,似乎与教授那次谨慎的交流毫无关联,她告诉他自己怀孕了。从那一刻起,他就像分裂成了两个人。他希望她会生下一个和她一样的孩子,这样他们之间就有了更多的命运羁绊,甚至能获得更多的邀约。如果她出了什么事,他又长命百岁的话,余生中就多了一层保障。也许还能借此成名呢?紧接着他又开始恐慌起来,如果孩子也成了一个怪物该怎么办?他恨不得把孩子从她肚子里拯救出来,以免被她充斥着毒素的卑劣血液侵蚀。他梦到她腹中的胎儿是个男孩,被黑暗魔法困在她体内。而她把儿子囚禁起来,慢慢地雕琢着他的脸。有时候做的梦更离奇,他甚至梦到自己就是那头对无辜女孩施暴的森林野猪。醒来之后,他大汗淋漓,默默祈祷:让她流产吧!

她日渐隆起的小腹让观众们受到了鼓舞。他们更容易原谅她可怕的丑陋了,围着她问东问西,问她的脸,问其他令人难以启齿的问题。她小声作答,但不太有说服力。挚友熟人之间开始下注,孩子生得下来吗?是男还是女?她泰然以对。

到了晚上,她缝着宝宝的衣衫。

"你知道吗,"她说了半句便停下来,一动不动地发了会呆,眼睛死盯着远处某个地方,然后接着说,"他们,真的很脆弱,真的很孤独。当他们坐在我面前盯着我的脸看时,我为他们感到难过。好像他们都是空心的,好像他们必须看一些稀奇古怪的东西,才能把自己填满。有时候我觉得,他们是在嫉妒我,因为我至少还是个怪物,而他们什么都不是。"

她的话让他悚然一惊。

夜里,她分娩了,没哭没喊,像只动物一样安静,最终母婴平安。助产士只是来帮忙剪了脐带,他就给了一捆钞票当封口费,免得她一出去就乱嚼舌头。助产士一出门,他立刻点亮了所有灯光,以便仔细查看。他一颗心怦怦乱跳,十分忐忑。孩子看起来非常可怕,甚至比母亲还糟糕。他不得不闭上眼睛,因为胃里的食物已经涌到了嗓子眼。之后过了好长一段时间,他才确认,就像助产士说的那样,是个女婴。

于是,他奔向了夜幕中的城市,浑然不知身在柏林,还是维也纳。雪地湿滑,他摔了个趔趄。在人行道上踽踽独行,啪嗒啪嗒的脚步听起来犹如凄惨的鼓掌声。他的人格再次分裂,欣喜与绝望纠缠不休。

他狂饮,欲求一醉而不得,一直保持着无比清醒。他越想越怕,患得患失。几天后返回时,他已经想好了巡演路线,做出了营销计划。他给教授写了一封信,又请了一位摄影师上门。在他哆哆嗦嗦的双手下,氧化镁一次次爆燃,以强烈的闪光烙印下这两个生物无与伦比的丑陋。

让冬天早点结束吧,让连翘花怒放吧,让大都会的人行道干燥起来吧!圣彼得堡、布加勒斯特、布拉格、华沙,一路下来,最后冲出欧洲走向世界,再到纽约和布宜诺斯艾利斯……让天空像一张巨大的蓝色风帆一样伸展到大地之上,整个世界都为他妻女的丑陋而狂热,对她们顶礼膜拜。

差不多就是在这个时候,他第一次亲吻了她。不是吻在了嘴唇上,不是,绝对不是,吻的是额头。她望向他的目光明亮而异样,甚至很像人类的目光。就在那时,他心里冒出了一个问题,但实在无法对她启齿。"你是谁?你是谁?你是谁?"他不断问自己,甚至都不知何时产生了要向别人询问的念头,甚至在镜子前刮胡子时,都想问问镜中人。他似乎发现了一个秘密——每个人都在粉饰自己。他们的脸皮都是面具,好像整个人生都是一场威尼斯的盛大假面舞会。他时常幻想着喝醉——因为清醒的时候他不允许自己胡言乱语——把他们用薄胶纸粘在脸上的面具揭开。面具之下是什么?他一无所知。他承受不住折磨,无法容忍待在家里陪伴这对母女。他怕自己会屈服于某种奇怪的诱惑，会在某一天动手把她们脸上的丑陋撕下。他想用十指去寻找隐藏的边缘，那些粘了胶的地方。他想拨开她的头发。他默默地出门，一边喝酒一边考虑下一条路线，他已经在设计海报、拍发电报了。

天有不测风云，到了早春，一场可怕的西班牙流感四处蔓延，她俩都病倒了。母女二人紧挨着躺在床上，高烧不退，喘息艰难。她时不时地出于恐慌，条件反射地把孩子搂在怀里，在高烧的谵妄中试图喂奶，她不知道，婴儿再也无力吸吮，已经夭折了。最终她也死了。他轻轻地把她们的尸体移到床边，自己点燃了一根雪茄。

那天夜里，绝世丑女曾经回光返照地清醒了片刻，带着无尽的绝望和抱怨哀号起来。他实在受不了，那是黑夜的声音，是黑暗的声音，是黑暗的灌木丛中的声音。他捂上了耳朵，最终戴着帽子从家中跑了出去。但是他没走远，在自己家窗子下来回溜达，一直到黎明，以这种方式帮助她们母女尽早解脱。她们死得比他想象的要快。

他把自己锁在卧室里，看着两具尸体，就像两块沉重的、麻烦的、出乎意料的物料。他惊奇地注意到，床垫被压得深深陷了下去。他手足无措，不知该怎么办，当黑暗再次模糊了床上的两个静止的轮廓时，一瓶酒见了底。他最终只通知了教授一个人来做见证。

"求您救救她们吧！"当教授到达并对尸体进行专业检查时，他胡乱哀求道。

"您疯了吗？早都死透了！"教授怒道。

然后，教授递给他一页文件，他用右手签了字，左手收了钱。

同一天里，他在消失于港口某地之前，乘马车帮教授将尸体运回了大学的诊所。不久之后，尸体就会在那里被秘密地制成标本。

在很长一段时间内，差不多有二十年，她们就站在这座建筑阴寒的地下室里。直到更好的时代来临，她们加入日益丰富的收藏品之列，与犹太人和斯拉夫人的头骨为伍，和千奇百怪的连体婴儿、双头婴儿相伴。直到如今，人们还能在病理博物馆的仓房里见到她们——母女二人，瞪着玻璃眼珠，摆出凝重的姿势被冷冻着，就像某个新物种产生之初失败的实验品。

【译者注】

作家创作的这篇小说可能参考了历史上一个真实事件：

1834 年，朱丽亚·帕斯特拉娜出生在墨西哥。在当时的画像中，她浑身长满浓密的毛，下嘴唇很厚。其实这个女人患有两种极为罕见的疾病：荷尔蒙分泌紊乱导致毛发激增，牙龈增生导致嘴唇变厚。当时《纽约时报》刊登的一则广告说她是"人类和猩猩的联系所在"。

朱丽亚在马戏团的节目中被当作"怪物"演出。由于她的外表，她被人们叫作"毛女"，或者"女猿人"。

大约在1850年,她被卖给西奥多·兰特,此人开始在人来人往的集市中展览朱丽亚。1868年,英国自然历史专家弗朗斯瓦·贝克兰写道:"她对音乐和舞蹈有鉴赏能力。"她还会说三种语言。她爱慕兰特,兰特后来也娶了她,很可能就是为了掌控她挣来的钱。

1860年,朱丽亚在莫斯科生下了一个儿子。她的儿子也遗传了她的疾病,没过多久就夭折了。她自己因难产而死。但是兰特并不打算失去这棵摇钱树。他用防腐香料保存这两具尸体,继续巡回展览这两具木乃伊。

他接着在德国娶了另一名长了胡子的女人,他把这位女人称为朱丽亚的姐妹,这个女人也被和两具木乃伊一起展览。

至此,朱丽亚不平常的一生并未结束。兰特死后,木乃伊在不同的人手中辗转,最后在二十世纪七十年代落入挪威一名集市节日操作工手里。1976年,小偷潜入了他的仓库,偷走了两具木乃伊。警方在一个垃圾桶中找到了它们。孩子的身体已经毁坏得很厉害。朱丽亚的遗体后来一直被贮藏在奥斯陆大学。

墨西哥艺术家劳拉·安德森·巴巴特在2005年发起了一场要求把朱丽亚的遗体运回家乡的运动,该运动得到墨西哥官方的支持。在去世一百五十余年后,2013年,朱丽亚的遗体在故乡墨西哥下葬。

作家之夜

"每逢夜深,她都文思泉涌,与白天相比,像变了个人。"他必定会说,这样的句子读起来味同嚼蜡。如果让他来写的话,一定会把主语替换掉,或是以"我"作为句子的开头。他的版本会是:"我,白天,清晨,第一杯咖啡后,上午,最能思考。"

她碰巧(天啊,这该有多巧?)在报纸上看到一则消息:他要来普鲁士了,来阿伦施泰因①了。一想到他本人将近在咫尺,她就辗转反侧,难以入眠。一切都重新回到最初状态了。不,不是回到最初,而是一直都在那儿,从来就没有消失过。她在床上仰卧着,一个未曾有过的想法在她脑海中逐渐成形,与此同时,她在思量着这个想法可能导致的种种后果。她将来到一个陌生的城市里,准确地说,是那个城市的火车站里,列车刚抵站不久,他刚下车,迎面而来,在人群中发现她后,一

---

① 现为波兰奥尔什丁市。

脸迷惑,甚至可以说是大惊失色;但他还是停下脚步,露出那绝无仅有的眼神,她微微掀起面纱,两人就这样双目对视,她一定会因此而激动不已、全身颤抖,但这绝不是出于对他的肉体的渴望,而是由于他久违的眼神。也许会是另一番情形——那天,天气晴朗,她在陌生城市的某个广场散着步,(每个城市的广场看起来都大同小异,不是吗?)而他呢,仍会是迎面而来,身旁还有一对男女。她的直觉告诉她,他一定是认出她了,否则他不会怛然失色,用尴尬的语气对同伴说:"不好……不好意思。"他的手微微颤抖,摘下浅色的礼帽。(他的头发是不是有点稀疏了?他已经到这个岁数了吗?)她向他递出手,神情自若,毕竟她在广场独自打转了一小时,就是为了造成不期而遇的假象。毕竟阿伦施泰因也不大,不是吗?她会不会低估了这座城市的规模?他们很有可能会淹没在五月的人潮中,又或是有人会安排马车,将他直接载到酒店,也许这座城市根本就没有广场。万一天降暴雨又怎么办?也许他在最后一刻会因为妻子身体不舒服而取消这趟行程。他还可能因为德国出版社的事务而耽搁了这次读者见面会,毕竟他是一位非常有名的作家,知识分子里大概没人不认识他吧?是不是只有她才这么关注媒体对他的每个无足轻重举动的报道?也许只有她才那么在意书店里那部上下两卷的小说集,她每次光顾书店,都会戴手套,轻轻爱抚这两本书,并总是不厌其烦地询问店员,有没有与这部小说截然不同的书。

直到早上,她还觉得这个想法十分荒谬可笑。她到楼下去吃早餐时,约翰还搂住她的腰,吻了她的唇。一小时后,家庭教师会来给孩子们上音乐课了。她敲开溏心蛋的顶部,瞥见自己早已干瘪的手指,有那么一瞬间,她觉得这手指不属于自己,她感到心如刀绞。于是,她向丈夫提出要到但泽①的父亲家里去待几天。能做出这样的决定,她也感到很吃惊。她的丈夫用餐巾擦了下嘴巴,并没有察觉出不对劲。他倚靠在椅背上,点了一根雪茄。她请用人把窗户打开,窗外,马车和有轨马车匆匆驶过,马蹄嗒嗒敲击着石板路。用人拉上窗帘,路旁的丁香花正在怒放,散发出的淡雅迷人的芳香随着微风飘进屋里。

她随即开始收拾行李。要带的东西不多:一个帽盒,里面放着一顶巴拿马草帽;一件深色乔其纱半身裙;一件胸前带荷叶边的白衬衫;一把蕾丝雨伞;一个轻便行李箱;一个稍大点的皮革旅行包;一双带扣皮靴;几件丝绸内衣,里面裹着一小瓶香水;一双换戴的手套。她在但泽的火车站里买了一张到阿伦施泰因的票,然后坐在车站咖啡厅等候了三小时。上洗手间时,她惊讶地发现,镜子里的自己似乎变年轻了。在火车包厢里,她从包里取出一本《新德国评论》,里面连载了他的短篇小说。她曾经把每句话都背得滚瓜烂熟,但现在已经遗忘了不少内容。

这真是一个小小的奇迹——阿伦施泰因和威尼斯,两座城,你中有我,我中有你,缺一不可。十年过去了,这两座城市蓦地成为同一个连续体的两端,她一生中某个阶段的中轴线。北

---

① 现为波兰格但斯克市。

方和南方、干燥与潮湿、历史的车轮和停滞的时间、放眼未来与缅怀过去,无不体现了矛盾和冲突。

她第一次认识他是在一片海滩上。他身上穿的衣服、头上戴的帽子,都是浅色的。他当时的模样,她仍清晰记得,但她几乎能记住所有第一次见面的陌生人。那个在海滩上的他,心神涣散,宛如年轻小伙子。随即两人被互相介绍认识,他给人的第一印象就是一直戴着面具。"我是作家。"他轻描淡写地做了个自我介绍。他显得很拘谨,试图躲避别人的目光。她还记得,她的一个朋友也在现场,喝得醉醺醺的,事后把他称作"毛驴"。和他雨散云收之后,她第一次进入他下榻的酒店的浴室,直到那个时候,她才觉得自己真正了解他。无论多么亲密的肉体接触,多么仓促的一夜情,多么激情的身体探索,都比不上酒店的浴室能让她真正地看透这个男人。他的浴巾横搭在浴缸的边缘,一些刮胡子的用品,一把刷子,刷柄因经常遇水而有点损坏,还有一个木制肥皂盒。静止的物品是一个人身体存在的见证者。她趁他熟睡时触摸他的物品,突然热泪盈眶,把头倚靠在冰冷的镜子上,让感情尽情释放。说不定他已经醒了,在等着她回到被窝里。在经历过前一晚的激情后,起床时人常常会有点害羞。直到现在,她都一直记得那个清晨——因为,那是爱情的开始。爱情本身不正是探索吗?人们如此渴望找到自己的身体,倘若不是为了快感,那该是为了将人与人之间的距离压缩到无限小吧,穿透身体最为隐秘的角落,打破一切疆界,直达深处,探寻未知的内部。

阿伦施泰因的火车站比她想象的还要小一些。有一瞬间，她感到惶恐——上车时她的手牢牢地抓住台阶两侧冰冷的金属扶手。但是，当马车把她送到城市里最豪华的酒店时，她顿时觉得，自己就是整个世界的主人。其他人的个头骤然变小，宛如来自二维世界的生物，既无知识，又无知觉，他们柔软的身体就像是一台台小机器，他们开的商店也小得可怜；他们的嘴唇早已麻木，打破顺滑咖啡的表面的平静；他们的身体只专注于自己，他们的双手遵循着某种滑稽的仪式，一只手每隔一段时间就调整下头上的大礼帽，另一只手则紧紧地握住拐杖或雨伞；他们还会在铺满陈旧地毯的屋子里举行毫无价值、枯燥乏味的宴会，他们的思想被禁锢了，永远局限于他们下一秒口中吐出的语句。他们活像一群群小矮人、一群群小玩偶。然而，当她像一个男人一样舒展着四肢坐在马车里时，却感觉自己其实是爱他们的。她也同情他们，但不是出于怜悯，而是出于爱本身，出于对严格执行父母的指令却不理解这些指令的意义的孩子们的爱。她坐在马车上，所坐的位置越高，看到的也越多。她独自制定规则，创造下一分钟、下一个动作、下一个事件。

她已抵达酒店，办理入住时随便填了些虚假的个人信息，然后假装满不在乎地询问前台：

"我听说，那个著名的作家 T 先生也住在这家酒店，是吗？"

酒店前台的员工抬起头，一双眼睛因佩戴厚玻璃镜片而变形，自鸣得意地回答道：

"是的，明天他要举办一场以音乐和文学为主题的讲座。

明天下午。"他的语气突然严肃起来,"请您千万不要告诉其他人,他的确住在我们酒店。显然,城里已经没有更适合他住的地方了,我们的酒店已经是最好的了。我们给作家安排了一间套房,几天前就已经打扫得一尘不染。"他示意了下旁边罗马数字"Ⅰ"下方的那串钥匙:"我们担心读者们知道后,会来打扰作家休息。"

"他真的那么出名吗?"

"我的妻子读过他的所有作品。"他回答道,似乎这就是最好的证明了。

"柏林的火车几点到?我在等人。"

前台员工用怀疑的眼神看着她,但还是告诉了她火车到站的时间。

房间很寒酸。两扇高高的窗户面向城市最主要的大街。几只鸽子在窗台上栖息。

她洗了个澡,用粗糙的毛巾把脸上的水珠擦干。换了件衬衫,先梳头,然后在镜子前专心地扎起头发。镜子挂得有点高,导致眼睛和额头以下的部分她都看不见。她用指尖把香水抹到皮肤上。还有不少时间,她本可以到街上去逛逛,买点东西,把自己的倒影定格在商铺的橱窗上,丈量小广场那谜一般的尺寸,或是随便找一把太阳伞,坐下休息,品尝一杯柠檬汽水。但她才戴上礼帽,就放弃了出门的念头。她不顾一身出门的打扮,手里甚至还拿着雨伞,就躺在原封未动的床上,盯着天花板发呆。天花板上有些小裂缝,看起来像是某种神秘的文字。

当时，他们每天都在城里闲逛。夏天的威尼斯酷热难耐，街道甚至因高温而融化变软，河道传来阵阵恶臭。他们发现两人一直都在加快步伐——他们得让自己看起来像是在赶路。"啊，我们为什么走得这么快？"他们猛然放缓脚步，不禁大笑起来。他们每天一起散步，其实是为了享受不同大小的手掌间的摩挲、无意间的肩碰肩，在夏日暖风的吹拂下，让对方闻到自己的香味，让对方的影子磨蹭自己的腿。他们多数时间就这样肩并肩走着，并不刻意看向彼此，而是暗中观察对方的一举一动。他一路上几乎只跟她说关于自己的家族的历史。这怎么可能？她感到难以置信，因为她自己的家族没有什么是值得一提的。然后，他滔滔不绝，不放过每一个细节，似乎惧怕她不相信自己的出身，体内流淌着汉萨同盟城市的富商、他们疲于生育的妻子、他们的后代、蓄着吓人大胡子的商会代表的血液。时间是以人来命名的。也许正因为如此，他才成为一名作家。他不仅牢记他们的名字、他们说过的箴言，还记得他们某些失礼的举止以及怪异的个人习惯。大概是为了能让她理清每个人物的关系，他赋予了每位家族成员一种独特的性格特征。她半信半疑，怎么可能每个人物都具有传奇色彩？这有违逻辑。世界是由人民群众和少数独立个体所创造的，后者只占少数。对她而言，每个人宛如海浪，每一朵浪花看起来都大同小异，唯一的例外是我们所爱的人，可我们做不到去爱所有人呀。

当他们逛累了，就会找个咖啡馆，或者某处荒无人烟的沙滩,在那里搭起帐篷,又或是坐在码头的木板上。只有那个时候,他们才开始进行眼神交流。但两人总是欲言又止,陷入沉默。她很想投入他的怀抱中,她每一寸肌肤都能感觉到他那双浅蓝色的眼睛在肆无忌惮地投来炽热的目光。

每逢夜晚,他们都会与其他朋友一起歇坐在俯瞰潟湖的露台上。水岸边的树叶在黄色灯光的映照下,让人误以为这是城市里突然出现的一片茂密森林。朋友们在嬉戏打闹,聊着八卦——这群人仿佛海上岛屿,而她和他只在这座岛屿的岸边短暂停留,仅仅是出于对脚踏实地这种感觉的思念,但在海上漂泊,才是他们的毕生追求。

这座房子隐没在牛蒡花中,被高高的栅栏围起来。她偷偷潜入院子,预感他一定在家里,她只想看他一眼。她遽然发现自己原来一丝不挂,便赶紧跳进牛蒡花丛中。她从房子后出发,弯着身子,在花丛中穿梭,往院子方向走去。现在,她可以看到客厅里亮着的灯。屋子里在举办宴会,透过玻璃窗户,她看到客人们手里拿着酒杯,在大厅里来回穿梭。她只能瞥见他们的嘴巴在动,却听不见说话的声音,应该是玻璃把声音隔绝了吧。那个女人,那个身着蓝色衣裳的美丽女子,就是他的妻子。她朝每位客人微笑,这种社交场合对她来说,早已司空见惯。牛蒡花的披针突然显得更加扎人。他并不在里面,不在这个宛如水族箱的客厅里。他并不在里面。

她猛然惊醒。戴着礼帽睡觉,让她的脖子很难受。她急忙下床照镜子——眼睛四周有点浮肿,难道她哭了?现在该出门了。

阿伦施泰因、十字路口、碉堡、市政厅,停滞的街头潮流。在这里,每一个故事都始于火车站。这个城市不适合生活,只能在这里短暂逗留。普鲁士铁一般的纪律、亚细亚的愁绪。几乎感觉不到一点水汽的味道。她点了杯咖啡,时钟敲响了下午三点钟,她的孩子大概还在房间里午睡吧。突然,她开始思念他们的气味了,为什么孩子的头发闻起来总有股风的味道?服务员饶有兴致地收下小费,用调情的暧昧眼神盯着她看。她没有理会,而是慢悠悠地往火车站的方向走去。突然,她不再感到镇静自若,她的心脏开始怦怦直跳。她觉得自己才像来自二维空间的生物,只存在于这一瞬间,仿佛自己既无过去,也无将来,只是一个往车站走的女人,此外,就谁也不是了。

月台空空如也,只有一个年轻男子拿着一束鲜花,一位妈妈牵着两个孩子,还有一个游客,坐在长椅上,看起来像是经常错过火车的人。她身后有一群男人,跟着她也进到月台,从他们的打扮来判断,应该颇有身份,还有点中年发福。其中一位的鼻梁上架着副金属眼镜,另一位身穿剪裁优雅的黑色外套,一只眼睛佩戴着单片眼镜(他的衣着让人很自然地联想到殡仪馆的工作人员)。还有两个人,他们可谓毫无特色。一定是这群人没错了。他们是阿伦施泰因文艺协会的代表成员,在迎候大作家的莅临。没过多久,又有一大群年轻人聚集在月台上。月台突然改变了原有的性质,变得异常躁动和嘈杂。难道大家都想趁春意正浓时去郊游,还是普鲁士的学校今天统一放假了?一位年龄较大的带队的老师正在竭力想恢复课堂纪律,但是学生把他的话当耳边风。

这也太不合常理了——在威尼斯,当他们要分别时,他黯然泪下。他牵着她的手不愿松开,他那双冰蓝色的眼睛,在泪水的浸润下,宛如玻璃般晶莹剔透。他说道:"我真傻,有什么好哭的呢,我们明明还能见面。"她认为,他应该向她求婚,毕竟他是一个相当传统的人。而她的脑海里则一直萦绕着这样的想法:"求婚才是愚蠢的行为,就算不结婚我们也会一直在一起。"对于他们俩来说,完全不存在第二种可能性。

后来她才领会到,原来他是为了自己而掉下眼泪。"我给你写了四封信,"他在第五封信中写道,"但是我都没寄出去,因为这些信使得本该愈合的伤口又裂开了。你是如此的美丽动人,如此的天真无邪,仿佛从来没遭到世界的污染。你如同天使一般。你越是不在我身边,我就越是想得到你。"读完这封信,她莫名其妙地感到惶恐不安,总觉得这封信不是寄给她的。

人群朝着目标移动,没有任何东西能阻挡住他们。拿着鲜花的男子也站起身,不再坐在长椅上。穿黑外套的男人神情紧张,用手帕一次又一次地擦拭着眼镜镜片。那位教师徒劳地让学生们排成两列,但学生们仍把他的话当耳边风。她很快就明白,在场的所有人都在等待他乘坐的火车进站,T先生不再属于她一个人,而是属于这群学生、穿黑外套的男人、手拿鲜花的男子、车站的工作人员、酒店前台的员工和熟读他的每一本书的有夫之妇。

但他们还了解他什么？他们了解他，大概是因为读过他的热销小说，或是杂志上刊登过的短篇小说吧？这就足以证明他们了解他了吗？他的所有作品，仅仅涉及他本人的一小部分，就像饼干碎屑或蛋糕表面的糖浆。难道他只活在自己笔下完美无缺的、条理清晰的、令人信服的语句里吗？在威尼斯时，他们总是一同散步，永远不会有一丝疲倦，他说话时总是特别激动且短促，以至她总要去猜测每一次停歇究竟是句号，抑或只是逗号。他本人也活在他笔下的故事和奇闻逸事中吗？他可是个不苟言笑的人啊。他究竟是怎么让读者相信自己作品中人物的原型就是他本人呢？他怎么能如此轻易地驾驭这些人物？但事实可能并非如此，说不定这都是她的胡思乱想，她其实早就被爱情和欲望冲昏了头脑，全然不知他并非她所想象的样子。在他所写的每一句话中，她都无法认出他的身影。其实，他根本不在里面。没有一部长篇小说的叙事者是他。他没有述说，在述说的一直是一个她不认识的陌生人。这恰恰也是最让人不能自拔的地方——在真实存在的人身上寻找创造世界的人。他是文字的王。在他的一呼一吸中去寻找；当他失去知觉倚靠在她的肩上睡觉时，在他的双目中寻找——他心灵的窗户后面究竟隐藏着什么？她还仔细观察他吃雪糕的样子——他也会像其他人一样，觉得雪糕美味吗？他的神经也和其他人的神经一样，把刺激传递到大脑中吗？他一定有一些异于他人的地方。

她突然想起,他在威尼斯时,还蓄着胡子,他的指尖总会下意识地捋着嘴唇上坚硬的黑色短须。

火车缓缓进站。蒸汽火车头喷射出浓浓黑烟,在人群头顶上方凝聚成具体的形状。她的心脏怦怦直跳,口干舌燥。她退却到车站餐厅的招牌下方,掀起面纱。火车这时已经停稳,在那一刹那,整列火车站都停止运转了,没有一丝动静。那四位男士有点不知所措,他们的目光从一节车厢转移到下一节车厢,之后,他们突然往右边火车头的方向疾步走去。那位看起来普普通通的女人也牵着两个孩子往列车前方走去,脸上泛起阵阵红晕。但反应最迅速的还是那位拿着鲜花的男子,他一路飞奔在人群前方。

他一下火车,就一直被人群包围起来,直到他跨进车站大厅的大门时,她才勉强瞅见他。她惊讶地发现,他的身材变得十分健硕,失去了以前的神秘感,甚至有点不协调、不匀称。她曾熟悉的那张脸,如今已经完全变样了,仿佛被残酷的现实给同化了。他再次被人群淹没。年轻人纷纷掏出厚厚的摘抄本,想得到他的亲笔签名,戴单片眼镜的男人则用自己的身体挡住激动的人群。他是这个旋涡的中心,他头发已变得苍白,泰然自若,大概是这辈子见过太多大风大浪,这点小旋涡不足为道。

好吧,现在还不是时候,再忍耐一阵子吧。她的心跳逐渐恢复应有的节奏。她与人群保持着安全的距离,目送他们一行人坐上马车。

作家见面会将在城市大剧院内举行,各个地方都能看到见面会的告示:"著名作家 T 先生将举办讲座……"她是第一批抵达现场的人之一。没一会,越来越多参加见面会的读者来到现场。女士们都身着极其优雅的服饰出席,身上散发着大都会贵妇才用得起的香水气味。她们的丈夫大多大腹便便、身穿马甲,早已迫不及待想见到大作家,不时地拿出口袋中的怀表查看时间,他们都是阿伦施泰因的中产阶级。而那些打扮得稍微寒酸点的人,应该是教师,或是当地自惭形秽的知识分子。那个在火车站出现的男子也来了,但是这次他没带上鲜花。还有三个女子,脸上挂着灿烂的笑容,不时向人群抛媚眼。她们大概是演员吧?此外,还有成群结队的中学生。所以,这些人就是 T 先生的读者了,他们是他在东普鲁士收获的书迷。

"我活着不为别的,仅为了写作。你肯定懂我。"他给她寄的最后一封信是以这句话结尾的。她并不懂。即便他所写的都是实话,还是能找到自相矛盾的地方,虽然她也难以解释。她家庭还算富裕,他可以和她一起定居威尼斯,或者别的什么地方都行,他可以继续从事写作。那是不是因为她受教育程度不高呢?是不是因为她的出身不够好呢?也许这才是他想表达的。她仍记得,他一听到"教授"二字,就精神紧张,言行举止亦显得更为谨慎。像他这样洒脱的人,竟然会有这么虚伪且肤浅的人际观。最后,他果然和一位教授的女儿结婚了。从他们在威尼斯分别那时算起,才过了一年,他就爱上了另一个女人,还向她求婚了,这怎么可能?啊,她绝不相信他会爱上另一个人,这必定是他为了达到某种目的所施的诡计、某篇愚蠢的短篇小说的开头。毕竟,他作品的质量并非一直都很高,偶尔也混杂着糟粕。那时,她很善于给他找各种借口,为他开脱罪行,可惜,每个理由都与事实相悖。

她给他写了一封长信,但一直没有收到回复。他一定才读了开头的几句话,就把信当作废纸扔到垃圾篓里了。他还可能把信烧了,他不能在将来的自传中留下任何污点,他明白有哪些东西是不能出现在传记中的。人活着,并不能一直都做自己想做的事情。相反地,人被生活牵着鼻子走,生活为人设定了无法预测的目标,生活又为人实现了这些目标;生活给人套上狗项圈,拖着我们匍匐前行。一想到这里,她感到脊背发凉,特别想跑到街上去,沐浴在温暖的阳光中。

因此,她主动与他断绝了联系,特别是当她得知他已经结婚成家,还有了孩子之后。他有多少个孩子?两个?三个?只要她在报纸上碰巧看到他的名字,她就会去揣测这些文字中有没有给她的暗号。不仅如此,她还常常读他写的书。她已经走火入魔了,无论他写了些什么,她都会觉得那是写给她的某种暗号,他通过发表新的作品来向她解释他曾经说过的那句可怕的话:"我活着不为别的,仅为了写作。"

讲座即将开始,读者们有序地坐下。她混在人群中,找了个座位坐下,尽量远离那张铺着深红色天鹅绒布的讲桌。展厅里几乎没有一道自然光线,只有讲桌上方的灯光。这样更好,他从讲桌方向看过来的话，就不可能发现她了，因为耀眼的聚光灯会让他短暂失明。

现场的气氛跟戏剧开场前一样。听众们低声交谈着，时不时环视着大厅。摄影师一言不发地调整好摄影用的三脚架。大厅入口处传来窃窃私语，终于，T先生本人出现在入口处。他的登台是如此完美。他本来就很完美。他一直就非常与众不同，但她无法解释，他到底哪里与众不同了。他从里到外散发着一尘不染的洁净感——他脸上的胡碴子不见了，皮肤永远白皙，身着一件洁白的衬衫，衣领硬挺，戴着一副银色眼镜，套着一件冷灰色外套。从她所坐的位置望去，看不见他的鞋子，但她毫不费力就能回忆起他十年前穿的鞋子——一双棕色皮鞋，鞋头很窄，鞋面有点内凹。她还清晰记得他光着脚的样子，这比世上最深情的表白还能透露一个人的心声。她在想，他现在是不是也光着脚在大厅里走着。

他不仅苍老了许多，而且整个人都发生了变化。他不屑于看观众一眼。他泰然自若地坐在椅子上。他把面前的窄口玻璃瓶和玻璃杯移到一旁，从外套口袋里取出一沓笔记，小心地把它们按次序摆放在讲桌上，清了一下嗓子，最后才朝听众方向望去。刺眼的灯光使得他睁不开眼睛。她心头一颤，她感到他的目光有一瞬间落到了自己身上，虽然他的眼睛仍是眯成一条线。不，他应该没认出她。他也不可能认出她，距离太远了。但她总能在人群中认出他来，无论距离有多远。

"亲爱的读者们，"讲座开始了，"我受邀为大家谈一谈……"

在他的讲话中没有任何关于这座城市的内容，他也不曾有一次朝专心致志听讲的读者们露出笑容，更别提任何形式的眼神交流了，他既没有感谢送花给他的人，也没有感谢在火车站辛苦等候的人，更没有感谢兴奋不已的书迷。他甚至没有做任何自我介绍，没说明自己以何种身份而来，也没说明自己为何而来，没有说自己对这座城市的印象，更没有谈及他对五月的阳光、女人的礼帽、男人的怀表有何种感觉。整场讲座，他没有一点磕磕碰碰，自始至终都面无表情，虽然咬字清晰，但语气单调乏味。他唯一的肢体动作就是时不时调整一下领结，但似乎只是想确认自己仍在现场。他一定是想让大家觉得他是一个有着完整人格的人，一位全能的欧洲作家，一个永远充满智慧、时刻保持中立的人。在他看来，隐藏自己的真性情才可谓真正的美德。贵族之优雅，在于中庸。她却察觉出了他的意图，不然呢？只有期待着他终会摘下面具，她才会感到兴奋不已。有前后的对比，才有悬念。她恰恰爱他的这一点。他的这一项技能，已经达到了炉火纯青的地步。

他说话时，镇定自若，直截了当，每句话结束时他会稍做停顿，他的那双蓝眼睛则会望向天花板。每次短暂的停顿，宛如无形的逗号、空格、破折号。他的变化可真大呀！他在谈论音乐，而非文学。不少听众也许会感到扫兴，难道作家不应该谈文学吗？

"……同样地，音乐从单声，到复调，再到和声的转变，人们一般倾向于认为这是一种进步，但事实上，这是野蛮的集中体现……"她印象比较深的就这一段了。

他的脸在上方,她的脸在下方,前者因重力作用而发生变形。这个男人的笑容——既天真无邪,又残忍至极。面部因痛苦而狰狞,而非因快感而满足。额上淌着汗珠,纽扣被解开。

他的讲座结束时,所有人起立献以掌声,他享受着歌剧红伶的待遇。观众离场时,有几个人走到讲桌前。他娴熟地取出口袋中的钢笔,笔身在聚光灯的照耀下闪闪发光。他俯身在几本书上签上名。

她旋即离开,往酒店的方向疾步走去。她的孤独感比往常强烈两倍、三倍,许多许多倍,几乎达到崩溃的程度。既然人无力改变任何东西,那为什么不去感恩上帝给予我们的东西呢?为什么人总是不懂得感激?人为什么总想要得到一些不可能得到的东西?这一人性缺陷的源头又是什么呢?

酒店前台一个人都没有,但能闻到方才出炉的蛋糕的香味。她等了一会,仍没人来,也许之前那位员工也去剧院听讲座了吧。于是,她自行伸手取了自己房间的钥匙,顺便也取下罗马数字"Ⅰ"下的那串钥匙。这也太疏忽大意了吧!怎么能就这样把客房钥匙挂在没人看管的前台?她做贼心虚,趁没人注意,迅速跑上楼去。

她小心翼翼地打开套间的房门。她故意不开灯——落日的余晖照进房间里。房间的阳台很大,褶皱的窗帘悬挂在窗户两边,还有一张相当大的双人床。他甚至没时间把行李箱里的物品取出来。他的行李箱直接放在床上,但没有上锁。旁边放着他刚出版的三本样书,看起来非常新,也许书页还没有裁开。椅背上挂着一条湿润的毛巾,应该是酒店特意为他的光临而配备的。她轻轻用手碰了一下这条毛巾。浴室在不远处,十分宽敞,窗户下是一个巨大的浴缸,浴室里还有多个普鲁士造的黄铜水龙头,一个立式洗手盆。洗手盆上……还放着一个和十年前一样的木制肥皂盒。她甚至怀疑这是不是梦境。她把盒子靠近鼻子闻了一下,还是那熟悉的味道,虽然这和她所期待的感觉不太一样。唉,这些年来,她一直在各种日用品店里找了很久,都找不到同一款肥皂,以至她都要开始怀疑,这肥皂是不是根本就不存在。打理胡须的刷子上还有水珠,这说明他出门前才刮了胡子。但牙刷还是干的。浴室的瓷砖地板上有两只他脱下的黑袜子。她坐在浴缸边上,在思考着一件奇怪的事情:为了能更爱他,她想化身他本人,融入他的身体中,用他的手来抚摸他的身体,但并不是用他惯常的方式。她想,如果他们俩能够合二为一的话,该多好呢。这样的话,如果他真的那么想写作,他完全可以只专心写作,而她将负责照顾他的身体。这样,就不会再有任何罪恶感,不会再有内心的矛盾与抗争,更不会有强迫两人在一起的必要性。这会是一种对自己的纯洁爱情,是在浴室里做祷告般的柔情。触碰自己的皮肤,应该不能称作爱抚,这无关乎爱情,而是关乎寻找最适合他的肌肤的肥皂。"我将对他身体的每一部分都了如指掌,"她想,"我也会像了解自己的舌头一样,了解他的口腔内部、他每颗牙齿的形状。他的气味对于我来说永远都不会陌生,他的气味,就是我的气味。他会被我摇晃着进入梦乡。"

她听到楼下传来一阵脚步声,旋即离开他的房间,爬楼梯回到自己房间所在的楼层。

她离开酒店前,到前台去付房费,这时他们一行人从见面会回来。她听见了他说话的声音。当时,她背对着餐厅。

"这就是 T 先生。"前台员工骄傲地对她低声说道,"我的妻子读过他写的所有书呢。"

她想转过身去,但是做不到。她手里拿着钞票,定格在半空中。

当她坐上马车后,顷刻间觉得精疲力竭,内心足足有千斤重担,甚至连马车都拉不动。

"尊敬的女士,请问您要上哪儿去?"在她沉默了许久后,马车夫问道。

"火车站。"

像阿伦施泰因这样的城市,一切都始于车站,终于车站。

征服耶路撒冷·拉滕　1675

　　1675年,村里的三百个男丁耗时整整一个夏天挖掘汲沦溪谷①。他们对此十分不满,因为这是收获季,耽误了他们第二次晒牧草和收割粮食,或者由于其他诸如此类的原因。他与他们的每次交谈中,最终话题都会被扯回食物上:面粉、白菜、土豆、肉类(此时他们的眼睛会像饿狼一样发出幽幽光芒)。他在写给远行到巴伐利亚避暑的妻子的信中提道:"难道他们这群人,和我们一样,都是出自同样的祖先吗,都是亚当和夏娃的后代吗?"紧接着在下一行里,他自己答道:"不可能。人类的历史上一定存在着某些错误,因为我是由伟大的信念铸就,而他们只在乎自己的身体,以及用什么来喂饱自己的身体。我甚至不知道他们能否理解我对他们说的是什么。"

　　没错,他们斜着头瞟他,眼神里充满疑惑和不信任。而当他们忘记了这些的时候,目光则是满怀厌恶。如果再有一次——

---

① 汲沦溪位于耶路撒冷与橄榄山之间。本文所述的"汲沦溪"是仿造的。

请上帝宽恕——如果战争又爆发了,就像十几年前那场那样,兵荒马乱中,他们会眼都不眨地冲向城堡,疯狂劫掠,无情摧毁。他们根本就不会想到去偷走吊灯、基里姆地毯和中国瓷器,他们一定更愿意摧毁这些精致的奢侈品,将其砸成罂粟花籽一般的齑粉。"也许",他冷笑着想,"如果这些称得上是人类奇迹的城堡是用面包、肉类、土豆配着培根建造的,倒是能获得他们的尊重。"革命很快就会变成对食物的狼吞虎咽,战斗变成吸收消化,战斗后的安宁中必会传来灌木丛中的放屁声和哼哼声。世道如此,屡试不爽。

因此当他们派出几个畏手畏脚、愁眉苦脸的谈判代表来找他时,他根本就没当回事,他们认为在收获季里挖河道的计划有悖他们所公认的常理。这帮家伙的眼睛里就只剩下面包。当然,他还是给三分之一的人放了几天假,因为谷仓也需要填满。但他实质上所考虑的是教育目标——这是比你们充盈的谷仓更神圣、更高尚、更重要的事情。在生命中为了一个信念而生存和奋斗是值得的。我们崇高的追求会救赎我们。

拉滕城堡到他手上时,已历经洗劫,在战火中被摧毁成一片废墟。这座城堡依然屹立在公园旁边,占据着那片土地。空气中弥漫着羊毛地毯和羊皮烧焦的难闻气味,这些都曾经是石质地板上的装饰品。刺鼻的焦煳味就是地狱之手染指过这场残酷战争的印记。臭名昭著的纵火犯的亲戚们后来又重建了城堡,他们将石头运上山,挖沙子制作砂浆,还砍伐了不少原木。

他永远不会忘记那一刻的感受,那是一个艳阳高照的秋天,他站在城堡对面的山坡上,审视着历经几年重建的成果:沙质的城堡外立面上分布着几十扇窗,平缓的台阶将大露台与池塘连接起来,花园里长满玫瑰花和葡萄藤。还有温室中精致的立柱、摩尔人风格的飞檐,整座建筑的花边装饰着绸缎般的天空,这一切着实令人叹为观止!在这片荒山野岭间竟有如此难以置信的美景。爱,此时此刻,冯·凯纳斯特感受到了爱,他禁不住热泪盈眶。

他绕着城堡信步而走,顺着石头的边缘,沿着石头的接缝,温柔地抚摸着城堡那庞大的石头身躯。出于对城堡的热爱,他突发奇想举办了一个五月节:焰火、乐团、舞者、主厨、面包师、数以百计的铺上白色台布的餐桌、精美的银质餐具、瓷器、玻璃杯和花篮。公园里成了白色的海洋,一尊尊大理石雕像分布其中,雕像上裸体的仙女和女神吓得农民们心惊胆战。他邀请了自己分散在世界各地的全体家族成员,就像每个血统高贵的名门望族一样,他也有很多亲戚。城堡的房间里充溢着交谈声、惊叹声、欢呼声,他们操着各国语言高谈阔论。大餐桌前高朋满座,几个小姑娘夜以继日清洗餐具。远方请来的厨娘们不敷使用,数量又翻了好几倍。厨房的窗里飘出热腾腾的香气,烤乳猪在滋滋作响,野鸡和大鲑鱼在慢火细烹,各种串烤的珍馐野味不一而足。

毕竟已入五月,那一天风和日丽。客人们在公园里惬意地散步,欣赏着喷泉和雕像,最重要的莫过于观赏"仿真活景"。看吧,在公园北侧,化了装的农民们创造了一个奇迹般的冬季寓言。他们摆好姿势，站在铺满地面的雪白色帆布背景上，其中一组人扮演猎人，瞄准了野猪和野兔；一旁的女人仿佛冻结在了织布机和卷纱轴边。带装饰的雪橇则展现了冬季娱乐项目赛雪橇的魅力。几个男人在大桌布上挖出的一个洞旁表演凿冰钓鱼。一个高大的乡下老妇扮演了冬的拟人形象，她名叫弗列达还是葛莱塔来着？管他呢，这不重要。她撑着一根棍子，浑身包裹着棕熊的皮毛，熊皮层层叠叠地垂到了地面，看起来险恶而又庄严。演员们敷了粉彩的脸上满是汗水，即使在五月，这一天也算是相当暖和了。

激动不已的观众们继续朝公园东边走去，春之女神正在那里迎接他们。扮演者是一个穿着浅白连衣裙的少女，一头蓬松的金发上装饰着花环，手提盛满芳菲的花篮。啊！高贵的观众们心脏都要蹦出来了，单身汉的目光在春姑娘裸露的修长脚踝上徘徊，女士们则赞叹着丝绸和薄纱的轻盈。在她旁边，一个静止的男人身影在田地上做耕耘状，而另一人摆出舒展的夸张手势伫立不动，来表现在田间播种的场景。

在公园南边是代表了夏之化身的年轻妇人，冯·凯纳斯特不记得她的名字了，她一头金色的及腰长发着实抢眼。她头戴麦穗编织的冠冕，身穿绚丽的花裙，抱着一束初生的玫瑰悄然立于花间。在她周围是草垛旁头戴大草帽的收割者和手握镰刀躬身劳作的农妇。公园西面的池塘旁，凝止而静谧地呈现出一片美不胜收的金秋景象。一篮篮的苹果和梨子、洗干净的胡萝卜，彩色的碎布屑仿佛秋天的落叶，飘飞满地。扮演秋天拟人形象的村姑是冯·凯纳斯特的情人,她是周围十里八村最漂亮的女人——玛尔采拉·奥皮兹。她红发如火,体态丰盈,像个皇后一样统治着那些俯身捡拾土豆或是在干草堆旁手举舂谷锤的妇人。

毋庸赘言,所有人都兴致盎然。盛况一直持续了几天几夜,铜号堂皇嘹亮,小提琴高亢悠扬,双簧管如泣如诉,协奏出庄严的乐章,通宵达旦。碎石路在宾朋的脚下沙沙作响。

天下没有不散的筵席,车辚辚马萧萧中,意犹未尽的宾客们走了,只留下一片足印狼藉的草坪、一堆油腻斑驳的碗碟,雇来的厨娘累得在桌子旁瘫坐,吃饱的野狗在垃圾满地的拱廊里打盹,农民们也四散回家,一边走一边舒展着发僵的筋骨,冯·凯纳斯特向躺在沙发上的妻子解释着(她的头在疼)。

"亲爱的女士,我们必须做点不图功利的事情,否则我们的生活就会像那些人一样乏善可陈。"他用手指向山谷里的村子,"对虚幻的追求才是我们与动物的根本区别——不是我们的思想,也不是那些睿智的典籍。我们总要做些非必需的、没必要的事情,即使转瞬即逝,却也光耀一时,令人绝倒,哪怕很快被人遗忘也在所不惜。我们的生活必须充满这样的绚烂焰火,否则就会陷入焦虑,变得贫瘠和不育。"

就在这一年,冯·凯纳斯特的脑中灵光一现,迸发出一个无与伦比的绝妙想法,他此前从来没有萌发过如此精彩的念头。

这个想法的实施始于七月间对汲沦溪谷的挖掘,他没有顾及时值收获季,而一年四季的农时却是固定的,按照单调的节奏迫使人们遵循。然后,冯·凯纳斯特和他的秘书坐在图书馆里细细谋划,直到深夜。八月间,他亲自前往教区首府布拉格城,与主教商定了重要细节。在城中,他订购了毛毡和各色面料,又与木雕师傅交谈良久,还搜购了古代的盔甲、盾牌、长矛与利剑,以此作为样本展示给他的铁匠。最终,他还设计了一面三角旗帜。到了九月,锻造厂中便开始转产新产品,原先的马蹄铁、桶箍和轮轴统统停产撤下,取而代之的是大量箭镞,其余武器装备则以木材来仿制。妇人们忙着缝制大衣和长袜,少女们精心地在横幅上刺绣奇异的标志。几个村庄都在以一致的节奏高速运转着,因为如村民所愿,他支付了令人满意的报酬——食物。这些食物或是他从附近城堡带来,或是采购于城镇集市。一整条横跨南北的山谷中,他下辖的全部村庄都参与进来,拉滕、拉特瑙、斯泰瑙、阿尔本多夫、塞弗斯多夫、斯拉夫芬内克以及散布在山间的小型织工定居点都在热火朝天地工作。他在每个村庄中都任命了一名对结果负责的主事人。每到星期天,在弥撒之后,他都会召见诸位主事人,听取汇报,后者则会向他娓娓道来,我们制造了多少把木剑,我们的妇女缝制了多少长袍和彩装外套……冯·凯纳斯特的司库官会在他的账本上一一记录下数据,再折算成谷物、亚麻、土豆和牛。身材瘦小的木匠昆岑多夫则建造了一台高如大树的攻城机,并将其安装在木质轮轴之上。

在进行这些准备工作的同时,冯·凯纳斯特承担了最重要的那项任务——修建耶路撒冷。

据说,冯·凯纳斯特的先祖是洛林的戈弗雷,至少他的家族里是这样相传的。如果血脉真的能传承记忆,那么就不难理解,每当冯·凯纳斯特闭上双眼、凝神静气之时,他的眼前会浮现出那些画面。他会见到一座矗立在沙漠之中沐浴着阳光的金色城池。高大的城墙、入云的角塔、雄伟的城门,还有数之不尽的教堂尖顶和宣礼塔圆顶,如同盛放在世界餐盘上的一块巨大的黄金蛋糕。

他要将这幅图景重现在湿润的西里西亚草原上……之前他已经觅得了一片绝佳的所在,正如他所期望的,此处的地形与耶路撒冷高度相似。正东与东南方向是两条深谷和一道溪流。日复一日,溪流变成了汲沦溪。在西南部的一座山丘可以扮作锡安①。此外,站在城堡的露台上,可以将这片区域清清楚楚地尽收眼底。就是这样一幕场景,仿佛上帝也赞成冯·凯纳斯特的想法,将他的城堡安置在极佳的位置。

于是,木匠们开始忙碌起来,他们仿制出一座圣城。实际上只有城墙,而且比真正的城墙低矮许多。城市中心就全凭想象了,毕竟建城的初衷并不是城市本身,而是对这座城市的征服。出于这个目的,还修建了一座角塔——大卫塔②,以及在西面城墙上的两座城门——具体而微的希律门和雅法门③。

---

① 锡安山位于耶路撒冷以南,是基督徒的圣地,据称这里有耶稣曾走过的足迹。
② 位于耶路撒冷老城的雅法门附近。
③ 耶路撒冷城的两座主要城门,另有新门、大马士革门、狮子门、粪厂门、锡安门等城门。

十一月底，耶路撒冷城已经准备就绪了。在这个寒冷、阴郁的冬季，农民本就没有什么农活可做，于是都认真学习如何扮演各自的角色。汉斯·霍迪什扮演诺曼底公国的罗伯特。当这个留着大胡子、膀大腰圆的农民铁匠试穿盔甲时，看起来还挺像一名真正的骑士，尽管他很不适应穿着靴子走路，步伐异常笨拙。冯·凯纳斯特让奥皮特扎扮演佛兰德来的罗伯特，他是那位扮演秋之女神的红发美女的父亲。一个斯特那乌村的农民扮演来自图卢兹的雷蒙德，看起来好像只有他比较胜任自己的角色，事实证明他的确是个机灵的农民，还有那么点表演天赋。坦克莱德这个角色遇到了不少麻烦，因为农民扮演者在圣诞节病倒，新年时就一命呜呼了，因此急需寻找替代者。至于洛林的戈弗雷角色，冯·凯纳斯特甚至有强烈的冲动想亲自扮演，并以这个身份加入战斗，但他的妻子劝谏道，贵族跟低贱的农民一起在田野中乱跑不成体统。因此，他不得不命令自己的秘书接手这个角色，秘书是凯纳斯特的远亲——他一直隐藏着对秘书的厌恶。

至于异教徒就有些麻烦了。农民们一旦得知要扮演的是异教徒，就没人愿意了，哪怕只是几个小时都不干。因此冯·凯纳斯特责令某个来自大农场的皮肤黝黑的农民扮演耶路撒冷的守卫者——法蒂米德总督伊菲察这个角色，他还在各个村子里展开了强制征募，让每个村庄都必须出十五个人扮演异教徒，无论他们是否情愿。

第一次彩排在圣诞节之前就开始了。当时还没有下雪，整座建筑物都给人留下了颓废、悲伤的印象。

也许是因为十二月间阴沉而压抑的天空太过低垂,几乎摩擦到了峰顶;也许是因为过于短暂的白昼虚弱得几乎无力爬行到中午,便倒在了未知的黑暗之潮中迎接了无尽漫长的死亡,无论如何,冯·凯纳斯特都没有打消自己的疑虑。能有效地指挥这么一大群人吗?能成功地发起进攻吗?这群慢吞吞、懒洋洋、徒有其表的乌合之众,能突然变身成无畏的骑士吗?

在这里,乐队已经开始排练庄严的乐曲,庖厨已经宰牛杀羊、剁碎冰冻的野兔,厨房中一地禽毛。但又有什么用呢?那些农民在彩排中依然呆若木鸡,笨拙地在泥地里摔倒,把自己溅一身泥,然后就不想跑动了,懒懒散散,只等着早点放他们回家歇息。他对他们的厌恶之情溢于言表,简直是一群毫无思想的类人动物!他怒不可遏地想。难道,从前的人们是另一副样子,当他们开始前往圣墓的遥远朝圣之旅时,心里除了玩笑和待在蜗居里苟且之外,是否还存在其他想法呢?他命令他们到马厩中集合,拿出了对待孩子一样的耐心和他们说话,然而他们却心不在焉地踢踏着自己的脚后跟晃来晃去,嘴里还嘟嘟囔囔,似乎渴望着远远地看到自己的蜗居。他用自己所能掌握的最简单的语言给他们讲述关于内心的高尚冲动:它,可以令基督的神圣骑士们内心绽放美丽的花朵,可以令那些老弱妇孺都有勇气跨过重洋去参加远征,奋战在陌生的土地上,为了在上帝的帮助下从异教徒手中夺回圣城。他向他们描述了远征的艰辛、风景的寂寥、沙漠的荒凉、异教徒的狡诈。他还告诉他们,远征军人身体的每个缝隙中都充溢着狂热和红尘，还有干渴、饥饿以及奇迹，这些在当时都是司空见惯的，比我们今天发生的多得多——因为当今的我们生活在一个乏善可陈、平平淡淡的时代，就连我们的信仰也变得像发了霉的面包一样。他用最直白的语言，告诉他们有机会出演这场征服永久奥秘的神秘史诗，就像参加每次弥撒都意味着参与了耶稣复活的伟业一样。因此，如果他们能够重现攻占圣城的一幕，也就如同真正地在荣耀中征服圣城，可以感觉自己身临其境，仿佛不是出生在当下，在这个即将走向毁灭的、平平无奇的年代，而是出生在很久以前，那个充满了奇迹的年代，上帝会每时每刻出现在每个事件中的年代。他们对此充耳不闻，在接下来的彩排中变得愈发麻木，精神也更为涣散，让他不得不提高嗓门大声疾呼，寒冷的空气裹挟着他的恼怒向漆黑的云杉木墙撞击。就算说服这些一动不动的树木去参加战斗，也比动员这些麻木不仁的农民来得更容易。

圣诞节期间的某个夜晚，终于有了解决办法。并非来自睡梦中的偶发灵感，而是辗转反侧的失眠中的不断思量，才让他想出了这个世界上最好的主意。法式床单上的冯·凯纳斯特如卧针毡，忧心忡忡，因为来宾已经络绎不绝地进入，除了演员之外，其他一切似乎都已准备就绪。要怎么做才能让战斗的场景看起来热血沸腾、残酷真实，才能让他们发自内心地渴望、忘我地投入？他躺在床上，疲倦的双眼前闪过了种种失败，直到他开始后悔不已，埋怨自己怎么会想出这样一个疯狂的主意。但是突然之间，他开始从另一个角度审视这一切。如果没有牺牲，就不可能充分拥有任何战果。世界本质上就像是商人的兑换处——以物易物，等价交换。农民们需要的不是精神上的目标，而是另外的目标，其实他们并不在乎这个虚无缥缈的精神目标，他们必须知道在耶路撒冷的仿造城墙里能获得哪些对他们来说宝贵的东西，以满足他们高于一切的贪婪和欲望。他应该投其所好。

答案无疑是各种肉食：烤全猪、肘花香肠、肉皮缝线包裹起来的熏火腿、塞满了切碎牛肝的牛肚、充盈着血煮燕麦的猪胃。

演出的时间定于主显节。适逢佳节，纷飞的大雪将这座裸露的建筑变成了童话般的小镇。来自西里西亚、波美拉尼亚、萨克森和捷克的数百位高朋已经在前一天纷纷抵达。随着热烈的舞蹈，庆祝活动开始了。舞者成双成对，在色彩缤纷的游行队伍中翩翩起舞，音乐声荡涤着拉腾城堡的每个角落。莱茵的葡萄酒、捷克的啤酒，觥筹交错，当然也少不了产于东方的辛辣伏特加，这是严冬时节驱寒暖身效果最佳的烈酒。数不尽的面包、黄油、奶酪，还有各色蛋糕与水果，都是千里迢迢从南方运来，一路上颇为不易。烤鱼、煎鱼、炖鱼、白菜冷盘、豌豆泥、各种甜点，无不吸引着宾客的视线，但也令他们感到意犹未尽。虽说这些美食佳酿已让人大快朵颐，但宾客的眼睛还是下意识地寻找着令他们食指大动的羊腿、成串的香肠和滴着油脂的烤肉。没有上红肉菜。散布在各处的客人，只要还保持着清醒状态，都注意到了这个事实，他们窃窃私语起来。众所周知，此间的主人是一位钟鸣鼎食的贵族。好吧,来客们怎么好意思向男主人提出吃肉的要求呢？怎么好意思向紧闭双唇、脸色苍白的女主人发问："什么时候才能上正菜？"然后,人们被游乐节目所吸引,把食物的事抛在了脑后。天亮时分,红酒的芬芳氤氲满场,狂欢后的疲惫身躯纷纷陷入了甜梦。

正午时分,身披貂裘的宾客来到露台之上,刹那间鼓乐喧天。音乐家们冰冷的手指拨动了手中的乐器,庄严的序曲伴奏下,客人们的眼前出现了一幅美丽的景象：白雪皑皑的城市在阳光下熠熠生辉,缠着五颜六色头巾的马穆鲁克人①盘踞在城头,试图负隅顽抗。基督教军队在城下合围,准备迎头痛击。解说人以洪亮声音说出了开场白：

"上帝啊！异教徒侵占了您的遗产,玷污了您的圣堂！"

十字军军团应声分成了四队人马,来到露台之下,按照预先的设定各就其位。"这些都是高贵的骑士！"解说人慷慨激昂地大喊着,对阅兵发表了评论,被他提到的人向观众鞠躬致意,"这是勇敢的杰弗里和他的哥哥布洛涅。这是图尔奈的利托尔德和吉尔伯特,以及他们的精锐亲兵。这是唐茨莱德和他的扈从,随后是佛兰德的罗伯特。哦,接下来的是洛林的戈弗雷,我们最勇敢的骑士……"

当异教徒伊菲察出现在城墙上时,聚集在露台上的宾客都

---

① 马穆鲁克,意为"奴隶",此处指公元九世纪至十六世纪服务于阿拉伯哈里发和阿尤布王朝苏丹的奴隶兵。

用尖啸和狂吼招呼他:"不忠之徒!去死吧!懦夫!狗杂种!"

观众们被阅兵队伍和华丽衣甲惊呆了,他们拼命鼓掌叫好,淑女们还向骑士挥动手帕。装扮竟然如此完美,以至于很难注意到,在板甲和锁子甲之下覆盖的是当地农民久未沐浴的肮脏身躯。

"让我们来夺回上帝的永恒神国!"随着高亢的吼声,音乐也进入高潮,十字军已摆开进攻阵形,蓄势待发。

"化作烈火,尽焚林间;变为炽焰,烧熔山巅;迅如疾风,敌酋授首;猛似暴雨,寇虏丧胆!"

当攻击开始时,战斗正如解说人口中所吟唱的那样猛烈,这让冯·凯纳斯特有些担心。如果后继乏力,结束得过早怎么办?他融入了露台上的人群之中,感到他们的身体已经热血沸腾,心跳加速。

关键之战是攻打锡安山和城北地段的战役。异教徒们激烈地负隅顽抗,试图继续霸占这座圣城;十字军久攻不下,兵锋受挫,暂退蓄势。一大一小两台攻城机闪亮登场,紧贴在光滑的城墙上。巨大的雪球从绑了厚重皮带的发射器中投出,纷纷落入城池的中央,带来一片混乱。同时,唐茨莱德和他的扈从自西南方发动了勇猛的冲锋,势如破竹,直抵城墙之下。战局陷入了胶着,攻守双方杀出了真火,仿佛进入了你死我活的决战之中。几个男人从结冰的城头摔落下来,跌在城墙下的雪堆里,但没有引起任何人的关注。城墙上裂开了一道豁口,勇敢的骑士们伺机蜂拥而入,攻进城内。突然,响起了饱含痛苦的尖叫声,有人被马蹄踩踏了,在雪地上留下了鲜红的血迹。彩色的头巾掉落在地,锁子甲撕成了两半,薄薄的板甲迸裂,木质十字架在后背猛击。解说者此时已是张口结舌,此情此景早已超出了脚本预设的范畴。

"向上帝歌唱吧,歌唱!歌唱我们的国王,歌唱!为了大地之上的万王之王!"

马上就要胜利了,也本该如此,战局开始从僵持向正确的方向倾斜。突然间,绝望的守军开始溃败,一路退缩到城市中心地带,挤作一团,战斗的中心也随即转移到此处。可是,此处对于露台上的宾客而言是个盲点。宾客们纷纷仰起头,踮起脚尖,几个急得抓耳挠腮的年轻人甚至爬上了围栏,以求一睹为快。冯·凯纳斯特本人看上去很焦躁。他挑了挑眉梢,向一个值得信赖的手下使了个眼色,后者就一阵风似的狂奔下去,几乎在不知不觉间混入了朝圣者和骑士的阵列。战斗随之开始向后方倾斜,基督教骑士们纷纷踉跄后退。冯·凯纳斯特向乐队指挥发出一个信号,指挥心领神会,音乐猛然间变得响彻云霄,仿佛正试图淹没堡垒中的噪音和痛苦哀号声。小号已经在宣布胜利了,这种凯旋的音乐让人很难抗拒。交战双方的人员都惊愕地呆愣了片刻,但是这种在彩排时已经耳熟能详的乐音让他们恢复了意识。十字军开始发起绝地反击,城市中心笼罩在一片混乱的骚动中——可能是异教徒放下武器投降了。战斗结束。观众们心旌摇曳,胸膛间豪情万丈。一些淑女谨慎地擦干了眼泪。就连冯·凯纳斯特的妻子也涨红了脸,紧握丈夫的手,以倾诉她的爱意。

现在是受降时刻，异教徒的旗帜应该被踩在胜利者脚下，但是城中心的骚乱仍在继续，所以同样的音乐又再次奏响，解说人也等着吟诵下一段。来宾已经有些不耐烦了，突然间，十字军开始从破损的城墙缺口处折返，看起来有些衣甲凌乱，不见了头盔和武器，大片的甲叶从身躯上脱落。他们手里还提着一些包袱，拖着长袍改成的麻袋，其中许多人的嘴在动，但从这个距离看起来并不明显。"赞美上帝！"冯·凯纳斯特想。他们冲向了可怜巴巴的异教徒首领——衣衫褴褛、赤手空拳、卑躬屈膝的总督伊菲察。失败者们用包头巾将不能蔽体的破衣服胡乱系在了身上。当破碎的旌旗出现在骑士的脚下时，凯旋之曲响彻天际。最后，演员们向热情的观众鞠躬致谢。

"拥有您的力量，遵奉您意志的人有福了！"解说人诵读道，"在您的国度中，每一日都强过他方千万倍！"

冯·凯纳斯特可能有点着急了，他敦促客人返回城堡的房间，说城堡里有温热的葡萄酒和更多的新年助兴节目等着他们，不要待在外面冻坏了。无论如何，战斗过后的狼藉场面并不令人愉快。他孤身一人默默地踏着积雪进入了战场，与一个个急于回家的农民擦身而过。他们谨慎地躲避着他的目光。他们背着塞得鼓鼓囊囊的大包小包。他们的女人在积雪下寻找、收集着被践踏得稀烂的香肠、血肠、培根片、肥肉，还有一块一块支离破碎的烤乳猪，然后小心地将它们全部放入篮子中。他们都在吃，每个人都在吃，狼吞虎咽，仿若饿死鬼投胎。在寂静中，只听见一片咔嚓咔嚓的咀嚼声和偶尔一两声尖叫。只有他的秘书坐在雪地里,身边插着一把残破的木剑。他在抽泣,鲜血顺着他的额头涔涔流下。

"奏效了。"冯·凯纳斯特说着,带着一种意想不到的温柔把他的亲戚从地面上搀扶起来,"我们征服了耶路撒冷。"

夜晚早早就降临了,一如每年的这个时节。一扇扇烛火闪耀的城堡窗户将狭长而温暖的影子投射到斑驳凌乱的雪地上。音乐声从城堡中不断飘来。周围的村庄也在庆祝十字军的胜利。在皑皑白雪覆盖的草地上,燃起了处处篝火,从那里可以听到阵阵欢声笑语。一个孩子把香肠绕在脖子上游行。狗把散落满地的骨头都叼回了窝。

切·格瓦拉

那时候，一切都在黑暗中发生。这可能吗？白昼只出现了短暂的片刻，那时，白昼像一件粗糙的亚麻内衣，像硌人肌肤的宿舍床品，像穿了整整一个秋天的、用地毯上抽出来的纱线编织的毛衣。太阳仿佛一盏巨大的六十瓦灯泡。离开学校时，天色已暗，然后越来越黑。空无一人的商店透出的昏暗光线在潮湿的人行道上映出了斑斑黄色污渍。乘电车一路穿过暮色，直到那间位于诺沃特基大街上的公寓，房间的窗帘将黄昏拒之门外。十二月初的华沙。

我一直感到冷。在公交车站，我梦想着穿上一件羽绒服，然而在这个维度上它并不存在。此类东西都来自外太空，来自某道边界之外，来自甚至无法想象的异世界。在大学旁那家被所有人称为"蟑螂吧"的乳品店里，我点了半份蔬菜和一张薄煎饼。然后我感到吃得太撑，有些头昏脑涨。要不要再吃一个甜甜圈？等我参加工作了，我梦想着，那时候我就会成为一个懂生活的成熟女人了，我要买一整盘甜甜圈，就买马尔赫莱夫斯基大街上的那家店里的,因为他们做得最好吃。我会安安静静、慢条斯理地吃,从金字塔顶上的那一个开始。

礼堂里开了大会,在会上,志愿者们都获得了"大罢工特别通行证",因此我可以外出了,我成了一个"特权人士"。我满怀自豪地从睡觉的长桌上收拾好自己的东西,走下楼去。楼下的执勤人员在名单上核对了我的名字,便拿钥匙开门放行。我站在冰冷的空气中,站在突然降临的沉寂中,站在隐藏着学院公园秘密的暗淡光线中。谈话的嗡嗡声、乒乓球打在台面上发出的单调碰撞声、墙后不知何处传来的沉闷吉他声统统消失了。那一团呛住了我们每个人咽喉的、满是灰尘的干燥空气也消失了。现在的我呼吸吐纳着冰霜。我的病人真是我的救星,他们将我放出了樊笼。他们从远处,从布拉格区给了我一个特赦,就像天使的传信一样,飞过维斯瓦河畔的整座城市,降落在斯塔夫卡,降落在我的头顶。它如圣灵之火,我是天选之人。

我步行到111路公交车站,在纪念碑旁,我已经快要冻僵了。公交车到达时,终于坐上车的我感觉就像在家里一样舒服,我双脚踩在座位下的横杆上,用外套紧紧地包裹住大腿和臀部,又竖起衣领,舒缓的呼吸使自己感到一阵温暖。我像眼睛,像澄澈的深色瞳孔般掠过这座城市。

就在公交车驶离剧院广场站开往克拉科夫郊区大街站方向时,大学也宣布罢课了,红色横幅悬挂在学校大门口和哲学系大楼上。人潮涌动,热血沸腾,带着不可名状的狂热。放眼看去是层层叠叠的黑色人影,还有摆着地下出版物的摊位。哲学楼前一直有两个小伙儿,他们抱着一个盒子,路人纷纷把香烟投入盒中,偶尔也有整包的,但大多只有一根两根。我们那儿,在斯塔夫卡,我们与这种激情、这种骚动、这种光和热隔绝开来。我们在一座座阴暗的建筑物里沸腾、腐烂。我们是全省大罢工的参与者。鲍勃·马利①的歌在一遍一遍地播放,也没什么用,就像一台革命的手摇风琴,像一个转经轮。整部历史在这里发生,在克拉科夫郊区大街。

透过公交车窗,我看到了下午在新世界大街上的汹涌人潮——他们总有事情要做,总有东西要看,在这个历史时刻,人的群居本能得到了极大强化。我要么在新世界大街车站下车,要么多坐几站,穿过黑暗而冷漠的维斯瓦河前往萨斯卡·肯帕站。那里的街景十分静谧,脚踩在厚厚积雪上发出的嘎吱声格外响,仿佛置身乡下。当你走进这条街,就好像投入了温情脉脉的女子怀抱中。

我需要照顾三个成年人。我的老板 M 把他们称为"客户"。我也用"客户"这个词。以"病人"来称呼是一种背叛,这意味着你站在了他们的对立面,站在墨守成规的一边,站在伪君子的一边,站在体制的一边。M 还说过,我们最喜欢使用的"疯子""神经病"这些词,是因为听起来质朴而直白,就好像回到了词汇本身的源头,就像亚麻、棉花和再普通不过的黑面包一样。这些词童叟无欺,也绝非言之无物,不似"躁狂抑郁症""偏执型精

---

① 鲍勃·马利(1945—1981),牙买加创作歌手,被称为雷鬼乐的鼻祖。

神分裂症"或"边缘型精神分裂症"这些术语那样晦涩拗口、不知所云。越是简单的词汇，就越是可信。这就是事实，人会发疯，一直都这样，M说。可是，为什么会这样呢？这就是我们要进行研究的原因了，在课程讲座中，我们将探讨造成它的原因是基因、教养、分子的微妙转化，还是酶、恶魔，或者某种永恒的仪式。人会发疯，毫无疑问，自古如此。人总是处于发疯和正常两种状态之一，而介于两者之间的就是我们，耐心十足的陪护志愿者。

M从坦姆卡一座廉价公寓的三楼对我们发号施令，但我很少亲眼见到他。我只与那些负责分管我们的老志愿者进行沟通。我们这儿是分层管理的，我属于层级网络中的一员。每天下午，我们都在四处奔波，就像得到了密令的干事，就像在执行神秘的紧急救援任务，就像心理健康旅行的推销员一样。有时，当我迷失了方向，我就会设想，他处在我的位置上会怎么做呢？M胡须浓密，身材高大，总是穿着一件法兰绒格子衬衫，常倚靠在窗台上，俯瞰整座城市。一想到他，我就放心了。他给出的指令清晰明确，尽管从不直截了当地表达出来，即使会议之后我们在他的公寓里喝酒时也是如此。人都在承受痛苦，因为这就是世界的运转方式。但有时候，他们的受罪毫无意义，纯属自找苦吃，尽管没有人要求他们这么做，也不理解他们为何会这么做。我们的工作就是与他们待在一起。我们相信自己可以帮助他们。其实我们也不知道具体该怎么做。

我负责两个点，一处位于绿树成荫的萨斯卡肯帕街区，另一处在新世界,大道旁的那间阿玛托尔斯卡咖啡馆中。这是一家终日烟熏火燎的小馆子,即使在冬日正午短暂的高光时刻,室内也是黑漆漆的。我坐在靠角落的一张桌子边,抽着烟,喝着茶,等着切·格瓦拉到来。我常常坐在窗边的一张咖啡桌旁,透过窗子可以看到一段街景,那里有服装店的一隅,店里总是亮着灯,却一直门可罗雀,只有穿着松松垮垮的格子外套的女店员们带着网兜,随时准备送货上门。我的病人走了进来,他脚步响亮,目光四射,完全是一副准备登台演出的架势。他身上挂着行军饭盒,腰里绑着模仿子弹带的皮带,穿着拖到地面的长大衣,头上扣着个钢盔,钢盔下还戴了一顶暖和的羊毛帽。"嗨——希特勒!"他从门口一路大喊,要么是"你好,工人们,同胞们",要么是诸如此类的胡言乱语。人们会慢慢地把头转向他,笑起来,半是打趣,半是纵容,笑容或多或少流露出亲切的意味。有时还会有人喊他:"你好,切·格瓦拉!"然后,咖啡馆里又恢复了之前的喧嚣。

他走到我这里之前,还会和其他客人搭讪几句,给他们背首诗,接着又和女服务员调笑起来,喝起那杯给他沏的不加柠檬的淡茶,也像是在饮用糖浆一样香甜。

"她在等我呢!"他用手指着我,向所有人宣布。

当他终于摘掉钢盔在我身边坐下时,露出了满头灰白色头发,发型像个刺猬。我产生了这样一种印象:他终于回到了自己在剧院的更衣室,离开了舞台,熄掉了聚光灯,松了一口气。

"真冷。"他用平静的语调说,捧着茶杯暖手。

他微笑,一张光洁而苍白、充满孩子气的脸上没有任何奇怪的表情。

"嗯,怎么样?"我会问。他会回答"好"或者"不好",但这个问题可能毫无意义,什么叫好,什么叫不好?在他的生活中,所有判断都是遵循自己的逻辑、按照个人模式建立的。劝说他服用处方药也同样没有任何意义,因为他不想这么做。

"我吃药的时候,我就不是我自己了。"他会如是说。

M 说:"发疯是一种对世界的奇特而怪异的适应,这不是什么坏事。——只是为了避免遭受没有意义的痛苦。"他添加了自己最喜欢的这句,然后我们想知道,人何时遭受过有意义的痛苦?"只要不放弃缓解,"这也是他最喜欢的词句,"缓解焦虑。"

其实,我们想找个恰当的时机把切·格瓦拉骗去医院。所谓的恰当时机,就是他的痛苦溢出安全阈值,变得危及生命,变得完全无法忍受时;就是世界突然咧开嘴,龇出獠牙,露出自己真实的狰狞面目时——要知道世界总是在与人类作对。我们打算锁上公寓,收起钥匙,然后去病房探视,等他出院后,再把他重新放回原本的生活里。这时,我也就会再次成为一个切·格瓦拉的观众,观察他如何在街上跟人搭讪,如何穿着那身行头跳出来拦住一家人,如何让戴着帽子和编织手套的老太太惊得呆若木鸡,如何吓得在首都出差的外地人拎着公文包做出防御姿态,从他身边仓皇逃走。有时候,我跟他道别之后还继续跟踪他来到新世界和鲁特科夫斯基大街,他挂在皮带上的行军饭盒咣咣作响,惊飞了一群困惑的鸽子。有人把他当成了乞丐,在他手里塞几个硬币,他竟然收下了,看上去一点也不尴尬。我还看到了他混进了游行队伍里胡闹,一路走一路大喊着"举起手来!"或者"盖世太保!"——他就一直在重复这些塞满了他整个脑袋的战争年代的声音。他的记忆从未离开过1945年,对之后发生的事恍若不知。他无视当下,也许这就是他获得安全感的原因吧——他已经过时了。即使这样,我还是很担心他会出事。革命不喜欢疯子,因为革命本身严肃得要命。

"我们可以去俱乐部。"我建议。我指的是那间由洗衣房改成的公共娱乐室,我曾经带着被监护人去那里喝茶、玩跳棋、打乒乓球。

"我不喜欢去那儿。"

"为什么?"

"因为那儿的人觉得我疯了。"

"看看你干的那些事,被人当成疯子是你自找的。"

"我知道。"

"你还装扮成游击队员,在街上大喊大叫,跟别人瞎扯,胡言乱语。"

"我知道。"

"那你告诉我,为什么,为什么你要这么做?"

"我也不知道,也许我就是疯了。"

"也许你就是疯了。"

罢工期间的晚上，两部公用电话都被围得水泄不通，要打电话的人排起了长龙。妈妈只会像着了魔似的一遍一遍重复道："回家吧，坐火车回家吧！"爸爸会从她手上抢过话筒，说："给我带点东西回来。"我爬进暖气旁桌子上的睡袋里躺下看书。紧邻我的那张桌子上睡着一对老夫妻，但我不知道该怎么和他们交谈，他们正忙着卿卿我我。

　　礼堂里的会开得没完没了，需要进行投票表决了，委员会主席用木屐敲打着水泥地板，这东西还是当年盖世太保占据心理学大楼时遗留下来的。此时此刻，每一分每一秒，崇高的革命气氛都在感染着我。仿佛我只是机器中的一个小齿轮、沙海中的一粒细沙、一个微小的分形，哪怕是一片雪花，也明确地昭示了自己是属于暴风雪的一部分，这种归属于某个集体的存在感使我倍感欢欣。多么让人宽慰啊！成为一个集体性的存在，不再属于自己，取消了隔阂的边界，哪怕只是一瞬间。通向礼堂的走廊里有个塞满了烟蒂的烟灰缸，我们站在旁边抽烟。吸烟的人围成了一个不稳定的圈子，不时有人加入，有人离开。突然间，我感到十分疲累，对独处片刻的渴望变得空前强烈，于是我把自己锁在二楼的洗手间里，坐在马桶上盯着墙面片片剥落的油漆。忽然有人拉隔间门把手，我忙屏住呼吸，直到那人在隔壁的马桶上坐了下来。我悻悻地回到桌子边，又一次重读《跳房子》，这次是换了个角度，根据不同的关键线索去读。我发现，书中事件发生的顺序未必是一成不变的，也许在生活中也是如此——一件件事浮现在我眼前洗牌，又以随机的形式重新排列——我被这个想法打动了。我走下楼,排在等待打电话的队伍里,然后立即出队,跑去自助餐厅,接着再回来排队,如此循环往复。之后上桌子,去洗手间,回礼堂,排队打电话,桌子,自助餐厅……最终我有了一丝明悟,原来别人也是这么做的。他们在秩序与混乱中试探着,因此大楼里总是动荡不安,路上总是人潮汹涌,旗帜四处飘扬,还有正午时分突如其来的不可穿透的黑暗。

玻璃窗外的城市变暗了,闪着微光。在暖气片上方,从我放在桌子上的睡袋开始,这似乎不再是一个能容纳人类的友善空间,仿佛此时此刻的世界已经撕裂了外表包裹的柔软装饰,露出了它锋利而丑陋的骨架。还记得那几只实验中的幼猴吗?给了它们两个假母亲供选择:一个可爱又柔软,但是没有奶;另一个是用冷冰冰的金属线缆制作而成,但可以从它们的人造乳头中随心所欲地吸吮乳汁。小猴子宁可选择在愉悦的柔软中饿死,它们虚弱地在人造毛皮上挤成一团,任生机流失殆尽。睡觉之前,我会为做实验中的所有生灵祈祷。当然也为人祈祷。

那时,我也需要柔软。我的手不由自主地伸向了挂着豪华窗帘的电影院和饭店方向,渴望那些不可触及的雪尼尔和天鹅绒,我不断摩挲着自己的灯芯绒裤子,直到绒毛几乎被磨秃,又把一条褪了色的丝巾揉得皱皱巴巴。我渴望柔软,比如春天温和而湿润的空气、阳光、沙滩,还有一杯纯咖啡,哪怕是一块香皂也好。硬邦邦的桌板睡得我骨头酸痛,粗糙刺人的毛衣高领在我脖子上勒出一圈红印。

伊戈尔是我的另一个照料对象,他与我年龄相仿,和父母一起住在绍斯克罗街一间满是装饰品的公寓里。他谦逊而冷静,总是保持着不错的心情。但问题是他总离家出走,搭上火车不停转乘流浪,而且从不买票。他的"逃亡生涯"混得还算不错,总有人请他吃三明治、苹果和糖果。他知道该如何给人留下好印象。他往往一消失就是几个月,回家时已是一副蓬头垢面、精疲力竭的样子。他的母亲一气之下会把他送到医院,但很快他又会被放出来。一旦邮递员送来他的养老金,伊戈尔就会再次踏上自己的蹭车之旅。他在旅途中经常喝得酩酊大醉,旅行漫无目的,完全无迹可寻,直到一段时间之后警察或救护车从埃尔克、苏沃基之类的偏远山沟把他遣送回来,才知道他都去过哪里。我们试图像栽种灌木一样让他在某个地方扎下根来,试图把他羁绊住。我曾和他一起去俱乐部,打牌、下中国井字棋,或者玩填字游戏,但是实在单调乏味,无聊到极点。我们把有可能唤起他激情的各种爱好都和盘托出:集邮、航模、养神仙鱼、收集矿石等等。他报以和煦的微笑,随即又把话题扯回到火车。他会问我能不能散步去火车站——先过桥,然后沿着耶路撒冷大街一路走下去。于是,我们俩就在站台上转悠起来,看着电子公告板上的目的地变来变去。他会紧贴红线站着,以便在火车进站时能看得清楚。他会数车厢,对哪节是卧铺,哪节只有硬座了如指掌。

"嘿,有一辆餐车。"他惊叹道。

"你不能在波兰到处流浪。"我会对他重复这句话,仿佛他是个孩子,而我是抽象的、普世意义上的母亲。

"我知道。"他会像个大人一样回答。

"这很危险,你不能这样生活。要不然会再次把你送进医院的。"

"难道不能安排我当一名铁路工人吗?"

"当然可以,但你得去上学啊。"

"不上学就不行吗?"他失望地问。

他称我为"波兰女王"。

几年后,他突然拜访了我的父母,我想他一定是从我们以前的谈话里回忆起了这座小镇的名字。那天一大早他就登门了,穿着得体,彬彬有礼。他自称是我的朋友。我妈妈给他做了早餐,他们三个人聊了起来。伊戈尔一旦觉得安全了,就开始在他们面前勾勒出由纵横交错的铁路和无数火车头、车站、铁路工人所构成的宇宙图景:这个宇宙运动不息,匆忙是永恒的基调,在不断转移中被蒸汽喷涌的云层所包围,世界中充斥着开关的碰撞声、汽笛声、叮当声和单调的隆隆声。活塞在出力,旅行的人群在沿着玻璃墙围成的中央广场漫步,他们走到月台上,走到售票处的祭坛前,那里有教区牧师般的站长正在举行祭礼,穿着制服的指挥人员凛然而立,收取他们手中的车票供品。神圣的终点站,奇幻的目的地,一次又一次出行都是救赎之旅。

"还有您的女儿,波兰女王,心理学女沙皇,德鲁尼卡女神,愿她的名受到赞美,愿她生前身后、生生世世都有好运常伴,我以四境之名祈求。"

五月的阳光照耀着小镇,落叶松的枝丫透过窗户窥视着厨房。一位邻居正在清扫他屋前的人行道。妈妈刚咽下的食物卡在了喉咙里,父亲嘴上叼的香烟也凝在了唇间。

西里尔参加了罢工。他是一个奇怪的男孩,身材高挑,脸上长满了粉刺和不均匀的汗毛。他虽然患有自闭症,但因天赋过人,还是被学校破例接收了。他闷闷不乐地沿着走廊走着,那些和他擦肩而过的人会突然收声,面带困惑,似乎为自己的喋喋不休感到尴尬,他们会转过头去看涂有油漆的墙壁,把烟掐灭,或者突然开始对张贴的广告产生了兴趣。在礼堂里疾风暴雨般的会议上,他会站在角落里,盯着地板上离他鞋尖只有几米远的某个点。我们也不由自主地随他的目光寻找,难道地板上有什么东西?一道划痕、一张纸,还是一枚硬币?但他看的地方空无一物。在学生中人气很高的 B 从远处照看着他。她总是提醒我们宽容的必要性,说什么我们与众不同,我们要医治那些在外面的人,我们要改变世界,所有人都是平等的,都值得被爱,精神疾病的概念属于一种系统性的歧视云云。当西里尔开始发言时,他总会说得条理分明、逻辑清晰,尽管语速很慢。我们会紧张地听他说话,等待着从他口中冒出某个信号、标记或者什么奇谈怪论。他讲完时,四周会陷入片刻沉寂。我们需要一点时间才能回过神来。然后喧闹的声浪会逐渐回升到原本的强度。

好像什么都没变。似乎现在的一切都可以一直持续下去,包括紧急状态下的生活。也许罢工才是世界的正常状态,很明显,恐怕罢工比僵化的、令人窒息的旧秩序更接近人性。然而在内心深处,一切都变得越来越难以忍受。

一天晚上,西里尔发疯了。他在走廊里跑来跑去,不停地撞在墙上,发出恐怖的、不似人类的嘶吼声。在突然到来的寂静中,他那可怕的声音在这座曾经的盖世太保总部大楼的墙壁上,在灯光昏暗的夹层中反射出不祥的回声,残忍地把我们从投票表决的美梦、种种假设、轮流罢工的想法中唤醒。我们吓得紧紧地贴着墙。

B跑去追他,试图让他平静下来,把他揽进怀里紧紧抱着。他挣扎着想要摆脱。"西里尔,西里尔。"她单调地重复着,似乎想哄他入睡。最后他恢复了冷静,她和临床科室的另外几个人把他带到了一个房间。一位人文主义心理学教授命令我们全部解散。于是我们试图在长长的走廊和一间间教室里分散开来,但不论在哪儿仍然可以听到可怕的吼叫声。"砰!"我又听到一声闷响,那是西里尔在用头撞墙。

最后,他们叫了一辆救护车。片刻之后,我们看到紧身衣束缚着的西里尔被带了出去。

一直关在这里,谁都说不准会发疯,我们对此事议论纷纷。在尘土飞扬的走廊里,污浊的空气呛得人喘不上气来,透过窗户所能看到的唯有一座灰色公寓楼,矗立在叶子落尽的秃树间。大地仿佛披上了军事伪装,那种由棕白两色不规则斑块交织成的冬季迷彩。但愿这一切早点结束吧。让我们回家吧。

离我最近的病人是安娜女士,她的住处在新世界大街布里克糕点店后的第一扇门。那里是一片颇大的庭院,几座联排公寓围成一个歪歪扭扭的方块。其间散布着一个沙箱、两条长凳、几处水泥垃圾箱,还有几棵植物——枫树和雪莓。安娜女士的公寓在五楼,楼层太高,因此她很不愿意出门。公寓不大,小门廊,一间卧室和一个小厨房而已,透过阳台的窗户可以俯瞰街道。安娜女士总是隔着窗纱望向新世界大街——这么看起来,街道一定是模糊而朦胧的,与窗纱的几何图案重叠交错。她每星期只会下楼两次,先去空荡荡的熟食店里胡乱买点东西,然后到阿玛托尔斯卡咖啡馆喝一杯白兰地。很久以前她就已经不喝咖啡了。有时我约她在这间咖啡馆见面。有那么几次,我们和切·格瓦拉坐在同一张桌子,她对此颇为不喜,看着他的面孔和滑稽动作的眼神中充满了鄙夷。

"先生,请您控制一下自己!"她偶尔从牙缝里挤出一句。

她会把酒杯一直举到嘴边。只有当格瓦拉带着他叮当乱响的行军饭盒和子弹带离开时,她才会说:

"情况真是越来越糟了。我喝热牛奶,用热水瓶暖脚,还是无济于事。我彻夜难眠,顶多能有一刻钟迷迷糊糊的浅睡,整个漫漫长夜都毫无意义,实在是折磨人啊!哎,我的孩子,我该怎么办,我该怎么办呀?"她纤细的手指紧握着我的手,提出了这个带着悲剧色彩的问题。

"也许您需要多呼吸一点新鲜空气?"我天真地问,这个游戏我们已经玩了很长时间。

"噢不,亲爱的孩子,我每天晚上都给公寓开窗通风至少半小时。"她回答道。

"也许您吃了什么难消化的东西?"我会再试一次。

"不,不,亲爱的,我五点钟就吃完了最后一顿饭。"

"我们可以给您开些安眠药。"最后我会说。

这时,她会从桌子前缩回身来,以一种愤慨的姿态僵直片刻。

"我永远不会迈出这一步,永远不会,"她最终会扔下这样一句,"吃了药肯定没好事,我不知道会怎么样,但一定有什么可怕的事情要发生。"

"我们去散步吧,安娜女士。"

这是我能给她的全部建议了。

我们会穿过福克斯街和哥白尼街,然后顺着圣十字街折返到新世界大街。或者我们可以去另一个方向,朝河边走,河那边有诱人的美景,这无疑吸引着我们俩,虽然我们从来没有提起过。如果我们可以穿过河岸上的灌木丛,沿着河水永恒的流向行走,离开城市,深入冰霜覆盖的田野,穿越乡村小路,跨过柳树丛生的地界……走下去也许会直抵大海,或者调转方向朝南走,翻过高山,然后到达辽阔的平原。我们首先会摘下帽子,接着脱掉手套,最终把冬衣扔在葡萄园旁,深入越来越长的白昼,接受阳光的荡涤。

她一直在发抖,这与天气冷暖没有丝毫关系。她总是咬着嘴唇,仔细地审视每一米人行道、每一段栏杆、每一级台阶,还用鞋尖检查路缘石。每当她发现一个破洞、一处缺陷、一片铁锈时,都会悲伤地看着我,眼神中透着"你懂的"的意味。我们并肩而行,将自己裹在外套里。

她总是让我仔细观察。我看到了这样一座城市,总是灰蒙蒙的,由各种深浅不一的灰色调构成,一座让人接触起来难以产生愉悦感的城市,它凉薄,被中间的一条河流剖为两半。不时有公共汽车悄然驶过桥上,不久后又折返回来。巨大而昏暗的橱窗玻璃反射着重重人影,让街上的行人数量似乎翻了倍。他们嘴里呼出的一团团白色雾气看起来就像迟疑不定的幽灵缓缓飘飞。有一次她问我住在哪里,在听到扎姆霍夫街这个答案后,她惊恐地捂住了嘴。

"他们不应该在坟场上盖房子。他们应该把贫民窟的废墟与国家的其他部分隔离开,在那里建一片真正的墓地,以及一座博物馆。无论如何,他们应该这样整修这座城市。他们可以在切斯托霍瓦那边,靠近圣母教堂重建华沙城,或者在纳鲁河边也行,那儿的景色多美啊!从这个鬼地方搬走吧,我亲爱的孩子。"

很多次我向她保证一定会搬家,然后把她送回她那高大而狭小,像个鸟窝似的公寓。我会为她掸去外套上的落雪,用她的白瓷茶壶给她沏上马德拉斯茶,然后把土豆放在锅里煮。她会催我说:

"跟我说说话吧,有什么你想问的,给我讲个故事也好。你得把我折腾累了,哄我睡觉,你走的时候我肯定会睡着的。"

我悉听尊便,叽里呱啦地说了起来。我讲了罢工,讲了即将发生的诸般变化,讲了人们的种种八卦,但实际上我讲的一切都显得格格不入。安娜女士的公寓似乎是个虚幻缥缈的世界,因缺乏生气而引人不安。楼下好像无事发生,从这个高度看去,横幅上的字迹已经模糊到无法辨识,原本鼎沸的各种声响也湮灭在迷宫般的庭院里,只回荡着一个褪了色的短语音节,语焉不详。这座城市仿佛由屋顶、天线和烟囱构筑,是鸟儿和云朵的栖息地,是永远阴郁的天空的居所,是黑暗的藏身之处,唯独不是人类的生息之地。

"你看见了吗?我的孩子,都结束了。你看地平线上的景象有多么模糊,看到了没?"

"这种天气总是这样的。"我安慰道。

可能当时我们每个人都在不知不觉间参加了一场星球大战。也许行星的力量都是相互排斥的?是的,肯定是诸如此类的原因。人们彼此埋伏起来,抵达近处时互相射击,向教皇、里根和列侬开枪。一切似乎马上就要发生翻天覆地的变化,转成一种未知的形态。现实如波浪般起伏。梦幻与幻灭在通道中擦肩而过。玛雅的面纱在阳光明媚的风中飘动。

"我梦到了这个世界。"安娜说着,在水槽里注了涓滴细流,清洗茶杯,又小心翼翼地用抹布擦拭茶匙。"我梦到过,但我睡不着觉。你也帮不了我,"她补充道,"谁也帮不了我。你也只能过来陪我聊聊天。世界正在消亡,一切都终结了。"

我不相信她,但我已经放弃了把她带回现实的想法。我问自己,为什么我们都要活在现实里呢?想要维护世界的存在,想要像阿特拉斯一样把它扛在肩上,想要拯救世界,想要为世界献身赴死,都算不上是错误的认知。从某种意义上说,这就是事实。从某个角度来看,这就是个伟大的真理。

安娜女士的本体论是这样的:她相信自己的睡梦拯救了世界。她睡着的时候,这个已经腐朽破败、元气耗尽的旧世界将会重获新生。她一边睡着觉,一边就拯救了世间万物,让它们起死回生。如此伟业显然无人察觉——人类是多么可悲的二维生物啊("就像一张纸。"她说),唯有她自己、我和她的医生三个人了解真相。即使是安娜女士的女儿,一位著名的媒体人,也蒙在鼓里。这个女儿只会在安娜女士因沮丧和失眠而陷入长达好几个月的抑郁时,开车送她去医院。

"为什么是您?"第一次见面时我问她。她让我把做完的填字游戏剪切成带字母的小方块,她要用这些纸屑弄出一张巨大无比的拼图。过了一会,她才神秘兮兮地举起手指,以施洗约翰的手势指向天堂。

既然饱受失眠之苦,又如何能拯救世界呢?她好像看出了我的疑问,用眼神将我引向人头攒动的示威队伍和大学里悬挂的罢工横幅,似乎上面写着"世间诸般乱象源于长期居住在新世界大街的退休波兰语教师安娜·托皮埃尔女士的失眠"。

我们用她漂亮的镶金茶盏喝劣质的马德拉斯茶时,她会向我解释,这个世界需要大约八个小时的睡眠。这其实不算多,但她最多只能睡一两个小时,而且天还没亮就再也睡不着了。她睡得很浅，梦中能听到大地的根基在噼啪作响。尽管医生给她开了辅助睡眠和改善情绪的药片，但她拒绝服用。她认为借助原始的药理学来操纵现实法则的做法十分荒谬。我同意她的看法。我开始发牌，我们玩起了惠斯特牌，所有纸牌游戏中最无聊的那种。这是为了让她感到厌倦，让平静在她身上缓缓流淌，让我的话语乏味冗长，永远空洞无物，让寂静发挥作用，让水把茶冲淡，如此种种就像顺势疗法的镇静药物，在我的呼吸下哼着摇篮曲。这就是我施展的魔法巫咒。

有一次我看到她睡着了。她睡在扶手椅上，头斜侧向一边，面容安详而姣好。我不由自主地走到窗前，得验证一下到底会发生什么奇迹。太阳从低垂的、翻涌奔腾的秋日云海后面露出了头，阳光洒落在联排公寓的屋顶上。

我周六下午搭电车去看他，只是为了快速确认一下，是否一切正常。这场大罢工演变成了轮流罢工，明天在大学里将举行一场大规模的示威活动，而今天晚上还有另外一场集会。

我等了很长一段时间，切·格瓦拉一直不想开门。我能听到他在糊了报纸的房门内侧的呼吸声，甚至还有他睫毛扫过猫眼的沙沙声。

"口令？"他终于发问。

我慢慢地说出了脑海中蹦出的第一个词，天空、树叶或是罐子，现在已不记得了。然后他犹豫了一下，咔嗒一声锁响，门开了。

他看起来状态不佳。浑身的怪异特征都被剥夺了，腰带上的手榴弹、头上的钢盔和身上的军事徽章统统消失不见,他只穿了一件灰色的腈纶运动服,感觉就像没穿衣服一样。眼前是一个干瘦的小老头,浑身不停地发抖——有关他的真相总算大白于天下。他根本不是一个孩子,也不是一个玩世不恭的年轻人。他是个骨瘦如柴的早衰老人,既没有童年,也没有经历成年,而是直接从婴儿期一步跨入了暮年。现在他必须把失去的时间找补回来。他穿着对他而言超大号的拖鞋,走得拖泥带水,把我带进了那间满是报纸的单间公寓。一张旧毯子遮盖着窗户,窗帘杆上挂着一条条毛巾。他的牙齿打战,也不知是因为恐惧还是寒冷。我们呼出的雾气浓郁得就像漫画中从嘴里冒出的讲话泡泡一样。

他告诉我,自己从早上就开始受到监视。他说,那些人起初在街上观察他,但现在爬上了一棵树,用双筒和单筒望远镜透过窗户盯着他,所以他才不得不遮住窗户。我想要问他是谁,谁在监视你,谁会潜伏在你的生活里,你这个可怜的疯子,但最终没有问出口。我强忍住,什么也不说,因为任何解释都只会强化他那疯狂的幻想,每一个词,每一次定义迫害者的尝试都会使这幅画面变得更加强烈。所以我一句话也没说,只是默默地开始煮速溶白罗宋汤。他看着我,似乎希望我能说点什么,身体颤抖得愈发剧烈,我打开了电暖器。

"你想去医院吗?"我们喝着杯子里的热汤时,我问道。

"已经太迟了。"他回答说。

"我会找人帮忙的。"我说。

他冲到门口,用身体挡住了门。

"想都别想。你不能离开这里。你已经掉进了他们的陷阱,他们随时都会来敲门。"

我犹豫着向他走去,我明白自己正面临一场战斗,否则他不会让我走。

他看透了我的心思,一把抓住我的手紧紧地握着。我们两人的手指都因用力而变得苍白。在突然而强烈的恐慌反射中,我竟有些不知所措。我意识到必须要靠自己,必须有所行动,必须以身作则,为这个惊恐万状的疯子提供一个冷静而稳定的榜样。我得平息他的颤抖,安抚他的恐惧,让他静下来。我把手放在他的背上,给他盖了条毯子,然后拥抱了他。我感到自己的恐惧刹那间烟消云散了,我仿佛化身为一片辽阔而平坦的原野,成了风景中坚不可摧的元素。好吧,我向他保证,除非他同意,否则我不会离开。我忽然想起了安娜女士,她睡不着觉,而这个世界唯一的救赎就是睡眠,包括她的睡眠和我们的睡眠。只有睡觉,我们才能恢复我们的意识,才能修补所有漏洞,否则难以名状的邪恶以及无法穿透的黑暗会通过这些漏洞降临世间。

"睡吧,切·格瓦拉,睡吧。我们睡一会吧。"我又说了一遍。

我用沉闷乏味的语调念出了一个个催眠用的名词,仿佛在背诵一连串祷文:"公车站和路标睡着了,街灯和店门石阶睡着了,汽车和房顶烟囱睡着了,树木睡着了,路缘石睡着了,自行车睡着了,桥栏杆睡着了,电车轨和垃圾桶睡着了,糖纸和烟头睡着了,票根和空啤酒瓶睡着了……"接着便是萨斯卡肯帕街区的所有街道,"法国街睡着了,捍卫者大街和勇气大街睡着了,雅典大街和萨斯卡街睡着了……",然后是其他区的街道、其他行政区,最终是一座座城市,"卡托维兹城和格但斯克城睡着了,瓦乌布日赫城和卢布林城睡着了,比亚韦斯托克城和姆龙戈沃城睡着了……"睡意贴着地面扩散开来,像闷雷,像黑暗而温暖的烟雾。整个国家笼罩在一种诡异的麻木之中。全国各地的人都举起手来揉着昏昏欲睡的眼睛。在卡利什城附近的公路上,一辆辆汽车停在路边,司机们不顾漫天大雪,在路面上倒头便睡。火车也停了下来,在田野里打起盹来。轮船在碇泊处单调地摇晃着,港口的汽笛更是催眠的魔音。造船厂睡着了,夜班工厂的装配线也睡着了。一个电视节目主持人在直播中打了个呵欠,不消片刻就躺下身子酣然入梦,毫不顾及那些同样睡眼惺忪的观众会感到怎样的震惊。

  我就像抱孩子一样抱着他,这没有什么不雅,也没有违反规定,因为我们的身材一样瘦小。我们飘浮在这间满是报纸、靠电暖器取暖的单间小公寓里,就像置身在一个悬于冰霜雄城之上的肥皂泡中、一个被易碎的透明墙壁包裹着的超脱宇宙中。我们在绕着一个看不见的中心缓慢旋转。我感觉到他的身体开始松弛,变得愈发沉重,仿佛已经成熟,即将落地生根,然后从大地中汲取能量,再不会像糖纸一样逐风而行。我感到,在我们之间仿佛有一道闸口,就像那些江河的闸门,在刺耳的吱嘎声中被庄严地打开了,仿佛我们摇摆之间启动了一个巨大的机械装置，仿佛我们按下了按钮。现在再没有什么可以阻隔，两条江河必将汇合归一，他的河和我的江，两者的相遇是为了彼此融汇，相互贯通，那一刻我感到了一阵愉悦，我把他的恐惧纳入我的身躯，如同热水融冰一样将其在体内消弭，本该如此。如果所有因素都能被衡量和计算，如果他的恐惧和我的安宁都可以通过称测而得以量化，就让他的恐惧到我这儿来吧，我比他更广阔，我有更大的容量。我的江更温暖，平原肥沃，阳光和煦；而他的河，仅仅是一条冰冷而湍急的溪流。一旦产生了这个想法，我不由得害怕起来，因为我开始失去自己的轮廓。溪流的水位急剧提升，愈发汹涌，暴发出滔天之势，猛烈地撕扯河床。它裹挟着黏糊糊的淤泥，阴险诡谲，愤怒的攻势一波强过一波。这一切都发生在目所难及的下面。切·格瓦拉闭上眼睛，叹了口气。我以为他快要睡着了。但是在底下，战斗才刚刚开始打响，压迫、暴行、入侵。在底下，这个一脸无辜的老人在不停地推压，迫使我的呼吸跟上他恐惧的节奏。在内部，恐惧的浪潮开始从他流向我，就像水面上的涟漪。一粒粒细小的碎冰使我浑身战栗，慢慢地席卷了我的全身。我试图避开一个龇着利齿、狰狞可怖的厌物，但我知道自己根本没有逃脱的可能。因为这是终极状态，也是基本状态。其他一切都是幻觉。我突然明白了，他，切·格瓦拉是对的，我以前怎么会没有意识到这一点呢？的确有人在监视我们，他们坐在树上，还为我们准备了最惨无人道的刑讯室，他们对我们的一切了如指掌。那些模模糊糊的人，那些由阴影构成的黑色身形，被一条黏糊糊的脐带连接到地球的黑暗内部。确实,既然我们都知道他们无孔不入、无所不能,难道他们不能坐在树上吗?难道他们不能从窗边的白杨树上用望远镜窥视我们吗?我凭什么认为这些事是荒谬的呢?数十个穿着深色风衣的男人在小巷里行踪诡秘,民兵的警犬躲在后院里,静默的无线电台里偶尔发出噼啪的杂音,夜视仪的柄状眼睛瞄向每一扇窗户。在他们的秘密基地里堆放着数以吨计的、我们连做梦都想不到的装备。他们的手指正搭在我们每个人的脉搏上。他们操纵历史、勒紧绳索,把我们的大脑变成糨糊,迫使我们看的,都是他们想让我们看到的,我们也只能看。他们把准备好的现成词句直接贴在我们鼻尖上,我们也只能照着说。他们刊印的报纸鬼话连篇,在其上随心所欲地描述这个世界。他们逼我们相信一些子虚乌有,却否认那些铁证如山的事实。我们也同样照做了。他们还会冒充我们的朋友,甚至,好吧,好吧,我甚至从来不敢确定,照镜子时看到的那个就是真正的我。

我跳了起来,用毛巾和窗帘把窗户遮挡严实,为了安全起见,还关掉了煤气主管上的开关。我俯身观察,确保房门关严锁紧。他盯着我,就像盯着一个认识的人。

"看到了吗?看到了吗?我怎么说来着?我怎么说来着?"他嘀嘀咕咕。

我们在一张临时用报纸铺就的床上相拥而坐,通宵达旦。一整夜,我脑海中都在不断涌出奇特的想法,就像寒夜里在窗玻璃上生长绽放的那些淡淡的白色冰花。我本想摒弃,可又层出不穷地滋生出来,挥之不去,虽然这些念头随着时间的推移变得越来越弱,也许会被即将到来的黎明驱散吧。最后,我一定是睡着了,因为他的声音和茶壶里沸腾的水声吵醒了我。

他站在煤气炉旁,把一个硬纸板做的空皮套扣在腰带上。窗帘已经打开,带有金属质感的冬日阳光透窗而入。

"已经没事了,"他说。"他们走了,但还会回来。"

我一阵恍惚,好像刚抽完了整整一包烟,好像昏死过去了,好像又被人救了回来。我难以置信地环顾公寓四周,疑心重重地望着外面的树枝。我扫视了一下散乱的报纸上的大标题。难道我焦虑症发作了?还是我的精神病发作了?我想,一定是他传染了我,而我受了感染;他催眠了我,而我屈从于他的指令。

"切,你得去医院。我现在就去打电话。"

他没有反对,开始收拾自己的东西。我一走到街上,就慢慢回过神来,像一条甩干身子的落水狗。我的万般思绪开始聚拢,形成一个集体,随即立正站成一排,又排成队形,挨个开始报数。街上空无一人,原来是个星期天。今天有游行。急救号码。安娜女士——我应该打电话问问她昨晚睡得好不好。

我走到电话亭,拨了几次电话号码也没有接通,电话可能是坏了。路上连一辆有轨电车也没有。我步行过桥去往城市的另一边时,在大街上看到一辆辆装甲车伴着雷鸣呼啸而过。

马

起初，她和锁较了半天劲。这两把锁显然不对称，当她成功地用钥匙拧开一把时，另一把就锁上了。反之亦然。一阵阵狂风从海上吹来，吹得羊毛围巾缠到了她脸上。最终，他把手里的两个袋子在车道上一放，不耐烦地从她手里一把夺过钥匙，咔嚓一下就把锁打开了。

他们长租的那座小屋面向大海，被众多类似的避暑小屋所包围。夏天时，这里十分热闹，海风通透的小屋外是一柄柄遮阳伞、一把把塑料沙滩椅，以及摆放着收音机和报纸的桌子。现在时值隆冬，小屋已被三面卡扣紧锁了门窗，陷入冬眠。壁炉和直通海滩的大露台给小屋增添了些许豪华感。此时露台上已积满海沙，两人一进屋，她就立即抄起扫帚清理起来。

"你干吗呢？这个季节我们又不会坐在露台上。"他从行李袋里取出食物放进冰箱，然后打开了电视。

"噢，别，求你了，别开电视行吗？"她抗议道。

她还想再说点什么，又忍住了。

还有一只恼人的雌猎狐犬在他们之间转悠,欢脱好动,不守规矩。他给壁炉生火时,它就会从篮子里叼出木柴,抛到空中,掉下来时又接住,玩得不亦乐乎。

恼得他对着狗狂吼。

"它觉得冷,这样做是为了暖和起来。"她说。

"知道,但它弄得乱七八糟的,我还得打扫。"

"它只是一条狗而已。"

"只是一条狗就够让我心烦的了。它折腾个没完没了,实在是太活跃了。也许需要喂它吃点镇静剂?溴或者苯巴比妥之类的?"

"你以前并不觉得它烦。"

"我现在烦它。"

她把自己的袋子提到楼上那间冷如冰窖的小卧室里,坐在铺了毯子的床上,而那只名叫蕾娜塔的狗也一路追着她跳到毯子上。她盯着爱犬水汪汪的棕色大眼睛,突然喉咙发紧,一阵莫名的酸痛向全身袭来。那是一阵短暂的刺痛。

时间一定是出了点问题,她想,时间似乎崩解、分层了。犹如两个构造时间的巨大板块伴随着低沉的雷声从一个整体中分裂开来,在接下来的数百万年里被分为"以前"和"现在"。"现在"是粗糙而棱角分明的,它沉默着,是夜晚沉重的梦和梦醒时残留的余怒,仿佛在梦里发动了一场战争。"以前"似乎更具连续性和节奏性,如轻巧的乒乓球击打在光滑的桌面上发出的声音,它是一幅由一个个时间片段连缀嵌套而成的花纹织物,上面的每个纹样都是其他纹样的一部分。

她意识到,以"你还记得吗……"开始对话最为容易,因为其中存在着某些机械性的东西,就像安抚孩子平静下来的手部动作,就像打开只播放舒缓音乐的广播电台,传入耳中的是鲸鱼的长鸣、瀑布的喧闹和鸟儿的婉转。"你还记得吗……"这句话能带他们重回某个地方。那样的时刻总是感人至深,好比他邀请跳舞,而对方眼神一闪做出了回应,仿佛在说:"好啊,我们跳舞吧。"很明显,他们在互相讲述一个关于过去的既定版本,一段众所周知的、被回忆过很多次的、绝对保险的关系。过去已是既成事实,无法更改。

"过去"两个字,是关于记忆的咒语,是记忆的基础,而其上承载着一件件逸闻往事。例如,他为她剥开坚果的外壳,然后又把果仁放在花园里的叶子上,这是两人之间曾经的小故事。或者,那段他们两人都买了情侣款的白色牛仔裤的回忆,那是很久以前的事了,这两条裤子现在穿起来恐怕已经小了两三码。又或者,她的一头红发,烫成当时很流行的蓬松发型。还有,她乘车离去时,他追着火车一路狂跑的样子。时间越久远,积累的故事就越丰富。显然,随着时间流逝,他们逐渐失去了将点滴小事化腐朽为神奇的能力,只剩下对现实的满腹牢骚,一切变得平庸而琐碎。

壁炉生好了火,他们开始准备晚餐,就像一首和谐的二重奏;她在切大蒜,他在洗生菜、调酱汁。她摆好了桌子,他也打开了一瓶红酒。好似一场完美的双人舞,舞蹈中每个动作都已经让对方熟悉到无须留意。在这样的舞蹈中，舞伴仿佛消失了，只剩下一个人与自己共舞。

蕾娜塔在壁炉旁睡着了，橘红色的火光在它卷曲的毛上缓缓爬行。对他们来说，夜晚的漫长突然变得不可逾越，就像临睡前饱餐一顿那样沉重。他的目光无意间游移到电视机，她也突然萌发了到浴缸里泡个澡的念头，但毕竟是意义特殊的头个夜晚，他们之间的良好意愿还保存如初。然而他显得有些漫不经心。

"再开一瓶葡萄酒吗？"他问道，但马上就意识到，多喝一瓶就会打破这种慢慢稳固的秩序，喝完就会出现一种不言自明的沮丧情绪，还有难以释怀的沉重感、昏昏欲睡的萎靡感、陈词滥调的乏味感，进而表现为对逃避的渴求。交谈在短短几句对话后就会变得索然无味，因为他们使用的所有词汇都必须从头开始重新定义。似乎连两人的语言都已格格不入。

"也许咱们喝得差不多了？"她强作欢颜回答道。

于是他拿出了国际象棋。这还是他从电视机旁书架上放着的几本旧书之间找到的，他为此十分欣慰。国际象棋也属于"你还记得吗"咒语集中的一部分。

他们下棋时一直刻意地保持着沉默，不急不躁，似乎想把一盘棋拖上好几天。他选了黑色棋子——他总是执黑。她点燃了一支香烟，此举如芒刺一般激起了他的愤怒，他对她在家抽烟深恶痛绝。但他什么也没说，似乎什么也没发生。

开局第一盘带着习惯性和机械性，对方下一步会怎么走，彼此间都心知肚明。她觉得自己完全洞悉他的思路,这感觉让她厌憎。她觉得一阵恶心,或许是红酒太干太酸了。她放水让他赢了这局,而他也知道她是故意为之,不由得打了个哈欠。

"再下一盘吧,这次要认真点,好好下一盘。你还记得我们以前是怎么连续下了一个星期的吗?"她问着,随手重新把棋子摆好。

"那是第一个圣诞节,放假在你父母家过节的时候。当时我们出不去,因为雪下得太大了,把路都封住了。"

她回想起了那个寒冷房间的气味,屋里的母亲捧着一块用布盖起来的圣诞蛋糕。

他们各走了两步就暂停下来。现在轮到他走,于是她来到阳台上抽一支烟。透过玻璃窗,他能看到她被羊毛披肩遮住的娇小背影。她回来时,他尚未落子。

"要不然,今天就到这吧?"她问。

他同意了。

"我们去睡觉吗?"

他在这个问句中再次感受到生硬刻意的味道,似乎她十分在意,不想让自己的语调听起来过于淡漠。

"我先看看明天的天气预报,再来铺床。"

他打开电视,就像平常一样。他们各自都在忙着自己的事情时,紧张气氛就会得以缓解。他开了一罐啤酒,换了几个台,消失在自己的世界里。

她去洗澡。

电暖炉很快就烘热了小浴室。她把几样化妆品摆在镜子下的托架上,脸凑到镜前,端详着两颊上纤细的红色脉络,又仔细检查了脖颈和胸前的皮肤。她盯着自己的眼睛,用化妆棉球洗去脸上的妆容。直到准备脱衣时,她才意识到这里并没有浴缸,浴缸已经被留在城里,这儿只有一个不伦不类的淋浴间,以一张印着贝壳图案的塑料浴帘与浴室其他部分隔开。她想哭,但转念一想,又觉得未免太过歇斯底里。没有人会因为得不到浴缸而痛哭流涕。

她悄然走进卧室,却见床单还没铺上,被套整齐地躺在椅子上,又冷又滑。楼下的电视里传来一阵低语声。愤怒像雪崩一样向她涌来,她强忍怒火开始铺床,奋力拉扯着床单的边角,体力的消耗回应着她的怒气,以两种声音开始合奏。

在她看来,这只是普通的气恼,只是没有针对性的发怒,但突然之间,出乎她意料的是,怒气在一瞬间凝成了一把尖刀,就像在动画电影里看到的那样,刀尖直指楼下扶手椅上坐着的那个手拿啤酒罐的男人,如同一群愤怒的蜜蜂顺着木质楼梯冲向客厅。她站在门口,看见男人的头。他侧身坐着,正对着她。有那么一会,她有种感觉,强烈的愤怒会凝成实体,以雷霆万钧之势猛击在他的太阳穴上,那个男人会立刻僵住身形,然后瘫软在靠背上,一命呜呼。

"嘿,能帮我个忙吗?"她在楼上喊道。

"这就来!"他答应着,不情愿地站起身来,眼睛还死死盯着屏幕。

他上楼时,她已经舒缓下来了,深吸了一口气。

"你不洗洗吗?"她异常平静地问。

"出发之前洗过澡了。"

她仰面躺在湿冷的被窝里,浑身不舒服。他去熄灯。她听到他关上了阳台的门,还给垃圾桶套上塑料袋,然后脱下衣服,在床的另一边躺下。他们就这样并排躺了一会,然后她凑过来,把头靠在他胸前。他带着慈父般的温柔抚摸着她赤裸的手臂,但从第二次触摸开始,那种温柔感就完全消失了。只是触碰而已,再无其他。他翻了个身,她把手搭在他背上,像是要按住他。多年来,他们就是这样睡在一起的。蕾娜塔轻哼了一声,在他们腿上找了个安乐窝。

他第一个起床,把狗放了出去。一阵结霜的寒气涌进客厅。他看着狗奔向海边,赶走了两只海鸥,撒了泡尿又跑回来。强劲的海风肆虐。他接水准备煮咖啡,等着水烧开。他瞥了一眼那套国际象棋,又检查了一下壁炉还热不热,可惜炉火已经完全熄灭了。他给她倒了杯咖啡,还加了牛奶和糖,接着端起杯子回到楼上,钻进暖和的被窝,倚靠床头坐着喝自己那杯。

"我梦见一架飞机,装满了蛋糕和拿破仑奶油派。"她说话的声音因刚睡醒而略显沙哑,"已经下雪了,但雪是粉色的。"

他不知道该如何应答。他很少做梦,即使做了梦,也总是说不清楚。他有些拙于言辞。

吃完早餐后,他拿出相机,擦拭了两个镜头。他们要去散步了。

两人尽量把自己捂得严严实实,穿上绒衣,踏上高筒靴,系上围巾,戴上手套,一路沿着海滩走向沙丘。木屋群逐渐消失在视线里,取而代之的是随风摇摆的草海。他半蹲下身子,为海浪携来的一堆棍棒拍了张照片——看起来像某种动物的骸骨。然后他透过镜头看了看,转过身时,她已经甩开了他,正紧贴着海边行走,她的脚步在沙滩上留下柔软的凹痕,片刻之间又被海水抚平。蕾娜塔叼来一根棍子戳她的腿。当她伸手去要棍子时,蕾娜塔却狂吠着拒绝交出。

"你不松口,我怎么能把它扔出去呢,笨狗。"她对它说。

蕾娜塔总算放弃了它的猎物。棍子高高飞出,很快又回到了狗嘴里。

女人意识到镜头的圆圆眼睛正瞄着她。有那么一瞬间,她看到了自己,就像那个男人看到了她一样——在灰白交错的背景下,她看到一个小小的黑色身影,一个棱角分明的轮廓。他当场抓住了她的现行——抓拍了一张。她做错什么了吗?男人把脸藏在照相机后面,像举着一把左轮手枪一样瞄准她。他总爱给她拍照,她现在应该已经习惯了。但此时此刻,就像昨天的"床单风波",她再次感受到同样的愤怒。她转身离开,他赶忙追上,两人默默地走着。风驱除了沉默带来的尴尬,撕扯着他们的嘴,刮得他们眯起眼睛。他们沉默的时间越长,可说的话就越少,沉默所带来的解脱感就越强烈。他的思绪向左飘移,游向大海,掠过渔船的外壳,登上岛屿,飘向异国他乡,落在九霄云外;而她的思绪则回到了家里,钻进抽屉,躲入钱包,瞥一眼日历,算一算账单。沉默并不痛苦,有个人保持沉默反而是好事。她得意扬扬地想:"沉默是一门艺术。"她在心里重复了好几遍,很喜欢这个妙手偶得的佳句。

"快看!"他说着,指给她看一团乌云,乌云贴着地面翻滚,低得几乎压到了松树的梢。他突然想要拍一张这样的合照,云和女人,一样喜怒无常,体内充斥着一种从来不会爆发的雷霆,也永远不会变成闪电。

"站到那边去!"他一边向水线后退,一边对她喊道。因为透过镜头看去,他觉得距离太近了。

他只看到那女人被风吹得扭曲的脸,额头上竖起一道道皱纹,嘴唇冻得青紫。风把她的头发糊在脸上,她还笨拙地想把乱发拂开,调整一下面部表情,但为时已晚,相机的快门已经咔嚓一声按下。她不满地背过了身。

"再等一下,现在美极了。"他又往后退了几步,直到鞋子溅起水花。

她生自己的气,她本想好好摆个姿势,想拍得漂漂亮亮。当镜头靠近她的脸时,他获得了一种不公平的优势。在她看来,他在衡量她、评判她、贬低她、蔑视她。事实上,她从来不喜欢他给自己拍照,镜头仿佛是他的面具,自己在它面前会变得毫不设防,好像完全被他看透了;他好像在许诺她永生,赋予她不朽,但正因如此,她才会丧失力量,愈加臣服。她觉得那些当模特的女人,那些年轻女孩都非常不可思议。他来给她们拍照时,一个个都嘟着嘴唇,扬起头,示意着自己在待价而沽,不用管她们是谁,只需知道她们有货出售，就像小贩一样。货物而已。难怪他要跟她们上床。他知道自己得益于手中的相机，获得了多大权势吗？只有手持相机时，他的脸才显得容光焕发。在她的脑海里，再次浮现出拿着一罐啤酒坐在电视机前的他，那时他面带茫然，仿佛一具空空如也的躯壳。

"别给我拍照。"她冷冷地说。于是他默默地转开相机对准了蕾娜塔，追着它跑了一会。狗从镜头的取景框里挣脱出来，无规律地呈"之"字形上蹿下跳。

他感到很受伤。有时她完全可以说一些比较中庸平和的话，而不是像现在这样赤裸裸地打他的脸。她是怎么做到的？为什么和她在一起时，他会觉得自己像个男孩，像个稚童？他从来不知道她会在什么时候伤害自己，只学会了一个有效的对策——把国王藏在其他棋子背后。而对待她，对待这个喜怒无常的女人，要置若罔闻，熟视无睹，视而不见，噤若寒蝉，非礼勿视，退避三舍，弃如敝屣，束之高阁，还要敬而远之——就像拍照时那样将她移到远处，才能把持住——在深深浅浅的灰色背景下衬托出一个轮廓分明的人物形象。只有在此时，她身上才会发生某种难以理解的转变——委身于他，放低身段，变成了一个头发变白、孤独无助的小女孩，变得柔柔弱弱、细声慢气，承欢于股掌之间，像蕾娜塔一样摇尾乞怜。

他追着狗。蕾娜塔找到了一根棍子，用牙齿咬住，向他示意。他抓住棍子的一端，把挂在另一端的狗拎了起来。蕾娜塔知道这个游戏，这是个考验腭骨咬合力的、对抗性极强的游戏。

他开始抡着棍子转圈,咬着棍子的狗在齐腰的高度腾飞起来。然后他听到一声尖叫,看见她朝自己跑过来。他于是放慢了速度,让蕾娜塔在沙滩上安全着陆。女人跑向他,一张脸因愤怒而扭曲狰狞。

"你在干什么?你疯了吗?你会伤到它的!你就这么不走脑子吗?你是不是傻啊,是不是?"她狂吼着,"你有病吗?你他妈混蛋!"

他被骂得狗血淋头,甚至觉得她马上就要动手打人了。蕾娜塔嘴里还叼着棍子,身体微微摇晃着。

"哪儿来那么大脾气啊,疯子。"他轻声嘀咕了一句,便朝小屋走去。

他有一种想哭的冲动。一阵悲愤难平的啜泣在他胸腔间膨胀起来,仿佛要喷涌而出。他以为自己要回到小屋里收拾东西离开,或者不收拾也罢,就这样留个烂摊子吧。他会把车开走,独自回城。这样一切就都结束了。她离了自己也过得下去,毕竟她还年轻,让她再找一个吧,让她随心所欲想干吗就干吗吧。他觉得自己在硬撑,这让他深有感触。唉,硬撑。

当她回到小屋时,他正坐在电视机前喝啤酒。她脱了外衣,开始烧水。

"想喝茶吗?"她问。

"不想。"他咕哝了一句。

"对不起。"她说着,突然感到浑身无力,好像在沙地上跋涉,双腿陷入流沙中一般。他从来,从来也没有一次先向她道过歉。她点了一支烟。

"你能别在这儿抽烟吗?"他说。

她走到了阳台上。水壶噗噗作响,她听不到。他站起来关了煤气。电视上正播放着农业节目。蕾娜塔从篮子里扯出几块木柴,叼着往上抛,然后凌空接住。

"你觉得,什么时候会结束?"她问道,在旁边的扶手椅上坐下来。

"结束什么?"

"所有一切,你我之间。"

他耸了耸肩,抬头望向她,可是一看见她那张写满质问、咄咄逼人的脸,他就受不了。

"我去给壁炉生火。"

他把揉成团的报纸堆了一堆,然后放好木柴。她伸手递过火柴。他觉得她有话要对自己说,但她一言未发。他想从她口中听到那句话,但同时又害怕她言语再次失控。他知道该怎样惩罚她,也确实这么做了。他上楼躺在还没铺好的床上,胡乱翻看着几本旧杂志。找到的一篇关于电脑的文章让他颇感兴趣,但他对此知之甚少。然后他又瞥了一眼土耳其度假广告,随即想起了他们上次的希腊之旅——带回来的全都是曝光过度、跑焦严重的失败照片。还有她晒成棕色、近乎全裸的娇躯,以及酒店房间里的翻云覆雨,那是他们的最后一次。他为自己的尴尬而惊讶。他意识到自己想不起其他有关她的事了,几个月前的那段假期已是他最早的记忆。在不断反复的"你还记得吗"之中，他看到的是些完全陌生的人。他带着满腹疑云昏昏入睡。

他醒来时，她已经走了，狗也不在。她一定是牵着狗去了沙丘，他想着，又检查了一下车，车还在。他打开电视，漫不经心地听着新闻。外面的天色灰蒙蒙。他给自己炒了鸡蛋，用平底锅直接盛着在电视机前吃个精光。然后他开了一罐啤酒，听手机上的留言，没有什么能提起他兴趣的消息。此时，他看到她进了屋，一张脸被寒风吹得潮红。蕾娜塔向他投来问候的目光，仿佛一年没见面了似的。女人瞟了一眼空空如也的锅。

"你已经吃过了吗？"她带着不悦的诧异问道，"你吃完了？"

他意识到自己应该等她一起吃。

"只是随便垫了几口。我们一起去镇上那家中餐馆吧？"

"我不饿。"她说着，把外套挂了起来。

"那你为什么要问？"他在心里愤怒地质问。其实他心知肚明，这么做是为了给自己找个发难的理由。"现在又要开始拌嘴了。如果你不想吃那就别吃。我才不管呢。"他心里暗自答道。这种想象中的对话给他带来了莫大的乐趣。他换了一个频道，但这个台的雪花特别多，于是他想看看别的台。然而搜来搜去只有两个台。真是无处可逃。

过了一会，她从浴室回来，已经梳好了头，可能还补了妆。她身上有一股新鲜的烟味，一定是躲在卫生间里抽烟了，像个女学生一样。

"我们把这盘棋下完吧？"她问。

他同意了。一看到完美对称的棋盘，他的心就静如止水。

这是规则存在所带来的乐趣。想通每一步落子的美妙可能性、带给人意外惊喜的可预测性、如同微妙的智力之触的掌控感,皆出于此。他为壁炉添了些木柴。这时她说:

"嘿,白棋的马不见了。"

两人俯身看了看桌子底下,又把扶手椅推开,在座位的缝隙间搜寻。他还把装木柴的篮子翻了个遍。

"蕾娜塔,一定是它叼走了。"他说,"看看它的窝。"

她抖了抖狗窝的毯子——几根树枝和一个橡胶水槽塞子簌簌落下,但没有棋子。

"也许它叼到走廊上去了?"他满怀希望地问。

他们展开了地毯式搜索。他在垃圾里翻,她去阳台上找,又一起把桌子推开。

"你出去的时候,马还在吗?"

她不记得了。

"你把马怎么了?你这个笨蛋玩意儿。"她俯身对着狗叫到。

"也许被它咬碎了。"

他把啤酒倒进两个杯子里,两人在没用的棋盘前坐下。过了一会,他突发奇想,用木头来顶替一下也行啊。于是他掰了一小块木柴,摆在棋盘的黑格上。她犹豫了一下。

"我下棋,不下木头。"

"那我用白棋吧。"

"但这样的话,我们就得重开一局了,对吗?"

"不。我已经不想下棋了。"

她在想,还不如现在就起身收拾东西回家,但她不敢这么说。她觉得也许是他拿走了那个棋子,或者他无意中碰掉了。她什么也没说,只是用力地靠在沙发垫上。

她知道他现在就会离开,抛下她。他要么目光陷入电视里不再挪开,要么走上楼去再睡一觉,要么开始摆弄相机(谢天谢地,天色已经暗到不能拍照了),或者开始看书、打电话,还可能给大家发短信——这是不可避免的。他的蓝格子衬衫——她很想拥抱,却无力从沙发上起身。他正伸手把一枚枚棋子收进盒中,手背长着深色的汗毛。

他望着她。

"哭什么?因为这盘棋,还是因为那个马?"

他在她旁边坐下,用一只胳膊搂着她。另一只手犹豫了一下,最后还是留在原地——搭在沙发靠背上。

"被抛弃总比抛弃好,"她突然开口说道,"被抛弃会给你力量。"

"可能恰恰相反。"他说。

"你不懂。"

"我什么也不懂。"

他站起来向厨房走去,又问起红酒,问她想不想喝。她回答说好。

她脑子里已经酝酿出现在要说的千言万语。想好了一句又一句,以及说出每一句背后的原因,然后对每一句进行了评论。他必须做出应答,再不能让他一言不发地糊弄过去。他回来后,递给她一杯葡萄酒,回身在沙发上坐下。他可能知道她在想什么。紧接着,他们就要开始谈话了。结果肯定也会像往常一样,吵得面红耳赤,不得善终。就在这时,蕾娜塔这条天赐之犬开始在门口叫唤起来。他站起身放狗出门。

"走吧,你这条笨狗!"他说道,"你把马弄哪儿去了?"

蕾娜塔在叫声中窜入了黑暗。一阵疾风裹挟着沙粒吹进敞开的门里。他听到了身后传来电视的声音,松了一口气。是她开了电视。

"很遗憾,我们没有节目可看。也许会有个什么电影?"他说。

她把酒倒进杯子里,尽管杯子还没空。她突然觉得很累。

她像他一样伸直双腿,把脚跷在矮桌上,两人并肩坐着喝酒,直到一个有趣的悬疑老片播完,那个老太太最终用砒霜毒死了她的敌人。她上楼时脚步微微有些踉跄。

"我马上就来。"他说,但她知道他不会来。他会像以前一样,一直在那儿坐到天亮,沐浴在荧光屏的幽幽亮光下,心不在焉地,像只猫一样盯着闪烁的画面,因为他总把声音关掉。她知道将是怎样,而认识到这一点也很好。这是一种平静的、完美自洽的确定性,仿若握在手里的光滑玻璃球。她无精打采地进入了梦乡。

他像躺在柔软的草地上一样伏在她身上,整个身子重重地压着她。他感觉到她那熟悉的气味,熟悉的温柔。她叹了口气。他的身体习惯性地产生了欲望的反应。她拥他入怀,紧紧抱住他不放。她口中似有所语,但他没能听懂。他的手轻抚过她的臀部。

"用力。"她轻声说。

他犹豫了一下,随后停下了动作。他意识到,身下的不是一个女人,不是一个妻子,那具身体也不是一个女人的,而是一个人的;自己并不是躺在一个女人的身上,而是躺在他的另一个同类身上,另一个特定的、独立的、不可逾越的个体上。这个人清楚地划定了自己的边界,但在这些界限之外的他却依然脆弱,不堪一击,像一棵弱不禁风的小草,像一片纤薄的华夫饼。性别消失了,她是个女人还是自己妻子都不再重要——就像一个兄弟,痛苦中的同伴,磨难中的难友,共处险境的邻居。她是一个陌生而又亲密的人,一个就在你身边的人,一个站在篱笆旁守望的人,一个回家时向你招手的人。

这个发现太过出乎他的意料,让他感到万分羞惭。欲望之火渐渐熄灭。他从她身上滑下来,在她旁边躺下。他拉着她的胳膊,把被子盖在她身上。她哭了,说了一些关于马的话,说马死了。他以为她喝醉了。

她头疼欲裂,悄悄起身,走下楼去把蕾娜塔放出去。他裹着头,像睡在茧中一样,躺在床的边缘,离她远远的。她吃了一把维生素和阿司匹林,觉得自己气味陈腐,浑身皱巴巴。她先是刷了好久的牙,睡得乱蓬蓬的头发披散着,双眼浮肿。她在哭吗?是的,她哭了,哭得歇斯底里。她使劲掐了一把自己的肚皮,疼痛感让她得到了片刻解脱,仿佛是打开了一道闸门来释放对自我的憎恨。她在孩提时代就听过捏人皮肉会导致癌症入体的说法,那是男孩捏女孩乳房的时候一个成年人说的,也不记得具体是谁了。

她下楼时,他已坐在沙发上,只披了件衬衫而没穿裤子,正在看报纸。他给她煮了咖啡。

"早上好。"她说。

"早上好。"他答。

"我们今天要做什么?"

"非得做什么吗?"

"我们下午就得走。"

他翻了一页。

"你感觉怎么样?"她问道。

"挺好的。"他回答。

过了一会,他又加了句:

"你呢?"

她什么也不想再说了,开始翻起杂志。突然间,天空仿佛被擦拭一新,一束刺眼的阳光射进房间。她拿了一支烟,走到阳台上,尽管一想到抽烟她就觉得恶心,但还是强迫自己点燃了。从远处就能看见那条狗,蕾娜塔真是个疯子,它在岸边扑进水里,试图咬住海浪。"多蠢的狗啊!"她心里想着,冷得直打哆嗦。

他上楼去穿裤子,恨不得马上收拾行李准备离开。"有这么多急事等着我做呢。"他感到精神振奋。走过床前时,他看到了她那件胸前印着小熊的睡衣。在那短暂的一瞬间,在那比十一月间水洼里的冰还薄的一刹那,他找回了那种温柔,那种在她离家期间伴着她睡衣睡觉的温柔。那种温柔,就像夜晚的欲望一样,也是习惯性地来临。他摇了摇头。愤怒,一种他已经很熟悉的滚滚怒焰,让他的动作慢了下来。他现在正变成一只做好了战斗准备的动物,警觉而紧张。他穿上裤子,紧了紧皮带。这已经不是她的问题了,就让她随心所欲吧,现在是自己的问题——永远,永远不要再让自己受伤了。他记起了那种痛苦,但现在他觉得自己因此而愈发坚强,仿佛他上了战场又凯旋。下楼时又从高处看到了她,她蜷缩在沙发上,素面朝天,眼睛浮肿。一个奇怪的想法浮现在他的脑海中:"难道是我希望她死,所以她才会变得那么丑?"

"我要去拍几张照片。"他说。

她说她也要陪着一起去。他在阳台上等她穿好了衣服,两人朝与昨天相反的方向走去。

"看啊!"她在风中对他喊道,用手指着映入他眼帘的美景:碧海之上是素缎般的天际和匹练似的一道道雪白浪峰,仿佛是出自中国画家之手的写意画。偶有阳光短暂地破云而出,仿若劈下一道闪电。

"今夜一定有暴风雨。"她说。

海滩上到处是垃圾,长长的海藻、树枝、棍子,时不时夹杂着意想不到的各色塑料。她跟在他身后,他的背影看起来就像以前一样,但是她知道那只是一种幻觉。一切都不可以重新来过,往事如覆水难收,昨日再难重现。她突然觉得自己被这个平淡无奇的成语所蕴含的哲理所震惊：覆水难收。徒呼奈何！有那么一会，她真想跑到他面前，拽着他的外套，把他的身子转过来，然而又能发现什么？又会有什么结果？她放缓了脚步，而他正快步前行，带着狗和相机渐行渐远。于是她不再追赶，索性坐在了沙滩上。她侧身艰难地避开风口，设法点燃了一支香烟。现在她绝望地坐着，脑海里系统性地梳理出一切永远无望重现的美好：手掌间的爱抚，触电般的感觉；那些不期而至的、梦寐以求的、可期的种种幸福；气味的刺激，依偎在那种气息中的甜蜜；心照不宣的眼神，心有灵犀的惊喜，心心相印的默契，平淡如水而充满自信的亲密关系；还有手，手拉手，十指相扣，仿佛对方的手是唯一能让自己感到自然恬淡的所在；还有耳，他对纤巧玉耳的声声赞美还让她记忆犹新；再就是，身体，如同夜生植物一般将身体交缠融汇，无分彼此；一个个漫长的早晨；在一个盘子里分食红色罗宋汤的亲昵；公园中散步时突然间勃发的爱欲……在降临人世时携带的行李箱中，装的都是些一次性的道具，像焰火，像童话中的魔法，一旦发光，一旦燃尽，就再也无法从灰烬中拾起。这就是结局。

她本打算等他回来后分享这个想法，但两人踏上归途时，她才意识到这只是个微不足道的发现，说出来实在是太羞耻了。他只会报以微笑，看起来就像她给他唱了一首热门歌曲。仅此而已。是的，她所有的绝望都微不足道，显然绝望也只能经历一次，以后的每次都仅是复印件。也许生活中存在着某个神秘的时间节点，在不知不觉中就会穿越过去；而从这个点开始，一切已经发生过的、曾经鲜活而新奇的事都一去不复返,现在剩下的只是一种拙劣的仿制和草率的转述。也许从这个临界点开始,生活只会走下坡路;甚至就在这里,在今天,在这片海滩上,从现在起,从这一刻起,将会被模糊的副本、走形的复制品、粗糙的西贝货和劣质的赝品所替代。

回家时一路无言,一如昨日,不羁的风给了他们充分的理由。他牵着蕾娜塔走在前面,她紧随其后,脸颊被风吹得潮红。

蕾娜塔嘴里叼着什么东西想进屋,他伸脚拦住。

"你叼着什么呢?你这讨厌的母狗。找到什么了?一根臭骨头,还是一条死鱼?"

他强行把它的嘴掰开,从里面抠出了一小块浸着口水的浅色木头。片刻之后,他才意识到究竟是什么。

"看,它带来了什么?!"他惊讶地喊道。

她走过去,从他手里接过一个湿漉漉、滴着口水的小雕像,在地毯上擦了擦。居然是一枚棋子,国际象棋中的马,白色的马,但明显不是他们的那一副棋中的。这个马更小,更显高贵,也更古拙,可能是手工雕刻之作。马的嘴张开,向上翘起,自下而上被一道裂纹贯穿。

"这不可能。"他说道,"蕾娜塔,你从哪里捡的?"

"肯定是从海里,"女人回答道,"是海浪抛上岸的。"

"这不可能。"他重复了一遍,怀着怯意不着痕迹地瞥了她一眼,以免目光一直落在她身上,"水里怎么会有这样的马?也是白的,就像我们丢的那个一样?简直不可思议。"

两人走到厨房的水龙头旁。她轻轻地冲洗这枚棋子,然后用布擦干。

他们把它摆在桌子上,像观察一只珍稀昆虫一样看来看去。蕾娜塔也一样,看来它对自己的所作所为很是满意。接着他把这枚棋子放回棋盘的空格上,那里还躺着一块没用的小木块。白马在一众棋子中显得特立独行,就像一个突变体。

"我们下一盘?"他问道。

"现在吗?可是我们马上就要走了。"她回答说,但还是脱下外套,迟疑地坐了下来。

"该轮到谁走了?"

她也不知道。于是两个人在铺开的棋盘前呆坐了一会,他眼睛没有看她,口中说道:"我开玩笑的。"

安德鲁斯教授的华沙之旅

安德鲁斯教授是某个非常重要、颇有影响且前景光明的心理学派的代表人物。这个学派和几乎其他所有的学派一样，都是由精神分析学发展而来的，只是后来脱离了本宗，另立门户，创建了自己的方法、自己的理论和自己的历史，以及全新的生活方式、做梦的方式和培养孩子的方式。现在，安德鲁斯教授正飞往波兰，带着一包书和一箱子保暖衣物，因为有人告诉他，十二月的波兰酷寒难耐。

一切都发生得再自然不过了，飞机一架架起飞，人们操着各种语言交谈着；十二月的厚厚云层都为冬季的圣餐做好了准备，将亿万片白色雪花送向大地，每一片雪花都送给同一位存在。

一个小时前，他还在希思罗机场的镜子前打量自己，他觉得自己看起来仿佛是个推销员，就像儿时记忆中的那些挨家挨户兜售《圣经》的家伙一样。但是为了自己所代表的心理学派，还是值得跑这么一趟。波兰是个盛产智者的国度。我是想去那里播下种子,一周后就回家。给他们留下书,他们也是能读英文的,又怎能抗拒创立者的权威呢?

教授一边喝着空姐为他用著名的波兰伏特加调制的鸡尾酒,一边满足地回味着出发前的昨夜所做的梦,而梦在他学派的理论中意味着对现实的试金石。他梦到的是一只乌鸦,在梦中他和这只黑色的大鸟一起玩耍。这可以解析为,他敢于自我剖析,他像抚摸一只小狗一样爱抚着乌鸦。乌鸦在他学派的解梦体系中代表了某种变化,某种新生的、美好的事物。于是他又点了第二杯鸡尾酒。

华沙机场小得出奇,还四处漏风。他很庆幸自己此行戴了护耳棉帽子,这是他去亚洲旅行带回来的纪念品。他立刻就看到了来接自己的姑娘:她姓比阿特丽斯,正站在出口处,手里举着一张写了自己姓名的纸。她个子不高但面容姣好。他们坐上了一辆快散架的车,她紧张地驾车穿过这座城市阴郁的广阔空间,并向教授介绍了这一周的安排。今天是周六,不是工作日,共进晚餐后他便可休息。明天是周日,将会在大学与学生们会面。是的,她突然说道,语气中透露出一丝紧张。他往窗外望去,但没有什么特别的东西能引起他的注意。之后要接受心理杂志的采访,然后是晚餐。周一,如果他愿意的话,可以去参观城市。周二,在某个研究所安排了一次与精神病专家们的会面,研究所的名字十分拗口,他实在记不住。周三,他们会赶到克拉科夫城,去一所大学。安德鲁斯教授的这个心理学派在那里享有盛名。周四,他自己提出来要去参观奥斯威辛,晚上回华沙。

周五和周六两个整天是为心理学实践者们组织的工作坊。周日乘坐返程航班回家。

直到此时,他才发现少了一个装有书和内衣的包,急忙折返机场,而这件行李已是不知所终。姑娘名叫高莎,她跑去交涉,半小时后空手而归。也许行李已经被送回伦敦了。她说没关系,明天会再来,肯定能找到。他看着车窗外,并没有听她激动的喋喋不休,而是在回想包里除了书、文章的影印件之外还有些什么。

姑娘与她的未婚夫陪教授一起愉快地享用晚餐。未婚夫脸上须髯浓密,戴着眼镜。他不会讲英文,这使教授感到有些沮丧。安德鲁斯教授吃了份带小饺子的红菜汤,意识到这就是他祖父经常提到的著名的"虹彩汤"。他祖父出生在波兰城市"螺丝"。姑娘笑着纠正他的发音,像教小孩子那样重复读着"红菜汤""罗兹①"这两个词。他的舌头对于这两个词显得很无助。

当他们终于抵达一片高楼林立的住宅区时,教授已觉得酒气上涌,醉意十足。他们乘电梯到了顶层,姑娘带教授看了他的公寓。这是一间单人套房,在房间和盥洗室之间有个小厨房。狭窄的小走廊让站在那里的三个人颇感局促。他们大声地约好明天碰面,姑娘承诺明天把他丢的行李带过来。她的未婚夫不知和谁在一直通着电话,语调神神秘秘的。他们终于走了。教授被红菜汤和酒精搞得浑身瘫软,倒头便睡。他睡得很不安

---

① 波兰第三大城市,罗兹省首府,位于波兰中部。

生,感到喉焦唇干,但又无力爬起来喝水。他听到楼梯间不时传来的吵闹声、关门声还有人们的脚步声。也许这些都是他的错觉。

他突然醒来,惊恐地意识到已经十一点了。他厌恶地看了一眼自己皱巴巴的衣服,走进肮脏逼仄的盥洗室里冲了个澡。很不幸,他还要穿上昨天那身旧内衣。他在橱柜里找咖啡,找了好一会才在果酱罐子里发现了一点剩的咖啡粉。没有咖啡机,他只好在杯子里直接冲泡。咖啡已经被风干了,喝起来像泡树皮的味道。电话没响过,高莎一定已经找回了行李。他端起咖啡杯,看着书架上的书,每一本都是波兰语的,书的封面丑陋又粗糙。

高莎没有打电话来,时间在黏稠、燥热、困倦的空气中慢慢流过。教授走到窗边,看到密布着一排排建筑的空间,入目只有一种颜色——灰色。灰白色的天空,甚至雪都显得灰突突,太阳散发着虚弱的光芒。

街上停着一辆坦克,这真是一幅奇特的景象。安德鲁斯教授打开窗户,裹挟着寒霜的空气扑面而来。坦克周围有些细小的身影在徘徊,无疑是一群士兵。教授突然感到一阵不安,也许是咖啡太浓了。他从口袋里摸出写有高莎电话号码的卡片,向自己提出了一个彬彬有礼又不容辩驳的问题:为什么她还没联系我呢,我的行李怎么样了?电话的听筒里没有声音,他拨了几次号码,甚至还拨了某个远在英国的号码,又试了脑子里能想到的所有号码,都打不通。电话是坏的,但是他记得,昨天那位大胡子未婚夫还用过电话啊。他感到愤怒莫名,迅速穿好衣服,乘电梯下了楼。他在楼群间转悠了一个小时后(他觉得所有楼看起来都是一副长相)终于找到了另一部电话,随即又发现自己没有波兰的硬币,手上只有两张纸币,他甚至不知道面额是大是小。他开始四处寻找能兑换硬币的地方,终于找到了一间小商店,但看起来早已关门大吉了。而且今天是周日,别的商店也都不开门。他开始有些害怕了,不禁想,自己跑出公寓是个多么愚蠢的决定,高莎一定在四处找他,也许已经在急不可耐地等他了。他决定立刻返回,但很快意识到自己迷路了。他不知道哪栋是他住的公寓,也不记得地址。自己怎能如此轻率啊?这是什么国家啊?他看到附近有几个老人走在路上,便朝他们的方向走去。但又想到,该用什么语言问路呢?老人们擦身而过,却对他故意视而不见,眼睛望向另一边。

　　他在楼群里打转,感到越来越冷,越来越绝望,夜幕不知不觉间已经降临。他鬼使神差地发现了一辆坦克,旁边有个金属篮子里点燃了火盆,战士们肩上背着枪,围在火盆边烤手。他感到一种刻在骨髓中的恐惧,赶紧退到黑暗的公园里。但多亏了这辆坦克,他终于成功地找到了自己住的公寓,因为他清楚记着窗外的景观。他总算松了一口气,回到了自己异国的公寓里,一进门便用钥匙把门反锁上。六点了,他的讲座应该开始了,但他却没能到场。这也许只是一场梦,是因为疲惫、飞行、天气等因素而造成的某种奇怪的意识状态。他的心理学派了解这种现象。

打开冰箱,他看到了一块干巴巴的黄奶酪、一罐肉酱、一块黄油和两个鸡蛋。看到这些食物之后,安德鲁斯教授的胃就立即接管了神经系统。过了一会,一份煎鸡蛋给他带来了极大的快乐。在生命中最离奇的一天,教授得到的一份最好的礼物便是他在希思罗机场买的一瓶尊尼获加牌威士忌。他给自己倒了半玻璃杯,仰头一饮而尽。

翌日,教授在天刚蒙蒙亮时就醒了。他光溜溜地躺在床上,决定尊重自己的衣服,尽量省着穿,睡觉时也不穿内衣,谁知道这一套要穿多久。等到七点钟,他轻轻拿起电话听筒。还是没声,电话根本没修,尽管教授抱着这样幼稚的希望。有时候,现实只是心理的投射,会发生一些怪事(他的心理学派有这样的理论支撑)。他在浴缸中放满了水,躺入其中,享受着愉快的热水浴,同时制订了行动计划。他打算买一张城市地图,找到大使馆的位置。然后一切将会变得简单了。接下来去购物,必须吃点正常的食物。他精神饱满地穿好衣服,下楼朝坦克的方向走去。但是昨天停在那条似乎是主干道上的坦克已经不见了,取而代之的是沿着这条路一辆接一辆驶过的装甲车,伴随着不祥的咆哮轰鸣声。行人们注视着这一切,脸上带着一副奇怪的表情。教授急切地揪住一个路人,这人和他年纪相仿,手里提着鼓鼓囊囊的网兜。教授打量了他之后立刻意识到,他恐怕听不懂自己说的话,但还是把问题说了出来,后者无助地抬起头,耸了耸肩。教授礼貌地向他道歉,继续往前走去,他觉得那个方向传来了车水马龙的声音,似有很多汽车驶过。于是他走到了一条有双车道的大路上,然而这里只是偶见几辆小汽车和红色的公交车。他有点发蒙,不知道这些车从哪里来,又往哪里去,也不知道自己所处的位置是市中心,还是郊区。

他决定跟着感觉走,这是他所代表的心理学派的重要特征之一,听从本能、直觉、预感。他沿着人行道一路行去,感觉越来越冷,最终抵达了广场,多条街道以广场为中心四下辐射,延至远处。广场上人迹寥寥,就像节假日时那样冷清,令人十分费解,要知道今天是周一还是周二啊。从为数不多的招牌里他兴奋地看到了一个熟悉的单词:BAR。他推门而入,一瞬间什么也看不见了,因为他的眼镜被蒙上了一层雾气。他掏出手绢擦拭了镜片,才看到这个阴暗的空间里摆着几张脏兮兮的桌子。在其中一张桌子旁坐着一个掉光了牙齿的老太太,她什么都没吃,只是坐在那里,呆呆地望向玻璃窗外。在柜台后面站着一位身穿灰色围裙的标致女孩。他没有看到这里有食物存在的迹象,因此想,没准波兰语"BAR"这个词跟英文的意义不同。他犹豫着干咳了一声。柜台里的姑娘对他说了句什么,他问道,有什么吃的吗?姑娘吃惊地看着他,不明白他在说什么。在一阵尴尬的沉默之后,教授窘迫地张开嘴,用手比画着进食的动作,用英语说道:"吃,吃,食物。"姑娘沉吟片刻,随即消失在半开着的门后,不一会带来了一个年纪略长的女人。教授再次用简单的手势比画了一遍。两个女人开始快速而激烈地讨论起来。她们把他带到一张桌子旁坐下,很快端上来一碗汤、一盘奇怪的丸子。

她们在他身边站了一会,直到她们确定这些食物被教授吃掉了才离开。这一餐可以说味同嚼蜡,但饥不择食的教授还是囫囵吞了下去。他用叉子消灭掉丸子,用餐巾纸擦擦嘴,走到柜台前,将纸币递给姑娘。她找回了不少钱,至少他是这样觉得的,现在手上有很多纸币和一些硬币了。他走到街上,想忘掉这家酒吧。他感到自己很荒唐,也很可悲。他再次渴望回到那间十一层的公寓里,电话总该修好了吧。他看到马路对面驶来一辆公交车,在离他几十米的地方停了下来,乘客推推搡搡地下车上车。教授头脑一热也跳上了车。公交车发动了,他突然感到很热,行驶的方向和他所认为的简直是南辕北辙。公交车优雅地在广场上转了个弯,驶入了一条短隧道,又开上了一座桥。安德鲁斯教授看到了脚下的河流,大块浮冰慵懒地在河面上漂着。他觉得车上的人们看向自己的目光中都带着敌意。他努力平静着心绪,不让人看出自己因上错车而感到的惊惶。除此之外,他还没有验票,如果街上有士兵的话,他可能会被关进监狱。是的,他听说过这样的案例,人一旦被关进亚洲的监狱里,就至死难出了。他在最近的车站下了车,总算是长长舒了口气,立刻回返。寒风凛冽,他不得不将护耳帽下的绳扣在下巴上系紧,鼻子几乎要冻掉了。天可怜见,他终于走到了熟悉的广场,找到了回家的路。已经冻得感觉不到手指的存在了,他越走越快,几乎是一路小跑往回赶。此时,街边一个明亮的橱窗映入了眼帘,比其他地方看到的橱窗更亮堂。他立刻跑了过去,与其说是受到好奇心的驱使,不如说是出于对光亮和色彩的渴望。这是一家商店,一家在货架上摆满琳琅满目商品的正常商店。他透过被栅栏加固的橱窗玻璃看到带着熟悉标签的各种酒类、罐头、糖果、服装和玩具。天还不晚,商店却已打烊。他努力从牌子上的数字解读出营业时间。他意识到,商店此时应该是营业的,却不知为何关门了。他失望地透过玻璃窗向内望去。就在教授呆立之时,一个男人从身边经过,他扛着一棵病恹恹的圣诞树,对教授微笑着说了句话。教授也回以微笑,但男人已经擦身而过,很快就消失不见了。

扛着树的男人,这一定是某种征兆。但教授并不知道预示着什么,因为他的理智思维突然脱离了他所习惯的象征主义的、心理学的、清晰明确的模式。现在各种撕裂的、不完整的情绪在他的脑海中飞驰而过。比如,愤怒很快转换成孩子般的绝望,但又迅速被内心安静的微笑控制住。简直是见鬼了。安德鲁斯教授曾是观察自己情绪的大师,这是他经过长期学习得来的技能。然而他感觉这项技能在此情此景下完全是多余的。他还意识到,除了对某个路人提过的问题和那句可悲的"吃,吃,食物"之外,这两天来他没有说过任何有意义的话。

又过了一天,在确认电话仍无法使用之后,他终于在自己住的小区里找到了一家正常营业的小商店。和昨天看到的那家天差地别,店里只摆着几瓶装有透明液体的瓶子,疑似伏特加酒,另外就是几罐芥末。这时,售货员正在把装有某种红色东西的罐子摆上货架,他当即决定必须买下,有什么买什么,管他是什么呢。当他走出商店时,有人送来面包,商店一下子就挤满了人。教授赶忙排队,售货员问也不问就递给他一块面包,他交了钱便走。显然,他被人群所吸引,被排成长长队伍的温暖人群所吸引,不想立刻回到那间狭窄的、空空如也的一居室公寓中。他在人行道上摆放的几张铁皮桌子前停下脚步，人们在桌子前驯服地排着队。他扫过一张张面孔，在他们之中寻找高莎，没准她会在这里呢。人们沉默着，被不祥的气氛所笼罩，严肃、紧张，似乎还十分困倦。

　　人们不耐烦地轻踏着脚。这世上最阴郁的民族。尽管这样，教授还是站到了他们旁边。不，不是因为他需要他们，而是因为从他们身上流露出正常的人类的温暖。霜冻的空气在人们的呼吸中融化了。他看到穿着臃肿的女售货员正从大桶里捞出小小的灰色鲤鱼，直接扔到秤上过磅。鱼在寒风中扑腾不休。售货员们对每个买鱼的顾客都会提问，听起来就像合唱或是祈祷。安德鲁斯教授用耳朵捕捉着这首圣诞颂歌的旋律，脑中也跟着唱了起来："你要活着还是当场处决？"教授只能猜想这句话的意思。当顾客点头表示同意时，一个售货员就会用重锤砸向鱼头，鱼就在张开的手提网兜里与世长辞。

　　他感到一阵恶寒。觉得自己就像在参加一场宗教仪式，杀鱼的仪式。"你要活着还是当场处决？"这句重复的话就像把他催眠了一样。他突然产生了加入这场可怕的重复行动中的想法，像所有人一样，也拎一条用网兜装着的死鱼回去。不知不觉间，他排在了队伍末尾，直到看到一支牵着狗的四人士兵小分队时，才突然清醒过来。他甚至感到无比羞愧。人们沉默地将视线从士兵身上移开，或是低头看着自己的脚，或是看向某个方向的空气。教授绝望地想起了自己在伦敦的办公室、书籍和温暖的电壁炉。

他住的公寓楼下的停车场里,有人在出售圣诞树。那里同样排起了队,只是比之前那条短得多。因此,他也买了一棵圣诞树。现在,他腋下夹着树往住处走去,看起来像其他人一样。这带给他一阵愉悦,他吹起了口哨,上楼回到了自己陌生的公寓,穿着大衣戴着棉帽坐到桌旁,打开那瓶透明液体。不是伏特加,是白醋。"我的天啊,"他想,"这发生的一切不可能是真的,我一定是精神病发作了,我肯定是出事了。"他努力寻找这件事开始的那个时间点,但他的理智拒绝思考,满脑子想的只剩下飞机上那份美味的三明治。

他对自己感到奇怪,竟然如此频繁地想到食物,他的头脑尴尬地接受着这些想法——他习惯于自己的思想、成形的主义、抽象的概念在脑海中如同坐在舒服的沙发上一样自由流淌。但现在教授的记忆被栅栏后面的货架上那充满了琳琅满目货品的商店画面占据着。"这太可笑了,简直不可思议。"教授想着。一开始,还是带着某种乐趣在想,但很快就感到真正的恐惧。他将圣诞树戳立在房间的墙边,打量起它纤弱的枝条。他无奈地意识到,自己必须有所作为,必须采取行动。

他将所有的东西装进手提箱,熄了灯,最后再扫了一眼门厅,便关上了门。他乘电梯下了楼,努力将房门钥匙塞进信箱里。他已经下定决心这样做,必须找到大使馆,没有其他出路了。

他在楼前碰到了一位红脸胖子,正冒着严寒铲雪。那人微微向他鞠了一躬,说了句什么,可能是句问候的话。安德鲁斯教授觉得不知从哪儿来了一股劲头,让他能够不管不顾,将最近两天的经历倾诉出来,连自己都感到很惊愕。他对胖子絮叨起自己住在楼上,是从伦敦来做讲座的;女导游应该打电话过来,但电话坏了;外面停着坦克;商店关门;公共汽车、圣诞树、瓶子里的醋……那胖子站在现场,仔细地盯着他的嘴,一脸茫然。

然后他发现,自己不知何时来到了一间塞满杂物的小公寓里,几乎寸步难行。他坐在低矮的小桌旁,用带有塑料把手的玻璃杯喝着茶,然后一次又一次地举起斟满酒的小酒杯。伏特加带有一股奇怪的水果味道。酒劲非常强烈,教授每次饮下时都感到食道被灼得生疼。他听到自己正在给一个男人和他的妻子(体态臃肿、面色红润的妇人正端着一盘美味诱人的热香肠走过来)讲述关于他的心理学派、关于创立者、关于作用于人自我意识的直觉的内容。然后他突然被强烈的不安所笼罩,想起了大使馆,因此他开始喃喃地重复两个英文词——"大使馆①""英国大使馆②"。"打仗③。"对教授的讲述,这个男人也以一个英文单词做出回应,他双手凭空虚摆了个姿势,好像端着一杆步枪。他坐下身来,眯起一只眼睛,朝挂满蕨类植物的墙上假装开了一枪,嘴里还模仿着"砰"的枪声。

"打仗!"他重复道。教授跌跌撞撞地要去卫生间,却发现自己站在了厨房门口。厨房桌子上摆着一具满是细管和水阀的复

---

① 原文为英文。
② 同上。
③ 同上。

杂化学仪器。刺鼻的气味让他感到几欲呕吐。男主人轻轻扶他到了卫生间。教授把卫生间的门关上,转身过来时,正看到浴缸里游着一条大鱼。是活的,他不相信自己的眼睛。他提着裤子上的纽扣,眼睛直勾勾地看着水下这条鱼头上扁平的眼睛,感觉自己被它的目光困住了。鱼懒洋洋地摆了下尾巴,浴缸上晾着洗过的衣服。他愣愣地站在那里有大概一刻钟,根本无法移动,直到有些担心的男主人开始敲门。"嘘……"教授让他安静。

他看着鱼的眼睛。这是一种恐怖与愉悦交织在一起的感觉,充满了意义但同时又荒诞无比。他觉得害怕,但又以某种方式感到高兴。鱼是活的,还在游动,正用厚厚的嘴唇讲述着一些听不到的话。安德鲁斯教授倚靠在墙上,闭上眼睛。啊,他身处这样一间小小的卫生间,在一栋大楼的胸腹之间,在一座寒冷的大城市里,竟口不能言。他无法理解,也无法被人理解。他直视着圆睁着的扁平鱼眼的瞳仁,不能自拔。

卫生间的门被猛烈地撞开,教授跌在男主人温暖而有力的臂膀中,像无助的孩子一样被抱着,泣不成声。

过了一会,他们搭乘计程车穿过沐浴在寒冷阳光下的城市。安德鲁斯教授的膝盖上放着自己的手提箱。然后,当教授在大使馆门前与这个胖子道别时,胖子还礼貌地亲吻了教授那胡子两天未刮的面颊。教授此时此刻能对他说一句什么呢?教授好不容易捋直了自己那条醉酒后不太灵光的舌头,然后以不太确定的语气小声说了一句波兰语:"你要活着还是当场处决?"波兰人满脸错愕地看着他,回答道:"活着。"

纳克索斯岛上的阿里阿德涅

致安娜·保莱茨卡

双胞胎一睡着,她就铺开地毯,躺下身将耳朵贴在地板上,认真聆听。声音听起来有些沉闷,应该是地板下的大型建筑预制板中有隔离层、隔热层或诸如此类的材料,吸收、阻隔了音波。但声音尚有余力,还能听清。流入她的耳中的高音强度不损,只是那些能震撼得她皮肤战栗的低音有时会衰减得厉害。她一直在闭目聆听,直到被光着小脚丫、满怀好奇四处乱跑的双胞胎惊醒。两个宝宝都站在门口,刚醒,睡得眼皮有些浮肿,嘴里的口水都要流下来,小脸儿潮红。两个满怀自信、目光清醒的小家伙,她的卫兵。然后,她从地板上起身,总是带着些许窘意,开始给孩子们擦鼻子,又铺好床、倒尿盆。蔬菜汤冒起腾腾热气,酸奶也来了。两张急不可耐的小嘴尝试着这个世界的各种味道。

她一直不知道该怎么解决外出散步前给孩子穿衣的问题。先管孩子还是先顾自己呢?如果先给孩子穿衣服,那么他们会在自己化妆时顽皮地脱下帽子,解开鞋带。如果先打理自己,那么在给孩子们系好所有纽扣,拉上夹克的拉链之前,淡淡的妆容就已经化开,变成了花脸。这道题根本就是无解的。外出散步突然成了一天中最具战略意义的重要时刻,是对速度和智力的考验,是对脚下大地的战术占领,对世界的控制宣言。

显而易见,她更喜欢下楼带着婴儿车乘电梯,但是这样一来就失去了偷偷溜过那扇门的机会。那里的确没什么可看的,一扇漆成灰色的门而已,与其他十几扇门别无二致,门上的猫眼直对楼梯间。她在那扇门上的玻璃瞳孔前放慢了脚步,满怀忐忑地侧耳倾听。还会再次听到屋中传来的熟悉声音吗?那柔和的旋律线就像钻石一样纯净。可惜,散步的时间并不是唱歌的时间。也许房中的伊①正在洗澡或者给朋友打电话,也没准在洗碗。

她在伊下面的一层楼叫了电梯,来到楼下。现在,她把两个男孩抱进婴儿车里,又推上马路。穿过通往广场的小径,绕着喷泉走了两圈后,到了公园和游乐场,就可以在沙坑里玩一会,或者只是散散步。她带着孩子探索花坛,采摘栗子,收集起一束手掌状的大叶子,还与孩子们对话,当然是那种生涩的、异想天开的、缺乏逻辑性的对话。每当他们从身边跌跌撞撞地跑开,自己玩一会的时候,她还能享受片刻安宁。然后,母子三人会沿着另

---

① 原文中涉及两个女人,均未用名字,只用第三人称代词 ta(她)和 tamta(那个她,或者另一个她的意思)指代。由于汉语中没有能对应 tamta 的词,而采用"那个她"或者"另一个她"会使得整篇译文读起来十分拗口,故采用"五四"时期鲁迅等文人对女性的第三人称代词"伊"来指代。

一条途经很多店铺的路线回家。她对店铺的顺序了如指掌,先是鞋店,再是药店,过了"色彩"酒吧,就是一家熟食店。只有当商店中的货物摆满货架,几乎堆到了天花板时,她才会去采购。在那儿,为了不受琳琅满目的美食诱惑,为了能立即买到最急需的货品,她必须毕其功于一役。大包小包的购物袋挂在手推车的把手上,有时压的东西太重了,婴儿车面临着失衡翻倾的危险,她必须小心翼翼躲开路缘石。现在,要把一辆载着双胞胎的婴儿推车和一大堆购物袋挪到电梯里,直接坐到第九层。窸窸窣窣的钥匙开门声唤醒了公寓房里熟悉的气味,那是稚童的气息、洗衣粉的淡香、煮蔬菜的味道。

每当此时,在大多数情况下,楼下那间公寓也寂静无声。整栋楼都死气沉沉,似乎寥寥几个早上无须出去上班的人现在又睡起了午觉。在她的想象中,他们仿佛都处在一个巨大的魔方中,每个人都困在一个自己的小方块里,上下左右、层层叠叠、紧紧密密挤在一起。每个人的臂肘撑在小折叠桌上,桌上摆着一盘热汤。然后,他们停下来消化,短暂的午睡将他们的思想分解为彼此之间无法产生任何关联的小碎片,表面粗糙,见棱见角。还有一些空置的公寓房——对于这些,她就不太容易发挥想象力了——在清晨被遗弃,被上午的繁忙肢解,被暖气片烘烤得滚烫。尘埃懒散地在空气中浮浮沉沉,这恐怕是存在于公寓里的唯一运动了。

两个男孩吃了饭,随即被她抱到了便盆上。片刻之后,她带着孩子一起躺在沙发上,用一成不变的语调朗读他们已经熟知的童话故事。他们凝视着天花板,听得入神,不一会就陷入童话世界里,视线迷失在墙漆的裂缝中,移动得越来越缓慢,最终闭上了眼睛,但从来不会完全闭上。眼睑下的瞳仁里闪耀着不安的火花。

这时,伊就要开始歌唱了。

两个女人以某种方式实现了同步,在时间的无形波纹驱动下,她们的节奏神秘地相互重叠。她小心翼翼地从沙发上滑下地,蹑手蹑脚走进另一个房间,铺好地毯,躺在地板上去聆听伊的歌声。

伊会从练声开始。练声的时间偶尔稍有延长,有时十分短暂,这只是演唱前的预热。她的声音起伏婉转,音符之间的过渡平滑圆润,就像一条金属项链。声音仿佛在地板下的某个所在变成了柔软的凝胶球。然后,伊平稳地开始了新的旋律,仿佛在挥洒间铺开了一匹匹绚丽多彩的织物,如锦缎、丝绒、柔软的雪纺绸、闪亮的塔夫绸。旋律轻松地向上攀升,将几间相邻的公寓房笼罩在柔和的影子里。耳贴地板俯身聆听所获取的比日常听到的更为丰富,因为耳朵只是她身体上很小的一部分,而腹部、胳膊和腿在倾听方面表现得并不差。神经在皮肤下轻轻颤动。她的身体变得软绵绵。

她几乎能辨识出一切。她能够辨识,这意味着在她听到第一个音符之后,就能听出"它是什么,是什么样的"。她不知道该如何换个说法来表述。她会对自己说"就是它,太美了""就是它,有点悲伤"或"它,它很奇怪"。有时,伊会突然在某个片段上停下来,重复好几次,与其他部分割裂开,打破连续性。伊还会固执地重复一遍又一遍,不厌其烦,仿佛时间的流动被止住,不断拷贝着同一刻的碎片。楼上的她并没有感觉出每次重复有什么不同。倒像是伊被卡住了,似乎伊是个机械女人。也许真是这样,这个拥有天使般歌喉的女人,裙子下没准隐藏着一根上紧发条的曲柄。

最终,电梯开始运转,整栋楼从一天正中的午睡里醒了过来。电梯门关闭,电梯井中的缆绳轨道开始工作。放学回家的学童们在楼梯上喧闹。有人打开了汽车警报器,嘀嘀声在房前鸣响。有人在打电话,谈话声沉闷压抑。门锁和钥匙的摩擦声分外刺耳。双胞胎再次醒来,现在该喂他们吃什么呢?苹果泥烤的海绵蛋糕、甜甜的胡萝卜、桃子浓汤,还是煎蛋卷?必须先开灯,然后一件一件慢慢做,先在厨房中忙碌,然后回房间里收拾,洗衣机还等着洗尿布。伊沉默了,似乎被傍晚的热闹惊吓到。从现在开始,一天才逐渐步入正轨,时间会均匀而有节奏地运行起来,就像遵循着巨大的夜晚节拍器的摆动,一刻又一刻,一时复一时。

最终,男人在这个时刻回来了,他把一件海军蓝色长大衣挂在门厅里,洗过手后,便把两个男孩儿抱到腿上逗弄。他吻了她的唇,顺手打开电视,一家人坐在小厨房的餐桌前吃晚饭。然后他说,如果一切顺利,新房子里会有一间漂亮的饭厅。

小两口每周会去看一场电影。这似乎也是遵照了节拍器的节奏。这时,他们会把婴儿交给一个女孩带。双胞胎允许他们离开,没提出任何抗议,不哭也不闹。等他们回来时孩子们早就睡着了。看完电影,他们会去吃点东西,但这始终是个问题,因为所有餐馆都已经打烊了。最终总算在一家土耳其酒吧里点到了餐食——塑料碗盛放的烤肉。

这算不上跟踪。跟踪这个指控有点太过严重,她只是掌握了歌唱家的日常作息时间表而已。伊早上在家,早晨是寂静的。中午时分伊才会开始唱歌,然后重归寂静。歌声在下午三点左右会再度出现,有时持续一两个小时,接着又是沉默。当伊正要外出时,把耳朵贴在地板上聆听的她就已经走到窗口,从高处,从自己住的九楼往下看。伊的脚步充满活力,双脚稍微向外翻,像一个经验丰富的舞者。伊的一头黑色秀发浓密而卷曲,披在肩上;身着一件长可及地的外套,下面是紧身劲装。服饰的色彩总是强烈而清爽,有时是覆盆子色,有时是靛蓝或紫罗兰色。伊坐上一辆紧凑型黑色小轿车,转眼间消失在街区之后。可能是伊返回的时间太晚了,她带着双胞胎从来没遇见过。

不久,她就成功地改变了自己的生活节奏,以便在伊外出时,能准时恭候在街区旁边的广场上。双胞胎在沙坑里玩得不亦乐乎,她坐在长凳上,双眼在沙坑里的两个小脑袋和楼梯门之间来回巡视。终于逮到伊了。她看到伊哼着曲,从手袋中掏出一串钥匙,拿在手中耍了几下就按了遥控器。小轿车轻声做了应答,还眨了眨眼。伊把手袋扔到后座上便启动车子出发了。

看不见伊的人影,她也随即带着孩子返回家中。

在那之后,她已经可以准确地预测时间。当然,也不是每次都成功，伊看起来不是个非常准时的人。日复一日，她和伊在人行道上相遇。起初，她们形同路人，就像一天里遇到的无数陌生人一样——无数张生面孔，穿着五花八门的外套和鞋子，拎着各式各样的公文包和手袋。渐渐地，她和伊开始彼此交换个眼神，相互报以微笑。终于有一天，伊说了一句"早上好"。她的脸唰的一下红了，有点迟疑地回应了问候。擦肩而过后，伊在空气中留下了一丝淡淡的花香。

日子就这样一直持续着——在以脏兮兮的石膏白为主色调的楼房之间，一年中的两个季节只体现出些许差别。

夏天，她开始担心起来，一旦伊突然离开，她就再也不能以耳贴地倾听歌声了。该来的总会来，只是或迟或早。毕竟，谁也不会在这样的地方住一辈子，尤其是身为歌唱家的伊。有一次，伊消失了一个月，遗弃了这座摩天大楼，尽管还充斥着各种声音和响动——电梯的运行声、工地的浇注声、关门声、孩子们在楼梯上追逐的脚步声——但楼中只留下可怕的空旷和忙音，毫无生机。那时，她向丈夫索要加倍的保障：树林中的独立小别墅，要有一间宽敞的饭厅，还要有直通花园的大露台。他点了点头，但这往往意味着"想都别想"。然后，他挤按了一下她的乳房，奶水不久前还十分充盈，那时她感觉到了自己的强大。她觉得自己是一个永久性的所在，就像滔滔河水之上屹立不倒的桥梁，甚至像永不沉没的远洋巨轮，毫无疑问，这是一种很棒的感觉。但她睡下时惊讶地意识到，她既不能拥抱自己，也无法安抚自己，此时她产生了一种奇怪的印象：她是自己的负担，被囚禁于自己体内,被自己肋骨做成的囚笼禁锢住了。

每到星期六,他留在家里带孩子,她则出去大采购。她会随身带上一个有滚轮的购物包,拖着走上人行道那凹凸不平的砖砌路面时,会产生有节奏的旋律,她就即兴创作出第二个声音,轻哼着回应这个伴奏。穿过平坦的柏油马路时节奏会改变,就像溶解了、消失了一样,但是沿着商店旁走上鹅卵石小径时,节奏又再度回归。因此,滚轮购物包就是一根留声机的唱针,可以在无声的表面上唤醒隐藏的音乐,她如是想。还有,在混凝土车道上,有轻轻撩动的琴弦;在果蔬店旁的老街上,有扣人心弦的鸣鼓;在购物商场内,有绵软悠扬的小号;在人迹罕至的小路上,有天鹅绒般圆润的巴松管。地面,不论什么材质的地面,泥土还是砂砾,碎石还是石板,沥青还是水泥,都在购物包的滚轮下欢唱。成千上万的伴奏在呼唤她的歌喉,不,应该是伊的歌喉。因为她自己只能发出一些嘶哑粗糙的喉音。她想,这不是一样吗,就像不能拥抱自己的胸膛一样,你也无法从外面听到自己的声音。没有人能够用身外之眼看到自己,用身外之耳听到自己,用身外之手触摸自己,哪怕一次也不行。

"你看呀,"她回家后对丈夫说,"我买了茄子,我买了白菜,我还买了苹果和李子。"

她重复了好几次,就像一个乐句,就像一段副歌。双胞胎盯着玉米上密密麻麻的金黄色牙齿看得入迷。

一个下午,经过一番犹豫,她终于鼓起勇气敲响了楼下那间公寓的房门。伊开了门,似乎没有感到惊讶,什么也没说。楼上的她一个字一个字地慢慢读出了之前准备好的一句话：

"我叫B，我听见你唱歌了，我住在楼上。"

伊请她进屋。

虽然两套公寓的户型一样，但内部格局却完全不同。这套的厨房和卧室之间没有墙壁，所以声音的空间感听起来迥异。纸灯笼散发出柔和的乳白色光芒，一块巨大的白色帆布像一幅画一样挂在墙上，实木地板光可鉴人，银色的花叶在花盆中茂盛生长。伊抚了一下浓密而卷曲的秀发，仔细地看着B，显然是判断了年龄，因为称呼换成了"你"：

"所以，你就是住在我楼上的邻居，那两个长得一模一样的双胞胎的妈妈。"

"不是一模一样的。"她抗议道。

"只有亲妈才看得出区别。"

她们陷入了尴尬的沉默。B看了看家具摆设，都是些简易轻便型的。她曾经期待着天鹅绒窗帘和沉重的豪华沙发，地上铺着一块油腻的地毯，甚至墙上还挂着动物皮草。

"一小杯盐，还是糖？也许还需要两个鸡蛋？"伊笑了，笑声从身体深处的某个地方传来。谁也没办法抗拒这样的笑，它会传染给别人。

B也咯咯笑了起来。

"不是，我不是来找你借东西的。我来是想告诉你，我听见你唱歌了。"

"能听到啊？"伊现在有点担心了。

"太美了,你的嗓音,还有你唱的那些曲子。"

她为能听到一场场免费的音乐会表达了谢意,伊为歌声肯定会吵醒孩子而诚恳道歉。B 摇着头,不予认可。

"真的太美了。"她一边说着,一边退向门口。

伊请她留下来喝杯茶。B 略一思忖,两个小家伙恐怕还得睡半个小时,于是同意了。她在小吧台旁的高脚椅上坐了下来。伊接了水,从闪亮的黑色小包里取出扭曲的长长叶片倒入茶壶,随口问着双胞胎的名字以及他们在小区里生活得如何。B 的视线一直跟随着伊的一举一动,聆听着茶杯碰撞的叮当声,玻璃纸摩擦的沙沙声,饼干倾倒在瓷盘上轻柔而引人食欲的碰撞声。伊的双手大而有力,指甲涂成了粉红色,勾着等宽的白边。法式美甲,简直能把指甲打磨成细腻的陶瓷。水烧开了,噗噗作响。

伊的体型比 B 之前想象的更为高大,身材也更匀称。生有几点小雀斑的丰满乳房隐藏在柔软的灰色卫衣下,乳沟宽深,形态十分漂亮。伊脚上穿了一双白色的羊毛袜。B 暗想道:衣服的尺码是 42 号的,鞋子应该是 40 号。她问起伊最近常唱的那首歌,想试着唱一下,因为那个旋律一直在脑海里萦绕。她已经开始往肺部吸气了,但还没来得及唱出口就伸手捂住自己的嘴。

"没关系,哼一下。"伊带着孩子般的微笑鼓励道,"来啊,试试,唱吧。"

但是她做不到,只是用手指轻轻敲击着桌面。

"哦,我可能知道了,是阿尔比诺尼①。"

B 以为伊现在就会演唱,但伊并没有开声,反而悠悠地品起茶来。那把唱歌的嗓子,此时却在喝茶,这让她感到有些惊讶。

"阿尔比诺尼。"伊重复道。

伊从厚厚一摞 CD 唱片中抽出了两张,递给了她。其中一张的封面上印着伊的脸,B 在上面看到了舒伯特、莫扎特和维瓦尔第②的名字。第二张唱片的标题是《纳克索斯岛③上的阿里阿德涅④》,约瑟夫·海顿⑤的作品。伊的手指在 CD 的塑料套盒上轻轻划过。

"这些就是我现在正在练习的曲目。"

B 非常喜欢这些曲子,她上楼回到家里后,就立即开始播放。双胞胎在婴儿床的栏杆后睡眼惺忪地看着她。喂了他们吃水果酸奶,她又把地毯上掉落的湿乎乎的饼干渣收拾干净。

"受伤的新娘……"CD 中的伊用意大利语唱道。

当天晚上,她和伊相互挥手致意——一个在高高的阳台上,一个在楼下的汽车旁。

---

① 托马索·乔万尼·阿尔比诺尼(1671—1751),意大利作曲家,同维瓦尔第、马尔切洛等人被称为威尼斯乐派的先驱者。
② 安东尼奥·卢奇奥·维瓦尔第(1678—1741),巴洛克时期意大利著名作曲家和小提琴演奏家。
③ 爱琴海上的一个岛屿,位于基克拉泽斯群岛的中心部位,是基克拉泽斯群岛中面积最大的一个岛屿。
④ 阿里阿德涅公主,米诺斯国王之女。
⑤ 弗朗茨·约瑟夫·海顿(1732—1809),古典主义时期作曲家,维也纳古典乐派奠基人。

从那时起，B每天晚上都会等她。音乐会结束已经很晚了，就像伊自己所说的，还会和朋友一起小酌几杯。"因为"，她说过，"我从来不在这么晚的时候吃东西。"因此，她只是去喝杯酒，但有时会一直喝到午夜，甚至更晚。而此时B早已躺在床上，睡在丈夫身边，她大概会梦想着那间带有大饭厅的房子。然后她起床踮着脚尖走到廊前，侧耳倾听楼梯间的声音。她好几次都在伊返回时抓住了"现行"。电梯的起落声、电梯门的开合声、从手袋掏出钥匙的窸窣声、钥匙被手触到的声音、钥匙与锁眼接触的声音，一一收入耳中。钥匙转动，锁舌轻弹，门安静地开启，带来了几秒钟的沉默。大功告成。有一次，其他响动都大同小异，只是掺入了男人的声音。在房门关上前的一秒钟，她隐约听到了低沉的笑声。然后是绝对的沉默。她无法抗拒铺开地毯，将耳朵贴在地板上窃听的诱惑。

B把伊的CD唱片听得烂熟于胸，还会在脑海中无声地随之唱和，就好像伊现在发出了她的声音，就好像伊用她的嗓子唱出了歌曲。她做家务的时候，例如在熨衣服或者清洁浴室时，偶尔会忘情，不知不觉间让自己的声音突然间冒了出来，于是唱腔全毁，音节破碎，音符也被浸润得嘶哑难听。每当此时，她就会停下来，感到十分不快。"这是我在唱。"她想。

"请你唱给我听吧！"她给伊送去一盘覆盖着铝箔的烤茄子时说道，就像献上一份贡品。

伊似乎被这个想法逗乐了，歌声随即飘荡在空气中，一开始轻缓、精致而柔和，随后变得越来越强烈、坚决。B看着伊裸露的乳沟,看着点缀了些许雀斑的纤薄肌肤,还有双乳之间细腻的皮肤纹理,这是一层薄如蝉翼的界限。在它之下,那座黑暗而湿润的身体迷宫中,一个个音符在颤抖中生生灭灭。当伊闭上双眼,消失在自唇齿间流淌出的一个个音符之中时,B似乎看到了伊的心脏,那是用于测量时间与节拍的很大一团肌肉,它充满了力量,又十分脆弱,似乎这种自信的收缩,这种强烈的脉动,本质上都来自震颤和抖动,来自永不停息的心悸,来自死亡而非生命。她感觉自己已经发现了全部秘密,当伊睁开眼睛时,B将无法隐藏自己的感悟。所以她宁愿不知道这个真相,转头移开停留在伊身上的视线,去打量光滑的、简单的物品,最好是人造的物品,比如桌面,比如可测量的、有节奏规律的暖气片。她发现,唱歌的是身体,是肌肉群,是依照永恒的秩序隐藏于身体深处不断张紧和律动的器官,是构造合理的咽喉,是遗传基因设计的共鸣腔,是血肉铸成的哨子。而心脏是个羞怯的、亲密的复杂物料的集合体,负责输送血液。身体的内部是一片魔幻而神秘的天鹅绒,充满了不安的躁动和挑战想象力的触碰。如果仅用指尖轻轻抚摸,根本无法触及弹性十足的动脉、生机充盈的软骨、负责运动的各类组织,以及"意识"这个脆弱的奇迹。伊有一颗心脏,不知道为什么,这个显而易见的事实,这个无可辩驳的事实,让她既深受感动,同时又觉得难以忍受。B想象着各种可能的疼痛都会破坏雀斑皮肤覆盖之下的那个节拍器的运转,感到一阵苦涩。热泪充盈了眼眶,她眨了眨眼,不想让泪珠滴落。必须保护好这颗心脏,要将它隐藏起来,将它掩埋在城市郊区的花园中,让任何人都无法触及。她将成为这颗心脏的守护者。她胡思乱想着,也知道自己的念头太过疯狂。这是音乐的错。一个人没有心脏怎么能活下去呢?

一曲唱罢,伊身体略微前倾,没有掩饰自己的努力;微微蹙着眉,唇间流淌出最后一段如丝绸般柔和的音调。她把手掩在嘴前,好像是为了使声音达到极致完美的终结。旋律潜移默化地融入了沉寂。伊凝住身形,睁开双眼,露出如花笑靥,然后洗净了盛放烤茄子的瓷盘,递给了门口的她。

这次没有去看电影,B拉着丈夫去了歌剧院。夫妇两人在歌剧院里转来转去,几乎都要迷路了。她远远地看到了伊。伊看起来身形更显高大,身穿繁复的长裙,脸上画着浓郁的舞台妆,让一张脸看起来就像是星座的图标;眼睛、嘴唇和眉毛都成了完全独立的色块,仿佛是戴了一张面具。一张张陌生听众的面孔偷走了伊的唱腔。好比一张报纸,它在对很多人诉说,所以就像对谁都没说。

曲终人散之后,他们如往常一样去了土耳其酒吧,然后乘汽车穿过一座座沉睡的小区回到自己家中。B又一次竖起耳朵关注电梯的动静。

第二天,为了听得更清楚,她把地毯卷了起来。地板显然比歌剧院要好得多,她已经辨识出不少意大利语单词,例如"忒修斯①,我的爱!你在哪里?你在哪里?",还有那句楚楚可怜的

---

① 希腊神话中的雅典国王。

"哦,亲爱的,我已迫不及待想见到你……",描绘出一个女人在海岸边哀叹的画面。有时,似乎在地板之下的并不是一间公寓,而只有礁石嶙峋的海岸和一条条从港湾中悄悄驶离的船,只有刺目的阳光和令人烦躁欲呕的海的喧嚣。但是,伊为 B 打开房门时,又恢复了本来面目——那个身穿灰色棉质卫衣的体面女人。地板上散落着不少纸张。

"我给你带来了菠菜煎饼。"B 说。但她的眼神里总带着无法掩饰的恳求,似乎在说:"唱给我听吧,让我看看你是怎么唱的。你怎么会唱歌?为什么你能唱,而我不行?你怎么发声的?为什么我做不到?为什么我死气沉沉,而你活力十足?"

伊吃着煎饼,滔滔不绝地说着有关《阿里阿德涅》首场演出的点点滴滴:演出服已经在缝制了,那是一条雪白色的束腰外衣,齐乳扎了一条金黄色的缎带;发型是希腊式的,就像在石雕的古希腊女神像上看到的那样,高高束起来,一缕一缕缠成精细的发卷;当然也少不了青铜铸造的手镯;还有那个忒修斯,真是个负心薄幸的家伙,现在已经抛弃可怜的女人好几十次了,可能有成百上千次都说不准;他手中那柄长剑上沾满了在迷宫中游荡的米诺陶洛斯①的鲜血……说着说着,一切又会回到起点——他们这群人的生活永远离不开灯火辉煌的舞台,仿佛是遭受了一次又一次失忆,浑然不知接下来会发生什么,一切都自动发生,就像一个周而复始的圆圈,无须付出努力,也绝无改

---

① 希腊神话中的牛头怪物。

变的可能。就像被施了魔法一样,屡遭抛弃却承受全部苦楚,暗自离去,悄悄放弃,默然消失。《阿里阿德涅》不久之后将全球巡演,他们会去一座座大都会,在更宏伟的舞台上演出,以便每天晚上都被那个手持滴血利剑的男人抛弃一次。

"好吧,我要唱了。"

伊打开录音机,播放起伴奏音乐,坐在沙发上,手里端着一杯香茗,开始演唱咏叹调。在唱到强音时不禁站起了身,在房间中踱步,伊双手举起,颤音仿若无数细小的针尖穿透了周遭一切。随着双目的闭合,嗓音转而低沉,似乎触碰到了什么物件,在用柔软的刷子将一切都从看不见的寂静之尘中扫除。B看到了伊脖颈上的肌肉怎样紧绷,胸前的乳沟(雀斑以及纤薄的肌肤)怎样起伏,还有如何通过调整呼吸细致地控制自己的声音。然后,B几近绝望地意识到一个事实——自己恐怕永远也不会理解皮肤、心脏、肌肉与声音之间那种令人迷醉的关系。两者之间,有形的身体与所有无形的一切之间横亘着一条巨大的鸿沟。存在之中有一个空洞。如此两个各自独立的现实,只能在这样的时刻彼此相遇。两者之间既不能交融,也无法接触,甚至沾边的希望都没有,因为两者没有任何相似之处,性质是完全相反的,就如火与水、物质与反物质。而且,哪怕只有一次看到这种想要让两者接近的绝望尝试,都会由此激发出无穷的渴望,就像能从冥冥之中掌握这种不可能存在的结合手段。她觉得,身体微微后倾,正在闭着眼睛唱歌的伊,也一定出于同样的原因而饱受折磨——双眉之间的细碎皱纹,脖颈上一条条平行的沟壑便是证据。一切都相互独立，一切都彼此分开，她们俩也是一样。处在世界的两极。

伊唱罢收声，依旧闭着双眼，一动不动地伫立在厨房的背景下，似乎是惊讶于此刻的宁静，而伊自己正是"始作俑者"。她踮着脚尖轻轻走到伊身边，把头贴在了伊生了雀斑的胸脯上，想聆听到歌声是如何在皮肤下逐渐消失，如何被分解成细微的呼吸，却仍然在伊的身体中徘徊，直至慢慢蒸发。她闻到了一种温暖、安全而柔和的气味，女性肌肤特有的芬芳。伊没有动，片刻后略带迟疑地伸手触摸了她的脸颊，轻轻地抚摸着。

仅此而已。不久后，B 在首演式上看到了阿里阿德涅，沐浴在绚丽灯光下的身影显得如此虚幻。报纸上盛赞这次演出取得的巨大成功，伟大的巡演也自此拉开帷幕。楼下的公寓里一片寂静。

伊离开后，秋天似乎变得没有尽头。温暖的空气仍然笼罩着这座城市，树叶慢慢变黄，却迟迟不肯掉落。太阳每天都会出来，只是阳光越来越虚弱，仿佛是惊讶于季候的反常，感到了困倦。今年也许会成为历史上唯一的无冬之年，这符合概率条件。这个冬天不会来了，它只停留在早晨的边界之上，躲在白昼的地平线之后，顶多有几次能为草叶尖敷上一抹白霜。一切都被按下了暂停键，谁也不知道，事情已经发生了，还是在排队静候。

紫　藤

　　我在楼下能够听到他们每一下脚步声。自从她出嫁之后，我就乐此不疲地偷听他们，跟踪他们的行走路径，算计着步数，在脑子里重构他们活动的画面。从厨房到房间，然后去浴室，再回厨房，又折返房间，直到卧室里那张大床发出吱嘎的呻吟声。床还是我的母亲、她的外婆留下来的，有两米宽，床上铺的还是那张弹簧床垫。当然，我能分清他们两人的脚步声：她的轻灵迅捷，而他的，有时给人拖泥带水之感，可能是她给他买的拖鞋太大了，不跟脚。他们两人的脚步声有时会大相径庭，有时相遇同行，有时又前后错过。有时，为了更清楚地分辨他们的声音，我会关上窗，因为窗外不远处是有轨电车的总站，电车的轰鸣声会让我的窃听效果大打折扣。我们住在郊区的一片算得上体面的老别墅区里，周围都是战前修建的独栋别墅，各种茂盛的植物掩映其间，跟我这栋一样。一道凉爽的楼梯连接一楼和二楼。我独居一楼，把二楼让给了他们。

　　楼梯入口旁，生长着一棵繁茂的紫藤，这是一种美丽而又放荡的植物。它每年夏天都会开花,椭圆形的花簇像乳头一样垂下。藤条每年都会生长一米,必须牢记,夏天绝不能打开窗子和阳台的门,否则藤蔓会钻到屋子里来,寻找松散的编织窗帘上最大的孔洞。我感觉这些藤蔓想攀上家具,坐上椅子,再爬上桌案……要真是这样,我就会用我最好的茶杯奉上香茗,用富含油脂的土耳其点心款待它们。

然而,只有我一个人在孤零零地喝茶,不时将目光投向天花板,借助那里传来的脚步声想象着他们生活的全部,无聊又单调。我女儿根本不懂得如何给他带来欢愉。当楼上长时间没动静时,这就意味着他们在看电视——他们并坐在沙发上。他的手臂揽着她的肩,臀挨着臀,茶几上摆着一杯啤酒,旁边是她的橙汁,还有一沓报纸,翻到了电视节目预告的版面。她可能在瞄着指甲(她总是痴迷于自己的指甲),而他在阅读。厨房里安静下来时,意味着他们在吃饭。偶尔会有椅子滑动的声音,这是他们中的一个人起身去取盐。如果卫生间里水声淙淙,那必定是他们中的一个在洗澡。我还学会了分辨洗澡的是谁——她洗得要快些,而他在淋浴花洒下总是冲个没完,我觉得完全没必要洗这么久。他怎么能洗这么久呢?还能做些什么呢?在光滑的肥皂和热水下不会变得虚弱吗?不怕融化掉吗?他在搓背,洗头,还是在沉思,一动不动任由水珠喷洒在他赤裸的身体上?然后流水声骤停,恢复了安静,他一定是站在镜子前刮胡子了。我还学会了辨别细节——能看到他往俊美的脸庞上涂抹剃须膏,然后仔细地用剃须刀一下一下刮着,一张清爽而光洁的面庞就呈现在眼前,英气逼人。他把浴巾围在臀间,赤着脚,后背上还有一粒粒水珠,整个人焕然一新。每当此时,我会想象自己从后面拥抱他一会,而我没有肉体,所以我能感知他,他却无法感受到我的存在。他是无辜的,是我伸出手在他的美臀上揩油。但实际上,在他刮完胡子之后,她总是会走进来,温柔地给他涂润肤膏。此时她肯定会挑逗他,把手伸向浴巾下面,然后脚步声一路回到了卧室,潜移默化间变成了老弹簧床垫的喘息声。毕竟,他们是夫妻,我告诉自己,这很正常。于是我走到花园中,戴上橡胶手套,给花坛浇水。我用手指在地上抠出几个小洞,冲里面吐口水。我抚摸着天竺牡丹那质感细腻的粗壮根部。当我猛的一下站起来时,感到一阵眩晕。

我的女儿是个黑发飘飘、散发着东方韵味的靓丽女子,看到她的外表就仿佛能嗅到如兰似麝的香气。她留着长长的直发,色泽纯黑,那双东方人的眼睛也是随了她爸爸。我女儿有二十六岁了,但我知道,这只是表象。实际上的她要更年轻,我就是见证者。在十七岁那年的某个夜晚,或是某个白天,她成熟化的程度达到了顶峰,然后就保持在那一刻,不再生长了,而是平缓地滑向未来,就像在某个高原顶上滑冰一样。她会一直保持十七岁的样子,到死也会是个十七岁的姑娘。

当她得知自己怀孕了之后,就跑下楼来找我,穿着当前最时髦的露脐装,噘着嘴,摆出一副典型的孕妇姿态站在我面前,还用手撑着后腰。她撒娇道:"我不舒服。"我给她煮了茶和甘菊水。她还说:"奥莱格非常担心我,他是那么,那么爱我。"不幸的是，她流产了。他送她去医院，回来后打了很久电话，然后从楼梯上传来一阵稀里哗啦的摔瓶子声。晚上，他喝着啤酒看电视。我给他送去了晚餐，还用手指给他搅拌了一下杯中茶，随即将手指放到嘴里吮吸。我将他安置到沙发上睡觉。他从下方看向我，仿佛隔了很远的距离。我只是给他松开了腰间的皮带，他嘟囔着说了句谢谢就沉沉睡去。那天夜里，我在他们的房间里四处翻看，看到他们抽屉里码放整齐的内衣、卫生间里的化妆品、镜子上的手指印、浴缸中的几根落发、柳条筐里的一堆脏衣服，还有那个黑色的真皮钱包，揣在裤子口袋中能够与他的美臀舒适地贴合。

我的肉体感到非常疲惫，我多么想不带肉体躺在他身侧，可肉体却阻碍着我，让我不能得逞。当我们在楼梯上错身而过时，我这具肉体瞬间鼓胀起来。他与我说话时距离太近了，这真的很危险，因为周身充满了他的气息。用香气编织的连体衣突然像被闪电劈中的城堡一样轰然崩碎，此时所有可能的肢体语言都上演了，不仅有纯洁无辜的、安慰性的轻拍后背，还有他的手在我双腿之间暧昧的抚摸。我提醒他说，夜里记得关窗，防止紫藤爬进来，还要记得定期检查邮箱里的信件，记得这个，还有那个。

每次只要我看到他，我都很想要他。这难道是什么坏事吗？女儿不是母亲的一部分吗，那么母亲也就是女儿的一部分，有什么好大惊小怪的，欲望向两个人泛滥时，就像洪水泛滥时的河流一样，会填满所有的可能，填满更低处的空间。我这个年纪早已懂得,我们无法与欲望抗争,应该构建一套敏感的水利系统,允许它流动,允许它扩张,既不能让它恣意泛滥,也不能过分遏制。如果有人不这么认为,就是自欺欺人。而他对此并不认同。

后来,她出院回家了,我们母女二人相拥在一起,在厨房里跳了我们那支悲伤的双人舞,伴着单调的芭蕾舞曲一步一步在厨房中摇摆着,从窗前移到门口。母女似乎再次融为了一体。我们相互抚摸着对方的头发,沉浸在自己的气味中,在我的衣领和她的头巾散发出来的气味中。我感觉到她鼓胀的胸和变平了的小腹。然而当他出现在门口时,我们羞赧地松开彼此,他把她带走了,而我又开始倾听他们在楼上的脚步声。

我教会了她挖掘多年生植物根茎的技巧,还教会了她如何一气呵成地盖上床单。那个夜里,他下楼来找我,他一定有点怕我,因为总是能闻到他喝了啤酒的味道。我像个年轻女孩那样,用一双腿缠上了他的翘臀。早晨,我又听到他淋浴的声音,比之前更久,在花洒下静立的时间也更长。

他一定有自己的想法,他肯定认为每个欲望都可以满足,每个愿望都能够得以实现,每次饥饿都会被填饱,如果是个男人的话。

过冬时,我们关上窗户,还需再次拿小刀修剪紫藤的枝条。藤条随着第一场秋风的节奏敲打着玻璃窗,但它没有机会进来,藤叶已经落尽,虚弱无力的枯藤在窗台外打量着我们。暖气的散热片让空气流动起来。

我的女儿,她知道吗?如果她是我的一部分,就像我是她的一部分,那她必须,也必然知道真相。有时我会听见,似乎是她在夜间醒来,大喊着:"妈妈!"但实际上,这并不是对我的呼唤,我也不需要从床上起身跑到她身边。她喊"妈妈",也同样会喊"啊,啊,啊……"或者"哦,哦……",此时自有他去抱她,对她说:"好了,睡吧,睡吧。"

寒冬在缓慢地延展着,坚韧地让世界一天天变暗。一个个难熬的漫漫长夜里,一个个被楼上的脚步回声撕裂的短暂的白天里,她从来没有找过我,我也没有对她讲过一句话。当她出门时,我从窗户望向她的背影;当我出门时,我能感受到她看向我身后的目光,如芒在背。我看到她走向车站时无意间用伞尖儿在土地上扎出的小洞,便忍不住向里面吐口水。我听到新铺的床单上激烈的拍击声。

几次在她外出时,我会招待他喝咖啡。我往杯子里加了两勺糖,又搅拌良久,直到甜味中和了苦涩。他贪婪地喝着,并没有抬头看我,一饮而尽。我总是迈出微妙的第一步,轻巧得几乎无迹可寻。并不是因为我更想要他,而是为了减轻他的负罪感,让他舒服地成为受害者,在犯罪之前就获得赦免。我用双腿紧紧缠着他的臀,克制住他无尽的沉迷。我不想他变得虚弱,而希望他愈发强壮有力。

然后她回来了,也给他煮咖啡,也往咖啡里加两勺糖,搅拌到咖啡变得丝滑为止。

这般局面一直持续到春天,直至这种持久的平衡结构变得令人无法忍受。某一天,我和她煮的咖啡里都没有再添加第二勺糖。这是在同一天里发生的。我们母女二人都十分清楚,女儿是母亲的一部分,母亲也是女儿的一部分。不能有其他的解释。他因此死了两次,也就是升了两次天,一次给了她,一次给了我。

她赤着脚跑下楼梯,我们母女相拥而泣,彼此摇晃着,一次、两次,穿着睡衣、穿着寝衫。她只是呢喃着:"他死了,他死了。"我说道:"升天了,升天了。"

但是我们都知道一些他所不知的事,无论是他生前还是现在的死后。这个秘密就是:死后的生活就像某种梦境一样,跟生前的别无二致。死亡真的只是一种幻觉,仍旧可以毫无问题地继续玩下去。我本能地开始了仪式,完全不由自主,就像我早就知道这个艰难的仪式。她也模仿着我,很快就无师自通,明白要怎么做,现在我们两人一起冲天花板小声念叨,呼唤他回来。当时我就在想,为什么我们要往楼上看,要知道死亡既没有楼上,也没有楼下;既没有上面,也没有下面;没有左也没有右;没有内也没有外。因此我命令我们修正方式,按照普遍接受的规则,朝着死亡发生的地方发起呼唤,那就是面向全方位。我们开始用拳头捶击墙壁和地板,用大喊代替低吟。我集中力量,努力让我们的话能完全到达他那里,让他理解话中的含义。另外我还确定,他一定跟所有人一样,认为人死如灯灭,死亡就是不复存在。"奥莱格,"我缓慢而清晰地重复着,"奥莱格,情况要复杂得多。"如何能够劝说一个已经不复存在的人,让他重新活过来呢？而她，我那充满东方韵味的漂亮女儿，竟能很好地理解这个诡谲的、难以捉摸的形而上的问题——一切皆有可能，现实的根茎在我们头脑中蓄势待发，随时做好了发芽生长的准备。坚信什么，就会发生什么，仅此而已，再没有其他规则了。因此我们发疯似的用拳头捶打墙壁，喊得声嘶力竭。她像孩子一样重复着，想要唤醒他的意识："别闹了，快醒醒吧，你又不是真死了，你只需要理智地想想。"我也在说："奥莱格，求求你，你换个角度来看好不好，就付出一点小小的努力吧！"

最终，他出现了，只是他的轮廓还略微有些模糊，就像是从电视屏幕里跳出来的人一样。他的形象颤抖着。他愤愤不平，又困惑无助。我首先看见了他，毕竟我这个年纪，已是过来人。过了一会她也看到了。我当时立刻去触摸他，提醒他不要忘记了肉体和欲望。还好一切都正常。轮廓稳定了下来，不再闪烁飘忽了。此时，我就像领到了自己的奖品，将他按到地板上，疯狂地亲吻着他的唇，他也情难自禁地以热吻回应我。他的嘴唇在我的口舌纠缠下逐渐实质化，恢复了真实的触感。然后她水到渠成继续做了下一步，已经毋庸多言，他活过来了。

如今，是时候打开窗户，用幽暗的房间内饰去诱惑新鲜、柔弱的紫藤蔓芽了。

女舞者

显然,他们盘下这整栋危房纯属临时起意。他们远道而来,开车途经这里时汽油告罄,时值夜晚,便就地留宿了。这个乡镇有个怪诞又令人不舒服的名字——心绞痛镇。这儿曾经是一处小型疗养地,有饮用水取水口、带喷泉的公园和两栋旅社。其中一栋现在已经不复存在,还剩下的一栋,被他们以白菜价从乡政府那儿租下。他们宣称要将它改成一座剧院,名字就叫"心绞痛乡镇舞蹈剧院"。

她很欣喜,因为这座危房里有个舞台。

房子不大,整体由木头和红砖建成,外墙是普鲁士风格的。一楼曾是前台和厨房,游廊上有个小餐厅。北侧是个舞厅,就像那些有一定档次的乡村客栈一样。舞厅的墙面上覆盖的一层半高镶板已破损得不成样子,腐烂的木头碎片掉落一地。厅中的舞台也是木制的,不算大,但好歹也是个舞台。舞台两侧入口上方是充当后台的空间。

楼上还有几间客房和两间浴室。仅此而已。

她很瘦,说瘦恐怕还不够,应该说是瘦骨嶙峋或者骨瘦如柴更为贴切。她全身上下都是直挺、突兀的,脸瘦长,鼻子纤长,披散着一头灰白长发——这让她看起来有点像个女巫。和她同龄的女人一般都会梳个漂亮的鬈发,或将头发简单地盘在脑后。她消瘦的双手十指细长,纤长的双腿总是穿着长裤。从背后看起来,像是个青涩的少女,但正脸却出卖了她的年龄,好在那些皱纹如网格般固定住了她的面部特征,让这副容貌不至于褪色走形。看得出,她当年一定是个美人。

　　她的那位丈夫、伴侣或曾经的那个谁吧,在剧院开办三个月后就消失无踪了,他看起来明显比她年轻,也许只是因为他长得好看。也许是他染了色的胡子,以及棕红色或蔚蓝色的衬衫给人带来了这种印象,衬衫的红色与周围柔和的绿色形成强烈的反差。当她因情绪低落、无名火起,对整个世界充满幽怨而大发脾气的时候,他会对她说:"闭嘴吧,亲爱的。"当她整夜因脊椎疼痛而无助地呻吟时,他会翻过身来,在黑暗中说道:"闭嘴吧,亲爱的。"

　　谁也不清楚他是在什么情况下离她而去的。或许是一次认真而决绝的争吵,又或许是他已经受够了这座棚不蔽雨、廊窗尽碎、摇摇将倾的危房吧。总之,他消失了。

　　对此,她表现得好像毫不在意。有时,她会请乡村里唯一的那位有车族——农场主——从城镇里帮她捎些东西、寄封信,或是代付电费。她会定期收到养老金或伤残抚恤金。她也时不时地自己进城去药店买些药膏、胶囊和乳液,都是些西方的名牌货。

皮肤干燥，真让人抓狂啊。得涂上腻乎乎的润肤膏去滋润它，最好的莫过于可可润肤乳，可是它那病恹恹的味道一会就熏得人头疼。需要润肤、涂油、拍打，没完没了。一般说来，大家都会被所谓最好的、最贵的润肤膏误导，其实普通的橄榄油反而最有效。这一身皮肤与生俱来，如之奈何。她的指尖在脸颊上、乳沟间、肩膀上划过，这是她惯有的手法。干燥的肌肤似乎在手指下颤抖、紧绷着。如果人能像干旱的森林一样被点燃，那么她早就会像火把一样燃烧起来了。又干又热——她很少感到冷。她踮起脚尖，循着芭蕾舞演员的"惯性"，抬起手，让肺部吸足空气。慢慢地，女舞者以优雅的步伐移动着，就像在跳舞一样。

她没给这座危房搞什么特别的装修，只是时常会从村里请个人打扫卫生，最常来的是个未婚生子又找不到工作的女孩。她给女孩付工资，而女孩为她做保洁。其实也没什么可打扫的，因为女主人的起居就像个幽灵一样，轻柔而安静；而且她食量很小，就算吃了什么，也不会弄得杯盘狼藉。她就住在楼上的一间房里，从不涉足其他房间，所以家务活也就是铺铺床，洗洗衣服而已。她从不给自己生火做饭，只吃水果、胡萝卜、杂粮面包和牛奶麦片。为了喝牛奶，她会跑到村里直接在奶牛身上吸吮，一旁挤奶的农场女主人对此非常反感。她这个年纪，需要好好注意自己的骨骼，尤其是要当心骨质疏松，防范其他的危险；否则，人会变得像干枯而中空的植物茎一般脆弱。

她没对屋子做过任何改动。招待台后还一直挂着那块牌子，上面依旧吊着几把钥匙，钥匙绑着不规整的长木片，木片上标记着房间号码。秋风从破碎的窗子里吹个通透,裹挟的枯叶落在了以前饭厅的地板上,那里居然还有青蛙在蹦蹦跳跳。于是,她拿钥匙锁死了通往游廊的门,从此止步。

她把大多数时间都花在了舞厅里,在那儿打扫卫生,往天花板上悬挂漂亮的纸灯笼,给墙壁刷上蓝漆。她要求擦洗舞台木板,然后踩着高跟鞋上去检查木板的强度。她偶尔也会走遍整栋建筑,那时,到处可听见她欢快的节奏和踢踢踏踏的脚步声。踢——踢踏,踢——踢,踢踏踢,踢……交响乐常常从留声机里流淌而出,像异国风情的香水般飘向公园和乡村。夜晚,她会坐在卧室的桌前写信,开头总是这样一句:"亲爱的爸爸!"她从来都没写完过一封信,便把信纸丢入一个老式皮箱。那里面积存了无数封信,可能数以千计——所有信都用幼圆体书写,而且所有信都差不多,写不满一页。她为一封信写了上千个开头。紧闭的箱子里,原本是紫色的墨迹已然暗淡。

例如她会这样写:"亲爱的爸爸!请您想象一下,我给您带来了什么新消息?我买下了一座剧院!这栋漂亮的老房子是本世纪初的建筑,有几间客房和一间采光极好的宽敞餐厅,当然还有最重要的——舞台。爸爸,您能想象得到吗?现在我终于可以为自己而工作,终于可以去跳我喜欢的每一个角色了。没错,像我这个年纪的人,舞蹈生涯其实已经结束了,我绝对是有自知之明的,但我舞蹈家的灵魂依旧年轻呀!我有很多计划,有时我还能自个儿跳跳舞。我不后悔跟您吵了架,亲爱的爸爸,我想,我们都老了,该和解了。现在最让我遗憾的是,爸爸您再也不能看到跳舞的我了。也许并没有什么主角可以让我饰演,也许是因为脊椎的问题,我当不上芭蕾舞团的首席女演员,但我已经足够出名了,我跟我的团队在多少个舞台上收获了掌声。爸爸您错了,您那时怒气冲天地说我没有天赋,就在我们最后那次见面。这太不公平了……"

信又被扔进皮箱里了。

搬到这儿两三个月后的第一次演出,她邀请了心绞痛镇的居民。那时候她的那位丈夫还在。淡蓝色的卡片上用紫色墨水写着:"表演将于19:00开始,彼得·柴可夫斯基的芭蕾舞《天鹅湖》选段,舞者:芭蕾舞团的首席女演员……"丈夫亲自挨家挨户派送这些邀请函,还配上一盒心形巧克力。所有人都应邀而来,连抱着婴儿的妇女也不例外。舞厅已经焕然一新,两盏聚光灯大放异彩:一盏被湛蓝色的吸墨纸包裹着,光线如水波和迷雾般散射;而另一盏则从上方投下光束,在舞台上勾勒出一个明亮的椭圆。地板上铺着闪闪发光的蓝色箔,花园里的草丛和苔藓也被移到舞台上作为湖岸布景。抱着婴儿的那位年轻妈妈惊叹不已。

所有人都已落座,从舞台后面传来柔美的音乐声。不一会,一位双腿修长的女郎登场了,她身姿苗条,穿着白色薄纱裙和光滑的缎子舞鞋。

她无所畏惧地起舞——所有人都为她动作的幅度、舞姿的大胆、跳跃的猛烈而捏一把汗,担心她失去了平衡,摔倒在木地板上。薄纱裙随着她那修长的大腿起落,总是稍有迟滞,比身体的动作晚一秒,仿佛是一团发光的白云随身而动。她那双穿着白色紧身连袜裤的腿上似乎没有通常意义上的脚,就像某种以非常规方式行走的存在。而替代了脚掌的肢体尖端,被封在了舞鞋的亮点里,轻刷着木质地板,完全不同于人类沉重的脚步,仿佛是一只猫在舞台上欢跃。她用白色小花编织的银色发髻高高地盘在了脑后,脸上的舞台妆浓得让人快要认不出本来面目了。这样的妆容与白色薄纱裙和音乐倒是十分相配,然而看向她的脸时,那副面容就像戴着个惨白色的幽灵面具。一切看起来就是这样。

包括她丈夫在内的九个人为她鼓掌叫好,而女舞者优雅地屈膝感谢。演出结束后,所有人都得到了橙汁、葡萄汁和小蛋糕,心满意足地回家。真的心满意足吗?谁知道呢。

"亲爱的爸爸,若您能想象得到今天都发生了什么,那爸爸您一定感到非常惊讶。这是我十几年以来第一次公开为观众表演!我跳了《天鹅湖》中我最拿手的一段,可惜爸爸您再也没有机会看到我跳这段舞了。我知道爸爸您是怎么看待我的舞蹈,但您一眼都没看过我跳舞就'一票否决'了我,这样公平吗?我梦想着我们还能再相见,梦想着爸爸您能够来这里。但我也知道这不可能,因为长途跋涉对您来说实在太艰辛了,但我还是喜欢想象着爸爸坐在观众席的画面……我可能会跳些特别的舞蹈,但还没想好。爸爸的感受会是怎样的呢,真好奇呀!毕竟当我还小的时候,您指责我的第一件事就是我根本没有音乐细胞。我的钢琴课总是惹爸爸您生气,您总说我弹钢琴简直就是敲鼓,那您说一个小孩子能弹成什么样呢?您把钢琴老师打发走了,所以我只能在窗台上弹,在桌面上弹。您还嘲笑我的舞蹈课,我只能跟妈妈偷偷地去上课,妈妈谎称我是去上法语补习班,甚至还把法语课本带上了。而爸爸您居然一点都没有发觉!爸爸不爱我的念头在我脑海里多次闪现,但您为何要这样对我呢?因为我是个女孩吗?或许这就是充足的理由了。那么,父亲有可能不爱自己的女儿吗?我肯定弄错了。父爱是不一样的——爸爸竭尽全力让我不再受苦,让我过上美好的生活,也许只是因为爸爸认为所有艺术家都不幸福的缘故吧。但毕竟人们都渴望成为艺术家,得到大家的喜爱。应该没有其他原因了。比起鞋匠、书籍装订工,无论他们有多出色,出于某种原因,人们还是更热爱歌手、舞者和作家。"

初演前的夜晚,她的那位丈夫,或者那个谁,说要回城里。她在双人床的另一端摸索到了他,抱住了他那柔滑而温暖的、天鹅绒一般的脊背。他的皮肤油光润泽,像覆着一层松软的羽毛,摸起来舒服而充满活力。她感到身心俱暖,而他低声咕哝着翻了个身。她睡不着,于是倾听起木蠹、老鼠的深夜奏鸣曲,听见飞蛾扑向玻璃,听见窗外窸窸窣窣的脚步,听见远处猫头鹰的啼鸣。冰凉的脚和疼痛的脊椎让她根本无法入睡。床垫太软了,她那枯槁的身躯像一段木头一样陷了进去。脊椎传来阵阵警告性的刺痛。早上,她看见他就睡在床的边沿,而自己就黏在他身旁。这样的旅程每夜必经,而白天也是如此,只要他一挪动,她就会如影随形地凑过去。最终,他离开了。

那天她写道："亲爱的爸爸,我必须要告诉您,您的那些话一直留存在我的生活里,至今仍在耳畔回响。父亲终究会疼爱自己的孩子,毕竟这是天性,所以我明白爸爸您并不想伤害我,只是警告我别去触碰那艰辛的艺术生活。某种程度上,我承认爸爸您是对的,因为如果现在给我第二次选择的机会,我并不清楚我会何去何从。我真的不知道。"

冬天来了,天气却是异常温暖。电炉足以让卧室和厨房暖和起来,排练时打开舞台上的两台小热风机,十分钟后便暖意盎然。她练舞时,发现自己已经跟不上音乐的速度,必须要减小摇摆的幅度,降低跳跃的高度,注意倾斜的角度。

已经年过六旬,就别期望自己能像年轻时那样健步如飞、身轻如燕,虽说她的体重比起以往并未增加。

"亲爱的爸爸,我想亲手给您做件生日礼物,但真不知道做什么好。想起来真是奇妙,我们都不再年轻了,我们的时间在平行地流逝,可以说,我们是在并肩前行。爸爸快到九十岁了,而我再有一个月就满六十四周岁。我一直记着,我们的年龄相差二十六岁,我希望自己能保持良好的状态,就像我祝愿爸爸的那样。我们又有这么久没见面了,上次大约是三十五年前……"

当然,这封信依旧没写完,便躺进皮箱里的信纸堆里,止于那半句话。

十二月份,她筹备了一场圣诞节演出。她打算跳《胡桃夹子》,每天都要勤奋地排练几个小时。她准备好了邀请函,并一一寄发出去——也就是说,她把邀请函塞进了城镇邮局的信箱里。她还给村长、镇长、卖润肤乳的那家药店的售货员和教师们邮寄了邀请函。然而,来看表演的只有四个人——农场主夫妇,以及他们各自的母亲——两位白发苍苍、老态龙钟、行将入土又爱凑热闹的老妇人。而其他人,可能是害怕她会在起舞时摔倒,像枯枝一般咔嚓断裂,毕竟没有谁想成为悲剧的见证者,人们只爱参加那些愉悦的活动。

她放任自己为这个夜晚哭泣。仰卧着,泪水夺眶而出,渗入她那沙漠般干燥的脸颊皮肤里,竟没有一滴淌落在床上。

圣诞节,她收到了几张祝福贺卡,其中有一张来自她的丈夫、伴侣或曾经的那个谁——穿红色衬衫的男人。

二月,乡村被大雪覆盖了足足两周,那时她放弃了训练,成日蜷在床上,看着窗外的雪景。一周后,开始有人来敲门了,是村庄里的农场主,他怒气冲冲地问她到底是否还活着:"您不透露一点迹象,门前不见您的脚印,烟囱里也不冒烟,您这是整的哪一出啊?谁会这样啊?我要开雪橇车进城,需要给您捎带点什么吗?"她回答道:"葡萄、橄榄油,另外多带点生菜和番茄。"农场主耸耸肩,傍晚的时候就给她送来了一大塑料袋食物,里面有一条面包、一小袋酸白菜,还有萨拉米香肠和巧克力。事实证明,她最后把这些东西全都吃完了。农场主现在每天过来给她的砖砌大壁炉生火,这样就可以让整个底层保持温暖。他说,冬天应该吃酸白菜炖肉,而且必须要喝上杯伏特加。可以看出,他一直就是这么做的。

"亲爱的爸爸,您知道不被爱的人有什么感受吗?他会感到所有他要做的事情都是错误的,甚至停下不做了也是错误。他身上一无是处。就像一块碎布、一张被扔在地上的废纸。为了得到爱,他费尽心思,但徒劳无功。也许不被爱的人都是完美主义者,因为没有任何一个结果能让他们满意;他们无怨无悔地工作,却没有实现愿望的可能,也没有任何奖励。就像是推巨石的西西弗斯①和那些用竹篮打水的人,到头来一场空。"

待雪稍融时,路通了,她随农场主驾车入城买油漆和刷子,还有大小不一的瓶瓶罐罐和粗细不同的管子。显然是要搞装修了呀,农场主笑着说,但我跟您讲,这不值得,因为整栋危房就要塌了,这简直就是在扔钱。她说,只是为了下一场复活节演出。这次她又要别出心裁搞点什么新花样?他有点儿伤感地笑了笑,再也不发一言。

后来,她整天在舞厅里粉刷。村庄里时常能听到音乐声,好像是她用留声机播放的。音乐是那种收音机里常听到的,无聊得很。寒鸦和乌鸦的叫声也加入进这些旋律,在那一年,这些鸟儿爱上了荒废的公园里的树。下午,她烧水洗了个澡,把身上沾染的油漆冲洗干净,为的是第二天又再弄脏自己;然后她沏了壶茶,开始写自己的信。

门廊里塞满了旧桌子,她便就地取材给自己搭建了一个脚手架。她在塑料桶里调好了油漆,在罐子里混好了颜料。三月

---

① 希腊神话中的人物,因触犯诸神而受到惩罚,被要求把一块巨石推上山顶。由于那巨石太重了,每每未上山顶就又滚下山去,西西弗斯永不止歇地做着徒劳的努力。

天渐渐回暖，有那么几天甚至闻到了春天的气息，她打开窗户，竟听见自己在低声哼唱。她外出进城，去邮局或银行时，还顺道给自己买了瓶红酒。每天看似一成不变，只有大自然能打破这重复而单调的节奏。又下霜了，大团湿润的空气笼罩在村庄上空。树皮变得柔滑且带上了光泽，一股看不见的腐烂味道包裹着经年的落叶。最后，花儿在公园里绽放。

四月初的复活节来临之前，她又向整个村庄发了演出邀请函，农场主逐门逐户地劝说人们光临，希望大家都行行好，那两个小时对他们来说无关轻重，却能让她十分满足，因为她为此准备了整整一个冬天。要知道，这个女人并不坏，她只是有点疯狂，但疯狂的方式还算不错，因为她对谁也不造成伤害，只是跳舞而已。因此，圣周日下午，在享用了丰盛的午餐后，来看表演的还是九个人，外加三个来自城镇的客人。他们循着墙上箭头的指引，战战兢兢地走进黑漆漆的舞厅，随着美妙的音乐伴奏，在昏暗中落座。

接着，灯光骤然亮起，大家一下子被惊呆了，因为他们发现自己正置身于一间人潮涌动的真正的剧院里。就像在电影院里一样，观众席、阳台、包厢一应俱全。他们甚至一度认为自己听到了上千人发出的细碎嘈杂声。这还是当初那间令人伤感的、破破烂烂的大厅吗？现在的墙壁被一张张略显臃肿的面孔所铺满，从地面一直延伸到天花板。包厢右侧甚至还出现了一个戴着王冠的头颅和一位胸前斜佩着紫红色总统绶带的大人物。再就是戴着礼帽的贵妇和戴着高帽的绅士们，当然也少不了面目平庸的芸芸众生。观众席画得就有点不太上心了,都是千篇一律的大众脸,只有包厢里别具一格。若是细心观察,就可以发现玛丽莲·梦露的金发和猫王那别致的发型。噢,他们已经在开始相互炫耀美髯了,这位留的是毕苏斯基将军款,还是莱赫·瓦文萨式样呢?这些脸都是巧克力做的,脸上留着长胡须。还有老人和小孩的形象。接下来几排座位上的面孔开始变得相似,再远处就只剩下两个象征眼睛的圆点儿和一竖一横两条直线了——分别代表鼻子和嘴巴。但这无伤大雅。面对此情此景,农场主放声大笑,赞道:"太有才了!真是绝了!"连婴儿都笑了,但突然又哭了起来,肯定是因为在这孩子的小脑袋瓜里容纳不下这么多张形貌各异的脸。所以,当音乐轰然奏响时,观众们热烈地鼓掌,而她,着一身白色薄纱舞裙,鞠躬致意。完全看不出她的年龄。她在观众面前特意跳得轻柔一些,现在大家都相信她不会让自己揪心了——她不会摔倒,不会崩解成灰,不会被氢气球般的薄纱裙带着飘飞上天。有一段音乐听起来像是模仿昆虫的嗡嗡奏鸣,而她真的化身为牛虻和蜜蜂,忽扇着手掌。她头戴的一对奇怪的发饰,看起来就像头顶上长了一双巨大的眼睛。噢,大家都太喜欢这表演了,不禁拍手叫好。

第二天,全镇的人都知道了那些绘制在剧院墙上的画,紧接着传遍了整个周边区域。五月的一个周末小长假,有几个人慕名而来,只为一睹为快。她表现得彬彬有礼,但在一件事上非常坚持:请留下地址,以便日后能收到演出邀请函。

去年的整个夏天,她每个周日定期为惊艳于她的舞蹈和

"壁画观众席"的游客们出演。还有人给当地电视台拍了一部关于她的短片,摄像机一会对着她拍,一会又转向壁画,当然也少不了坐在那几排座椅上的现场观众的镜头。拿到了录像带后,她就翻来覆去地观看,几乎每晚不辍,她还专门为此买了一台电视机。然后,她写了第一封完整的信:

"亲爱的爸爸,我给您寄了我第一次独舞的录像带。我非常希望,爸爸您能够不带偏见地看完。我想我们最终应该能和好如初了吧。我一直都爱着您,爸爸——现在我终于能说出口了——我几乎每天都给爸爸您写信,这些信我还留着,若是您什么时候想看了,我可以装箱打包给您寄过去。实在太多了。爸爸您说得不对,我是有天赋的,只是爸爸您不能慧眼识珠。我十分努力,而现在有很多人来欣赏我的表演。我跳舞的时候,这剧院都要被挤爆了!我已经看到爸爸那意味深长的笑容了——是讽刺的笑,对吧?我知道,我一直害怕这种微笑。我一直为这样的我感到羞惭,而我本来就是这样的。但每种感受都有各自的限期,我已经老了,老到不再羞惭了;而爸爸您也老了,老到不该再鄙视我了。也许现在我们之间的一切问题都能够烟消云散吧,我们会忘记过去所有的怨恨和伤痛,最终成为一对慈父孝女。"

就在她到邮局寄走这封信的当晚,一封电报不期而至,是父亲去世的噩耗。她一把将电报纸揉成了团,扔在地上,还用鞋跟踩得稀烂。她悲愤莫名。那天夜里,她点亮了全部灯光,取来油漆,在观众席上又添加了一张脸,就在剧院一楼的第四排座位上。她朝着那个方向画了个"十"字,再度起舞。

豆子占卜

皮奥特洛夫斯基开车把他带到萨斯卡肯帕①，但没有把车驶到房前，而是停到了距离法国大街的起点两个街区之外。尽管漆皮光鲜的黑色豪华轿车融入了葳蕤树木的阴影里，但是所有经过它的人都放慢了脚步，疑惑地看着它闪闪发光的车身。毕竟这样的汽车相当少见。

S一个人走了出去。皮奥特洛夫斯基惬意地坐在车里抽着香烟，一根接一根，还顺着敞开的车窗将烟雾喷吐出去。S知道，皮奥特洛夫斯基自以为了解他的秘密，肯定是觉得他有一个情人，开车来就是为了找她，而且把送她的小包裹用普通的灰色包装纸裹起来，以掩人耳目。S认为，情人这种东西，有的危险性十足，有的却善解人意。他们这群人大多都有情人，无非是有的明目张胆，有的遮遮掩掩。S将帽檐压下，竖起风衣的领

---

① 波兰首都华沙的一个街区，属于南布拉格区。该街区主要由半独立的郊区房屋和别墅组成。本书中《切·格瓦拉》一文也多次提及这个街区。

子,让别人没那么容易看出自己的脸。他走过街角的小店,向左一拐,沿着金属栅栏行至一扇小门前,便停下脚步,审慎地四处张望了一下。这个举动也引起了周围行人的注意,好像他害怕被人跟踪。他沿着破旧的水泥人行道穿过一处杂草丛生的院落,便走进狭窄的楼梯间。

姐弟三人住在二楼一间宽敞的三居室公寓内。他们似乎总是能提前预感到他的到访,但也许这只是他的臆断,因为每次他到达时,发现他们都做好了迎接的准备。他看到圆桌上铺着一张灰色的纸,旁边永远摆着一支铅笔,唯一的变化是,铅笔一次比一次短。空气中弥漫着地板抛光剂和食物的混合气味,似乎是厨房的平底锅里在用热油和酱汁煎炒着圆白菜。有时,他还能听到老人的房间中传出留声机播放的乐声,都是些战前流行的老探戈曲。S把装有礼物的纸袋放在了镜子前的桌案上。袋子里通常会有咖啡、美国巧克力、小瓶鱼子酱、罐头火腿,有时还会多出一瓶正宗的法国葡萄酒。具体送什么,要取决于中央委员会①特供商店当前的供应。

雅德薇嘉夫人是个瘦小干枯的老太太,她一边惊叹地赞美着,一边一件件将礼物从袋中取出。她身后站着的乌尔苏拉夫人身材高挑,肤色红润,目光越过她的肩膀俯视着她的动作。她们的弟弟也在一旁观看,他是三人中年龄最小的,尽管也已年过七

---

① 波兰统一工人党的中央委员会。波兰统一工人党是波兰人民共和国时期的执政党,由波兰工人党和波兰社会党的左翼部分合并而成。本文中,波兰统一工人党的领导在政治和经济体制方面沿袭苏联模式,第一书记由贝鲁特担任。

旬。两位姐姐称呼他为热尼亚,这是个俄语小名,姐姐们对幼弟总是会过分宠溺。S的到来让热尼亚兴奋异常,乌尔苏拉从餐具柜中取出一瓶伏特加,给两个男人分别斟满一杯,两姐妹并不饮酒。这可能才是小老头兴奋的真正原因。热尼亚高兴地仰头,一饮而尽,搓着长满老人斑的双手,手指甲苍白,如同覆盖了一层塑料膜。两姐妹坐在沙发上,一打眼看过去,两人十分相像,都是白发苍苍、形容枯槁,颈下戴着胸针,陈旧暗淡的珠宝似乎吸走了她们脸上最后的光彩,让两张脸庞苍白得像是扑了白粉。

"外面的情形如何?"热尼亚礼貌性地问道。S答道:"糟透了,但是会好起来的。"他们的谈话通常就是这样开始的,聊聊天气,谈谈城市里街头巷尾的奇闻逸事,扯扯在窗台上发了芽却从来没有移栽到园子里的番茄苗。过了一会,乌尔苏拉夫人端来了一壶茶,尽管从来都不会有什么好茶,但还是需要安静地细品。雅德薇嘉夫人在买来的饼干上撒了糖,摆在盘子里端上来。她用细长的手指把饼干放在盘子里铺开,然而这个动作让大家丧失了食欲。S从来没有尝过一块。在他的印象中,饼干一直都是这几块油酥曲奇饼干,从好几年前就一次一次摆在盘中端上来,等他走后又会藏回那个战前的锡盒子里,直到他下一次来访。

简直没法和热尼亚聊天,事实就是如此,他总会在最不该笑的地方咯咯笑起来,他会突然兴奋地站起来,然后马上又坐下。他短发的刘海让他看起来就像个大男孩,因某种神秘疾病而变得老态龙钟的大男孩。即便如此,S在这里依旧感觉十分自在。饮一杯茶已让他整个人都放松下来。他解开衬衫领口的扣子，还脱下外套，搭在椅子背上，就好像此行是来和老朋友们玩扑克、打桥牌，世界上最寻常的桥牌。当他点燃第一根香烟时，雅德薇嘉夫人递给他一个大水晶烟灰缸，他觉得自己正在经历某种妙不可言的重生过程，仿佛时光倒流，让他成了战争之前的自己——年轻，对未来充满规划；轻松、无拘无束，像个软木塞做的人一样，无论外部境况如何，都能飘飘然置身事外。

然后，他们在那张铺了纸的圆桌边坐了下来。也就是说，坐下的是 S 和热尼亚两位男士。两姐妹取来一袋豆子，放在弟弟面前，便坐回沙发上。现在开始了。热尼亚的神情一下子严肃起来，他再次搓着干枯的手，双手互压，指骨关节发出一阵让人不舒服的咔咔声。仿佛是向在座的各位声明，他的身体是一堆松散的碎骨头构成的，幸亏有一层薄皮把他们箍在了一起，才不至散架。现在，热尼亚一言不发地将豆子撒在纸上，然后从豆堆中分出了两粒，推到一旁，这个动作重复了很多次，让 S 看得昏昏欲睡。S 的眼前不知不觉间浮现出自己的那间办公室，整日工作的场景历历在目。干燥而闷热的房间、办公桌旁那张波斯地毯上的图案、楼梯上偶遇同事的某张面孔、拿去签字的文件、捧着《横截面》[①]杂志玩填字游戏的丽塔小姐的剪影……脑海中飘过一幅幅画面，他被老人喋喋不休的自言自语催眠了。

[①] 波兰历史最悠久的社会和文化类杂志，1945 年创刊。与苏联所出版的行文谨慎的期刊相比，《横截面》风格轻松，非常诙谐，多刊载时尚的照片和关于西方艺术、文学和哲学的文章，尤以译介西方短篇小说而闻名，并为当时处于苏联铁幕之下的波兰人提供了更广阔的世界视野。

热尼亚的手指在不停地挑拣豆子,豆子间摩擦碰撞的脆响听起来十分悦耳。每到此时,S都会想,自己是累了,实在是太累了——最糟糕的是,自己如此拼命还是力有未逮,那些脱不了嫌疑的家伙,以及周边所发生的一切。他彻底放松了身心,阵阵睡意袭来。此时热尼亚拿出一支复写铅笔,在豆子之间的纸上看似随机地画了一些线条,然后开口说话。例如,他会不断重复地说:"停滞,停滞。"或者会说:"你右边有个人,他的想法会让你陷入险境,而且这件事无法规避。你必须要提前弄清楚他的想法,以便见招拆招。你左边有个人生病了,命悬一线。是的,他必死无疑。""每个人都会死的。"乌尔苏拉夫人不得不补上一句,"信息不够精准,你必须说出他什么时候会死。"热尼亚对这种干扰很是气恼,他低头俯身看着豆子,用力地眨了眨眼。"我怎么会知道是什么时候,你要是这么聪明,你来啊!"当他们交换意见时,S就在思考"左边那个"姓甚名谁,"右边那个"又是何方神圣。左与右,说的是办公室里所处的方位,还是热尼亚用了某种晦涩的暗喻?谁更"左",谁更"右"?指的是世界观还是政治倾向,抑或是某种道德上的判断?

关于死亡的预言果真一语成谶。S的上司卡斯普瑞克同志突然染上肺炎,两周时间就撒手人寰。这事发生后,S承认,他的确是个"左派"。他在事后拜访兄妹们时提及了此事。热尼亚感到很高兴,兴奋地重复道:"我说什么来着,我说什么来着?"

的确如此,热尼亚说得笼统而神秘,但这些预言总能以某种匪夷所思的方式实现。他从不说得清晰明了，只是念叨些细枝末节的、支离破碎的信息。譬如 S 丢了家门钥匙；又譬如，与汽车有关的某人翻倍了（司机皮奥特洛夫斯基喜得双胞胎）；再或者，S 不久后会变成蛇（丽塔在下次与 S 争吵时对他喊道："你这条冷血的蛇！"）。诸如此类，不一而足。S 一直百思不得其解，这种巧合有着怎样的潜在规则，而这一切又是如何运转的？这位天生的现实主义者心怀抵触地想象着这一切，难道这些豆子的预言就是未来可能发生的一切事件的种子？它们必将在日后发芽结果，虽然最终以什么形式出现尚不得而知。豆子作为一类种子，了解其他种子的属性，其中也包括那些尚未发生事件的种子。它们之间存在着一种潜在的渗透与联系。他为自己做出解释，试图自圆其说。正因如此，预言才不能过分清晰，一旦清晰了反而会变得可疑。未来尚未发生，因此难以用语言将它描绘清楚。这便是热尼亚口中的话总是语焉不详的原因。在二月间，甚至可能早在 1953 年一月底，当老人提及"伟大的死亡会让你的世界变得更美好"时，S 想到了某位远房亲戚以及他的遗产，这就是他脑海中闪过的第一个念头。但事后真相大白，这个预言应验在斯大林逝世[1]的事件上。一年后，S 从四楼搬到了一楼，并很快开上了那辆黑色豪华轿车，而丽塔也住上了宽敞的公寓，倍感幸福。所以说，一切都在事后才令人恍然大悟，

---

[1] 1953 年 3 月 5 日晚，苏联部长会议主席、苏联共产党中央委员会书记、苏联大元帅斯大林突患脑出血，在莫斯科郊外昆采沃的别墅中去世，享年 74 岁。

只有时过境迁后再回溯,才能理解热尼亚当初奇怪的陈述。

S想,我知道这些预言又有什么用呢?为什么我需要知道这些只有尘埃落定之后才能明白的预言,而答案揭晓之前,我完全无能为力。有一次,他与丽塔在厨房对饮干邑白兰地(她身穿异国情调的孔雀长袍,脚踏点缀着绒球的柔软拖鞋,她一直是个演员,即使在厨房中),他意识到,自己从不关心未来,未来会发生什么事他根本不感兴趣。他所看重的是方向、意义和秩序。"是否冥冥中存在某种秩序?"他问丽塔。丽塔叼着烟回答道:"有这么一种秩序,它是你自己设定的。"这样的回答对他而言远远不够。"我说的是,有没有凌驾于我们之上的、更高更广的秩序?"他问道。"当然了,"丽塔呷了一口从中央委员会特供店买来的干邑白兰地,"当然有了,历史的正义、辩证法、阶级斗争……你装什么糊涂啊?"

他不能向她透露有关热尼亚的事,她还蒙在鼓里。热尼亚嘱咐他必须守口如瓶,就像对待塞在抽屉底下的那沓色情照片一样,秘而不宣。

他有时会给皮奥特洛夫斯基一瓶香槟或者一袋半公斤的咖啡,但绝不提及此事。他明白,萨斯卡肯帕之行会危及他的职业生涯,他可能会遭到从事间谍活动的指控,说他在与情报人员秘密接头,就算他们都垂垂老矣,也不影响敌特的身份。他们用豆子占卜的方式打掩护,来获取机密数据,占卜算命也可以被视为对抗人民共和国的敌对活动。

他再次拜访三姐弟后回到家中,心想:"即便存在着窥破未来的可能性，这种可能性也是微乎其微的，其实根本不可能，因为时间是按照一条轨迹，在三维空间里从 A 点向 B 点运动，现实存在是客观的……客观的……客观的……"他不断地重复着这个词，因为某个想法稍纵即逝，没有抓住，"因此，如果我们假设未来是可以预见的，就会从中得出一个可怕的事实……"他的精神一下子集中起来，惊恐万分地意识到："存在一种刚性的、外在的秩序，它不受任何意志影响。我们被比自身更庞大的动力所驱动，而不知道哪些至关重要，哪些无足轻重。为什么丢失公寓钥匙的重要性会低于升迁和出国旅行？是不是皮奥特洛夫斯基那对双胞胎对于世界的重要性，要低于中央委员会下一次会议之后席位的变化？而盲目的记忆中曾出现的，丽塔大喊'你这条冷血的蛇'之类毫无意义的话语，不比斯大林死后的混乱更重要吗？也许真相就是如此，我们并不知道重要性的等级排序，那我们又该如何生活？以什么指明方向？"

如果未来是无法预测的呢？或许他只是受到了热尼亚的忽悠，就像个懵懂的孩童被疯老头带到了沟里。没有未来，没有跨越时间的惊鸿一瞥，存在的只有当前活动的后续效果，又会如何？那么，一次次跑去萨斯卡肯帕的行为就变成了心理学意义上的仪式，是一种对安全替代品的渴求，和人们跑去教堂的心态如出一辙。而这样的愿景甚至比以前的还要糟糕，因为这样一来，我们就成了被"此时"和"此地"绑架的人质，成为置身于混沌砧板上的鱼肉，成为别人幻想下的受害者，成为一群盲目狂奔的旅鼠。

他不愿再想下去了。当豪华轿车离开萨斯卡肯帕,回到维斯瓦河彼岸,他强迫自己暂时忘却热尼亚姐弟三人。好几次,在返回波尼亚托夫斯基桥时,他都对自己发誓再也不去见热尼亚了。然而一个星期后,两个星期后,一个月后,他又像伏特加酒瘾上头了一样无法自控,破罐破摔了。所以他对皮奥特洛夫斯基说了一句"萨斯卡肯帕",便连夜赶往那里,带着同样的绝望:"我这是怎么了?妈的,又来,我到底想怎么样?"

第二天一早,他又出现在那座大厦里,快步走在一层层宽大的大理石台阶上,盯着自己的脚尖;只有当身穿海蓝色西服的男人们从身边经过时,他才会略微点头致意。一回到自己的办公室里,他就带着一种难以忍受的感觉趴伏在办公桌上,觉得自己和这个地方格格不入。他每天早上都必须激活自己身体上某个特殊部位,才能坚持下来。实际上,他那间美轮美奂的办公室唤醒了他身体中一紧张就打哈欠的反射弧。从心理学上讲,这种感受应该是不可能的,"百无聊赖"和"如坐针毡",完全是自相矛盾的两种感受。这种奇怪的混合型感受让他在工作开始的头一个小时不停地盗汗,经常不得不更换衬衫(丽塔总会把一件一模一样的衬衫精心叠好,放在他的公文包里)。当然,换衬衫的时候,他一定会关好门,避免引起女秘书的注意,因为她是他最不信任的人。然后过了一会,在一杯干邑白兰地和几根香烟的帮助下,他的灵魂与身体在黑暗中发现了彼此,开始和平相处,紧张关系逐渐缓和下来。他怀疑自己劳累过度,患上了神经衰弱。他不断对自己重复道:"会过去的,它自己就能过去。"最终确实挺过去了。

　　等到一身轻松,心绪也已恢复平静,他走到窗前,带着越来越强烈的胜利感,目光瞥向中央委员会大楼楼下那车水马龙的环岛。从这里可以清楚地看到,简简单单的规则如何引导街道上的交通。也许世界亦是如此——红色和绿色的灯光以微妙的节奏交替出现,在乱哄哄的路口正中,站着一位英武不凡的警察,正在以大天使般的优雅,为人民指示正确的道路。

酸黑麦汤[*]

"我们必须带上婴儿车。"两个女人走在去往公交车站的那条很久没有除雪的路上,一个对另一说。

年长女士怀里抱着个被毯子裹得紧紧的婴儿,此时夜幕迅速降临了下来,天色变得灰暗,就像脏了一样。年轻的女孩跟着她,每一步都把脚踏进她在雪中留下的足迹里,这样走起来比较轻松。

"我们必须白天去,晚上可不行。"年长的女人又说道。

"必须这样,必须那样……"年轻女孩说,"我都快来不及了。"

"唯独你花这么久时间来打扮不是必须的。"

"你也打扮了呀!"

---

[*] 一种传统的波兰浓汤,其特点是具有黑麦面粉发酵的独特酸味,汤中加有香肠、培根或火腿等肉类以及土豆、蘑菇等蔬菜一起煲制。它是传统的复活节专用食物,但波兰人一年四季都会享用,类似于中国元宵节的汤圆、端午节的粽子。

"我根本就没打扮，我只是找不到帽子了。"

她们差点没赶上公交车。公交车冒着腾腾蒸汽驶来，车里很空，就像一个锡皮做的空壳。她看到车尾坐着一群年轻人，大概是要去镇上的迪斯科舞厅。年轻的女孩扫了他们一眼，目光带着贪婪。她打量着女孩们，尤其是穿着皮夹克和紧身牛仔裤的那个。不知道母亲悄悄问了女儿什么，后者只是反驳了回去。然后，她擦了擦结雾的车窗，看着窗外黑暗中闪烁的灯光。那几个年轻人继续坐车，而她们俩在第二站下车了，那里有一条小路连接着双向车道，车道上大卡车呼啸着掠过。

她们路过了为迎接节日而张灯结彩的汽车旅馆，来到一家炸鱼店，在写着"永远的可口可乐"字样的广告牌前站了一会。广告牌就像一轮巨大的红色月亮，照亮了那座新装修过的房子的外墙。

"我们就在这儿给他打电话，还是怎么样？"她问母亲。

"你去吧，我带着孩子在这儿等着。"她又说道。

年长的女人走了进去，片刻后便返回。

"他没在这儿，他在家里。"

两人短暂地对视了一眼，一起向后院走去。

一条拴在窝上的狗冲他们狂吠。指路灯自动亮了起来。积雪将工地的混乱仁慈地掩盖住，包括那成堆的木板、用铝箔纸裹着的聚苯乙烯包装，以及空心砖堆成的金字塔。弗瓦德克先生正在修建一个车库。

这时，一个穿着针织毛衣的红头发男人走出来，到了他们面前，他袖子被她们不客气地一把揪住。他诧异地看向她们。

"你们这时候来这儿干吗?"他问道,连招呼都没打。

"我们有事要说!"年长的女人说。

"是吗?"他更惊讶了。

"我们能进去说吗?"

他犹豫了一下,但仅仅是一瞬间,快得让人察觉不到,便同意她们进屋。穿过刚刚粉刷过的大厅,满地水泥渣子被踩得吱嘎作响,一路来到凌乱的厨房。不知道他又要怎么鼓捣水槽,因为橱柜已经从墙上拆下,嵌入墙体的管道和弯头都一览无遗。

"我们可以坐下吗?"年长的女人问。

他为她们搬来两把椅子,几乎摆在了厨房正中间,然后自己点了一根烟,靠在拆下的橱柜上。直到现在,他才看向了孩子,露出了微笑。

"男孩还是女孩?"

"男孩,男孩。"年轻的女人一边答道,一边把裹着孩子的毯子解开。

摘下遮着孩子眼睛的蓝色的羊毛小帽。小家伙睡得很香。他那皱皱巴巴的小脸儿让弗瓦德克先生联想起刚剥了壳的榛子,好丑啊。

"真可爱。"他说,"叫什么名字?"

"还没起呢。"年轻女孩高兴地说。

"叫瓦迪斯瓦夫。"年长的女人赶紧跟上一句。

"叫瓦迪斯瓦夫?"他吃了一惊,说道,"这年头还有谁给孩子起名叫瓦迪斯瓦夫?"

他有点畏缩,狠狠吸了口烟。

"说吧,到底有什么事?"

"你的名字就叫瓦迪斯瓦夫,他也叫瓦迪斯瓦夫……"年长的女人继续说道。

"叫瓦迪斯瓦夫就叫吧,谁说不能叫了?"

三人都沉默了。男人把烟灰弹在地板上。

"所以呢?"

女人迅速把视线移到了墙上挂着的窗帘杆的尖端,朝着那个方向说道。

"这是你的孩子,弗瓦德克。要过节了,所以我们得为他做洗礼。"

男人的脸绷得紧紧的。

"你看你,哈丽娜,弄错了吧。这怎么可能是我的孩子?哦,伊万卡,"他转向女孩,"这怎么可能是我的孩子,你们俩开什么玩笑?"

伊万卡咬住了嘴唇,开始快速摇晃婴儿。孩子被折腾醒了,短暂地哭了一声。

"谁是他爸爸?"他问。

"你就是他爸爸,他是你的孩子。"

男人站起身来,掐灭了烟头。

"你们俩!现在!给我离开这里!"

她们无奈地站了起来,伊万卡把蓝色的小帽拉低,盖住孩子的眼睛。

"现在！立刻！马上！"他催促道。

"好吧。弗瓦德克，既然这样，你儿子的爸爸就是雅采克了。"母亲在门外突然喊了一句，头也不回。

"他过复活节时来过这里。"伊万卡跟了一句。

"你们赶快从我面前消失！"

身后的门砰然关上。她们在肮脏的、被踩得斑驳的雪地上无声伫立。过了一会，灯灭了。

"现在该怎么办？"伊万卡问母亲。

"还能怎么办？没辙。"

公交车将在一小时后到达，她们踏上了返程的路。

"我早就跟你说了吧，要推上婴儿车。你看看现在，我们得走一个钟头的路呢。"

"走路回去也比在公交车站等着，被活活冻成冰坨强。"

夜里，孩子开始闹腾。伊万卡睡得死死的，所以她妈妈把尿布的角儿在温水中沾湿了，让孩子吮吸。婴儿笨拙地挪动着小小的嘴唇。透过厨房烤炉的缝隙，火光时隐时现。

到了早上，俩人去了商店。伊万卡给自己买了个马格努姆冰激凌，花了不少钱。她挨了母亲一顿数落，其实这跟花钱没关系，只是怕她会感冒，怕影响她吃饭。伊万卡充耳不闻，耸了耸肩，从容地吃完了冰激凌。孩子在一辆亮蓝色的婴儿车里睡得香甜。

"多漂亮的小男孩儿啊！"女店员赞美着，走上商店前的楼梯。她白色的围裙下面硬是穿了一件毛衣，鼓鼓囊囊的。"哦，冷死了！"

过了一会,商店里顾客渐多,开始排起队来,平常排队只会发生在中午前后。这次,不仅是本地人在抢购促销的葡萄酒,还有不少过路游客为了到边境旅行而购买可乐和坚果。家庭主妇们也出动了,她们也开启了狂购模式,买做蛋糕的奶油、香草糖、黄油、葡萄干……女店员像药店里的药剂师一样小心翼翼地为棉花糖、巧克力软糖和特制的圣诞糖果过磅称重。圣诞糖果闪亮的金紫色糖纸最为抢眼,这些漂亮的小东西最终是要被挂到圣诞树上的。人们根本就不在乎队伍移动的快慢,完全不当回事。他们只要排到收银台旁,就会跟女店员闲聊起来。而女店员也把购物小票和发酵粉口袋丢到一边,斜倚在柜台上听他们带来的故事。甚至看起来,人们就好像没有付钱,好像钱这东西只是宗教仪式上用的鹅卵石而已,而顾客们已经用有趣的故事、奇妙的问题和幽默的俏皮话为葡萄干、发酵粉和廉价葡萄酒买了单。以上,便是排队持续了这么久的原因。

一辆最新款的汽车在商店门口停了下来,车身呈优雅的深绿色,车尾高高隆起,车顶上固定着滑雪板。从车上下来一个穿着摇粒绒和戈尔特斯面料滑雪装的男人,头上戴着一顶滑稽的帽子。他对陪着两个十几岁孩子、留在车里的女人低声说了几句,就轻轻跑进商店,排在队列末尾的马图夏克先生后面。

"有酸黑麦汤吗?"穿摇粒绒的男人搓着手问道,又毫无联系地补了一句:"唔,冷死了。"

这个关于酸黑麦汤的问题吓了店员一跳。她回归了正常状态,不情不愿地看着提问的游客。

"酸黑麦汤,有啊,有这种玻璃瓶装的,也有铁皮罐头装的,我不知道您那边的习惯,要瓶装还是罐装?"

"酸黑麦汤。"马特维尤科娃女士提醒店员,并开始把自己买的东西装进塑料购物袋。

每个人都谨慎地瞥了一眼新来者。他花花绿绿的时尚雪地靴上带进来的雪开始融化,蓝色滑雪服上,绣着的一行金色外文讲述着某个真理。店员低头查看着货架最下面一层。

"还剩,"她说道,"最后一瓶。"

"也就是说,瓶装的喽。在我们那儿,在北方,我们用广口罐子来装。"男子解释道,高兴地望着人们的脸,"我们圣诞节要去奥地利滑雪,但是我妻子坚持,必须要有酸黑麦汤,这里是到达边境之前的最后一家商店了……"他说话的声音越来越小,而且不知道什么时候已经转而向马图夏克唠叨起来。

马图夏克转过头,安静地观察着玻璃橱窗里陈列的林林总总的香烟品牌。队伍无声地向前移动了一个人的位置,马特维尤科娃女士已来到门旁清点着自己所购的商品。

"要是没有酸黑麦汤,还算什么圣诞节?"男人又自顾自地说了起来,他身材魁梧,嗓音洪亮,自信的声音震耳欲聋,"这是我们波兰的特产,我去过欧洲以及世界上很多国家,但是哪儿也没有酸黑麦汤。当然,他们也都各有各的特色美食,但是唯独缺了酸黑麦汤。所以,我觉得,如果我不在这儿买,在别处就休想买到了。捷克没有酸黑麦汤。"

没有一个人搭理他。男人又是搓手,又是对着手掌哈热气。

女店员本来十分健谈,但是在这个陌生人面前也败下阵来,她麻利地工作起来,结账的效率一下子提高了很多。收银台前的队伍迅速向前移动着,简直快得有违常理,要知道,排队的这些客人本来都不赶时间。

"真冷啊!"陌生人还在对马图夏克说着,一边还装腔作势地搓着手。

马图夏克望向他,回以一个让人几乎察觉不到的礼貌性微笑,就再次把头转向了橱窗里的香烟。

"我们已经预定了阿尔卑斯山的酒店式公寓,那里有索道,有基地。开车过去只需要一个小时,可能还更快。酒店的底层有游泳池,有酒吧。我们自己做饭吃,每间公寓都有厨房,所以我妻子才打算在那里自己煮酸黑麦汤。我还要再买点香肠,那就更好了。你们这里有好香肠吗?"他突然有点担心。

又一位女顾客满脸不快地离开了柜台,女店员拉开了脖子下毛衣领的拉链。

"我看到了,这里有香肠,但是只卖六个兹罗提的香肠,一定不会是好香肠。"男人还在说。

汽车喇叭突然响起。男人赶忙跑到门口,打开门,一股裹挟着霜雾的冷空气侵入店里。他冲着汽车方向喊了几句,就又回到他在队列里的位置。

"老婆大人不高兴了,因为今天晚上必须赶到阿尔卑斯山,而我现在还在排队买酸黑麦汤。"

马图夏克买了一包烟,香橙口味的,还有半升烈酒,一个面包。

女店员利索地拿着结账小票迅速算清了账,咦,怎么还有一瓶……

"我还要酸黑麦汤,"他说,"瓶装的,一瓶。"

此时店里陷入了一片死寂。女店员把这个烫手的瓶子递给了马图夏克,后者飞一般付了款。

"你们……"穿摇粒绒的男人彻底惊呆了,马图夏克一把拎起自己买的东西,飘然离去。

在商店门前,他看到了哈丽娜带着有点魂不守舍的女儿。马图夏克伸手把瓶子递给了她。

"拿着。在我们这里,没人喝酸黑麦汤,只喝罗宋汤。"他说罢,又让她晚上到家里来取那条很久之前就预订了的被子。

伊万卡羞于入内,站在篱笆旁,牙齿磕磕碰碰颤抖着,不知道是由于寒冷还是恐惧。

"怕什么呀?笨蛋,看把你吓得。他们又不会吃了你。当时你才该害怕,而不是现在。"母亲对她说。

"那里有好几个人呢,你先走,我在这儿等一小会儿。"

"好吧,那儿人多才好呢,也许我们现在能成功把问题解决了,在这几个目击者的见证之下,来吧!"

女孩不情愿地动身了。

四个人在厨房里围着桌子坐了一圈。马图夏克刚刚排完了最后一次队。他的妻子马图什科娃长得又高又胖,此时正在忙着过滤牛奶。餐具柜上摆着刚刚做砸了的酵母蛋糕。一室温暖,其乐融融。

"孩子他妈,她们过来取走被子了。"马图夏克确认道。

他把房中空着的一张椅子给她们搬来,哈丽娜在椅子边缘坐下,伊万卡抱着孩子站在门旁。

"好,为了健康!"古拉尔说道,把酒杯倾斜过来做碰杯状,另一个人没说话,做着同样的动作。他们清了清嗓子,往酒里兑了橙子汽水,捧杯干尽。

马图什科娃走进房间,随即带着一件用铝箔纸和绳子打起来的包裹返回,把目光转向了孩子。

"叫什么名字?"

"还没有起。"哈丽娜迅速答道。

伊万卡当场紧张地点了点头。

"什么时候洗礼?"

哈丽娜耸了耸肩。

"这是一条上佳的被子,"马图什科娃说,"整整一个夏天都在阁楼上通风。你有被罩吗?"

"他就是孩子的爸爸。"伊万卡突然在门边冒出这么一句话,同时把头转向了古拉尔。

一时间陷入了尴尬的沉默。

"什么?伊万卡?"母亲在一旁鼓励。

"你就是孩子的爸爸。"女孩现在直接用眼睛盯着他。

马图什科娃掀开了婴儿头上的帽子,仔仔细细打量起来。

"我自己有四个孩子了,"最终古拉尔发言了,"别给我添乱了,姑娘,你自己也不清楚都跟谁睡过。"

"好吧!"哈丽娜气势汹汹地吼道。

"我跟……她睡……过。"卡夫卡突然惊叫起来。

他连舌头都伸不直了,眼睛里闪烁着醉鬼的光芒。他的酒量,堪称"一杯倒"。

"没错,我跟她睡……睡过,"他一遍一遍重复着,"我睡睡……睡,我喝太……多了,倒头就睡着了,所以,不……不是我。"

"她已经去过弗瓦德克那里,试图赖上他。谁知道,这是谁的孩子……"

"孩子只是孩子。"马图什科娃说道。

"她还和瞭望塔上的一个大兵有一腿,这事人尽皆知。"古拉尔补了一句,"想找孩子爸爸,简直就是大海捞针。"

他站起身,从衣帽架上取下帽子,就要往外走。

"我的上帝啊!"马图什科娃呻吟道,"你怎么不看管好她?哈丽娜,这是你的错,这是你的错。"

"女士,您凭什么这么说?我还能怎么做,难道把她绑在我腿上?我很好奇,难道您有什么高招?毕竟孩子都生下来了。"

"耶日克?"突然,马图什科娃充满怀疑的目光转向了房间里最小的那个男人——她的侄子。

古拉尔在门前止住了脚步。

耶日克的脸立即红到了耳朵尖,他那双蓝得惊人的高地人的眼睛亮了起来。

"真的不是我,姑姑,我非常小心的。"

卡夫卡爆发出一阵狂笑。

"不喝半升伏特加把自己灌醉了,这事还真想不明白。好吧,马图什科娃夫人,您要有所担当。"

马图什科娃无奈地站在厨房中央,目光依次扫过了耶日克、古拉尔和自己的丈夫。现在她看起来更加肥胖了,就像一件笨重的大家具。每个人都眼巴巴地等着,看她要说什么。她的嘴唇微微翕动,好像被一个特殊的字眼粘住了,让她无法说出口,从头到尾都没有出声。努力了半天,显然还是失败了,因为她走到了餐桌旁,手拍着油腻腻的桌面说道:

"不许再喝了,你们都走吧,明天是平安夜,你们各自家里还有好多活等着要干呢。"

她一把拎起那捆被子,塞在哈丽娜怀里。哈丽娜抱着它,就像抱着一个巨大的、怪兽般的襁褓,她的脸紧紧贴着包装纸,哭了起来。马图什科娃开始像发了疯一样清理桌子。客人们无声地起身,向门口走去。

此时她的丈夫开口了。

"等一下,等一下。"他说,"再待一小会。"

他沉默了半天,好像还没考虑成熟,又好像在做最后的决定,手指一直在敲击着桌子。

"我,就是这个小孩的父亲。"

刹那间鸦雀无声,不知持续了多久。马图夏克一直坐着不动,他的妻子呆立在厨房中间,其他人都挤在门口积雪融化形成的水洼里,直到马图什科娃呼天抢地,大喊起来。

"你疯了吗?要知道你根本没法让人怀上孩子!二十年我们都没孩子,而且所有人都知道,你出了车祸,所以没法让人怀上孩子。"

"安静点,婆娘。闭上你的嘴,这孩子就是我的。"

卡夫卡步履蹒跚地走回椅子旁坐了下来。

"好哇,如果是这样的话,你必须有所担当。"

伊万卡一步一步走过来,面无表情地摇晃着孩子。

"但是,但是……"马图什科娃夫人嗫嚅道,她丰满的双手不知所措地揪着围裙下摆,掀起来蒙住了自己的双眼,然后扭头跑了出去,砰的一声关上了门。

马图夏克伸手从餐具柜里摸出一瓶伏特加,从水槽里捞出几个玻璃杯,给在场的六位各斟了一杯。

"她还没,"哈丽娜指着伊万卡说道,"还没满十八岁,而且,还得给孩子喂母乳。"

几个人庄严肃穆地喝着杯中酒。

"什么时候洗礼?"马图夏克问道。

"牧师说了,元旦就可以。"

"那好啊,就元旦洗礼。"卡夫卡喃喃自语着,在所有人面前举起了自己的酒杯。

然后,马图夏克打发所有人回了家。他说,明天就是平安夜了,大家各忙各的吧。门口,哈丽娜用袖子擦干了眼泪,面带微笑地看着马图夏克。

"谢谢您的酸黑麦汤。"她说。

她们步行回家,穿过原野,脚下的雪地洁净无瑕,伊万卡跟在妈妈身后,一步一步踏在她留下的脚印中。

萨比娜的愿望

我们故事的主人公名叫萨比娜,是 M 医生家里的清洁工。M 医生和妻子尤拉相亲相爱,育有一女名叫卡齐娅,年纪尚幼。这几年来,萨比娜每周一次准点来到 M 医生家打扫卫生,到目前为止,估计不下几百次了。每一次打扫的流程都大同小异:先是医生的接诊室、女病人专用候诊室、卫生间,再轮到客厅、饭厅、宽敞的厨房以及楼上的卧室——其中一间是医生夫妇俩的,另一间是小卡齐娅的。每逢节假日、周末连休或命名日①,萨比娜还需额外打扫下客房,但这种情况较少。此外,房子的前庭和后院各有一个露台,也需萨比娜时不时清扫落叶、刷洗瓷砖。

据估计,萨比娜每年要进行五十多次常规打扫,将所有的窗户彻底清洁五到六次。往细里说,还得为红陶砖铺就的地板吸尘、抛光二十余次,将地毯带到院子里,用力拍打除灰大概三

---

① 和本人同名的圣徒纪念日,主要在一些天主教、东正教国家和地区庆祝。

到四次。正因如此,萨比娜对房子的每个犄角旮旯、每件家居用品都了如指掌。她对房子里的物品爱恨交加,喜欢结实耐用的原木餐桌,也喜欢落地灯的彩绘玻璃灯罩,但无法接受壁炉旁的那些黄铜锅,对永远也刷不干净的炉灶更是深恶痛绝。但她最爱的当属卡齐娅卧室里的粉色地毯,以及浴室里一尘不染的白色瓷砖。

每周五,是萨比娜到 M 医生家工作的日子,她会在前一天特意多准备点馅饼,她不在家时儿子如果饿了,只需简单加热下就可以填饱肚子了。这一天,医生一家通常会煎鱼吃,如果煎得不好,平底锅可能会一片焦煳,萨比娜就得把锅刷干净。天还没亮,萨比娜就得出门,从她住的山麓区出发,搭乘红色的早班公交车直达 M 医生的宅邸。这趟车始自萧条破败、臭气熏天的山麓区,终抵绿树成荫、茉莉飘香的什察弗纳区,沿途穿过瓦乌布日赫市的大街小巷,犹似一场郊游。萨比娜认为这是一种享受,她只希望这趟旅程不要这么快结束。萨比娜总是靠窗坐,当车上乘客较多时,她还会坐在爱心专座上——因为她怀孕了。其实,萨比娜对怀孕早已习以为常,毕竟她已经是五个孩子的妈妈了,准确地说,是五个儿子!怀孕是萨比娜再自然不过的状态。她怀孕时,从不会感到头晕恶心,也不会性情大变,口味更不会异于往常;而且身材既不变胖,也不变瘦。萨比娜从来就不怎么在意自己的身体,早上出门前胡乱套上一件廉价运动服或印花棉布连衣裙,就可以把这副打扮维持到夜晚就寝前。漫长的一天,身子虽有布料掩盖,也会表现出难以控制的生理需求,但一般情况下,她并不需要把过多的注意力集中在身体上。

而最近,尽管只是时不时地,当萨比娜在尤拉卧室里打扫时,还是忍不住在大镜子前观察自己的身体,她想看看自己的肚子和平常相比有没有什么不一样的地方。众所周知,如果怀的是女孩子,妈妈的肚子会显得更加宽大圆润,呈拱顶形;如果怀的是男孩,肚子则会向前凸出,像指向天空的塔尖,摸起来如足球般坚硬。不久前,尤拉在无意中发现了萨比娜这一异常举动,让萨比娜猝不及防,十分尴尬。她脸颊通红,赶紧假装在擦镜子。"怀孕对你来说是件好事,"夫人说道,"怀孕时的你看起来更漂亮呢。"

萨比娜收拾着医生夫人随手扔在沙发上的衣服,小心翼翼地把衬衫和裙子搭在肩上,如同这些衣服是会蹦会跳的小动物。她把衣服挂在衣柜的木架上,夫人的衣橱香气扑鼻,充溢着某种鲜花怒放时的芳香。这是夫人身上散发的女人味,一种夫人特有的清新恬淡,却又充满诱惑的气息。相比之下,萨比娜不太乐意整理医生的衣服。即使医生的衬衫和外套的质地和夫人的裙子一样柔软,但是萨比娜在碰他的衣服前,双手总会不由自主地在空中定格半秒钟。她也无法解释自己为何如此地犹豫,但是该完成的任务还是要完成。究竟为什么双手会不由自主地抵触呢?难道是联想起了男人脸颊上扎人的胡碴、粗糙的双手、浓郁硬朗的眉毛,还是男人爬楼梯时沉重均匀的脚步声,抑或身上挥之不去的酒气?

萨比娜把衣服都叠放整齐后,关上了衣橱的推拉门,离开前再打量了一下柜门镜子里自己的身影。

萨比娜刚刚收拾好医生的卧室,放学的小卡齐娅就到家了,前厅传来了小女孩的声音。萨比娜停下手头的工作,随尤拉下楼迎接。

卡齐娅坐在地板上,边解鞋带,边应付着妈妈的唠叨,还对萨比娜露出了天真无邪的笑容。卡齐娅微卷的金发柔软顺滑,沿着额角披垂下来,遮住雪白的脖子。小女孩脸蛋上长着雀斑,两只眼睛像蓝宝石般清澈透明。她的嘴唇线条分明,如同两片薄薄的花瓣儿,只是略显苍白。这张可爱的小嘴儿就像小鸟的喙一样,似乎不是为了吃东西,而是为了婉转悦耳的鸣唱而生。她的牙齿并不小——所以声音显得更加动人——萨比娜心里这样想。萨比娜帮卡齐娅把书包带到楼上,放下后便开始打扫卡齐娅的房间。卡齐娅会在这段时间吃午饭。饭后,家庭教师会带着两个邻家小女孩到医生家来,和卡齐娅一起上英文课。他们总在楼下的客厅上课,萨比娜能隐约听到老师和女孩们的交谈,有时还会传来电视节目的声音——陌生的、断断续续的、不知所云的低沉喉音。萨比娜唯一能听懂的词就是"yes",但她已经感到心满意足。

卡齐娅上课时,也是一天当中萨比娜感到最惬意的时候。卡齐娅的房间,卡齐娅的房间,光是听到这几个字,她就会联想起美味的甜蛋黄①和芝麻蜂蜜糖。卡齐娅的房间是粉色的,一

---

① 中东欧和高加索地区的一种甜品,成分包括生鸡蛋黄、糖、蜂蜜等。

个粉色的小世界。当萨比娜踩在软绵绵的地毯上时,对神灵的敬畏之情油然而生,因此,她要是穿着鞋子,绝不敢踏入卡齐娅的卧室半步。她双膝跪在地毯上,耐心地捡起一块块小积木和饼干碎,然后开始除尘,起码要两到三次她才放心。有时,萨比娜会感到……怎么说呢?虚弱或者悲伤——萨比娜是一个不善言辞的人——有时候,她会感到……唉,还是不要胡思乱想了。总之,由于某种未知的原因,萨比娜会躺在粉色地毯上,侧着身子,这样肚子没那么难受。就这样过了好一阵子。当她躺在地板上时,她觉得房间变得更有安全感,也更加温馨。她完全可以一直这样躺着,用指尖轻轻触摸地毯的粉色绒毛,无忧无虑地做着白日梦。她的身体逐渐暖和起来,不知不觉地进入梦乡。在梦中,所有思绪都在不断流动,飘忽不定。"yes, yes",楼下传来小女孩的英语会话。萨比娜得赶紧起身,否则活就干不完了。她给卡齐娅更换了被套,即使被套依旧洁净。她花了很长时间来揉按枕头,以便更完美地契合卡齐娅的头形。她还用手拍打被子,这样羽绒会变得均匀蓬松。最后,萨比娜饶有兴致地思量应该选哪个枕套——卡齐娅的衣橱里各种枕套一应俱全:有粉色带雨伞图案的,也有浅蓝色带小象图案的,那些纯白色丝质、粉红色绸缎的枕套就像冰面一般光滑,还有带有丁香树枝压纹的纯棉枕套。

萨比娜开始收拾小女孩的书桌。她把蜡笔、卷笔刀、写满潦草文字的笔记本都逐一整理归类。她把吃剩的苹果,满桌子乱扔的糖果纸、橘子皮都倒进垃圾箱,再用抹布拭净桌面的灰尘。

她将玩具娃娃错落有致地摆放到小床和小车上，又给每个娃娃穿上鞋子，拉上裙子的拉链。对萨比娜来说，这是每周五最美妙的时刻——她能亲手抚摸这些娃娃，拨弄她们的头发，将她们一一摆到架子上。萨比娜此刻并不理解自己内心深处的想法，但她还是情不自禁地露出了笑容。她很清楚，自己的手指太僵硬了，甚至还有点肿胀，根本无法给娃娃系裙带或拉拉链。每当此时，尤拉都会过来看看，以找东西为借口，实际上是不放心让萨比娜一直待在自己女儿的房间里。

"萨比娜，怎么说呢，行为好像有点孩子气。"尤拉跟丈夫聊起萨比娜，"我看见她在玩娃娃。""别开玩笑了，"M 医生不以为然地说道，"你告诉她，她是时候来抽个血了，这样我下周还能检查她的血红蛋白。"尤拉说："你本可以给她开避孕药的。"他说："你又不是不知道，我开药的速度都赶不上她怀孕的速度。你不如让她来做个 B 超吧。"

现在，整个房子看起来都井井有条。萨比娜终于可以在厨房休息一会了，她给自己沏了杯热茶，端上一盘饼干，有时还会在饼干上撒点糖粉，或加些椰蓉。医生夫人穿着紧身裤，她一直都在节食减肥，但还是忍不住尝了一小口。两人有一搭没一搭地聊着天，萨比娜聊起她的五个儿子，年龄最大的儿子已经上技校了，最小的仍在蹒跚学步。尤拉总是记不住萨比娜五个儿子的名字，但出于礼貌，她会注意措辞，不提起他们的名字。尤拉在聊天时特别谨慎，尽量不问及萨比娜丈夫的事情，即使她知道萨比娜肯定会闪烁其词地说，丈夫是个老实人，工作很努力,会帮忙挂窗帘、烤蛋糕,甚至还会在他们家靠近铁路的院子里种西红柿,每周日全家都去教堂做礼拜,偶尔还一起去郊外的湖边度假,孩子们可以在湖里游泳。当然,还会说他不喝酒。不,她应该不会说他不喝酒。她根本就不会提起酒这个字,也不会提起别的事情。只要不提起,这些事就当没发生过。萨比娜并非生来就拙于言辞,这是反复训练的结果。在一句话出口前,先吞回去,这是一种难得的技能。两人待在一起时,尤拉总会忍不住偷看萨比娜。萨比娜拿起水杯时,双肩显得有点异常,看起来比实际更窄些,给人以弱不禁风之感。

喝完茶,该熨衣服了。萨比娜将一大摞刚洗干净、有点发僵的衣服、抹布、毛巾、被套、枕头套摆到面前,开始熨烫起来。接下来给袜子配对,每一双折叠成一个球。然后把布满褶皱的床单重新压平整。如果衣服的纽扣被洗掉了,还得找个相同颜色的缝上。萨比娜在熨衣板旁度过了几个小时,直到夜幕悄悄降临。

小女孩们送别了英语老师,便蹦蹦跳跳地跑到楼上玩耍。卡齐娅的两个小伙伴都十分讨喜,一个头发乌黑浓密,一双杏眼又圆又大;另一个发色暗金,小脸蛋胖乎乎。她们在楼梯上约定好游戏规则,便玩得不亦乐乎。在她们眼中,游戏里的世界就是全部。今天我来扮布兰卡,扮吉卜赛人,你来扮公主,扮苏珊娜;你来当老师,我来当医生,你带孩子来我这儿看病。还是算了吧,咱们玩过家家好不好。每个人都有一座大房子,也有孩子。我邀请你们来我家烧烤。咱们一起去突尼斯旅游。

萨比娜在一旁看着小女孩们玩耍,熨斗滑过衣服,抚平每一处褶皱,留下一道道光滑的痕迹。

小女孩们把玩具扔得满地都是,用小手划分出各自的边界。如果有人越过了这些看不见的边界,就要说"您好",记得一定要在姓氏后加上"女士"两个字。

萨比娜看着她们把娃娃放在粉色地毯上,把自己刚刚才绑好的裙带解开,没一会,娃娃的衣服就被脱光了。啊,别、别脱光啊!娃娃可不能不穿衣服!不穿衣服的芭比娃娃肌肤粉嫩、紧致,身体就像昆虫一样纤巧。娃娃可不能不穿衣服啊,因为娃娃没有内外之别,这使得她们看起来如同宝石一般完美。

女孩子们一直滔滔不绝,萨比娜已经不再留意她们说什么。其实她并不关心女孩们谈论的内容,她在倾听她们像鸟儿歌唱一般的嗓音,旋律如此优美,层次那么丰富,就像浸了蜜糖一样甜。能欣赏这般天籁之音,萨比娜已别无所求。她熨烫衣服的节奏逐渐慢下来,像机器人一样。熨斗下的床单甚至都觉得有点无聊。

如果萨比娜这时把熨斗搁在一旁,兴高采烈地加入三个女孩的游戏中,会是怎么一幅景象?如果她和女孩们一起坐在粉色地毯上,向她们展露自己温柔可亲、让人心安的母爱呢?如果她用玩具锅做饭,然后用纽扣大小的盘子上菜呢?如果她做这样的事情,会发生什么吗?世界会因此而毁灭吗?哎呀,熨衣服时可不能走神,萨比娜差点把医生衬衫的领子给毁了。

每当萨比娜熨烫衣服时,她都会玩游戏,一个无伤大雅的游戏。要想玩这个游戏，必须有丰富的想象力。它只存在于思维中，没人会察觉，也很难与人分享。我尽量给大家解释下游戏规则吧：萨比娜把自己想象成粉色地毯上的芭比娃娃。她曾在地毯上躺过，所以只需回忆一下躺在上面的感觉即可：地毯软硬适中，她的后背与粉红色的绒毛亲密接触。她也闻过地毯的气味，至今还清晰记得化学合成物的特殊味道。她还记得躺在地毯上看世界的感觉，从桌腿、椅腿、柜底箱子的视角来看这个世界，世界会顿时变大许多。从下往上看，还能看到小女孩们粉嫩的小脸蛋，听到她们的窃窃私语。这不是成人的语言，而是专属于孩子的语言，声音幼稚又无拘无束。她们每吸一口气，都带进不少绒毛；每呼一口气，都散发着苹果的味道。最重要的是，萨比娜能感觉到，她们正在用手，用柔柔玉手、纤纤十指轻轻抚摸着她的身体，这种感觉就像是小麻雀的小脚丫踏过雪地，像小猫咪用软绵绵的肉掌踩奶。她们用稚嫩的小手慢慢把萨比娜的围裙系上，又解开，再把脖领系好。此时此刻，萨比娜感觉整个世界都缩小了。世上的一切都自有定数，又非一成不变，像从坏了的水龙头滴下的小水珠，每一粒都有不同的形状。一切皆有可能发生，虽然确定能发生的并不多。也许这就是幸福吧。

萨比娜享受着女孩们不间断的爱抚，她的身体也顿时重获知觉，她现在能清晰感受到它的存在，它就像一幅世界地图，江河蜿蜒流淌，湖泊和海洋密布，高耸的山脉拔地而起，万马奔腾于大地之上，象群呼啸于森林之中，既有沙漠的炎热干旱，也有极地的凛冽寒风。突然，一阵寒战席卷而来，如电流般传遍全身,唤醒她肌肤上的每个毛孔。她手里拿着熨斗,肌肉逐渐松弛,变得绵软无力(她赶紧把熨斗放回到安全的地方),额前的头发也仿佛站立起来。她能感觉到头发的存在,这是一种很奇妙的感触,她第一次真切体会到每根头发的生命力。三个女孩子正在给芭比娃娃穿衣服。

所有衣服都已熨好,萨比娜完成了今天最后一项任务,听到了招呼吃晚饭的声音。这时,门铃声响起,应该是邻居来接两个小女孩回家吃饭了吧。几位家长在门前聊了一会。

萨比娜把钱塞进运动服的口袋里,带上自己随身携带的塑料购物袋,准备到小瓢虫超市①去买点吃的。周六的饭需要鸡肉、人造黄油和面包。"哎哟,咱家孩子可爱吃面包了。"萨比娜出门时对尤拉笑着说。互相道别后,萨比娜独自离去,一路上伴随着鞋底摩擦小石子发出的沙沙声。

"萨比娜!"尤拉呼喊道,声音里带点犹豫,"萨比娜……过些天你就不需要再来我们家干活了(萨比娜眉头紧锁)。我和丈夫商量过了,这不是快过节了嘛,你可以许一个节日愿望,或者其他愿望,我们会满足你的。但你要许一个可以实现的愿望噢。"尤拉赶紧补充道。

萨比娜一脸不解,歪着头,迟疑地看着尤拉。

"肯定有些东西,是你想要的,你自己想要的,不是你那五个儿子,而是你自己。"尤拉解释道。萨比娜露出笑容,脸色羞赧。

---

① 波兰平价连锁超市。

幸好那时天色已晚,没人看见她的脸颊已经红得像红菜头了。

那天晚上发生了什么,我认为不必多说了,但还是有必要告诉大家一些细节:萨比娜回家后,和孩子们胡乱应付了一顿晚饭。饭后,她洗了煎馅饼的锅,又检查孩子的书包里有没有吃剩的三明治。孩子们把玩具扔得满地都是,又玩起丢叉子游戏,一不小心把牛奶打翻了,弄得刚铺上没多久的格子桌布一片狼藉。这些细节应该足够了吧。

一个星期过去了,萨比娜换上了新买的孕妇裙,干净舒适,芳香扑鼻。她还染红了头发,扎了个蓬松的包子头。尤拉开门迎接萨比娜,今天尤拉的穿着稍显正式。萨比娜装扮的改变让尤拉有些意外,她给萨比娜倒上一杯橙汁,问道:"怎么样,心愿想好了吗?"萨比娜卖了个关子,说,等打扫完再聊吧。M 医生也来凑热闹,手里同样端着一杯饮料。

"我们已经知道检查结果了。"萨比娜正把脏碗碟放进洗碗机,尤拉在一旁诱惑道,"你竟然不想知道,如果是我怀孕的话,我肯定想马上知道检查结果。"医生夫人不容许任何尴尬的沉默,分享起自己怀卡齐娅时的经历。任何一个女人,迟早都会给别人讲类似的故事,怀孕时有什么感觉,分娩时疼不疼……这已经成为一种传统了。萨比娜去打扫浴室,尤拉终于放弃,不再尾随,她的声音也淹没在偌大的宅邸中。萨比娜抬起双臂,闻了闻腋下,注视着镜中的自己,用软纸巾擦拭了一下自己油光发亮的额头。她还有活要干，不能像平常一样对每件事都过度专注。她甚至忘了，自己刚才已经刷过一遍浴缸。她走进卡齐娅的房间，像往常一样小心翼翼地打扫起来，但是今天有点特殊，她觉得好像是在为自己布置房间，铺上只有自己才能看到的粉色床单。今天熨衣服的工作也十分顺利，三下五除二就熨平一件。萨比娜边哼着歌，边往医生的衬衫上喷水，熨斗下的衣领发出嘶嘶的声响。

因此，正如她所计划的，家务活很快完成了。小女孩们像以前一样，坐在通往卧室的楼梯上，制定游戏规则，抽签决定每个人要扮演的角色。萨比娜从楼梯上看着她们可爱的小脑袋，就像小天使、鹌鹑雏、春天榛子树的絮条、杨树毛茸茸的种子。

萨比娜看得出了神，才想起自己要下楼去厨房。尤拉指间夹着一根香烟，正在阅读杂志，看起来像是童话里给人实现愿望的女巫，一直在好整以暇地等着萨比娜出现。同时，M医生也加入进来。"怎么样，现在可以揭晓了吧？"尤拉问道。于是，萨比娜坦白了自己的心愿。她的声音里充满勇气，每说出一个字，就增加一点自信。她腰板笔直，身材比平常更挺拔。听罢，尤拉暗自思忖，好吧，怀孕的女人无论有什么愿望，都应该满足，否则会遭报应的。

萨比娜的心愿如下：想和小女孩们一起玩，想变成她们手中的娃娃，躺在地毯上，任由她们抚摸自己的身体，任由她们玩弄自己的头发，她们可以随便松开自己的发箍，或者在她脖子上系丝巾、裙带；她还想让女孩们给她穿衣服，脱衣服（你们看，她为此还特意穿了件毛衣来);她想让女孩子们抚摸她的手臂,把耳朵贴到她的肚皮上,聆听她呼吸的声音。"我有预感,这次又会生个男孩。"萨比娜对 M 医生坦白道。她想要的是小女孩的温柔,想聆听她们美妙的童声,但不是从远处听,而是接近耳语。她想成为她们手里捧着的娃娃,巨大的、温暖的、挺着大肚子的芭比娃娃,这种娃娃在玩具店里可买不到。此外,萨比娜虽然不知如何组织语言,但她的确曾感觉自己像一件任人摆布的物品,如果想要继续在世上生存下去,就必须在教堂里多举行一次圣餐仪式,毕竟一次圣餐不能确保自己获得救赎。人必须敢于面对自己最大的弱点,才能变得愈发强大。因此,萨比娜想躺在粉色地毯上,换个角度观察房间里的家具,偷窥沙发床和书桌的底部。在这个视角下,所有物品看起来都像参天巨树,所有人都坍缩成穿着拖鞋的两条腿。当然,她还想回到以前不解人言的懵懂状态。最后,她还补充道,希望大家不要因为她的心愿感到惊讶,更不要取笑她,如果这个愿望实在难以实现,那也没关系,就当自己没说过,再告诉大家她想要一瓶冲动牌(Impuls)抑汗喷雾,或一件新的孕妇紧身裤,银戒指或印度商店买的裙子也可以。

  M 医生忍俊不禁,哈哈大笑起来,差点倾翻了拿着的水杯。尤拉懊恼地不断使眼色,他才勉强按捺住。尤拉久久地注视着萨比娜,表情十分严肃,双唇紧绷,嘴角微微颤抖。她一言不发地把萨比娜领到楼上去。终于,萨比娜的脸上泛起了红晕,那是一种牡丹或玫瑰的红,罂粟或葡萄酒的红,或说是唇舌的红润,如同她肌肤下的脏腑。

彩 排

"请尽可能地把窗户紧紧封住。"这是他们从收音机广播里听到的最后一条消息。此后,收音机就陷入了沉默。不过,他还是把收音机带进了厨房,把整条天线都拉了出来,时不时满怀希望地转动着调台旋钮。有时他还能接收到更遥远的电台,尽管伴随着噼里啪啦的干扰杂音,话音还是会从扬声器里传出来,说的是某种外语,他们一句也听不懂。然后声音开始变得断断续续,信号越来越弱,越来越飘忽不定。

"就像戒严了一样。"他低声自语。

"别鼓捣收音机了,你这个白痴。"她冲他抱怨道,"得把窗户密封起来,你没听到吗?都到了这时候了,你还是那么废物。你在公寓里走来走去,就像一只没头的苍蝇四处乱撞。我和你之间只有麻烦。"

她站到椅子上,把一条旧毯子的两端塞到阳台门缝里,但是没卡紧,毯子滑落在地。一道褐色的光芒从窗外向他们扫来,就像刷锅水一样令人恶心。

"赶快把锤子递给我,你站在那儿发什么愣,没看到我的手都快麻了吗?"

"你给我闭嘴吧。"他喘着气说,起身来到走廊,打开电话柜,取出工具箱,又从里面取出一把锤子。

"快点,你看我不能光在这儿站着。"

他用锤子的一端碰了碰她,示意她走开,好似她是一头不听话的大牲口。她看着他笨手笨脚地把毯子钉在门框上。他意识到那道挑剔的目光一直在冷冷地审视着自己。

"他们提到了一些关于避难所的事。我就听懂了这么多。"他口衔钉子说道,以此分散她对自己双手的注意力。

"这我也听到了。什么避难所?这里哪儿找避难所去?他们简直疯了。"

"在瑞士,每栋建筑下都建造了避难所。如果出了事,只有瑞士人能幸存下来。现在造方舟的诺亚将是瑞士人。你想想一个由瑞士人组成的新世界是什么样的,你能想象到吗?到处都是银行、奶酪和手表。偶尔还能吃到牛奶巧克力。"

他傻笑着从椅子上跳下来。她不屑一顾地瞟了他一眼。

"你真是个无可救药的笨蛋。"她只扔下这么一句,"你的脑子已经停止发育了,就像所有男人一样。"

他没有理会她,径直走到电话柜前,拿起了听筒。

"电话坏了。"

他也这么说,但实际上他还是认为自己听到了一些话音。有许多个声音相互重叠糅杂,就像大候车室里的嘈杂声一样听不真切。有的声音透着不耐烦,有的让人昏昏欲睡,似乎在单调地讲着某个故事,从头到尾,喋喋不休。是的,甚至还夹杂着婴儿的哭声和一两声从远处传来的犬吠。他疑惑地盯着电话听筒,仿佛期望从中找到一个解释。想到这种打电话的画面在电视上常能见到,他又不由得笑了起来。她一定是抓住了他那惊疑不定的眼神,走了过去,从他手中接过听筒举到自己耳边。

"全是杂音。"她说。

他们在皮质扶手椅上坐下,他怕她又会开始没完没了地哀叹,怕她会再次提及女儿。昨天,在大灾变发生之前,她坐着世界上最平稳的大巴车离开家去了华沙。她在天空变成褐色之前就走了,在人们带着各自获得的消息奔走相告之前就走了。那些从家里跑出来的人,高高地竖起衣领,如同在雨中奔跑。

"就像是戒严了。"他悄悄地对自己嘀咕。让他感到遗憾的是,自己一生中都没有经历过任何一场战争(他不记得任何有关世界大战的事,当时他还是个孩子),没有经历过任何大灾大难(好吧,曾经发过一次洪水,但无法相提并论)。他只记得戒严——这个战争的替代品。

"你说什么?"

"什么都没说。"

"我听到你说了。"

"我说,这就像戒严一样,我希望这辈子能经历一场战争,也许我会由此变得更坚强。"

她扬起了头,他看到她的脖颈——白白腻腻,布满*丝丝缕*

缕的湿润沟壑,就像戴了一条条纤细的项链。他知道这个姿势意味着什么,意味着马上要开口说出"拜托,别逗我笑了"这句话。

"拜托,别逗我笑了。"果不其然,她立即开口了,"你想打仗吗?是的,我没弄错,你太幼稚了,你永远也长不大。你们男人永远长不大。到了晚年,得了老年痴呆症就完了。真是一个可悲的漫画人物。"

她满意地沉默了一会,仿佛是在享受高潮之后的余韵。他感到一阵恶寒。

她又开始说话了,声音里带着哭腔,听起来像是从深井里传出来的。

"你为什么不想想孩子?天啊,她为什么非得这时候走?我们为什么要放她走?也许她现在正躺在哪条水沟里,受伤了,或者已经……"

"她毕竟不是个孩子了……"他试图为即将到来的第一波歇斯底里踩下刹车。

他把她当作一只危险而愚蠢的动物,他知道自己现在必须有所行动,于是点了一支烟。

"你就非得抽烟不可吗?你没看到,我们这里都快没有可供呼吸的空气了吗?难道你一点脑子都没长吗?"她尖叫起来。

他悻悻地掐灭烟,回了自己的房间,一进屋又点燃了那半截烟头。他坐在沙发上,抻了抻遮盖在窗上的毯子,然后看向自己的两个水族箱——一缸养的是神仙鱼,另一缸满满是孔雀鱼。而现在,所有的鱼都死了,被泡得苍白黯淡的神仙鱼在水上一动不动地漂着,孔雀鱼翻着肚皮浮在水面上。

"简直是一场大屠杀。"他喃喃自语道。

他吸了一口烟,打定主意不把鱼的事告诉她。这个决定让他很高兴。

她絮絮叨叨的话语声从隔壁房间传来。

"因为是昨天中午前后出的事,这天一下子就黑了,她是一大早就走的,说不定她已经到了什么地方。也许他们在大巴上就疏散撤离了,据说火车站有避难所。比如在弗罗茨瓦夫的火车站,听说车站地下就有一座巨大的掩体。你听到了吗?天啊,天啊,我们怎么能忍受啊?上帝啊,我们会死的。如果是核辐射的话,我们就别想活了,谁也别想活。"

他听到,她的说话声不知不觉间变成了抽泣。

"你给我住嘴!"他对她喊道,随手掐灭了烟头。

他探出身子,这样就可以看到她了。她正努力克制着,伸手捂住了自己的嘴。一滴泪水停在那只手上,浸入皮肤。她用手指偷偷地抹了把眼角,这个举动让他十分受用。他乐于看到她突然变得虚弱的样子。他顺手抄起昨天那张《选举报》,坐在旁边的椅子上。他又看了看题目,仿佛在寻找有关大灾难的预测,结果只发现了对利率和选举结果的预测。

"都这时候了你还看什么报纸啊,"她问道,"你就没有感觉到什么吗?"声音里再次有些歇斯底里。

"躲开点,老太婆。"

"你得了老年痴呆症,你知道吗?"

"你还患上疯牛病了呢!"

她双手交叉抱在胸前,侧身转向他。他已经把报纸的头版看完,正开始研究起第二版。第二版上的头条是某个著名钢琴家去世了,接下来是一条关于奥斯卡颁奖典礼的新闻、某个复姓女人的讣告。他余光扫到她正起身走向窗前,看到了她皱巴巴的裙子和脑后稀疏的头发。

"我很想知道究竟发生了什么,这到底是怎么回事啊?你从他们昨晚的广播里听出什么来没有?"她问道。

他又把目光投向报纸上的讣告。

"大灾难、战争、彗星撞地球,鬼知道怎么回事。"

"我想,你知道的,我们从来没有经历过什么真正……真正可怕的事。没有遇到过一场战争……"

"遇到过战时状态,戒严……1968年那次……1970年那次……"

"根本没有可比性。"

他没有回应,心里想着一定不能告诉她鱼死了的事。说到底那毕竟是他的鱼。是不是应该把死鱼捞起来扔进马桶里冲走?

"他们在楼道里怎么说的?"她又问。

"没人知道是怎么回事。楼下的人说他们动用了某种武器。"

她的脸一下子皱了起来,嘴边的皱纹让她的面孔看起来就像溺死的尸体一样臃肿。他不禁又联想起自己不愿告诉她的死鱼。

"武器？谁干的？"

"可能是俄国佬。没准又是切尔诺贝利核电站。"

死鱼。

"没准我们该过去跟他们坐坐？"

死鱼。

"跟谁？"

"嗯,楼下的那些人。"

他试图想起楼下邻居的名字。楼下住着一对和他们年龄相仿的夫妻,男的是个瘪三,女的倒是长得挺漂亮。他现在看着报纸上证券交易所的新闻,哪里也不想去。

"我们甚至不知道他们的名字。"

"需要吗？我们为什么要知道他们的名字？你真可笑。"

死鱼,绝不告诉她。

"你要跟他们废话什么？这不是明摆着吗,完蛋了！已经发生了！最终谁也逃不过,拜托,这是世界末日。"

"也许他们有什么内幕消息……"她满怀希望地说,"我一看就知道他们是什么样的人。那男的挺帅的,女的就像个含羞草。"

"那你去吧。"

他们两人都没有动。他想,如果不是因为多了一道窗帘,这里还是老样子,和以前没什么区别。不对,还是少了点什么,真的不大对劲。他感到有些坐立不安。外面天色更暗了,街灯的光亮完全无法穿透这片黄昏。难道这就是事情的真相吗?神仙鱼的死?电话里的怪声?忽然之间,有那么一瞬,有那么一秒,他被一种不可言喻的无形恐怖夺去了神志。那是一种短暂而鲜明的刺痛,就像突发的心绞痛。他看着股票走势图,行情在下跌,他觉得自己也在下跌,连同股票,连同一切都在跌入无底深渊。她的一声咳嗽将他拖回现实。他松了一口气,突然意识到缺少了的、不大对劲的原来是电视,电视已经停播了。这就是关键,这就是问题所在——电视。他从座位上跳起来,打开电视。荧光屏上一片雪花,什么节目都没有。他用遥控器试着换了几个频道,哪个台都是如此。他随即调小了音量,剧烈的沙沙声平缓下来,他的心绪也慢慢得以平静。

"你为什么要开电视?你明明知道从昨天开始就没节目了,对吧?我们已经检查过了,那你为什么还要开电视呢?"

他没有回答,只是回到座位上重新坐下。心里的慌乱在一片银色雪花的闪烁中得以化解。

"鱼,我养的鱼全都死光了。"过了一会,他说。

"好吧,那么,先是你的鱼,然后就该轮到我们了。"

他知道,她对此感到高兴。

"我饿了。"

她脸上写满了疑惑和厌恶,盯着他的眼神中流露出恨铁不成钢的意味。

"你怎么会觉得饿呢,这种时候你怎么可能还惦记着吃呢?

你看看自己变成什么样子了？你麻木不仁,就是一棵植物,就是个植物人,你这个老年痴呆症患者。"

"唠叨死了。"

他起身向厨房走去,从冰箱里取出一条黄瓜,开始切面包。举着刀的手在面包上突然停了下来,僵了一会,又去最下面的抽屉里翻找起来。直到握住一把芬卡牌军刀,还是他多年前当童子军的时候用过的,刀柄有一条裂纹,倒是不影响使用。他见状耸了耸肩。虽然刀子有些钝,他还是切了两片面包,和一根黄瓜一起摆在盘子里带进了房间。

"就剩下这点面包了,别一次都吃光了……我们终究还是要出去,哪怕只是去一趟商店。"她对着雪花闪亮的电视说道,不动声色。

他看着盘子犹豫了一下,然后把面包和黄瓜都切成小块,往另一个盘子里拨了一些,递到她手上。她顺理成章地接过。两人慢慢开始吃饭的时候,一阵警笛声从远处传来。她起身走到窗前,轻轻掀开遮住窗户的毯子向外望去。他也从敞开的缝隙中看到了她头顶上方楼群间的一片棕褐色天空。

"什么都看不见。"她面朝着玻璃窗说,他则趁机从她盘子里拨了几块黄瓜丁。

他们默默地继续吃着。她做出一副满不在乎的样子,这让他窝了一肚子火。他用芬卡刀尖扎着食物,一块块放进嘴里,细嚼慢咽着,不禁想起了当年的童子军训练营,那是很久以前的事了。一根美味的黄瓜配上面包,强过高级餐厅里的豪华大餐。

"饥饿才是最好的厨师。"他嘴里说着。

"我想她做到了。如果运气好的话,她可能已经成功了。她现在肯定在他那里。他们一家人正坐在避难所里。要知道那里可是华沙,肯定会有很多避难所的,都是上次战争时候留下来的。他们肯定安全了,我告诉你。"

他点了点头。

"最好不要干等着。死到临头时你知道会发生什么吗?当人们开始像苍蝇一样一批一批死去时,还有谁来埋葬他们?"

"对。"

"什么对?"

"没什么。"

"你不是每天都看报纸看电视吗,怎么什么都不知道?有没有什么对灾难的预警?也许别人知道?可能只有我们还蒙在鼓里。没准别人有充分的时间做准备?你也没有从你那愚蠢的报纸上读到什么有用的东西。你真是个蠢货。"

她叹了口气,将空盘子放下,用油腻腻的手指又沾起了几粒碎面包渣,口中解释道:"我们要节约粮食。"

她挤在桌子后面,在被挂毯和乡村风景画填得满满的墙壁上四处打量着。他的目光也始终跟随。终于找到了一块光洁的墙壁,她跪在墙前,双手合十开始祈祷。

"你在做什么?"他铁青着脸冷笑道,对她接下来的举动心知肚明,暗骂了一句"妈的"。

她闭上眼睛,开始祈祷:"上帝的天使啊,我的守护者。您永远站在我身边,无论晨昏,不分昼夜,始终如一地助我……"

"简直是疯了。"他嘀咕着把盘子端回了厨房,犹豫着要不要洗。

他记得,因为童子军营地缺水,他们经常用沙土刷锅。

"……捍卫、守护我的灵魂和躯体,带领我走向永生。阿门。"

她站起来拍了拍膝盖上的灰尘,然后拿过电视遥控器,换了几个频道。每个频道都闪着同样的雪花。

"你知道在这片黑暗中,西红柿看起来是什么样子吗?"他站在门口问道。

"怎么说?"

"很奇怪。昨天,我在菜地的时候,我们还不知道已经不能出门了。我站在那里,就这么看着。"

他唇边带着笑意,陷入了思索。

"然后呢?"她问着,又坐回椅子上。

"那些西红柿看起来很美……那奇怪的光线不知为什么让西红柿发光了,似乎是在闪闪发光,一整片西红柿地,真可惜……这么漂亮,可惜不能吃。"

"你应该采摘一些回来,也许昨天还没被污染呢。"她平静地说。

"是啊,确实如此。要是摘回来的话,这些西红柿现在就会在我们家发光了。如果我们吃了,会不会在我们的肚子里发光呢? 你能想象吗,我们俩走着走着,衣服下面就会透出光来,然后全身都亮了,肚子也亮了,然后上厕所的时候……"

他们都没心没肺地傻笑起来,他笑得老泪纵横,用袖子擦了擦眼睛,接着又痉挛似的笑了几声。最终两个人精疲力尽,在扶手椅上静静地瘫坐下来。

"你觉得这些毯子会有用吗,只不过是些旧毯子而已。"片刻后她问道,"家家户户都在窗户上遮了毯子,整个街区都这么做的。听说有些城市有避难所。你有没有听说过任何避难所的消息……"

他意味深长地看着天花板。

"我们早就谈过这个问题了。"

"那我们有什么还没谈过呢?"

"没了。"

"你知道最让我痛苦的是什么吗?"他突然问道,"我们没有和女儿说再见。我们可能不会再见面了。"

她开始哭了。她用鼻子抽着气,在椅子上半弯着腰,身形越来越佝偻,片刻之后滑下来一屁股坐到了地上。

"你给我打住。"他说道,之前没有预料到对方会做出这样的反应。

"你给我住嘴!"她泣不成声。

"你对她太刻薄了,你总找碴跟她吵架,除此以外你还会什么?"

"你又好得到哪儿去?你在任何事情上都尽善尽美吗?你是个好爸爸?你个人渣!"

他起身出去点了一支烟,听到房间里传来她铺天盖地、死去活来的哭号声,就像个气急败坏的孩子。哭声中还夹杂着絮絮叨叨的话语,他蹲在她视线难及的门边位置,侧耳听着。

"……她生下来就一直在哭。我问助产士这正常吗,好像整个世界都在伤害她。她哭了又哭,没完没了。其他宝宝都在睡觉,她却一直哭个不停……上帝啊,我们都是多么不幸,多么崩溃啊!"

他靠在墙上,抬头向上望去,眼中已是噙满泪水。现在泪水一滴一滴落下,从他的羊毛背心上弹起,又溅落在地面,在地毯里洇开。烟灰也掉在泪水落下的地方,却没有渗入其中。他伸出一根手指将烟灰沾在指尖上,弹到水族箱里。然后又去转动收音机旋钮,但入耳的只有噼里啪啦的杂音。噼啪声仿佛催眠的耳语,让她渐渐平静下来。一会,偶尔调对了频率,碰上一个电台,两人都听得津津有味。其实电台里说着外语,根本不知所云。总之一切都安静下来,他也回到她身边的椅子重新坐下。

"你还记得鲍勃吗,它死了多少年了?"他问道。

她在心里算计着。

"四年还是五年来着?我很烦那条狗。"

"你还记得它是怎么把各种乱七八糟的东西往窝里叼吗?它是怎么叼走你那双新鞋的?"他咯咯傻笑着说。

"是啊。它傻得要命,还什么都偷……"她双手交叠在胸前,梦呓般地笑了起来,"知道我最喜欢它哪一点吗?你得早起,因为你必须得遛狗。你和狗一起出门,带着报纸和熟食店的新鲜面包回来,比那家面包店烤的好吃多了。然后吃完饭,就看电影,看完电影……那只狗把我们的生活安排得井井有条。它总是按部就班地做每一件事,从不改变顺序。早上遛完之后,它一定要吃面包干。有一次店里没有面包干卖,他们断货了,我只好自己给它烤面包,然后放在烤箱里烘成面包干……但我当时犯傻干了件蠢事,居然给狗烤了个蛋糕!你能想象吗?"

他差点打断她突然兴奋起来的情绪,说道:

"还记得鲍勃被车撞了之后,兽医是怎么说的吗?"他喊着。

"让它安眠①吧。"她回答。

他深深地陷在扶手椅中,带着一种满足,一种愤慨的满足。

"为什么说要让动物安眠?毕竟,它们是被处死的。"她不满地问。

"说起人死就用'安息'这个词,提到动物死就用'安眠'这个词。我也不知道为什么。"

"你的鱼安眠了。"。

他觉得自己应该把死鱼从鱼缸里捞出来,但实在不想再看一遍鱼缸里的那副惨状。然后她也思索了片刻。

"狗也有自己的仪式。"他说。

"嗯,跟人差不多。"

"狗比人更甚。人的心理是可以突破这种仪式的,而对动物来说,这是与生俱来注定的。"

---

① 原文的"uśpić"一词在此处指使用药物的方式将动物处死,专指杀死动物。

他对自己能说出这么有水平的话而颇感满意。

"注定的。"他如此重复着,享受着这个词的音节带来的愉悦。

两人沉默不语,并排坐在棕色扶手椅上,面朝遮着方格毯子的窗户。又过了一会,她再次开口。

"但它很漂亮……你还记得它是怎么躺在沙发上吗,尽管它知道我们不允许。只有在咱们俩吵架的时候,它才会躺在那儿,似乎是想把我们的注意力转移到它身上……"

"你离家外出的时候,它也躺过。"他得意扬扬地补充道。

"是吗,它躺过?"她简直不敢相信。

"我还在房间里抽烟呢。是啊,一根接一根地抽,你不是也从来没有闻出来吗?我抽着烟,喝着啤酒,鲍勃就躺在沙发上。"

"你以为我没发觉你喝酒吗?我当然感觉到了。我只不过故意放你一马,假装不知道而已。而且我也闻到了那股子烟味儿,只是不知道狗也躺在沙发上了。"

他闻声突然站了起来。

"我们的小吧台里还有啤酒呢。"

"哦,你要干吗?不行。"她打了个手势示意他坐下,他便乖乖坐了下来,"留着以后再喝。"

他感到一股怒意涌上心头。

"留什么以后?你是不是完全傻掉了?哪儿还有什么以后?"

她似乎没有注意到他爆发的怒火,继续平静地在那里滔滔不绝。

"是女儿把狗带进咱们家的。她说要么同意她带着狗一起住,要么她就搬出去。你还记得吗?"

他以沉默进行了一分钟的抗议,最后满意地说道:"你之前不懂该怎么待人处事,也不知道该怎么说话。她有时还是有点小性子的。"

"你为什么用过去式跟我说话?你怎么认为,你怎么想的?"

"饶了我吧。"他起身回了自己的房间,在毯子和窗框之间抠出一道缝隙,向外面望去。街上空无一人,哪儿都一样。

"赶紧盖上,立刻!马上!你这个彻头彻尾的白痴,不学无术的草包!你想让你的眼睛被烧瞎吗?"她把头探进他的房间说。

"我的眼睛,我的房间,我做主。"

她退去之后,他用袜子做了一张简易小网,把死鱼一条一条捞了出来。不一会就在眼前堆了一堆。

神仙鱼的大眼睛直勾勾地盯着天花板。在他颤抖的双手之下,脆弱的鱼尾和网眼纠缠在一起。他闭上眼睛,往马桶里一丢。

"也许是火山爆发了,火山灰进入大气层遮住了太阳。"她的声音从厅里传来,"这就是天色变得如此黑暗的原因。如果是这样,就不会有任何污染,人们可以外出。显然,恐龙就是这么灭绝的。"

他也嘟囔了两句。

"寸草不生,恐龙没有了食物,也就死绝了。"

突然,他们听到了一阵稀里哗啦的玻璃破碎声。两人立刻一动也不敢动。他在马桶前保持着弯腰姿势,她在椅子上僵住。

"怎么回事?"她小声问道。

"恐怕不是所有人都乖乖待在家里,没准有人出去打劫我们的店铺了。"

"他们会拿走所有的食物。这帮流氓。咱们报警吧!"

他看着她,伸手敲了敲自己的额头。

"电话打不了。"不过,他还是走到朝向楼梯间的门前,透过窥视孔张望了一下。过了一会,他轻轻地打开了房门。他能听到有个声音在楼层里回荡。

"我要出去看看,查一查到底是怎么回事。"他压低声音对她说。她却一把抓住他的衣袖,扭过脸去,试图用一个狰狞的表情阻止他。

他抽出了自己的手,转眼间消失在黑洞洞的长方形门框里。她把头伸出门外侧耳听了一会,便回到房间,开始清理桌上的盘子。她又从罐子里取出一条腌黄瓜,风卷残云般吃了起来。吃完后,像泥塑木雕一样一动不动地呆坐在桌前。此时他面带喜色回到了家中。

"我邀请了楼下的邻居。"他说。

她不停地摇头。

"邀请他们干吗?有什么好和他们谈的?"

"他们马上就到了。"

她立即动手擦去了桌上的碎面包渣,又抚平了桌布。

"谢天谢地,煤气还没断供。你去烧水。"

片刻之后,客人在走廊上窸窸窣窣的脚步声已清晰可闻,一阵轻轻的敲门声随之响起。女邻居站在门前,身后是她的丈夫,宾主相互问候。

"我是某某斯基。"男邻居说。

"我是某某赤克①。"男主人答。

"我们住在你家楼下这么多年,今天是头一次登门拜访。日安!"

"别客气,进来啊,咱们把门关上再说。"女主人说。

邻居夫妇有点不知所措地站在走廊上,随即被主人请进了房间。两人在扶手椅上坐了下来。一时间,宾主四人都尴尬地陷入了沉默。

"要不要来一杯咖啡?"她问道,手里抓着一块抹布站在客人身前。

"哦,给您添麻烦了⋯⋯"男邻居小声客气了一句。

身材娇小的女邻居坐在扶手椅边上。男主人也拉过一把椅子,在他们身边坐下。

"能喝上一杯咖啡就不错了。也不知道煤气供应会持续多久⋯⋯也许这是我们生命中最后一杯咖啡⋯⋯"他想开个玩笑。

---

① "斯基"和"赤克"都是波兰男子最常见的名字词尾。

"啊,别这么说。"他妻子声音里带着强装出来的欢快,"研磨的咖啡粉还是速溶的?"

"咖啡粉吧,如果不麻烦您的话。"

她消失在厨房里,而他有些迫不及待地开始发问。

"先生,您有什么消息吗？出了什么事？到底怎么了?"

"他们说发生了可怕的地震,全球性的。据说半个欧洲都没了,荷兰沉入了海底,美国和日本也不复存在了。"

"但我们什么也没感觉到啊。"她站在门口,手里拿着一袋咖啡说道。

"那是因为我们处在非地震带。"他用这个简单的答案把她顶了回去,继续说道,"所有的东西都爆炸了,包括核电站……所以他们才会说到污染的问题。"

"可能还伴随着火山爆发,所以天色才这么黑暗。我告诉过你的。"男主人接过话茬,转向用托盘端着咖啡的妻子。

"这是我丈夫做出的假设。"她说着,把杯子放在长几上,"同样的事情也在恐龙身上发生过……"

这时,娇小的女邻居开始无助地抽泣起来,把脸藏在手帕里。她的丈夫拉着她的手不停地安抚。

"女人总能更深刻地体会到这一切。"他解释道,"我们的孩子在美国,两个都在,本来他们是要回来过圣诞节的。"

"哪儿还有什么圣诞节……"女邻居含糊不清地哽咽道。她的样子楚楚可怜,让大家的喉咙都收紧了。四个茶匙同时在咖啡杯中叮叮当当地响了起来,打破一片寂静。

"我们的女儿昨天也出去了……去找她的未婚夫。"女主人说道,"早上走的,没过几个小时就出事了,所以我们也很担心啊。"

"为什么我们总是担心孩子,即使他们长大了。但从来不担心自己?"她向丈夫抛出了一个哲学问题。

"你这说的什么话?你怎么说话呢?"

大家又把咖啡狠狠地搅拌了一通,这次更激烈。邻居又说话了。

"这就是广播和电视都中断的原因。应该是干扰无线电波和一般电子产品的辐射。未知的辐射阻碍了信号的传输……"他在争论中带偏了话题。

"所以我们只剩下煤气还能用了……"他的妻子怯生生地说着,把杯子举到嘴边。

"如果不出所料,煤气也用不了多久就会断供。"

女主人搅拌了一下咖啡。

"那到时候我们可怎么办啊?你们闻到了没有,下水道里已经开始冒臭气了,要是连下水道也堵塞了可怎么办?"

"您二位在哪儿高就?"男主人换了个话题。

"都已经退休了。这么说吧,"男客人闪烁其词地回答,"我当过文员。我经常在公交车上看到你。你是坐13路车,对吧?"

"是的,我坐13路车在市政厅附近下车。我在一所学校工作……"

"显然,市政厅下面有掩体,全部职工都在那里避难。据说他们能给所有人供应一年的洁净水和罐头食品。里面甚至还有电影院呢。"他的妻子插话道。

男主人惊讶地看着她。

"谁跟你说的这些废话?"

"我听说的。"

他没有理会她,又转向邻居。

"你觉得这些毯子能有用吗?毕竟,只是些普通的毯子而已……他们应该教我们怎么应对。"

"当然了,他们穿着工作服四处走动,发放传单。现在就在那个街区呢。"男邻居伸手朝着一个不确定的方向胡乱一指,接着说道,"虽说他们还没有联系到我们,但应该是迟早的事。"

"不觉得我们应该以某种方式联合起来吗?比如我们这个楼栋。你参加过童子军吗?"

"我年轻的时候,没有童子军,只有波兰青年联盟。"

"那也算有过组织经验吧。"男主人冷笑道。

"我记得,如果发生核爆炸,必须躺在窗户下,用手捂住头。"

"这样很有用。就像在窗户上盖毯子一样。"

他走到窗前,发现了一条窄缝。

"我想知道那棕色的空气是什么味道的。应该闻起来像什么呢?臭氧味还是焦煳味?"

"也许空气中充满了火山灰。"邻居补充了自己的意见。

男主人在家具旁停住脚步,开始在书架上翻找起来。他抽出了一本画册,自顾自翻看了一小会儿,似乎想回忆一下自己

要找的东西是否真的存在。他最终停在其中一页上,展示给他们看。他说:

"是梅姆林①所作的《最终审判》。亡者从坟墓中站起来,大天使加百列举起烈焰之剑。地狱里一道道人影飞入火海。地狱上空是红色的天空,四处黑色的废墟高耸。"

"你为什么要给我们看这个,难道你疯了吗?"她责问道,然后转向客人,"我也不知道为什么我丈夫要给你们看这个。"

"我不怕魔鬼,也不怕幽灵。能让我感到害怕的只有人类。"邻居勇敢地做出了回应,"一定是人为造成的,一定是某个人做了什么决定。"

"嗯,不,但你说这是地震……"

"都一样。综合考虑起来,地震不会无缘无故发生……没准还有温室效应等等因素。"

女主人将杯子放下。

"有时候,事情的发生往往会超出我们的控制范围。其实,这是很常见的现象。人什么都不知道,什么都不懂,也什么都不能计划,因为一切都按照该发生的方式自然而然地出现。人无法了解自己,因为人们都被一些情绪和本能所支配……西红柿,我们在地里种了西红柿。现在西红柿已经成熟了,现在正是熟透的时候,但我们不能去采摘。一切都和原本应有的不一样了。"

---

① 汉斯·梅姆林(1430—1494),尼德兰佛兰德斯画家,北方文艺复兴运动中的杰出代表人物。

与此同时,女邻居正用迷醉而又惊恐的眼神盯着摆在眼前桌上的这幅印刷图画。她一定是患了某种疾病,因为额头上正冒出大滴大滴的冷汗。她没有再去动自己的那杯咖啡。

"我觉得有点不舒服,"她对丈夫说,"我们现在可以走了吗?"

男邻居总算醒过味来,问道:"现在几点了?"

"七点……"女主人回答说,犹豫了一下后又补充道,"晚上七点。"

两位客人都站了起来。

"我想我们要走了,第一次来不应该……哦,我在说什么呢。不如二位明天来我家回访?"

宾主在门口道别时,他还是忍不住说了最后一句话:

"如果你有什么新发现……"

"我们会联系你的。"

两人都回到椅子前,在先前的位置坐下,伸了个懒腰,又各自把客人用过的杯子推到一边。

"你为什么要带他们来咱们家?"

他没有回答,饶有兴趣地翻看着几张旧报纸。

"今天的新闻节目后,应该有一部电影要放映……"

"这两口子也挺无趣的,跟我们一样,恐惧而又无聊。你看到她当时的状态了吗?"

他还是没有回答,于是她起身把画册放回原处。

"在我开始思考之前其实并不害怕,但只要一想,就开始害怕了,越想越怕。要是那个电视台还能看就好了,电影的名字是什么来着?"她问。

他放下报纸,闭目养神。

"不知道。"

"说话啊!"

他依旧纹丝不动。

她起身又开始找地方祈祷,跪在之前那个地方,脸对着窗帘。他从微闭着的眼皮下,偷偷地打量她。

"上帝的天使啊……"她朝他瞄了一眼,他赶忙闭紧眼睛,"上帝的天使啊,我们的守护者,您永远站在我们身边。无论晨昏,不分昼夜,始终如一地助我们……"

"你在向什么祈祷,向毯子吗?"他静静地问道。

"捍卫、守护我们的灵魂和身躯,并带领我们……"

"根本没有天使和上帝。人死如灯灭,尘归尘,土归土。"

"……走向永生。阿门。"

她从地上站起身,机械地掸了掸膝盖,又回到了椅子上。

"所以现在我想,天使对待我们一定会像我们对待狗一样,他们照顾我们。他们知道什么对我们来说才是更好的。而鲍勃就不知好歹,不想吞下驱虫药……所以,也许现在发生的也是类似的事情……祂在给我们驱虫。"

"谁?"他总算睁开了眼睛。

"当然是上帝啊!"

"你简直是鬼迷心窍了!"

她无比愤怒地瞪着他。

"你真卑鄙,实在是太卑鄙了。"

"我没有满脑子胡思乱想。"

她起身收拾好杯子,去了厨房。

"你是个坏透了的小男人,"她说,"一条滑溜溜的蛇。"

他们坐在椅子上,几乎被黑暗所笼罩。只有前厅的一盏小灯发出昏暗的光芒。她穿着一件被洗得抻长变形的睡衣,他穿着一件印有条纹的睡衣。他取来一支小蜡烛,在凳上点燃。她疑惑地看着他,一边在手上擦着乳霜。

"我们必须节约用电。"他阴阳怪气地说。

"每到天黑的时候,我就开始觉得有些不舒服。在黑暗中,一切都显得更糟糕,更可怕。而到了早上,我就会感到惊讶,为什么我夜里会那么恐惧……而现在,一天到晚都是乌漆墨黑的。你觉得女儿会出事吗?"

"我想不会的。"

烛光下,他把三种药丸堆了一小堆,又放进盒子里,以备明日之用。

"我们还爱谁?"她过了一会问道。

他手指捏着药丸,顿时愣住了。

"我不明白你的意思。"

"我的意思是,还有谁值得我们担心?"

"你操的心还不够吗?"他又恢复了之前的动作。

她拧上了那管乳霜的盖子,走到窗前,慢慢地把旧毯子推向一边。

"有辆车开来了!"她突然惊呼。

他从座位上一跃而起,冲到窗边。

"在哪里?让我看看!"

两个人在窗缝前挤在一起。

"我告诉过你,人们不会在家里坐以待毙,他们早晚会出门的。自我幽闭是不人道的,还不如立刻死掉来个痛快。"

"我觉得他们马上就要打劫商店,抢食物了。"

她看着他。

"我们也得出去弄点东西回来。否则时间长了,我们就没的吃了。"

"你有没有想过,怎么可能会一直这样呢?"他问道。

他又回到长椅上,收起药丸。她则把乳霜送回卫生间。此时,两人面对面在走廊上站住。

"你今晚来和我一起睡吧?这样会更安全一些……"她问道。

"你打呼噜……我睡不着。"

两人各自走向自己的房间,但她在将手触到门把手上的那一刻还是停住了动作。

"你认为鲍勃会得救吗?"她问道。

"疯婆子!"他小声嘟囔一句,两人都关上了身后的房门。

众鼓奏鸣

所以,我看起来就是这个样子:个头不高也不矮,身材不胖也不瘦,发色不深也不浅,至于眼睛的颜色就不太好界定了。我不老,又算不上年轻。我的穿着也相当普通。可以说,我很容易泯然于众人之间。当我在咖啡馆的角落里坐久了,别人会误以为是张空桌,对我视而不见,直接坐在我旁边。当然,我也不与他们搭讪,看也不看他们,只是自顾自地喝咖啡、饮啤酒,饮罢独自离去。

然而我始终觉得,自己是一个特立独行、绝无仅有的人。

当我去某个城市出差时,我的行李箱上总是贴着写有我姓名的标签。我的随身记事本里塞满了信用卡,写满了各类数字和密码,一页页列表中填满了熟人的姓名、地址和电话。我还带了香水,多年来一直在用这款。行李箱中还装着不少衣服,都是我喜欢的品牌,肯定也不会落下用惯了的化妆品。我下了飞机后坐车进城,在地铁里会与某个男人随便闲聊几句,偶遇无须深谈,话题反反复复就是些"我喜欢这个,不喜欢那个""这个深得我心,那个我一点都不感冒"等。每当此时,我们都完全忽略了自己这些观点所蕴含的令人讨厌的主观性,我们不断说着"这个太棒了,那个愚不可及,而且简直让人受不了"之类的话。这样的谈话是愉悦的,因为对我们来说,存在这个简单的事实远远不够,我们都渴望成为特立独行、绝无仅有的人。

我的公寓乍一看似乎显得很阴森。昏暗的小夜灯无法照亮高高的天花板,房间的布局也缺乏对称性。所以刚住进来时,我夜里去洗手间都会迷路。污秽的地板上还留有前任住客的烙印,他们一定是艺术家,地上尽是画笔滴落的斑驳颜料。四白落地的墙面让我感到很不舒服,无论如何也该有点色彩搭配吧?窗外的风景可能会让某些内心意志比较消沉的人产生沮丧情绪。从一侧窗户俯瞰,入眼的是一片空旷的广场,广场四周种了一圈树,树叶已经落尽,只剩下光枝秃干。那是一个有狗追逐着主人扔出的木棍而乱跑的广场,是一个充满了狗屎和好奇的喜鹊的广场。白天,广场上一群十几岁的大姑娘在玩耍——戴头巾的姑娘们与金发小伙子踢球踢得一样好。在春分这天,皮肤黝黑、留着浓密胡子的男人们点起了一堆篝火,践踏着草地跳集体舞——排成几排队列,一队接一队,就像在上体育课。

从另一侧窗户望出去,是一座有双塔结构的教堂,每座塔顶端都伫立着一个英俊的守护天使。时至五月,那些筑满了寒鸦巢的树木尚无法遮挡我的视线,每天早晨我都会透过葳蕤的树冠,看到被切分得支离破碎的天使形象,他们无声地吹响了唤醒整座城市的号角。

我有些嫉妒这些天使，他们对冷漠的人群倾注了太多的关切。我一丝不挂地在房间里来回走动，只为了吸引他们白色的眼瞳能转向我片刻。每周都会有一次，在礼拜日，我的教堂里会响起钟声，尽管听起来洪亮而有点歇斯底里，但其宗教效果却远未达到预期——只有零星几个人沿着小路穿过广场向教堂走来。教堂试着躲进绿色植物中，仿佛对自己夸张的占地面积感到羞愧，它尴尬地退向河边，撤往城市的东部，或许它最愿意蜷缩在摩天大楼之间。

厨房的窗朝向一个颇大的院落，围着院子的一堵砖墙将它与外面的世界隔开，形成了市中心的一小片绿洲，院中安静而阴暗。在古老的枫树和椴树之间停放着几辆手推车，几座五颜六色的木窝棚坐落其中，被自行车架、装过异国水果的包装箱、高尔夫球杆和轮胎支撑起来。从一开始，我就对窝棚的住客十分着迷，因此我的大部分时间都在厨房度过。

我把全部的就餐时间献给了他们——我将桌子挪到窗边。现在，我正慢慢地咀嚼我的早午餐，他们就一直处在我的视线所及之处。他们很少在窝棚之间走动，惯常的喧嚣和匆忙在他们身上更是难得一见。只有在阳光明媚时，他们才走出来，坐在台阶上晒太阳。他们的孩子们也在安静中玩耍，从来听不到尖叫声。就连他们养的狗都似乎是某个安静的品种，像个哲学家一样在思考着鸟儿如何从这随意搭建的露台上开始了混沌运动。

一个又一个下午，这些花花绿绿的人会组织音乐会。他们将大功率扬声器摆到院中,播放着过时的布鲁斯音乐或者帕瓦罗蒂的歌剧(很遗憾,还曾与他一起尝试过进入同一家公司演唱)。日渐黄昏,他们将歌剧换成了单调、阴郁、悲伤的电子音乐。乐声如炊烟,自院落中升腾而起,惊扰了教堂塔顶的天使。

我透过窗户打量这些人,慢慢地熟识。每个小时,我都会从案头工作中起身,舒展一下筋骨。我走到窗边,向外望去,一边咀嚼着新鲜的萝卜、草莓或者刚上市的小杏,一边去认识他们。后来我还以吃李子、苹果、涂黄油的盐水煮玉米的方式了解他们。当天气转暖时,他们的生活开始延展到窝棚之外。他们像游牧民族那样,用酒精炉煮饭;或者直接生一堆火,架上锡锅烹饪。他们喝啤酒,抽大麻,还仰头把烟雾喷吐向上空,以便其直抵天堂。当夜幕完全降临,他们会取出鼓,大大小小,各式各样,就像交响乐团中的那些在音乐会上偶尔敲响两三声、发出短暂的震撼的声音、箍紧听众的心随即又将其轻轻释放的鼓一样。

他们在我晚餐时打鼓。我把椅子搬到直对窗口的位置,在桌上摆好餐巾和餐具,又倒了一杯红酒,开始用餐。我坐姿笔挺,仿佛身处异国的餐厅。慢慢地,日复一日,我逐渐意识到,他们的鼓声在白天也从未停息,只是移到了棚内,乐器的数量也减少到一件,以避免在阳光下暴晒。而到了夜晚,就像著名的异国植物仙人掌的花朵一样,鼓声在整个交响乐队中绽放。

我看到,那些鼓总是被摆成一圈,仿佛一间自助乐器工作坊,谁若是演奏累了,就会消失在窝棚间的黑暗中,自有精神饱满、跟得上韵律节奏的新人取而代之。也可能相反,演奏者尝试彻底换个节奏。当时我还是孤身一人。入夜后,我会在脸上涂抹晚霜,敞着窗户入睡。夜里常常做梦,早晨我会一边喝咖啡,一边把梦到的内容记录下来。我坐下来投入案头工作,无外乎阅读、记笔记和写信,信的结尾总是用相同的方式落款。我会列好每天的计划和采购清单,然后逐一付诸行动。然而每晚听到的鼓声,开始改变我看待一切的方式,那鼓声,是提示的鼓声,是警告的鼓声,是唤醒的鼓声。

我在城市郊区找到了学校,是熟人推荐给我的。距离相当遥远,我反而觉得甚是欣慰,因为坐火车总能让我心绪舒缓,气静神凝。从火车上无法一览城市的全貌,只能看到孤立的、彼此分开的建筑,这些建筑还总是在翻建装修中,一片乱哄哄的施工现场,起重机忙碌着,五颜六色的围栏将工地与街道隔离开。有时还会看到几条刚刚完工的街道,路面上散布的白色砂浆和混凝土渣也未清理干净。整条街区尚无人入住,似乎谁也没有这么大的勇气,能下决心搬入一个全新的现代空间。也许未来的城市就会以这种方式彻底清空人口——新建的房子越多,想入住的人就越少,房子越积越多,而人越逃越少。对于这个简单而神秘的原理,建造者们应该并不陌生。或者,人们将会固执地、绝望地、痛苦地挤在胡乱分布于公园间的窝棚和简易木板房里,让空空如也的银色摩天大楼忧郁地折射着天空的光线,映照着云卷云舒——而这些转瞬即逝的浮光掠影,不是人间的烟火气。

第一次坐火车横穿这座城市时,我有种奇怪的感觉——这次旅程、窗外的风景、车轮滑过路轨的轻微摩擦声,都使我变得恍惚。车窗外的城市让我感觉特别虚幻无形、变化不定,因此我也丧失了轮廓感。有一架大型的齐柏林飞艇划过天际,随风逐云间,形状变幻莫测。表面上看,城市还是那座城市,但我每天都会注意到一些新的细节。比如,在空旷的广场上,一夜之间就会冒出几座玻璃建筑。有时,地铁站会打乱原本的顺序,从后一站跳到前一站;有些车站正好相反,迟迟不肯登上舞台。

再说说商店。它们明目张胆地游荡着,而开门时间对我来说完全无法预测。我住的那条街上,永远不能确定此时此地的这家店铺是不是昨天的那一家。即便是,也不意味着今天你在店里见到的红酒、面包与昨天或者一周前买到的一样。而且,人们看起来好像很容易喜新厌旧。经常会见到装满家具的大货车呼啸而过,又有人从一个街区迁居到另一个街区。还有,博物馆里的藏品也飘忽不定,这给游客们带来了极大的困扰,因为他们已经习惯于将博物馆视为地球上最为一成不变的所在。也许在其他地方如此,但这里显然不是。

因此,不得不小心留意。我必须一看再看,悉心观察这座城市,以免它脱出我的监控。我坐车穿越无尽的郊区,掠过一座座方形的车库、满是悲伤意味的各色住宅楼,我慢慢地意识到一件事:我感觉很幸福。这可能是我存在的最自然的方式:从远处泛泛地观察,不融入其中的生活,只观其表象。我匆匆而过,投以一瞥,仅此而已。乘车在城市中巡游的我,如同那些上了年纪的游客,他们租一辆空调大巴,就像装上了发动机的幽灵一样游荡在城市中,透过有色玻璃,扮演移动的事件见证者。我亦是如此:观察玻璃外浮动的画面,通过几个手势勾勒出世俗的生活场景——这是我唯一所能见的人与人之间的交流方式。树木勾连成一片,公园融为一条柔和的绿化带。事实上,我的视线无法在任何事物上驻留片刻,永远在线的自我,温柔地接受了所有的视觉膨胀。在连绵的掠影中,我将外部的一切统一起来。车窗外的一幕幕连成序列的细节刚被命名,又旋即失效。

可能是因为,我从更远的一站下车了,不得不从那儿步行十五分钟,一路上我时不时地对获得细节产生了极度渴望。所以我本能地冲到了书报亭(那里有杂志出售,真是对"细节刚需"的巨大胜利),或者浏览那些寻常摊位上售卖的花束。在花摊前,因长途跋涉而涣散了的目光得以再次聚焦,被小苍兰的紫色脉络勾勒起来,被镶嵌了奶油色边缘的玫瑰花瓣安抚下来。

我透过车窗所看到的城市,与其说是一座城市,不如说更像一个充斥着各色建筑的混乱空间,是围绕地铁口而组织起来的某种大杂烩。令我担忧的是,我看到的一切与其他人眼中所见截然不同。因为所有人都惊叹地重复着:城市,城市。他们明显在脑中形成了某种具有统一性和连贯性的概念,但对于一个外乡人来说,这很难理解。难道是我无法看见他们所注意的事物,无法理解那些看似杂乱无序,又像被错综复杂的地铁网络如不均匀的珠链一样串联起来的地点之间所存在的神秘联系?

城市,城市。他们带着激动和骄傲的心情重复着这个词,共同参与着某种我所不知的神秘行动。那些游客也加入这个行列之中,他们甚至更加兴奋,在散布于地图上的众多公园中探索这座城市;他们踏遍城市的主干道,在干涸的河底漫步,甚至买下几年前崩塌的建筑物残片。他们是否跟我一样,迷失于其中,却怀有美好的愿望,希望能抓住身处的这个被称作城市的梦境,哪怕只有一丝半缕?

我需要转三次车才能到达学校。在路上吃了几个三明治,还观察了沿途的旅行者。我惊奇地发现,他们中不存在同类,他们每人的特点各异,互不相同,完全不能形成一个整体(他们的妈妈肯定永远不会把他们与别人弄混)。到最后,其余的一切都变得模糊不清,归于混沌。皮肤黝黑的壮汉,睫毛漂亮的小伙儿,宽脸庞的妇女,眼眶湿润的老者。难道人不仅仅是一堆特征的集合体?还有地域因素,那些经过的地方不也在闪耀着时间的色彩吗?

假如有人可以跟踪我在城市中漫游,假如有人紧随着我,并在纸上画下描述我行迹的复杂图形,或者甚至(趁我睡着,让我毫无察觉时)在我的脚上绑个跟踪器,就像给鸟儿绑的那种,那么在电脑上就可以看到我所留下的奇异轨迹,这是毫无男性特征的路径。因为我所结识的几乎都是女人。这怎么可能?这座城市的男人为何比女人少,数量少到我每次碰到他们时,他们都好像是转瞬即逝的、心不在焉的、疲于奔命的、有约在先的,他们就像是用柔软的铅笔画在纸上的浅浅的线条?我怀疑,男人们在城郊有着自己的独立社区。或者,是的是的,他们肯定都在坚固的红砖砌成的政府大楼中忙忙碌碌,在那儿统治着这座城市。他们低沉的声音在空中回旋,也许这就是城市中总能听到的不间断的嗡嗡声的来源。也许他们正在筹划下一次战争？我甚至错误地怀疑,这座城市被不存在的界限或是无法看到的间隔划分成了男人区和女人区,而有一些会飞的警察在空中巡逻。当然,这不是真的。模糊不清的不仅是人们的面容,不仅是个体,还涉及性别。我见到过男芭蕾舞娘、男荡妇和男歌剧皇后。他们被挂在墙上,有一部分遮盖了建筑工地。他们脸上化着妆,窄小的臀上穿着纱裙,虽胸部平坦,却比女人还要女性化。我多次打量着他们,最终我开始拿不准了,也许他们根本就是女人,只是装扮成了男芭蕾舞娘。也许是女芭蕾舞娘假扮成男人似的女人,或者男性化的女人。后来我给出了盖棺定论的判断：这座城市最深处的本质是雌雄同体的,很容易就把上帝划分两性原罪的庸俗界限模糊掉,只有世界边缘的那些新贵暴发户还在小心呵护着这种区别。

学校所在的社区散落着一座座独立别墅,其建筑规模令我联想到我的城市。我愉快地走过街心广场。

我们在地下一层的教室上课,从那儿可以看到公园里的树干,还有从窗边走过的行人,但只能看见腿及腰。当我们坐在长长的、光滑的桌子旁,在科拉莉娅的监视下苦读时,只有孩子们有可能向教室中的我们投来一瞥。

科拉莉娅是我的老师,她讲话时会在两种语言中不停切换。我对她说的任何一种语言都不甚了了,她却能优雅地将两种语言交织在一起,并在最终以拉丁语收尾。我盯着她灰色的眼眸,看着她的口型(好像我是聋子),这样我才能读懂她说的意思,听懂她的讲座。起初,我担心我们的意思,她的和我的,可能会在路上彼此错过,就像两条平行的直线,只会永远地无限延长,却不会交会,不会彼此想念。

我从来都不知道,科拉莉娅每次将会教授什么内容。这恰恰是她教学体系的主要前提——出乎意料,才能印象深刻。事实上,刚开始上课时她就教了我们一首关于小鼓手的歌曲:

冬寒夜未央,
鼓伶悠语长:
身乏金帛赠,
亦无铁石强。
莫问何所馈,
与君歌一场,
咚咚复咚咚,
锵锵复锵锵。

还有一次,她在黑板上用外语写了一些动词的不规则形式。她最初给我们上的某一节课带给我许多思考——我们每人手上拿到了一块拳头大的黏土,她用我们自己的围巾蒙住大家的眼睛,让每个人用黏土捏件好玩意儿,一件身边的事物即可。我想捏个小动物——我们的城市里太缺动物了——小鹿或者哪怕小狗都好。结果当我把围巾从面前解下时,定睛一看,我塑造出来的居然是一张陌生人的面孔。

正是这些面孔统治着城市。我慢慢地发现(这也许正是科拉莉娅的初衷),组成城市的既不是建筑物和街道,也不是地铁口,而是铺天盖地又融合在一起的面孔。这些面孔一个一个走过,就像那些著名的电脑模拟所展示的一样。这座城市就是由糅杂在一起的面孔所组成,它们散布在各个街区,但有时会因为某一刻的机缘巧合而相互撞见,比如,在运转的自动扶梯上,一个朝下,一个朝上;在相向而行的两列火车上,一个向左,一个向右;在旋转的玻璃门前,一个进,一个出。

面孔的连续性着实令人着迷,因为它们彼此之间如此相似。我好奇的是,这种精确性是不是看起来就像高斯曲线一样,是否有着单调而均匀的分布,是否用简单的数学符号比用某种文学化的文字更容易描绘得令人信服?

科拉莉娅经常提醒我们注意普遍存在的相似性。世间万物皆存在相似性,这只是个视角的问题。相似性将事物连成一个巧妙的网,让世界纷繁复杂的发型保持着光鲜整洁。

"由此可以推断,"科拉莉娅说,"我们的经验形成了一种普遍认可的因果关系模型,这些因果关系会紧随其后,用赏心悦目、和谐完美的链条将现实连接起来。"她举着手指继续说道:"没有比这更能误导我们的了。因果结构只是理智的基础和支撑,我们可以举例来说:一台自动扶梯,可以让我们不用举步就得以上楼。而脚步和迈腿呢,左腿的运动是否就是右腿迈开的原因?右腿的脚步是不是左腿挪动的结果?"她问道。"当然不是,"她自己回答,"脚步之所以可以和谐共存,共同构成了行走,是因为它们具有相似性。这种相似性相互吸引,就如同对立性一样。但是对立性毕竟也是一种'逆相似性',不是吗?"

我们不知道该如何回答她的问题。

她应该把我们所有人都记录在案了,包括每人的姓名、年龄以及眼睛的颜色。她了解我们的成就和挫败。她根据这份记录联系我们,要求一一做出回答。"科拉莉娅,我累了。① 我累了。② 我累了。③"我说道,"我不舒服,我要回家了。我今天不是我。"每到此时,她会拿着体温计贴上我的额头,然后满意地确认我没有发烧。接下来,她看着我的眼睛继续检测(她的眼睛是灰色的,而我目光暗淡),她重复道:"你必须成为谁,没有别的出路。人总要被定义为某人,尽管这很烦人。即便是缺少特点也可算作一个特点。哪怕脱掉衣服后的你依然是你,只不过是裸体的,甚至昏迷后的你依然是你,只不过是无意识的,就算死亡也无法让你摆脱你的身份,因为那时你将是你的遗骸。"

简直是一派胡言,我坐在车厢中想,尝试着将自己融入窗外闪过的那些巨大建筑中。其实还是有一条出路的,那就是将自己忽略掉,忽略自己的重复性、预见性,将决定权从内部移到外部,移出自我,移给外面的世界,移到公园中,以寄望于偶然

---

① 原文为法语。
② 原文为英语。
③ 原文为德语。

性。然而,这将是一件艰巨的工作——必须要停止将一切与自己联系起来,避免做出直接的条件反射,要将自己看作其他事物中的某个客体。放弃自己固有的观点,以及放弃说出脑子里蹦出的想法,就像不能吐出舌头上的口水一样,也不能再有习惯和嗜好,而要学会一直重复:"我不知道,我不知道,我没有任何想法。"

这种奇怪的渴望是从何而来的呢?我怀疑,是这座城市惹的祸。毕竟科学要研究人与地域的联系,事实上,城市的确会影响人。据说巴黎能让我们变得风情万种、精致优雅,纽约能让人更加精确务实、脚踏实地。人们都是这么说。城市自身就是某种边界不清、性质不明、变化不定的东西。它流动着。就像一艘游乐汽船在我身边漂荡,它没有自己的属性,因此才引人入胜。它将所有人圈入网中。正因其不确定性,才保证了每个最奇怪的渴望都能得以实现;正因其无形无迹,才促使每个不确定的可能性付诸现实;正因其没有中心或者外围,才使我们获得自由与平等。

我感觉自己已经受够了科拉莉娅式的耍聪明,我上她课的频率越来越低,即便去了也往往迟到。从小我就不跟时间对付——它要么偷偷溜掉,要么令人不安。

某一天,我在某一刹那突然意识到"现在"意味着什么时,时间变得非常苦涩。因为"现在"意味着"不再"。"现在"意味着一切都在此时此刻不复存在,就像楼梯上烂掉的那级台阶。这是一个可怕的、令人惊悚的概念,它揭示了整个残酷的事实。

那是孩提时代的我,在自家门口吃着西红柿。那是某个下午,天色已渐昏暗的公园,最终崩解为亿万颗粒子。一切不可逆转。"现在"——是从未见过的大雪,是乌鸦的啼鸣,是四月的残酷。在我位于普希公园的房子旁,有紫丁香盛开——我又一次没能捕捉到它完全绽放的时刻,因为当丁香细小的花蕾打开之初,就已同时开始凋谢了。两年前的日食也与丁香开花相类似——全黑的月轮能够被看到时只能是"在那儿,在那儿"或者"已经过去了"。完全的时刻只能是从一个状态到另一个状态的过渡,是抽象的、通过数学计算得出的虚妄。它是社会契约,是规矩,是无限近似,是为了心之所安和总体秩序打造出来的流行现象。

我向科拉莉娅吐露这些疑惑时,问她,为什么我们不能仅以过去时态或仅以将来时态谈论自己呢?难道我们所说的任何话都不是事实?难道从所有维度来看,这些话都不诚实?但她对此有自己的看法,而且非常坚定。这就是她。她说,人最大的特权就是拥有现在,这是我们所能拥有的唯一东西。为什么要发明语言?就是为了控制事件从过去变成将来的过程,由此可以获得掌控时间的力量,可以停住时间,尽管只是短短的一瞬;而在那一刻,人可以充满权威地宣告"我在这里"。拥有"现在",意味着拥有自我存在的意识,意味着可以站在静止的台风眼中,打量着周围旋流般的事件,并发现旋流的轨迹,一次次翻滚,一次次归于秩序。她还说,若想拥有这样的特殊技能,就需要付出高昂的代价,因为身处震中时,就不再能看到自己了,自己也就当面消失了。

　　这可能是我们之间的最后一次交谈,我因为她而消失了。对,我逃学了。早晨从家里出发时,我脑子里还有明确的目标,知道要往哪里去,但经过几个街区后,就忘了目的地了。我被路边一个女人的长腿所吸引,她穿着色彩绚丽的长筒袜;我被穿过斑马线跑向附近广场的狗狗所吸引,还有推着双胞胎的婴儿车、在车水马龙的街道上艰难前行的消防车、拎着叮当作响的酒瓶的流浪汉。当我傍晚回到普希广场的家里时,熟悉的鼓声已经在呼唤我。我的邻居们在那里守护着。

　　某天晚上,夜幕已经完全降临,我为了不引人注意,特地换上黑衣服,下楼来到院子里。他们围桶而坐,桶里燃着些垃圾。大多数人在低声交谈,其他人则喝啤酒,还把喝空的易拉罐压扁扔到身后的黑暗里。其中几人用手掌拍打着鼓面。当他们敲累了,就会马上换上另一批人,所以鼓声的节奏一直在变化着,不同的鼓声在黑暗中相互寻找。夜色渐深,更多双手加入击鼓的行列中,鼓点的节奏也变得越来越清晰。小鼓更容易放在膝盖上或者拿在手中敲打,其节奏也更容易被打断,就像多动的孩子或是麻雀那样需要关注。那天晚上我还不敢击鼓。我坐在长椅的尽头,几乎隐身在黑暗中。大概只有我的脸在一片黑暗中隐约可见,随着火焰的闪烁,我的脸像个小亮点忽隐忽现。在某个休息的时刻,只有一面鼓还在维持着单调的节奏时,我给他们讲了关于奇什卡的故事——很久以前我的家乡有位疯子,他向全世界宣战,甚至成功地集结了一支庞大的军队,但最终被敌人抓住处决。他在死前曾下令,如若战死,要将他的人皮做成鼓,鼓声将激励余部继续奋战。"咚、咚、咚",单调而微弱的鼓声不停作响。他们认真地审视我,我的小故事似乎化作了实体,我觉得它就像小礼物一样摆在了他们面前。一大早,就有人带来了一面军鼓,一个穿着迷你短裙和丝网长袜的姑娘把军鼓挂在脖颈上,向我展示了如何稳定地进行演奏。从那一刻开始,我几乎每晚都去,他们称呼我为"奇什卡"。

有位姑娘名叫卡尔拉。白天,她总是把孩子抱在胸前,或是用花布包裹孩子系在背上。她喜欢露出纤细的双腿,穿得尽量短——因此是迷你裙,她足踏高筒系带长靴,身着紧身皮夹克。后来我又看到过她几次,却是完全不同的装扮,她在自己的短发上绑了一串五颜六色的发辫儿,身穿橙色裙子。她穿过街道,途经普希广场,又继续往前,直到在一家咖啡馆的桌子旁坐下来;她慵懒地与跟她类似的人们闲聊,甚至在用母乳喂孩子的时候也没有停下来。

我也常常会坐到她身边,点一杯白咖啡或者白葡萄酒。我们懒洋洋地看着那些精致的汽车如何惊恐地拼命躲避奔涌的行人。

卡罗利娜,一位技艺精湛的女鼓手,她认为击鼓时应该全神贯注。在一些初学者身上经常会出现做白日梦的现象,他们会为节奏所陶醉,沉迷其间,不可自拔。她说,人的某部分意识会随着节奏入睡,进入无意识状态。她还向我展示了如何确认自己是在做梦还是处于清醒状态。她说,只需看看自己的手掌,这能让你回归自我,你会知道,你,在这里。

因此,当我在早上敲击铁锅时迷失了自我,或者在白天沉湎于击鼓时听到了窗下传来的鼓声,或者击鼓已经渗透到我的其他日常活动,譬如鼓声在我吃饭时突然出现,我就会放下餐具,用餐巾纸擦净口唇,然后看向我的手掌。

卡尔拉认为,人从来无法确定自己身处梦境还是清醒中。她说,通常受到普遍认可的界限是睡觉和醒来。这是非常简单的理论——睡眠时发生在我身上的一切都是做梦,而在日常活动中发生的一切都是清醒的呈现。"呈现"——她第一次使用这个奇怪的动词。我不喜欢这个词。那些所呈现的未必是真正发生的。当我说"呈现在我身上"时,听起来就像我不能确定这是真实存在,抑或仅仅是我所感知的臆想。必须有另外一个词,这个词是"做梦"的反义词。

这年秋天,所有人都感觉到了四处发生的变化。这些变化肉眼可见。尖头鞋取代了方头鞋,紫色与卡其色拼死一搏,黑色逐渐淹没了商店的橱窗,将疯狂的红色排挤到郊区的街道。

我几乎每晚都去看他们。当我完成了手头无聊的工作——坐在数不尽的文件中,将这一摞移到那一堆;当我把那些任务终结,把一切琐事都记录在案后,我会从冰箱里拿一罐啤酒或者一盒饼干,带着出门。

去那里的人从来都不是一成不变,有新人加入,有旧人离去。金属桶里燃烧的火焰每次都映照着不同的面孔。鼓也在变。我最高兴的时刻是一面磨损严重的旧鼓的出现,此鼓被人们称为"擦鼓"。这是一面高大而厚重的鼓,鼓面上有个洞,通过拖动绳子来演奏——就像鼓在说话,在用几个钟头的时间来倾诉、哀泣、低唱。鼓中的国王无疑就是它,而不是另外两个男孩带来的那面需要用柔软的鼓槌从两侧敲击的土耳其鼓。想演奏擦鼓的人排起了队,每个人都希望在节奏感十足、粗犷又感性的鼓声中忘却自我;天快亮时,我的手已经累得麻木,泛滥的汗水淹没了眼睛,身体也虚弱不堪,但我似乎还没有得到满足,是的,永远也不会够。

一个肤色黧黑的漂亮女孩带来了一面印度达曼鼓,鼓身两侧的皮带上各系了一个球,当她用手掌击打旋转的鼓时,两个球会碰撞绷紧的鼓面,发出令人神经紧张的焦虑节奏,这节奏仿佛是预示着即将到来的雷暴,它已经在地平线之外酝酿形成,正在上升、逼近,一会就会像冰雹一样瞬间劈中我们的身体。姑娘解下小鼓交给周围的人,每个人都想加入这个蕴含着净化意味的灾难预言中。长得像门环的西藏小鼓发出警告和怒吼声。另一个单调的咔嗒声就像哀怨的圣歌,如泣如诉。总是会出现某个不那么清醒的人,猛然间抓住铃鼓,这是一件最安全、也最著名的乐器。人们对这样的行为听之任之,允许他寻觅重返幼儿园的感觉。现在,他用拳头捶击着鼓面,拍打着鼓边的金属圈,然而这种金属撞击声听起来实在让人觉得刺耳。当喝醉的手鼓让我们恢复了意识之时,军鼓自然也加入进来,这是位从了军的亲戚,变得越来越令人畏惧。军鼓说,即将到来的雷声实际上是战斗的高潮,这样的激战每天都该发生,永远也别想逃避。当非洲的墩墩鼓、会模仿人说话的马来西亚伊迪奥风鼓、只有女人可以敲击的定音鼓、只能在家制作的单鼓、从玩具店买来的婴儿鼓,还有优雅而极具异域风情的鱼形鼓,形形色色的鼓全部都加入进来后,喧闹声变得令人难以自持。此时此刻,才创造出真正的交响乐——节拍相合、共鸣绕梁、错落有致。偶有拍子被击错,蹦出不和谐的杂音,但很快就会消弭于无形,自动调整,重归有序。我们中的每个人都感受到自己的战栗与躁动,拼命吸收着来自外部的节拍,这节拍比我们自身可悲的尖叫声更为重要。节奏席卷了我们,淹没了我们,让我们为即将到来的风暴做好准备。当风暴真正来临时,我们竟令人难以置信地、眼睁睁地屈服了,就像被淋了一场倾盆大雨。

然后一切归于沉寂。只剩下一面儿童鼓的声音,它均匀地奏鸣,如钟表一样与时间保持着一致——嘀嗒,嘀嗒,嘀嗒。节奏从一开始就创造了时间。鼓乐喧天,再安静下来,这样的循环在夜里发生了几次。清晨时只剩下一个人,他像个哨兵,确保着鼓声不会中断。

这,就是在这座城市中,发生在我身上的唯一不变的事。也许正是因为这鼓声才让这座城市始终保持在受控状态,虽然城市并不知道,这应该归功于谁。

我与卡尔拉成了闺蜜,花在案头工作上的时间越来越少了,现在几乎每天都下楼蹲在她的棚屋里。我们一起看电视,当她出去时我帮她照看孩子。我把孩子用布巾系在腹前,溜达到其他人的棚屋里,坐到破旧的沙发上,安静地与他们一起看电视。他们一共有六台电视机(一台放在户外的树下,为了防雨还在上面撑了一把黑色大伞),每台电视都播放着不同节目。因此当我从一台走到另一台时,就可以看到整个世界——战争的硝烟、百慕大的整容手术、大草原的野生动物、人类的性行为、朝鲜的大阅兵、无休止的时装秀。常有人把我误认为卡尔拉,尤其当我抱着她的孩子时,我也懒得纠正。我们俩经常在午后坐在普希公园的长椅上,看着那些从头到脚罩着黑纱的女人或者戴着麻线帽的大胡子老头儿。

她曾经问过我:"你会不思考吗?"我答道:"当然。"我倚着长椅的靠背,眼盯着鞋尖,沉入自己思绪的灌木丛中,一部分想法是油腻而富有弹性的,另一些则虚弱而飘忽不定。它们互相串联,又彼此融合,最后像椒盐卷饼一样卷起来,像甘草做的黑色糖块,然后凝结成气泡向上漂浮。"我们就是带有欺骗性的影像流。"卡尔拉重复地说,带着某种陶醉,尤其是当她成功地把孩子扔给某个人带,自己可以安静地抽烟时。

没有任何持久固定的基点,没有方向,只有永恒的流动,以及发生在转瞬间的诞生与湮灭。如果可以穿越到每个时刻的内部去旅行,你就会发现,构成存在的基本要素是"即将"和"已经"之间的空白地带。世界就是由这样的空白构成,很遗憾没有合适的语言去描述它。而包括我们自己在内的真实事物,其实就是它的昙花一现,是对不存在的完美性的扭曲。"那又如何?"我追问道。她习惯在吸烟时长时间地喷吐漂亮的烟圈儿。"没什么,"过了一会她说道,"留给我们唯一要做的事情,就是让所有行为都煞有介事,好像一切都是真实存在的一样,假装我们同样不真实的、不习惯虚无的身体也希望能体验到这一切。我们要忽略刚才我们对真实性的所有质疑,假装笃信它的存在,就这样活着。服从于你的感官吧,姑且接受它们所传达给你的一切。要将这些视作绝对的金科玉律。就像巴黎那边的塞尔夫哲学模式一样。每日清晨把你眼睑上的虚无抹去,陷入幻象的颤抖溪流中吧。让自己成为多姿多彩的幻象,但要记住真实。"

首先,我买了一顶带有黑色发辫的帽子。戴上深色的美瞳。当我第一次在镜子前试戴帽子时,我看到了一种少女的青春气息呼之欲出。为了配这顶帽子,我特意穿了一条挂在屁股上的肥裤子和一双厚重的靴子,然后骑车奔向变幻叵测的城市。我真的就是那个小女孩,因为这就是我在别人眼中的形象,就是我从别人脸上看到的反映,我给他们这样的印象越深,我就越能确定自己成了这样的人。我已经不再抽烟,也不再伏案书写,完全放弃了那些重要的专栏。我被那些曾涉足的地方所吸引,那些地方充满了响亮的音乐和与我类似的人——人头攒动的迪斯科舞厅前、城市公园的湖岸边,还有网吧。在网吧里我开心地点开有关时尚和布兰妮·斯皮尔斯的网页。我的嗓音变得更高亢,更尖细,我的肌肤变得更丝滑,更容易捕捉到风和水的气味。我碰到另外一些与我相仿的人,我与他们聊天,度过了一段透明而浮浅的时光。我还跟他们约了第二天晚上再见面,但我从来不确定是否会去赴约。

能成为另一个人，是怎样一种解脱啊，哪怕只有这么短短的一会。其实，在这座城市中并不难实现，因为这里有数不尽的商店和丰富的库存，任何风格、任何颜色都不难寻到。还有那些二手店，大量被人穿过的衣服又在其他人中流转。城里有各种口红、假发、发油和染料，有文身的洞窟和黑店，有舒适的治疗师工作室。仅仅换件衣服、染个发色或是在鼻孔以及嘴唇上穿个银环是远远不够的，还应该忘却自我。如无名氏般睡去，做无名氏状醒来。别人无限的生命旅程与我有诸多交会，是什么阻止我们变成他们？扮成 A 出门离家，归时饰演 B 回到另一个家里。

我用在土耳其市场上花了几毛钱买来的布料给自己裁剪了一条纱裙，又用剩下的布头缝制了一幅真正的面纱，再用染料把眉毛染成了深色。我坐地铁来到泛滥着异国风情的区域，融入人群中，随手拍拍熟了的甜瓜。当目光撞到大胡子男人的凝视时，我会低眉敛目。我混入有一群孩子的大家庭里，走在他们后面，就像是他家的某个不重要的远亲一样，一路尾随到他们家公寓房门前。有时，我会不知不觉地跟着他们走进房间，坐在沙发上，喝一小杯甜甜的浓茶，然后完成摆在桌上还没收尾的手工活——童袜、线帽、手帕边上复杂的镂空刺绣。后来我甚至开始用他们难懂的语言喃喃自语，开始帮忙把盐渍花生从厨房里端出来，把用糖浆浸泡过的甜谷粒团成小丸子。但是到了傍晚，我就会感到蠢蠢欲动，似乎有什么东西驱赶着我奔向某个地方，因此我有几个小时会变成头戴棒球帽、身穿格子衬衫的帅小伙,最终与其他人一起出现在那里,用带毡子头的厚重鼓槌敲打着土耳其鼓。

如此变换身份并非难事。就像从帽子里变出兔子的戏法一样,我会把各种角色从自己身体里揪出来。这些角色既不是我创造出来的,也不是我所扮演的。

周六,我化作一个久未洗浴、蓬头垢面的流浪老妪,在跳蚤市场里徘徊,四处寻找有璺的茶杯和破损的小镜子。人们对我避之若浼,这反倒让我十分欣喜,因为我从未像现在这样拥有过如此宽裕的空间。

每个月,我会变身为一个男性商人,在某家酒店里开房入住一次。每到那时,我会把抽剩下的烟蒂塞满烟灰缸,打开电视看美元汇率,还在浴室里留下男用古龙香水的味道和剃须泡沫的痕迹。我给女清洁工塞小费,总会比她通常拿到的多不少,以便让她记住这个并不存在的人。

我一直乐此不疲。从根本上讲,在这些变化中我并没有做出任何努力,我没有假装,也没有演戏。又不是在剧院。所有的工作都是别人完成的。因为这根本就不涉及我,所以这些努力都与我的存在毫无关系,只与别人对我的感知有关——这便是始终深藏着的整个秘密。原因大抵如此,尽管我几乎没有意识到自己的发现,但还是身不由己地被吸引到那些大商店和装有自动扶梯的大型购物中心去,我坐着电梯上下穿梭,往复奔走。其他人一定也会有这种想法:在此类地方,不仅可以让自己在别人眼皮底下隐身,还可以在自己面前隐身,如此这般,就能避免自己与自己周旋,避免像拼装乐高积木一样,付出将自己拼装起来的努力。

因此我像所有人一样,像那些吵吵闹闹的兄弟姐妹、招摇过市的同事、游戏人生的玩伴一样,在摆满了名表、手袋、丝袜、香水、法国奶酪和时尚拖鞋的流光溢彩的柜台前游荡。我这样游荡,只是增加了一点视野。我在香气四溢的摊位前徘徊,冷漠地扫过女店员,她温柔细腻的纤纤玉指在收款机的键盘上弹奏着银铃般的旋律。

我在挂满时装的迷宫里迷了路——一件件衣服看起来就像暂时失去了活力的人物,他们在仓库的等候厅里睡着了;直到有一天,将会有某个无意识的身体来拜访,把他们变成真正的有生命的人。我不知疲倦地在瓷器、玻璃、闪闪发光的银质餐具、柔软的毛巾、床品货柜旁飘荡,然后滑下楼梯,被人流裹挟着来到最底层,那里有酒吧和小食店,我点了杯咖啡休息片刻,便再次不辞辛苦地飘然上楼,再次让自己模糊、溶解、淡化、褪色、抹除、消隐。

我大胆地走,阔步前行,巨大的玻璃上反复折射出我的影像。无数个我,成百上千,成千上万。人们坐在地铁的入口处,敲着鼓。

假发、染成霓虹色的接发、面纱,还有增添了一分庄严感的自然的灰白色发丝,从脸上可以读出饱经沧桑的温柔——我只是一个普普通通的女人,整日在书桌前爬格子码字,有时打打电话。而她,晚上站在浴室的镜子前,用卸妆棉擦掉脸上的妆容后惊讶地发现,在薄薄的皮肤下面竟然是某种坚硬而值得信赖的东西。那是头盖骨。她带着这个念头进入了梦乡。

这个女人有时会带着卡尔拉的孩子来到我们这里。她坐在长椅上,讲述着某个疯子命令手下把自己的人皮蒙成一面鼓的故事,至于这个人叫什么名字,我们中已经没人记得了。

诺贝尔文学奖授奖辞

尊敬的国王和王后陛下，尊敬的各位殿下，尊敬的诺贝尔奖得主们，女士们，先生们：

波兰文学在欧洲上空熠熠生辉——数次荣膺诺贝尔奖，如今，又出现了一位享誉全球、博识非凡、诗情与幽默并蓄的诗人。作为欧洲大陆的交会地——或许是心脏地带——波兰向奥尔加·托卡尔丘克展现了屡遭列强凌辱的受难历史，同时也暴露了自身的殖民主义和排犹主义历史。面对难以接受的真相，她没有退却，哪怕受到死亡的威胁。

她运用观照现实的新方法，糅合精深的写实与瞬间的虚幻，观察入微又纵情于神话，成为我们这个时代最具独创性的散文作家之一。她是位速写大师，捕捉那些在逃避日常生活的人。她写他人所不能写：世间那痛彻人心的陌生感。《云游》笔法变化多端，精彩地描写了人们来往中转大厅和宾馆的经历，与素昧平生者的相逢，还有大量来自字典、神话和文献的元素。她围绕着自然-文化、理性-疯狂、男人-女人的两极旋转,像短跑运动员一样跃过社会和文化虚构起来的边界。

她的文风——激荡且富有思想——流溢于其大约十五部的作品中。她笔下的村落是宇宙的中心,在那里,主人公独特的命运交织于寓言和神话的图景中。我们在他人的故事中生生死死,举例说,卡廷既是生养不息的森林,也是惨绝人寰的屠场。

"我写作是将意象诠释成文字。"从这些意象里衍生出毁灭性的历史和世俗的经历片段,构成了她的伟大作品《雅各布之书》,使其成为一部流浪汉小说以及展现 1752 年前后动荡时期的全景式作品。

这部作品是不同观念的历史,也是宗教的历史,是时间和玄学、迷信和疯狂的强烈结合。作品中沙龙、祷告会和人物如此生动鲜活,仿佛托卡尔丘克刚在街上与之相遇。她极尽笔墨描写乡间庄园、修道院和犹太人家的室内装饰,衣服、园艺、菜单应有尽有。特别是,她让默默无闻的女人成为活生生的个体,让悄然无踪的仆人发出自己的声音。

宗派领袖雅各布·弗兰克是位极富魅力的神秘主义者、操纵者、骗子,也是反抗上帝的叛乱者。他挑战当前的秩序,尤其质疑女性的屈服。他率领跟随者——弗兰克派众——想要打造一个新世界。这也正是纳粹要消灭波兰的根本原因。乌托邦是取代我们历史记忆的危险诱惑。然而,我们从未见过弥赛亚,见到的只有伪造者和骗子。

这部作品中蕴含着托卡尔丘克对犹太传统的继承，透露出她对欧洲知识无国界的期望。通过十八世纪的波兰，她看到了可与后来时代的纳粹主义和其他主义类比的现象，甚至看到和当前右翼民粹主义者一样的人，用她的话来说，这些人就像儿童读物讲英雄和叛徒的故事那样说起一个国家的过去。但是，她说："没有历史，只有人的生存。"

《雅各布之书》讲述了非凡的故事。关于邪恶、上帝和未来的重大问题交织在看似平淡的描写中，托卡尔丘克运用她感性的想象力，反复打磨咖啡研磨器，使它成为时间的磨床、现实的自转轴。后来人会重识奥尔加·托卡尔丘克的千页奇迹，去发现其中我们当今尚未能全然探知的丰富宝藏。我看见阿尔弗雷德·诺贝尔在天堂友好地点头称许。

托卡尔丘克女士，瑞典学院向您表示祝贺。请从国王陛下手中接过您的诺贝尔文学奖。

（吕洪灵译）

温柔的讲述者
——在瑞典学院的诺贝尔文学奖受奖演讲

一

我有意识以来记住的第一张照片是我母亲的照片,那时的我还没有出生。那是张黑白照,上面的好多细节都模糊了,只剩下些灰色的形状。照片上的光很柔和,有些雨雾蒙蒙的感觉,可能是透过窗户的春日光线,在勉强可见的光亮中营造出一室宁静。妈妈坐在一台老旧的收音机旁,收音机上有个绿色的圆形开关和两个旋钮——一个用来调节音量,另一个用来搜索频道。这台收音机后来成了我的童年玩伴,我就是从那里获得了关于宇宙存在的最初认知。转动硬橡胶旋钮,就可以轻轻地拨动天线指针,找到好多个电台——华沙、伦敦、卢森堡或者巴黎。不过有时候声音会消失,就好像布拉格和纽约之间、莫斯科和马德里之间的天线掉进了黑洞。这时我就会颤抖。那时的我认为,是太阳系和其他星系在通过电台跟我说话,它们在那些吱吱啦啦的杂音中给我发来讯息,可我却不会解码。

那时,我还是个几岁的小姑娘,看着这张照片,我觉得妈妈拨动旋钮的时候就是在找我。她就像个敏感的雷达,在无穷无尽的宇宙空间里搜索,想要知道,我什么时候,从哪儿来到她的身边。从她的发型和穿着(大大的船形领)可以看出,照片是二十世纪六十年代初拍的。她微微驼着背,望向镜头之外,仿佛看到了一些看照片的人看不到的东西。那时,作为孩子的我觉得,她已超越了时间。照片上什么也没发生,拍摄的是状态而非过程。照片上的女人有点忧伤,若有所思,又有点不知所措。

后来我问起过妈妈这份忧伤——我问过好多次,就为了听到同样的答案,妈妈说,她的忧伤在于,我还没有出生,她就已经想念我了。"可是我都还没来到这个世界,你又怎么想念我呢?"我问妈妈。"那时候我就知道,你会想念你失去的人,也就是说,思念是由于失去。"

"但这也可能反过来。"妈妈说,"如果你想念某人,说明他已经来了。"

这些发生在二十世纪六十年代末波兰西部乡村的简短对话,我的妈妈和她的小女儿的对话,永远地印刻在了我的记忆中,给予我一生的力量。它使我的存在超越了凡俗的物质世界,超越了偶然,超越了因果联系,超越了概率定律。它让我的存在超越时间的限制,流连于甜蜜的永恒之中。通过孩童的感官我明白,这世上存在着比我想象的更多的"我"。甚至于,如果我说"我不存在",这句话里的第一个词也是"我在"——这世界上最重要,也是最奇怪的词语。

就这样,一个不信教的年轻女人,我的妈妈,给了我曾经被称为灵魂的东西——这世上最伟大的、温柔的讲述者。

二

世界是一张大布,我们每天将讯息、谈话、电影、书籍、奇闻、轶事放在一架架纺布机上,编织到这张布里。现如今,这些纺布机的工作范围十分广阔——互联网的普及让我们每个人都可以参与到这个过程中去,无论工作态度是否认真,对这份工作是爱还是恨,为善还是恶,为生还是死。当这个故事发生了改变,这个世界也随之改变。就此意义而言,世界是由言语组成的。

我们如何思考世界,以及也许更为重要的,我们如何讲述世界——有着巨大的意义。如果没有人讲述发生的事,那么这件事情就会消失、消亡。关于这一点,不仅历史学家清楚,而且(或许首先)所有的政治家和独裁者都清楚。有故事的人、写故事的人,统治着这个世界。

我们认为,今天的问题在于,我们不仅不会讲述未来,甚至不会讲述当今世界飞速变化着的每一个"现在"。我们语言匮乏,缺乏观点、比喻、神话和新的童话。我们见证着那些不合时宜的、老旧的叙述方式在如何试图进入未来世界,也许人们会认为,老的总比没有来得强,或者用这种方式应对自己视野的局限。一言以蔽之，我们缺乏讲述世界的崭新方式。

我们生活在一个多主角的第一人称叙述的现实之中，身边充斥着四面八方的杂音。我说的"第一人称"，指的是一种叙事方式，创作者或多或少地只写自己，将故事置于一个以"我"为中心的狭小范围之中。我们把这种个人化的视角、这个"我"当作是最自然、最人性化、最真实的表达，哪怕这种表达放弃了更为宽广的视域。以这样的第一人称来讲故事，就好像在编织一种与众不同的花纹，独具一格。在这个时候我们觉得自己是独立自主的，对自己和自己的命运都无比清醒。但这也是在把"我"同"世界"对立起来，这种对立使得"我"被周遭世界边缘化。

我想，第一人称叙事是一种颇具特色的叙事方法，反映了个体成为世界的主观中心这一现代观念。很大程度上，西方文明建立于对"我"这个现实最重要的维度之一的发现。人在这里是主角，而人的观点被认为是最重要的。用第一人称写作故事是人类文明的最重要发现之一，充满着仪式感，令人信服。我们以"我"的眼光看世界，以"我"之名听世界，这样的叙事在读者和讲述者之间建立起联系，把讲述者放置在了一个独特的位置之上。

但是我们也不能过度评价第一人称叙事为文学和人类文明做出的贡献。以前的叙事将世界描述为一个英雄和神灵活动的场所，对此我们毫无影响力。而第一人称叙事讲述普通如我们的人的故事。此外，我们这样的人之间很容易相互认同，因此在故事的讲述者与读者或听众之间，便产生了基于共情的情感共识。第一人称叙事很容易拉近作为讲述者的"我"和读者的"我"之间的距离，而小说更寄希望于消除这种距离，让读者因为共情在某一段时间里成为讲述者。文学成了交换经验的园地，一个像罗马广场一样的地方，每个人都可以表达观点，或是让第二个"我"替我发声。人类历史上恐怕从未有过这么多人同时写作和讲述。这一点我们只要看看统计数据就够了。

每次去参观书展，我都能看到很多以第一人称写作的书。表达的本能——也许和其他构建着我们生活的本能一样强大——最完整地出现在了艺术之中。我们希望被关注，希望自己是独一无二的。"我告诉你我的故事""我告诉你我家的故事"，抑或"我告诉你，我去过哪儿"，这样的讲述方式在今天是最流行的文学形式。人们之所以热衷于这种叙述方式，还在于今天我们每个人都会书写，很多人掌握了写作这个曾经只是少数人用语言和故事表达自己的技能。矛盾之处在于，这看起来如同一个由众多演唱者组成的合唱团，彼此的歌声相互遮盖，大家争着求关注，做同样的动作，走类似的路，最后相互遮蔽。尽管我们知道他们的一切，对他们的经历感同身受。然而读者的体验却常常出人意料地不完整和令人失望，因为作者"我"的表达并不能保证尽显文字的普遍性。我们缺少的似乎是故事的隐喻维度。隐喻小说的主人公是他自己，一个生活在一定的历史或地理条件下的人，同时又远远超出了这个特定的范围，变成了无处不在的人。当读者阅读小说中描写的某个人的故事时，他可以认同这个人的命运，并将他的处境视为自己的处境。在隐喻小说中，读者必须完全放弃自己的个性，并成为这个人。这是一个对人的心理要求很高的过程。在这个过程中，隐喻小说找到了各种命运的共同点，使我们的体验普遍化。遗憾的是，当今的文学缺乏这种隐喻性，这恰恰证明了我们的无能为力。

许是为了不被湮没在题目和名字里，我们开始将如利维坦般庞大的文学划分为不同的体裁，就像我们区分体育项目一样，而作家们则是不同项目的运动员。

文学市场的商业化把文学分成了不同的门类，培育出了热爱侦探故事、奇幻文学、科幻小说的读者群体，由此产生了各种各样内容完全独立的书展、文学节。这种局面原本是为了方便书店店员和图书管理员有条不紊地摆放书架上的大量图书，便于读者从浩如烟海的书籍中找到自己感兴趣的作品，现在这却成了一种抽象的分类法。不仅现有的图书被人为地划分，作家也开始按照这种分类法写作。作品的类型化越来越像制作蛋糕的模具，产出的都是类似的产品。它们的可预见性为人称道，即使缺乏新意也被当作成功。读者知道他会读到什么，也的确会读到他想读的东西。我在潜意识里就反对这样的秩序，因为它限制了写作的自由，抑制了实验性的、打破常规的念头，而这些才是创作的本质。这种秩序还将离经叛道赶出了创作过程，但是一旦没有了离经叛道，就没有了艺术。一本好书，不是必须要与某种体裁相符合。对文学作品进行分类是文学商业化的后果，是将文学当成品牌、目标等当代资本主义市场化运作产物的结果。

应该感到满意的是,我们见证了系列电影这种新的讲述方式的诞生,它的隐藏任务就是将我们带入忘我之境。诚然,这种叙事方式早已存在于神话和荷马史诗当中,赫拉克勒斯、阿喀琉斯和奥德修斯毫无疑问就是最早的系列剧的主角。只是在以前,这种模式从未有过如此广大的空间,也未对集体想象产生过如此重要的影响。二十一世纪的前二十年是属于这种模式的。它对我们讲述世界、理解世界的方式产生了革命性的影响。

今天,系列故事不仅通过生发各种节奏、分支和角度,延长了叙事的时间轴,还构建了新的秩序。很多时候,系列故事的任务就是尽可能长时间地黏住读者——系列叙事会不断增加线索,把这些线索以一种不可思议的方式交织在一起,在陷入迷局之时又回归到古老的叙事方式,就好像古希腊歌剧中的"天降神兵"。设计接下来的剧集的时候,往往为了同正在发生的事件相符,需要临时改变人物的整个心理状态。一开始温和、冷淡的人物,最后会变得仇恨、暴戾,配角会成为主角,而我们密切关注的主角却不再重要或者干脆令人无比惊愕地消失了。

总是会有下一季,于是故事结局必须得是开放式的,读者永远没机会感受到神秘主义的"卡塔西斯"[①],无法体会内心变化、自我实现和参与小说情节所带来的满足感。复杂的、无尽的,"卡塔西斯"式的情绪"净化"所能带来的满足感不断被延迟,这样的观感令人上瘾和痴迷。这种"寓言连载"的方法很

---

① 宗教术语,意为"净化"或"净化说"。

早以前在《天方夜谭》里就被使用过,现在又回到了系列作品的叙事之中,改变了我们的敏感度,带来了奇怪的心理反应,使我们脱离了自己的生活,痴迷于"追剧"带来的兴奋感。同时,系列作品进入了崭新广阔而又混乱的世界节奏之中,成为这个世界混乱的交流、不稳定性和流动性的一部分。这种叙事方式可能正在最具创造性地寻找今天新的艺术公式。从这个意义上讲,系列作品正在认真研究未来的叙事,使故事适应新的现实。

然而最重要的是,我们生活在一个信息相互冲突、排斥、针锋相对的世界之中。

我们的祖先认为,知识不仅会给人带来幸福、繁荣、健康和财富,而且会创造一个平等和公正的社会。他们认为世界缺乏的是知识带来的普遍智慧。十七世纪一位伟大的教育家扬·阿莫斯·考门斯基[1]创造了"泛智主义"这个概念,表示可能获得的全知和普遍知识,这种知识包括所有可能的认知。最重要的是,这也是有关每个人都能获得知识的梦想。获取有关世界的信息是否会让大字不识的农民变成一个有意识地反思自己和世界的人?唾手可得的知识是否会使人们理智而富有智慧地生活?互联网的产生令我们觉得,这些想法似乎终于可以完全实现。我很赞同并且支持的维基百科在考门斯基以及很多

---

[1] 扬·阿莫斯·考门斯基(1592—1670),捷克教育家、哲学家和文学家,一生有两百余种著述,主要文学作品有《世界的迷宫和心灵的天国》等。

同一流派的思想家看来，似乎就意味着人类梦想的实现——我们几乎在世界的任何地方创造并获取不断被补充、更新和可用的大量知识。

但是梦想成真常常使我们失望。我们发现自己无法承受如此巨大的信息量，它们并未经历从总结、概括、释放到区别、分割和封闭的过程，而是创造了许多彼此不相容甚至敌对的、令人反感的故事。

此外，互联网不假思考地遵从市场进程的影响，替垄断玩家控制着庞大的数据量。这些数据并未被广泛用于知识的获取，而是为研究用户行为的程序服务，剑桥分析公司（Cambridge Analytica）①丑闻就充分说明了这一点。

与期盼之中的世界和谐相反，我们听到的多是刺耳之声。我们在难以忍受的杂音中拼命寻找那些最柔和的旋律，甚至是最微弱的节奏。莎士比亚的名言比以往任何时候都更符合这种尖锐的现实：互联网如痴人说梦，充满着喧哗与骚动。

政治学家的研究却与扬·阿莫斯·考门斯基的直觉背道而驰。考门斯基认为，政治家对世界的了解越广泛，就越会理性地做出审慎的决定。但是看起来事情并不是这么简单。知识可能是压倒性的，但它的复杂性和模糊性塑造出了各种各样的防御机制——从否认、压制逃脱到简化的、意识形态化

---

① 英国一家大数据分析公司。2018 年 3 月 17 日，《纽约时报》和《观察家报》等一齐爆出消息，该公司曾效力于特朗普总统竞选，并将大量用户隐私用于影响大选。这一丑闻使得该公司声名狼藉。

的、党派化的思考原则。

假新闻和捏造事实等种类的文字提出了一个新的问题——什么是虚构。多次被欺骗、误导的读者正在慢慢获得一种特殊的、神经质的敏感特质。非虚构小说的巨大成功可能正是人们对这种虚构文学产生的疲劳反应。在今天如此巨大的信息混沌之中,非虚构文学在我们的头顶呐喊:"我来告诉你们真相,只有真相。""我的故事源于事实!"

谎言成了大规模杀伤性武器,虚构小说因此失去了读者的信任,即使它仍然是一种原始的艺术工具。我经常遇到质疑我作品真实性的问题:"您写的都是真的吗?"每当这个时候我都会觉得,这个问题本身就预示着文学的终结。

从读者的角度来看,这是一个无辜的问题,但作家听起来确实很可怕。我又该如何回答? 我该怎么解释汉斯·卡斯托普[1]、安娜·卡列尼娜或维尼熊的本体论地位呢?

我认为读者的这种好奇心是文明的退化。它损害了我们多维度地(具体的、历史的、象征的、神话的)参与由一系列事件构成的生活的能力,参与被称为生活的事件链的能力。生活是由事件创造的,但只有当我们能够解读它们,尝试理解并赋予它们意义时,它们才会成为经验。事件是一种事实,经验却是一种难以言表的其他东西。是经验,而非事件,构成了我们生活的素材。经验是一种被解读并留存在记忆中的事实。它还意指我

---

[1] 托马斯·曼长篇小说《魔山》中的主人公。

们心中的某种基础的、有意义的深层结构,我们可以在这种结构的基础上,扩展自己的生活并对此仔细研究。我相信,神话就发挥着这样的结构性作用。众所周知,神话从未发生过,但它总在发生着。今天,神话不仅存在于古代英雄的历险记中,还体现在现代的电影、游戏和文学作品之中。奥林匹斯山众神的生活被移至王朝之中,而主角们的英雄事迹则由劳拉·克劳馥①演绎。

在真假的尖锐对立之中,由文学创作讲述的我们经验的故事,具有其自身维度。我从不热衷于对虚构和非虚构进行简单划分,除非我们认为这种划分是口号性的。在浩如烟海的关于虚构小说的众多定义中,我最喜欢的是最古老的、亚里士多德的定义:虚构总是某种事实。

我也非常信服作家、散文家爱德华·摩根·福斯特对情节和报道的区分。他曾经写道,当我们说"丈夫死了,然后妻子死了"时,这是一种报道。当我们说"丈夫死了,然后妻子伤心而亡"时,这就是小说。每种情节化的处理都是我们从"接下来发生了什么"这个问题过渡到试图根据人类经验来理解"为什么会这样"。

文学开始于"为什么",即使我们习惯于不停地用"我不知道"回答这个问题。因此,文学提出了维基百科无法回答的问

---

① 著名动作冒险类电子游戏《古墓丽影》系列及相关电影、漫画、小说中的人物。

题，因为它不仅限于事实和事件，还直接涉及我们的经验。

但是，在其他叙事方式面前，小说和文学可能已经整体上变得相当边缘化了。影像、电影、摄影、虚拟现实和增强现实体验等新型直接传播体验的媒介，将成为可以替代传统阅读的一系列重要形式。阅读是一个非常复杂的心理感知过程。简单地说，首先，将最难以捉摸的内容概念化和口头化，转换为文字和符号，然后从语言"解码"回到经验。这需要一定的智能。最重要的是，它要求我们的关注和专注，而在当今这个注意力极度分散的世界中，这项技能变得越来越罕见。

在传递和分享自己的经验方面，人类走过了很长的路。起初人们依赖鲜活的文字和人类记忆进行口头表达，到谷登堡革命①时，故事通过写作广泛传播并得以编纂和永久保存。这一变化的最大成就在于，我们开始通过写作来认识思维，思想、类别或符号成为这一过程中的特定方式。如今，当无须借助印刷文字就可以直接传递经验的时候，我们明显面临着一场同样重大的革命。

当我们可以拍照并将这些照片上传到社交网站，或者发送给这世界上的每一个人的时候，我们就没有写旅行日记的需要了。当打电话变得容易，我们就不再写信了。如果能看电视连续剧，为什么还要读大部头的小说呢？与其出去和朋友玩耍，不

---

① 指德国发明家约翰·谷登堡（1400—1468）发明的活字印刷术导致的媒体革命。

如自己玩游戏。看某人的自传？没意义，因为我在"照片墙"（Instagram）上关注名人的生活，而且了解他们的一切。

二十世纪的我们还在担心电影电视的影响，而今天图像已非大敌。这已完全是另外一个维度的经验在直接影响着我们的感官。

三

关于世界的讲述正面临着危机，我不想对此勾勒任何整体看法。但我常常感到，这世界缺点什么东西。我们透过屏幕、通过应用程序感知世界，尽管获得每个具体信息都不可思议地便利，但这个过程变得虚幻、遥远、双重维度、难以描述。如今，人们爱用"某人""某物""某处""某时"这样的表述，这其实比我们绝对肯定地讲出具体观点更危险。哪怕我们说，地球是平的，疫苗会杀人，气候变暖是胡扯，民主在很多国家并未受到威胁。"某处"淹没了某些试图穿越大海的人。"某段时间"以来，"某场"战争在"某处"发生着。在信息的洪流中，个别化的消息失去原本的轮廓，消失在我们的记忆中，变得不再真实。

泛滥成灾的暴力、愚蠢、残酷和仇恨被各种"好消息"中和，但它们无法掩盖一种难以形容的感觉：这个世界出了问题。这种感觉曾经只属于神经质的诗人，如今却已成为人群中普遍存在的一种不确定性和焦虑感。

文学是为数不多的使我们关注世界具体情形的领域之一，

因为从本质上讲,它始终是"心理的"。它重视人物的内在关系和动机,揭示其他人以任何其他方式都无法获得的经历,激发读者对其行为的心理学解读。只有文学才能使我们深入探知另一个人的生活,理解他的观点,分享他的感受,体验他的命运。

讲述总是要围绕着意义进行。即使讲述没有明确地表达意义,甚至有些时候程式化地逃避对意义的探求而专注于形式和实验,有时候会进行形式上的反叛并寻找新的表达方式。哪怕当我们阅读那些最行为主义的、词句简洁的故事,我们也不能不问:"为什么会这样?""这是什么意思?""这有什么意义?""这会带来什么后果?"我们的思想可能会演变成一个故事,仿佛环绕着我们的数百万个刺激点被赋予了意义,即使在睡觉的时候也一直在不停地继续着我们的讲述。所以,讲述就是排列组合无穷无尽的信息,建立它们与过去、现在和未来的联系,发现它们的重复性,并将它们按因果分类。在这一过程中,理智和情感同时在工作。

讲述最早的发现之一就是命运,这一点不足为奇。命运虽然让我们觉得恐惧和不人性,但它将秩序和稳定带入现实。

四

女士们,先生们,照片上的女人,我的妈妈,在我出生前就想念我的人,几年后开始给我讲童话故事。

其中一个故事是汉斯·克里斯蒂安·安徒生写的。一个被扔到垃圾箱的茶壶抱怨自己受到了人类的残酷对待——只不过是壶把掉了,人们就把它给扔了。如果人类不是如此苛刻和追求完美,它就还能派上用场。接着其他一些坏掉了的物件挨个儿讲自己的故事,一个真正的史诗故事就这么诞生了。

我小时候听这个童话的时候,脸上沾着点心渣儿,眼睛里满是泪水,那时的我深信,每个物件都有自己的问题、感情,甚至与人类一样的社会生活。餐具柜中的盘子会相互交谈,抽屉里的刀叉是一个大家庭。动物是神秘、智慧和有自我意识的生物,精神的联系和深刻的相似性一直将我们与它们联结在一起。河流、森林、道路也有它们的存在——它们是有生命的,勾勒出我们生活空间的地图,为我们构建起一种归属感,一个神秘的空间。我们周遭的景观有生命,太阳、月亮和所有天体有生命。整个可见和不可见的世界都有生命。

我是从什么时候开始对此产生怀疑的?我在生活中寻找着这样的一个时刻,只需一个单击,一切就变得不同,变得更细微,更简单。世界的浅吟低唱被城市的喧嚣、计算机的杂音、凌空而过的飞机的轰鸣,以及信息海洋中那令人厌烦的白色纸片给取代了。

一段时间以来,我们在生活中开始碎片化地看待世界,一切都是独立的,彼此之间隔着星系间的距离,而我们所生活的现实更向我们证明了这一点:医生分专科治病,税收与清理我们每天上班要走的路上的积雪无关,午餐和大农场无关,新衬衫和亚洲的某个破烂工厂也没什么关联。一切都是彼此独立的，毫无联系。

为了让我们接受这种现状，有了号码、身份标签、卡片、粗糙的塑料标识，这些东西让我们不再注重整体，而只关注其中的某个部分。

世界正在消亡，而我们甚至没有注意到这一点。我们没有注意到，世界正在变成事物和事件的集合，一个死寂的空间，我们孤独地、迷茫地在这个空间里行走，被别人的决定控制，被不可理喻的命运以及历史和偶然的巨大力量禁锢。我们的灵性在消失，或者变得肤浅和仪式化。或者，我们只是成为简单力量的追随者——这些物理的、社会的、经济的力量让我们像僵尸一样。在这样的世界里，我们确实是僵尸。这就是为什么我想念那个茶壶所代表的世界。

五

我一生都对相互联系和影响的网络着迷，虽然我们常常意识不到这种联系和影响，对它们的发现纯属偶然。这就好比我在《云游》中写到的那些时间、地点和命运的惊人巧合，所有的桥段、插件、衔接和黏合。我着迷于对事实的反应和对秩序的探求。我相信，实际上，作家的思想在于合成，他们坚持收集所有碎屑信息，重新将其粘合成一个整体。

那么作家该如何写作，如何构建一个足够支撑星群般庞大世界的故事呢？

当然,我知道我们无法像过去那样,通过口口相传的神话、童话和传说讲述世界。今天的讲述必须是更加多维的、复杂的。我们对世界的了解显然更多,我们深知,看似遥不可及的事物之间有着惊人的联系。

让我们看看世界历史上的一个时刻。

这一天是1492年8月3日,一艘名为"圣玛丽亚"的小帆船在西班牙巴罗斯港的岸边格外显眼。帆船的掌舵人是克里斯托弗·哥伦布。阳光普照,水手在码头四周闲逛,港口工人将最后一批装着储备食物的箱子搬到船上。天气炎热,但从西部吹来的微风缓和了相互告别的家人们别离的伤感。海鸥在坡道上庄严地漫步,小心翼翼地追随着人类的行为。

我们现在穿越时光看到的这一刻,造成了后来五千六百万美洲原住民的死亡。那时这些原住民的总数接近六千万,占当时地球总人口的百分之十。欧洲人在不知不觉的情况下,带来了致命礼物——美洲原住民无法免疫的疾病和细菌。同时发生的还有残酷的奴役和杀戮。屠杀持续了很多年,造成了国家更迭。在那片曾经有豆类、玉米、土豆和西红柿生长的地方,在精心灌溉的耕地上,出现了野生植被。近六千万公顷的耕地随时间流逝变成了一片丛林。

植被生长和再生的过程吸收了大量的二氧化碳,削弱了温室效应,降低了地球的温度。

这是对欧洲小冰河时代出现的情况的一种科学解释。小冰河时代在十六世纪末造成了长期的气候变冷。

小冰河时代还改变了欧洲的经济。在接下来的几十年中,寒冷漫长的冬季、凉爽的夏天和大量降雨,降低了传统农业的生产率。西欧生产粮食自给自足的小型家庭农场效率低下,出现了饥荒,生产开始需要专业化发展。英国和荷兰受气候变冷的影响最大,农业无法成为经济的主要支柱,因此开始发展贸易和工业。暴风雨的威胁促使荷兰人抽干圩田,将湿地和浅海地区转变为陆地。鳕鱼生长的范围南移,这对斯堪的纳维亚半岛造成了灾难性的打击,对英国和荷兰却是有利的——它们开始发展为海洋和贸易大国。斯堪的纳维亚国家的降温尤为严重。同绿色格陵兰岛和冰岛的连接中断,严寒的冬季致使收成减少,造成了持续多年的饥荒和匮乏。因此,瑞典对其南边的地区垂涎三尺,开始了与波兰的战争(特别是自波罗的海成为冷海以来,军队越海而至变得容易),并参加了欧洲三十年战争。

科学家们试图更好地理解我们的现实,它是一个相互关联、紧密联系的影响网络。这不仅是著名的"蝴蝶效应",即认为如我们所知,在某个过程中,最初的微小变化,在未来会产生巨大且不可预测的结果,而现在这里还有无数的蝴蝶及其翅膀在扇动,从而形成穿越时空的强大生命波。

在我看来,"蝴蝶效应"的发现标志着一个时代的结束。在那个时代,人们坚定不移地相信自己的能力、控制力,对世界的掌控力。"蝴蝶效应"并没有消减人类作为建造者、征服者和发明者的力量,却令我们意识到,现实比我们任何时候想象的都要复杂。而人不过是这些过程的一小部分。

越来越多的证据表明，在全球范围内存在着独具个性的，甚至有时令人惊讶的关系。

我们所有人——我们和植物、动物、物体——都沉浸在受物理定律支配的一个空间里。这个共同空间有着自己的形状，物理定律在其中雕刻出不计其数的、不断相互参照的形式。我们的心血管系统类似于江河的流域系统，叶片结构类似于人类的通信系统，星系的运动类似于洗脸池中水流动的漩涡，社会的演进类似于细菌菌落的变化。这个系统在微观和宏观尺度上都展示出了无限的相似性。我们的话语、思维和创造力不是抽象的，与世界分离的东西，而是其不断转变过程在另一个层次的延续。

六

我一直在想，今天我们是否可能找到一个新型故事的基础，这个故事是普遍的、全面的、非排他性的，植根于自然，充满情境，同时易于理解。

是否有这样一种讲述出来的故事，能够跳脱"我"自己缺乏沟通的封闭性，揭示更大范围的现实并展现相互关系？能够使我们远离那些普遍存在的、显而易见的、"毫无创见的观点"的中心，并且能够从中心以外的角度来审视非中心的问题？

我很高兴文学出色地保留了所有怪诞、幻想、挑衅、滑稽和疯狂的权利。我梦想着高屋建瓴的观点和远远超出我们预期的广阔视野。我梦想着有一种语言,能够表达最模糊的直觉。我梦想着有一种隐喻,能够超越文化的差异。我梦想着有一种流派,能够变得宽阔且具有突破性,同时又得到读者的喜爱。我还梦想着一种新型的讲述者——"第四人称讲述者"。他当然不仅是搭建某种新的语法结构,而且是有能力使作品涵盖每个角色的视角,并且超越每个角色的视野,看到更多、看得更广,以至于能够忽略时间的存在。哦,是的,这样的讲述者是可能存在的。

大家是否想过,这位出色的讲述者,在《圣经》中大喊着"太初有道"的人是谁?是谁写下了创世的故事、混乱与秩序分离的第一天?是谁追寻宇宙诞生发展的过程?谁了解上帝的思想,知道他的疑惑,坚定不移地在纸上写下"上帝承认这是好事"?那个知道上帝在想什么的人,是谁呢?

抛开所有神学上的疑问,我们可以认为,这个神秘而敏感的讲述者是神奇而独特的。这是一个观点,可以从中看到一切。看到所有这些,就是承认现有事物相互关联成一个整体的最终事实,即使我们还不知道这些关系具体是什么。看到所有这些也意味着对世界的完全不同的责任,因为很明显,每个"这里"与"那里"的姿态是相关联的,在某处做出的决定会对另一个地方产生影响,意即区分"我的"和"你的"开始引起争议。

因此,我们应该诚实地讲故事,以便在读者的脑海中激发整体感觉和将片段整合为一个模块的能力,以及从事件的微小粒子中推导出整个星群的能力。我们应该讲这样的故事,明确表明所有人和所有事物都能够沉浸在一个共同的想象之中,随着星球的每一次旋转,我们的脑海中都会产生这样的思想。

文学就具有这种力量。我们必须能够感知并不复杂的文学分类,高雅的和低俗的,流行的和小众的,我们要有能力不费吹灰之力地划分作品类型。我们应该放弃"民族文学"一词,因为我们深知文学世界是一个跟一元宇宙一样的单一世界,一个人类经验统一的共同的心理现实,在这个现实中作者和读者通过创作和解读,发挥出同样重要的作用。

也许我们应该相信碎片,因为碎片创造了能够在许多维度上以更复杂的方式描述更多事物的星群。我们的故事可以以无限的方式相互参照,故事里的主人公们会进入彼此的故事之中,建立联系。

我想,我们需要重新定义今天我们用现实主义理解的东西,需要寻找一种能够使我们越过自我边界、穿透我们看世界的镜像的概念。如今,媒体、社交网络和直接的在线关系,满足了现实的需求。摆在我们面前的不可避免的也许是一些新的超现实主义和重新被布局的观点,这些观点不惧悖论,面朝简单的因果关系逆流而上。哦,是的,我们的现实已经变成了超现实。我也确信,许多故事都需要在新的科学理论的启发下,在新的知识环境中重写。但是不断探索神话和整个人类想象似乎同样重要。回归到神话的紧凑结构中,可能会在今天这种不确定性中带来某种稳定感。我相信神话,这是我们心理的基石,不容忽视(顶多有可能我们没意识到它的影响)。

也许很快就会出现一个天才,他将构建一个完全不同的、今天的我们难以想象的叙事,所有重要内容都被囊括其中。这种讲述方式肯定会改变我们,令我们放弃旧的观念,向新的观点敞开怀抱。这些观点一直存在于此,但我们曾经对它视而不见。

托马斯·曼在《浮士德博士》中描写了一位作曲家,他提出了一种能改变人类思维的全新的音乐类型。但是曼没有具体描写这种音乐是什么样的,他只是提出,这种音乐听起来是什么感觉。也许这就是艺术家所扮演的角色——预先体验一下可能存在的艺术,然后用这种方法让它变得可以想象。而可以想象到的,就是存在的第一阶段。

七

我写小说,但并不是凭空想象。写作时,我必须感受自己内心的一切。我必须让书中所有的生物和物体、人类的和非人类的、有生命的和无生命的一切事物,穿透我的内心。每一件事、每一个人,我都必须非常认真地仔细观察,并将其个性化、人格化。

这就是温柔的作用——温柔是人格化、共情以及不断发现相似之处的艺术。

创作一个故事是一场无止境的滋养,它赋予世界微小碎片以存在感。这些碎片是人类的经验,是我们经历过的生活,我们的记忆。温柔使有关的一切个性化,使这一切发出声音、获得存在的空间和时间并表达出来。是温柔,让那个茶壶开口说话。

温柔是爱的最谦逊的形式。是没有出现在经文或福音书中的爱。没有人对这份爱发誓,也没有人提及这份爱。这份爱没有徽标或者符号,不会导致犯罪或嫉妒。

当我们小心地凝视非"我"的另一个存在时,它就会在那里出现。

温柔是自发的、无私的,远远超出共情的同理心。它是有意识的,尽管也许是有点忧郁的对命运的分享。温柔是对另一个存在的深切关注,关注它的脆弱、独特和对痛苦及时间的无所抵抗。

温柔能捕捉到我们之间的纽带、相似性和同一性。这是一种观察世界的方式,在这种方式下,世界是鲜活的,人与人之间相互关联、合作且彼此依存。

文学正是建立在对自我之外每个他者的温柔与共情之上。这是小说的基本心理机制。这种神奇的工具、最复杂的人际交流方式,使得我们的经验穿越时空,走向那些尚未出生的人。有一天他们会去阅读我们所写的内容,我们对自己和世界的讲述。

我不知道他们的生活会是怎样,他们会成为什么样的人。想到他们的时候,我常会感到羞愧和内疚。

今天,我们努力在气候和政治危机中找寻自己的位置,并试图通过拯救世界来与之抗衡。这危机并非毫无缘由。我们常常忘记,这不是什么运势抑或命运的安排,而是非常具体的经济、社会和世界观(包括宗教)的决定带来的结果。贪婪、不尊重自然、利己主义、缺乏想象力、无休止的竞争、责任感缺失,使世界处于可以被切割、利用和破坏的境地。

所以我相信,我必须讲述这样一个世界,这个世界在我们的眼中是一个鲜活的、完整的实体,而我们在它的眼中——是一个微小而强大的组成部分。

(李怡楠译)

GRA NA WIELU BĘBENKACH
Copyright © Olga Tokarczuk 2001
This edition arranged with Olga Tokarczuk c/o Rogers, Coleridge and White Ltd.
Through BIG APPLE AGENCY, INC., LABUAN, MALAYSIA.
"Czuły Narrator"
Copyright © Nobel Foundation 2019
All rights reserved.
本书中文简体字版版权,浙江文艺出版社独家所有。
版权合同登记号:图字:11-2020-152 号
托卡尔丘克受奖演讲合同登记号:图字:11-2020-159 号

图书在版编目(CIP)数据

世界上最丑的女人/(波) 奥尔加·托卡尔丘克著;
茅银辉,方晨译.—杭州:浙江文艺出版社,2021.9
ISBN 978-7-5339-6606-5

Ⅰ.①世… Ⅱ.①奥…②茅…③方… Ⅲ.①中篇小说—小说集—波兰—现代②短篇小说—小说集—波兰—现代 Ⅳ.①I513.45

中国版本图书馆 CIP 数据核字(2021)第 155175 号

统　　筹	曹元勇
策划编辑	李　灿
责任编辑	易肖奇
文字编辑	伍华星
营销编辑	张赟喆　耿德加
责任印制	吴春娟
装帧设计	compus·汐和

世界上最丑的女人

[波兰] 奥尔加·托卡尔丘克　著
茅银辉　方晨　译

出版发行	浙江文艺出版社
地　　址	杭州市体育场路 347 号
邮　　编	310006
电　　话	0571-85176953(总编办)
	0571-85152727(市场部)
印　　刷	杭州富春印务有限公司
开　　本	880 毫米×1230 毫米　1/32
字　　数	240 千字
印　　张	12.5
插　　页	1
版　　次	2021 年 9 月第 1 版
印　　次	2021 年 9 月第 1 次印刷
书　　号	ISBN 978-7-5339-6606-5
定　　价	66.00 元

版权所有　侵权必究
(如有印装质量问题,影响阅读,请与市场部联系调换)

一本书打开一个世界

欢迎订购、合作

订购电话：0571-85153371

服务热线：0571-85152727

| KEY-可以文化 | 浙江文艺出版社 | 天猫旗舰店 |

关注 KEY-可以文化、浙江文艺出版社公众号，及浙江文艺出版社天猫旗舰店，随时获取最新图书资讯，享受最优购书福利以及意想不到的作家惊喜